与儿共舞

姜 洋 著

中国农业大学出版社

图书在版编目（CIP）数据

与儿共舞/姜洋著.—北京：中国农业大学出版社，2009.8

ISBN 978-7-81117-641-4

Ⅰ.与… Ⅱ.姜… Ⅲ.随笔－作品集－中国－当代

Ⅳ.I 267.1

中国版本图书馆CIP数据核字（2008）第190508号

书　名　与儿共舞

作　者　姜　洋　著

策　划　六睿工社·张蕊　陆强　　**责任编辑**　陈巧莲

封面设计　东方黑马

出版发行　中国农业大学出版社

社　址　北京市海淀区圆明园西路2号　　**邮政编码**　100193

电　话　发行部 010-62731190，2620　　读者服务部 010-62732336

编辑部 010-62732617，2618　　出　版　部 010-62733440

网　址　http://www.cau.edu.cn/caup　　**e-mail**　cbsszs@cau.edu.cn

经　销　新华书店

印　刷　北京鑫丰华彩印有限公司

版　次　2009年8月第1版　　2009年8月第1次印刷

规　格　889×1194　24开本　12印张　280千字

定　价　19.80元

图书如有质量问题本社发行部负责调换

简 介

由女孩到母亲，这是一个女人一生中最美丽的一次蜕变。

本书讲述的就是这样一个新手妈妈的故事。在1 000多个日夜细致入微的记录中，作者毫无保留地与您分享着孕育之尴尬、生育之辛苦、养育之艰难，以及与此相伴的生活之五味杂陈。

捧着书本育儿，摸着石头过河，亲身的体验与思考使作者能够提供最真切、最实用的育儿之道与您交流。

与儿共舞

0~4岁育儿手记

无论你向别人取来多么丰富的经验，当一个活生生的婴儿摆在你面前时，依然会是问题丛生；无论你事先做了多么充足的准备，面对这些丛生的问题时，你仍然会束手无策。我们就像所有的新手父母一样，迷迷糊糊地“晋了级”，然后便被这个吃不明白、拉不明白、说不出话、也走不了路的小家伙牵着鼻子，一路跌跌撞撞，现学现卖，狼狈不堪……

前 言

Preface

大概在30年前吧，对于中国的家庭来说，孩子不算什么稀罕物，城里乡下，哪家不是小猪一样三五成群地养着。后来，随着“计划生育”政策的诞生，在举国上下大喊着“一对夫妇只生一个孩子好”的口号之下，中国的孩子一夜之间就史无前例地珍贵起来了。而对于每位成年人来说，当人生只被赐予一次生儿育女的机会时，生养孩子这一再自然不过、再普通不过的事情便忽然升格成人生最具有重大意义的体验和一项毕生都无法不尽心尽责的伟大事业。

我是在毫无准备的情况下突然被置于“母亲”这一神圣的位置之上的。从此，每天瞪着眼睛看着肚子如被施了魔法般迅速涨大，像个大锅扣在腹部，有关生命的神奇体验也随之在脑际心海中百花齐放。

生活就像潘多拉的魔盒，在我面前突然打开：

起初，我只是一门心思地想，能没病没灾地安度孕期，能顺顺当当地熬过生产这一关，以后一切就都好办了；孩子生下来了，我又苦盼着能多分泌出点高营养的乳汁来，娃也以食为天呀，嘴巴吃香了，肠胃饱足了，他自然不会哭闹，吵得我整夜睡不了觉了；奶的问题还没完全解决，他就接连不断地弄出湿疹、伤热、新生儿肺炎一系列让我闻所未闻、不知所措的问题。

好容易到了他能走能说，上述问题早已不再是问题的时候，这口气还没松下来，小娃又没完没了地病上了。也搞不明白是什么原因，就跟老传统里坐月子的妇女似的，吹着点儿风就咳，遇着点儿凉就病。我可怜呀，一边儿与病菌斗智斗勇，一边儿不时地安慰自己：挺住！挺住！再大点，抵抗力强点儿，自然就好了。

总算熬到“自然就好”的那天了，但新的问题立马跳出，小娃要入托了，人家要迈出人生融入社会群体的第一步了，一切与此相关的生理、心理的适应和过渡问题毫不客气地摆在当娘的我的面前。这些还都是小CASE，入园了以后人家娃都猛劲儿地学知识呀，我娃学还是不学，学点什么，怎么学？突然有一天，他把不知打哪儿学来的一句纯洁的“国骂”无情地抛向我的耳畔时，当娘的我该怎么办？怎么办？怎么办？几乎每天，每时，每刻，我都在面对这样无休止的提问！还能怎么办？行不行咱不都得一路现学现卖，跌跌撞撞地迎头赶上呀。

我是个喜欢用文字记录生活的人。最初纯是为自己记录一份人生独特的体验；后来在漫长而波折的育儿道路上，我发现这种记录变成了一种倾诉，在无所顾忌的倾诉中宣泄着内心的苦辣酸甜和那些或无助的、或兴奋的复杂情绪。如今，4年1 000多个日夜、几十万字育儿体验的积累，让我清晰地看到这一切背后的理性思索和探寻。当思想在头脑里的时候，它是混乱不清的，落实在笔端的过程，实际就是一个精细整理、高度提炼的过程。我正是在那些看似流水账般的记录和评述中，看到自己作为一个母亲的崭新的成长轨迹。

曾经在很长一段时间内，这种记录都只属于我个人的快乐和倾诉，我把它们当成送给儿子未来最宝贵的一份礼物去用心书写着。后来，在网络空间中，开始赢得志同道合的为人父母者一致的共鸣，以此会友，竟收获了跨越千山万水的丰厚友谊。

能够整理出书，还要感谢老友的信任和鼓励。她让我这个养育了一个普通孩子的普通妈妈，有胆量现出拙作，讲述着平凡育儿生活中那些现实生动的故事。当然，更重要的是，我相信这不只是属于我一个人的故事，这应该是上演在千千万万个老百姓家庭中最朴实、也最真实的育儿故事。

目　录

Contents

第一部分　一个由计划外“受精卵”引发的故事

（一，我没有闲钱养孩子；二，我还没享受够舒坦的二人世界；三，我还没到母爱泛滥的时候。但我是个生理正常的已婚女人，所以我不可避免地怀孕了……）

第二部分　新手父母仓促上阵

（随着那一声婴儿的啼哭，就像一出已拉开幕布的大戏，不管你行与不行，都要硬着头皮，一秒不差地准时登台开演，且无法停息，甚至都不能中场休息一会儿……）

第三部分　育儿从“科学喂养”开始

（没孩子的人把孩子想象成艺术品，期许他（她）聪颖、美丽、与众不同。而有了孩子的人，则首先求他（她）能像个健康的小猪，强壮、无病、生龙活虎……）

第四部分　早期教育从出生开始

（在早期教育横行的年代里，像很多新妈妈一样，我陷入了前所未有的迷茫中：甲专家说我应该这样，乙专家说我最好那样，丙过两天又出书立说称他们主张都不对……索性抛掉本本，拿自家宝贝，搞起自己的“实验田”……）

第五部分　孩子，让我找谁来照顾你

（在我们的社会还不能提供3岁以内婴儿看护机构的情况下，在社会竞争如此激烈、稍有马虎就会被淘汰下马的情况下，在我们还没有条件催生大量全职主妇的情况下，找个合适的人在不短的时间内持续帮忙照看孩子，几乎是每一对新生代父母最头疼的大事……）

第六部分 有娃的快乐没娃的你不知道

（养个孩子不容易，苦的时候你真想一把把他塞回肚子里，假装一切都不曾发生。可是转过身，当他捧着你的脸，无比深情地用他独有的充满天真的甜言蜜语“毒害”着你的时候，你又恨不能快乐到立刻死去。于是，他好我们就好，他快乐我们就快乐，他健康成长了，我们就等于拥有了全世界……）

第一部分
一个由计划外“受精卵”引发的故事

一，我没有闲钱养孩子；

二，我还没享受够舒坦的二人世界；

三，我还没到母爱泛滥的时候，但我是个生理正常的已婚女人，所以我不可避免地怀孕了……

突然的，你来了……

2003年2月14日　星期五　天气：晴

今天是西方的情人节。

尽管内心并不在意，还是逗趣儿地问老公："你就不想制造点儿浪漫的事儿？"

老公实在的有些可恨："当年是恋人的时候都没制造出啥浪漫事来，现在都家人了，左手摸右手的阶段了，还说什么呀！研究点儿实在的得了。明天正月十五，哥儿几个要去吉林江边看烟花呢，咱去不？"

婆婆的电话就是在这个时候打进来的，老公嗯啊地应对了半天，总算搞明白老太太的中心思想：今年最好别要小孩，因为据几代甚至几十代的民众总结说，羊年出生的人命不好。

我坏笑地问老公："要不咱生一个？"老公立马做投降状，大呼小叫着抱着厕所杂志蹲马桶去了！

2003年3月15日　星期六　天气：晴

不知该怎样记录下我此刻的心情，不知这世上还有没有比我更沮丧的准妈妈。

是的，我怀孕了！从10天前我从来就没错乱过的月经突然迟迟不来时，我就已经意识到了"大事不好"！当上午从医生手中接过"早孕40天"的B超检查结果时，我最后一丝侥幸的希望也完全破灭了！回家的出租车上，广播里热火朝天地讲着"3•15"消费者权益保护日，我突然很恼火地想要找人维权！什么破避孕套，质量这么差，防范如此严密，居然还会有"漏网之鱼"得逞！导致我的生活陷入如此糟乱的境地，这责任谁来承担？

夜晚灯下，两个可怜的"肇事者"对着电话发呆。

老公长叹一声后拨通了他娘的电话，以无比沉痛的声音宣告我们"闯祸"的结果。在片刻的愣神儿后，如遭电击的老太太还是非常爽快地表态："好事呀！今年是60年不遇的红羊年，孩子大吉大利好福气的命呀！"老母的"见风使舵"完全没有打动他的儿子："算了吧，再说吧……"

我也以更加沉痛的声音电告了我的老妈，老妈颇感意外，一时半会儿来不及有什么情绪的波动，只是说："头胎呀，不要了可惜了！"我摇着头放下电话："还是算了吧，让我想想吧……"

这个晚上，我们掏出所有的存折，精心算计着：方案一，要孩子——小小的几张薄纸片儿立即变得空前紧张起来，严峻的经济形势预示着生活从此将进入温饱水平；方案二，不要孩子——每年两次的春秋旅行，外加随时可以调适的靓衣美食，还略有存款的小康生活。如此诱惑，让我们两个本来就不想"晋级"的凡人如何能下得了"留下"的决心呀！

此刻坐在书桌前，暖暖的灯光下，尽情地发会儿呆，想会儿心事，再安静地埋头写点心情，抬起头看向门的方向，突然设想，假如有了孩子，这会儿一声哭喊："妈妈！我拉了！"……瞬间我头大如筐，心越发乱如麻了！

我不要这样的生活！我真的还没做好准备！我无法胜任一个孩子的妈妈！

2003年3月28日　星期五　天气：晴

在经过了半个月生理、心理上的双重煎熬后，此刻坐在桌前，虽然妊娠反应日益强烈，但总算有个结果，可以心安理得地继续过日子了。让我把这个痛苦的决定过程简要记录一下吧。

首先，在做出"放弃"的第一决定后，阻力接踵而来。第一个设障的居然是为期半个月的公务员初任培训，这跟我计划做人流手术且休养的时间刚好发生冲突，而本来很短期且作为初任公务员非常必要的培训，原则上是不允许请假的。面对自己范进中举似的通过公开招考好不容易得来的公务员身份，我真的没勇气在这么关键的时候掉队。于是，我选择暂时的妥协，延后半个月执行“计划”。

这边儿培训进行着，那边儿我开始联系在医院实习的好姐妹帮忙找好大夫。结果那小妞一听说是做人流，居然无视我俩这许多年的深厚友情，毫不客气地说：“多大岁数了，干这缺德事！我可不愿意成为你扼杀生命的帮凶！趁早回家养着去！”

我正郁闷着，双方父母又脚前脚后地挤进我的小家，也没说啥强迫的，基本是在非常民主的形式下，讲着非常不民主的建议。中心思想就是：年龄也差不多了，工作也挺稳定的，该是要孩子的时候了。能留就留下吧。并且非常感人地纷纷表态，都将尽全力帮我们带孩子。这样的情况让我开始犹豫。

此后我变成了祥林嫂，逮着人就问，抱着电话轮番骚扰，广泛征求民意。甲说：留下吧，头胎做流产，万一以后没有你就受罪吧！乙说：越是在没准备的情况下有的孩子，生命力越强，质量越好！丙用佛家理论说：ta以这样顽强的生命力这样迫切地要做你的孩子，这是多难得的缘分，你为什么要拒绝ta呢？丁更以过来人的身份劝之：想做丁克吗？……不想！那就早要，别一大把年纪了，身体状况、精神状态都开始老化的时候，再孕育新生命，累死你！

两周的时间让一切变得皆有可能。当我们经过深思熟虑认真决定留下这孩子的时候，我突然恐惧地记起大约在受孕那两天，一年中都喝不上二两酒的我们居然双双豪饮不止，老公甚至是酩酊大醉。这下，我真正变成了处于后期的祥林嫂——絮叨且绝望。

于是全家人出动，开始愁眉苦脸地四处寻医“逼供”：“会不会对孩子有影响？”所有医生无一例外很“负责任”地告诉我们：“饮酒对受精卵的质量可能会有影响，但这是有几率的，你要碰上倒霉，那这个几率在你身上就表现出百分之百，如果侥幸没事，这个几率就是零。”老天可怜，这样的答复对于我们来讲基本就等于没有答复。后来托了熟人辗转求教到一位资深的妇产科专家，在专家同样“负责”的答复后，基于对我们身体的全面检查及一贯生活习惯的详细了解下，终于开恩地说：如果夫妻中有一方是长期酗酒型的，那这个影响的几率肯定是很大的。但偶尔一次的饮酒对胎儿的影响基本是很微小的。

如此一来，我把最后的决定留在今天。一大早跑到医院做B 超，当医生程序化地告诉我：胎儿发育正常，已见胎心胎芽时，我的心里突然升起一种暖暖的感动，虽然我不太知道那是什么，但从那一刻起，我不再把ta当做生物学意义上的一个胚胎，而是一个紧紧抓住我的子宫，忐忑地依附在我身体里顽强成长的小宝贝。在几十亿的地球人中，ta就选择我作ta的妈妈，正如友人所说，我为什么要拒绝这几世修来的缘分呢?

走出医院，望向初春开始暖起来的太阳，我拨通了老公的电话，并庄严地向他宣告：从今天起，你的称呼将永久性地变成“孩儿他爹”，努力吧！相信我们是最强的！

2003年4月1日　星期二　天气：阴有沙尘

今天是西方的愚人节。一大早，我思忖再三，终于坚定地走到处长面前，很认真地跟他开了个很不好笑的玩笑：“嗯，处长，您看，不好意思，我怀孕了……嗯，要是工作允许，我就先生下ta？” 我晕，说完这话，自己都弄了个大红脸，怎么搞得好像怀了个私生子，很见不得人似的。

但事实就是这样，尽管有《公务员法》、《劳动法》等诸多大典的保护，但因怀孕而对工作造成的实际影响却是活生生地现实着不可避免。特别是我这样的，通过公开招考精挑细选的“骨干力量”刚刚到岗就马上变成一个需精心呵护之、照顾之、主要是不能使劲重用之的孕妇了，这就好比刚上膛的子弹，打出来却变成了臭子儿。

万幸遇到了好单位、好领导、好同事，在大家一致的包容、支持和关照下，我终于可以愉快且坦然地开始我的孕期生活。

嘟妈心得

劝那些不打算成为丁克的小夫妻，还是“计划生育”好呀！特别是像我们这样在“只生一个好”的社会形势下，打“无准备之仗”冒风险太大。万一出点差错，这个“产品”可是非同一般，一旦面世，那是永不可再调换，更不能因“质量”不好，随意“销毁”。所以，为了不让你自己痛苦，为了不让“产品”遭罪，还是预先选择一下生育的时机，提前做些积极的准备：不好的嗜好改一改，不良的习惯变一变，有害的环境避一避；对健康状况心里没底的检查检查；该武装的生育知识勤学着点儿；需安排的工作强度提前协调。

什么叫责任，如果说你结了婚，有了老婆或老公，依然感觉责不强来任不重，那么从打算要一个孩子那天起，你就会知道，“人该为自己的行为负责”这句话有多重要。

早孕在那“SARS”（非典）横行的春季里

2003年3月22日　星期六　天气：晴，但有大风

已经持续几天了，浑身无力，恶心想吐。我想，这就是传说中的妊娠反应吧：

全身上下好像被人抽筋了似的，永远处于肌无力状态，即使是吃得最饱的状态，仍然不敢挺直胸膛，似乎一那样，大脑马上就会表现出供血不足似的，引起恼人的眩晕感。

永远有一种类似感冒药的味道充斥在我的口腔和呼吸道里。突然受不了厨房炝锅的“香味儿”，突然变得嗅觉特别灵敏，不但不能亲自下厨了，还要求做过饭的老公必须洗头洗脸才能接

近我，否则，他那藏匿于每个发丝间和每寸皮肤上的油烟味儿都让我马上想吐。这样最直接的后果就是：我无法继续在培训中心的食堂就餐，每天中午都一路皱着眉，捂着鼻子，拉着两位女伴，在附近的中西餐馆里挑三拣四。花销日渐增长，今天居然还听到有人反应：某某部的女生架子大，太娇气，不屑吃大食堂的饭。呜呜呜，我是茶壶煮饺子，有苦说不出呀！

2003年4月5日　星期六　天气：多云

在羞答答地恶心了一周后，我终于大大方方地开吐了。此后便成为每日晚饭前的必备项目：吃点水果刺激一下，吐出来，清空胃后吃晚饭，饭后几乎不敢随便挪动，立刻倒头就睡。感谢上帝，好在那时还保持着猪般的睡眠质量，肚里总算能留下点东西，保证自身和胎儿发育的基本营养。

除此以外，生活如常，唯一有点不同的是，最近几天，从各种渠道传来消息，说有一种叫"非典"的恶性传染疾病在广东及香港迅速流传，而且已经死了很多人了。跟周围的大多数人一样，我还不很清楚这种病毒究竟是不是真有传说中的杀伤力，但隐隐地心底总有种不安……

2003年4月20日　星期日　天气：晴

我的妊娠反应逐步升级，现在已经由嗅觉发展到视觉，偶尔看一下相关不顺眼的食物，马上呕吐。单位里的电脑，能远离的尽量远离，复印机更是绝对不敢靠近，终日苍白个小脸儿，气若游丝的样子。

比我的妊娠反应更快升级的是"非典"，"非典"在中国境内的疯狂肆虐早已大白于天下。伴着每天成百成百增加的新发病例和死亡病例，举国进入空前的紧急状态。

长春，这个各方面都不太发达的城市，此时，在疫病高发区的排行榜上，居然鲜有地名列前茅（全国第五名）。一时间，整座城市完全陷入一种前所未有的恐怖状态：大街上、商场里，一切公共场所，骤然变得人影寥寥；隔离的隔离，停课的停课；据传各大药店可以预防"非典"的中药、西药、生物制剂纷纷被疯抢断货。

在这样的非常时期，我被迫成了刚强的异类。一方面，我是孕妇，为了胎儿的健康，我不能乱服任何被叫做药的东西。因此，在老公和妹妹狼一样惊恐地吞食着药片汤剂大防“非典”时，我除了眼巴巴地看着别无他策。另一方面，单位并没有停工，这就意味着我必须在毫不设防的状态下，每天照旧地换乘两趟公交车去上班。虽然公交车突然变得不需要挤了，但比肩而坐的陌生人总还是有的。在那个特殊时期，你是不能乱咳嗽的，这是“非典”最明显的症状之一。所以，一旦偶遇身边人一通干咳的情况，不得不疑的我必须得想点土办法来小小地自我保护一下：呵呵，说来有点缺德，俺不是孕妇嘛，俺不是总吐嘛，于是俺的口袋里就总备着塑料袋，一遇到上述情况，俺就很不厚道地快速拎出塑料袋，极尽夸张之能事地大声呕起来，身边人往往都是立即起身，皱眉，嫌恶地避之三舍。此招屡试不爽。一次因为表演过于卖力，居然假戏成真，这下方圆几排座的人都被熏跑，剩下我独享开窗通风后清爽的空间。

这还不算什么，从长春发现第一例患者后，卫生厅竟然将临时增设的“省防治非典工作领导小组和应急处理指挥部”安排在我们办公楼里了。这下可热闹了，每天众多从“非典”一线撤下来的工作人员频繁地前来汇报最新疫情战况，我就这样“毫不设防”地与众“高危人士”日日同乘一座电梯，共享一团空气。

在这样严峻的形势下，首先我高度发扬“阿Q”的心理胜利法，以“孕妇抵抗力强”的传说给自己打强心针，保持革命乐观主义精神；其次不得不随波逐流，戴上16层厚的大口罩，忍受呼吸不畅带来的更加强烈的恶心感；最重要的是俺不能药防，就食补，努力进食一切据说可以强身健体的蔬菜水果，什么西红柿、大白萝卜、芹菜、白菜、木耳、苹果……每天成斤成斤地进食，虽说总要吐出一部分，但也还是有一部分留在体内强健着我羸弱的小体格。

孕育与“非典”同在进行时。我是准妈妈，我是“非典”时期的准妈妈，所以，除了坚强和乐观，我别无选择！

2003年5月4日　星期日　天气：阴

因为“非典”，今年五一没有大假，在回娘家短暂地休息几天后，今天又返回长春。耐人寻味、发人深思、让人恐慌的是，老公接我的车居然因为是来自疫病高发区而不允许进入市内。当我在老妈的护送下打车到高速公路入口处与他接应时，人家正浑身满车散发着浓烈的消毒水儿味儿被警察“监控”在那里，颇有点儿兴奋地傻笑呢。

一闻着那味儿，又是一阵狂吐。最近一段时间简直吐到最高峰了，一天三遍，一次都不少。这重感冒的症状折磨得我都快不知道正常生活是什么滋味儿了。

晚饭前，又是抱着马桶一轮“清胃运动”。说实在的，早上、中午各折腾两次后，到这顿饭前真是吐不出啥来了，那种干呕的感觉更要人命，偶尔有点黄黄酸苦的胃液呕出，食道被烧得火辣辣地难受。

老公和妹妹在厨房忙着，此时的我无法理解妹妹怎么会那么有胃口期待着每一餐饭，她又向老公逼问：什么时候开饭呀，快饿死了。初入厨坛的老公很快把一盆炖得看不出样子的茄子和土豆泥状食品端到妹妹面前，随之一句更绝的：等你姐吐完，咱就开吃。

呵呵，这回轮到妹妹抱着马桶狂吐了！

2003年5月10日　星期六　天气：晴

我就知道，凡事往往到最高峰时期也就意味着结束或低潮的即将来临。在近两周一天三遍的狂吐后，进入到孕第四个月时，呕吐戛然而止，与此相伴的感冒症状也迅速相继撤离我的玉体。

还有那让人心烦的“非典”，竟然也跟着我的妊娠反应开始悄然降温。

今天测体重，竟然掉了6斤肉，腰身部分却明显见粗。这小东西，管你外界风起云涌，我自吸着娘的骨血，茁壮成长！

嘟妈心得

一般怀孕的前三个月称为孕早期。您可别小瞧这短短的三个月时间，这恰是整个孕期流产风险最高、胚胎容易受外界环境影响最大的时期。而且由于妊娠反应正在发作阶段，虽然每个个体的轻重程度不一样，但大多数孕妇这时都不太好过，结果导致这段时期特别地难熬，还特别地易怒。

嘟妈觉得，首先保持一个好的心情和积极的态度特别重要，别老胡思乱想着我怎么这么倒霉，凭什么让我吃这么大苦，我图的是个什么呀，将来这小崽子要是对我不好我不就亏了嘛。说句到家的话，想想那些做梦都想要孩子却生生就没有的，你就立刻意识到，发生在你身上的一切所谓痛苦其实是多么的幸福和让人羡慕的事情！老天赐我们个孩子，不是给我们一个包袱来让我们背，而是赐我们一个天使，让我们体验一份独特的快乐和幸福的。不是每个人都能有这个福分的，得到的就小心地惜福吧！

在这个基础上，准妈妈们必须要保证质高量足的饮食和休息。这个时期，大多数的孕妇胃口都不好，还有一部分像嘟妈这样终日呕吐的，但无论怎样，肚里的那个胎儿是一秒都不停地长大着，ta每时每刻都需要母体提供各种营养和能量。总之咱们是遭一回罪，要一个孩子为什么不要个健康强壮的呢？所以，想想办法，克服一切困难，根据个人的口味和喜好选择饮食。但尽可能营养均衡，少食多餐，如果可以的话，适当多吃些坚果还是很不错的，因为这段时期，正是孩子心脏、大脑、主要的神经血管发育期，据说坚果中优质的蛋白质和重要的氨基酸都是构成脑神经细胞的主要成分，同时还含有对大脑神经细胞有益的维生素B_1、维生素B_2、维生素

B_5、维生素E及钙、磷、铁等。另外，为了防止孕中后期的缺钙，特别是北方冬天怀孕的姐妹们，少见阳光，最好从怀孕起坚持每日喝鲜牛奶。至于那些叶酸、钙片、维生素片等各种药用性质的保健品，嘟妈是很不喜欢吃的。只要孕妇平时身体各机能正常，没有哪个"零件儿"需要用药物来调控的情况下，嘟妈觉得科学均衡的饮食就很适应怀孕这一自然的生理反应了。睡眠的重要性就不用多说了，特别是孕早期，身体容易发懒，这个时候可以宠着点自己，想睡的时候别挺着，哪怕小睡20分钟对于缓解疲劳的精神和身体状态都是很有效的。

早孕期第三个比较重要的，嘟妈觉得是保持自身的"纯洁"。这是个很辩证的问题，科技的发达为我们带来了高度的文明生活，但是同时也衍生出许多看得见和看不见的污染。平时咱们皮糙肉厚的受点污染也没什么，但对于孕早期的胚胎来说，可是"眼睛里容不得沙子"，ta的健康是需要高纯度的生存环境的。像我们日常生活中必不可少的手机、电视、电脑的辐射，复印个材料，到医院拍个X光片儿，吃点炸薯条儿，喝点含咖啡因的碳酸饮料，你曾经习以为常的很多东西和行为在这时可能都是"雷区"。所以，当了准妈妈，先得学会怀疑，凡事先问个"可以吗"，特别是对那些所谓的"高科技产物"，绝对别逞能当个潮人，这个时候保守些还是有好处的，安全第一嘛！

我不想、我不想、不想长大

2003年3月30日 星期五 孕50天

这两天，玉体欠安，心里也很不爽。起因源自俺家新任“孩儿他爹”。

自打我怀了孕，马上就出现了妊娠反应，于是就虚弱得一塌糊涂，无法继续担当家庭主妇之重任。自打我决定留下这个孩子，更是开始公然且全面的休息保养中。于是，烧菜做饭、打扫卫生诸如此类的家务事便历史性地落在“孩儿他爹”的肩上。

要说俺家“孩儿他爹”绝对是一根红苗正的贫农出身。二人世界时，也能做些力所能及的家务活儿，但突然要承担起全部的家务，同时照顾一个重度妊娠反应的“姑奶奶”，还要上班应酬，在心理上还没完全成为大人的“他爹”非常不适应，并表现出强烈的不知所措和逃避态度。

起初，他要把婆婆接来，并大肆鼓吹他老妈如何的好厨艺、好身手，我断然拒绝：“那是妈，不是保姆！”接着，他又试图以“陪我聊天解闷儿”为诱饵，要把我妈请来，我当即否决：“除了吃饭睡觉，我已没劲儿再聊天儿了！”

两计未成，此生今晨又生一计，居然打起我那“四体不勤、五谷不分”的学生妹的主意。

于是，我，彻底怒了！

为什么求助？两个人的小家，不过是做两顿饭、扫一扫地、偶尔洗两件衣服罢了，能有多大的劳动量，如此这般都承担不起，还当什么“孩儿他爹”呀？你上班你还做家务你累，我不也是连吐带迷糊，还要照例挤公车上班吗？家是两个人的，利益是两个人的，责任同样是两个人的！

一边儿反省去吧！懒得理他！

2003年4月12日 星期四 孕62天

今天突发奇想要吃清炖鱼，他爹从没有把生鱼弄熟的经验，欲上饭店买现成的。我不干，嫌饭店做得太油太腻，并且说着话儿就要呕起来了。

于是，他爹苦着一张脸，扭头便奔向市场。2个小时后，出自他手的第一条清炖鱼，看不出个完整模样地端到我面前，虽然清香味儿扑鼻，但不雅的卖相还是深深刺激了我的肠胃，转头一轮呕吐让他爹面如土色。

但我还是大大肯定并赞扬了他的劳动成果。自打半个月前我的坚定表态后，他爹不再想计逃避了，开始一脸闺中怨夫的样子默默地劳作着，像极了受尽压迫、饱含委屈的“奴隶”。虽然那张苦瓜脸有点影响“家容”，不过我不急，成长总是有个过程的嘛！这方面，女人迫于生理反应，来不及准备就马上进入角色，男人则要靠主动积极的心理调适才能适应，特别是像我们这样搞“突发事件”的，我有理由给他接受的时间。

2003年4月28日 星期六 孕78天

今天他爹借车要送我回娘家休养几天。

一大早起来，不知是不是终于要把我这个“大麻烦”送出去的原因，他爹一路歌来一路舞，哼着小曲儿煮粥、扫地、擦家具，那情景简直就是“解放区的天是晴朗的天，解放区的人民好喜欢”！

不过，说句公道话，此生近半个月来，表现还真是上佳，不仅手上功夫越来越老道，脸上的表情也越来越舒展。我可以很负责任地宣布：他已经不委屈了！他都会快乐地自嘲了！他十分幽默地说：“谁让咱不会怀孕呢，那咱就干点活儿，出点儿力，坚决把领导服侍好吧！”然后还要加一句：“宝呀，爹这全是为了你呀！”

如今这新型“劳动者”的身上所散发出的光辉照耀得我心里暖洋洋的。我开始有信心：他会成为一个勇于承担生活的好爸爸！

2003年5月26日　星期六　孕105天

难耐的妊娠反应终于到进入孕4月的那一天戛然而止了。那时还未显出臃肿体型、尚能身轻如燕的我真有种重生般的感觉。在恶心感消失的同时，饥饿感加倍袭来。一天24小时，俺永远处于半饥饿状态，甚至午夜深度睡眠中都能因为梦中的一块小饼干而忽然饿醒，满橱柜地翻东西吃。

因为有了前两个月的“训练”，老公现在已完全成为厨坛杀出的一匹黑马，这个几个月前连米饭都煮不明白的男人，如今已迅速自学成才，练就一手烹饪好本领，随我点些什么家常小菜，他都能烧个色香味俱全。如今看出来了吧，当初绝不是不能干，也不是不会干，就是不想干。哼哼！小样的！不知道你肚里那点小算盘儿！

在胃口得到大大满足的情况下，身体状况好转的我也开始积极投身于家务琐事中。俺是女权，但俺同时是民主的、讲理的，俺是绝对不会以“承担责任”的名义伺机奴役某人的。

正如这个洒满阳光的周末，在做完力所能及的活计后，孕妻我横卧沙发上，边看电视，边卖力地啃食着大堆的水果、坚果，为营养下一代何惧那日渐肥硕的大脸和身材；而孕妻之夫则匍匐在沙发前的地板上，快乐地掏着每一处不易发现的藏尘纳垢的死角，为清洁环境、愉悦心情抛洒汗水，且不时以“形如偷地雷者”之词勇敢自嘲。

——如此，责权明晰、各司其职、团结合作、快乐健康的三口之家已初具雏形。

嘟妈心得

也许您会觉得这部分是嘟妈在展示如何迫使嘟爸就范、以至心甘情愿“当牛做马”的威力，但嘟妈却有嘟妈的道理。

首先，我觉得生养孩子是两个人的事情，男人绝对不是只提供一个精子、一份基因、一种血统和一个姓氏后就没事了的。在孕育生命的过程中，男人可以因为生理结构上先天性的"不具备"而免遭很多罪，但这并不意味着此事与他无关，他可以照旧潇洒地做"甩手掌柜"。男同胞们千万别解释你工作如何辛苦繁忙，在今天的中国社会，有多少女人都是带孕上班的；更不要找借口说你这不会做，那做不好，那么复杂的工作都应付自如了，谁相信你没智商没能力做点家务呢？也别像嘟爸开始那样，总惦记着找爹娘代劳，父母是退休了，闲下来了，但辛苦大半辈子了，我们还要拖累他们到何时呀！让他们有点自己的时间享受一下生活吧！但凡咱自己能动手去做的，就自己做，受点累也是我们该承担的责任。

其次，这个过程恰恰是加深夫妻感情的绝好机会。婚姻之所以不如爱情美丽，就是因为爱情是飘在天上的，两个人无拘无束、天马行空，除了浓情蜜爱再无他物；而婚姻是在地上的，随时要面临很多"障碍"，两人牵手的目的是要相互搀扶着跨越这些"障碍"，共同走过人生。所以，对于新手父母来说，孕育孩子应该是对夫妻双方能否很好地共同面对问题的第一个大考验。如果总是能多站在对方的角度相互体谅、相互支持，勇于为对方分担，甘于为对方奉献，那不用说怀个孕，养个孩子，再大的风浪都能过去。也只有经历过这些"事儿"的夫妻才能懂得真正的爱是什么。

最后，我们总得为肚里的小宝贝想想吧，虽然目前还是个细胞状的胚胎，但很快ta就要作为一个人来到我们的生活中，并且眨着无邪的大眼睛等着我们被称作"父母"的两个东西去告诉ta，如何做个好样的人。要想育娃，先要育己。负责的身教就是最好的榜样！

孕妇吃吧不是罪

2003年6月5日 星期四 孕18周

凌晨四点，来自腹部深层那有力的“一顶”猛地将我惊醒，迷迷糊糊正琢磨着究竟是梦还是事实的时候，第二“顶”又无比清晰地传来，这下我彻底醒了，且一个猛子从床上蹿起来：“动了！动了！ta动了！”

“啊？谁？谁动了？谁动你了？怎么了？”老公在眼睛还没完全睁开的情况下，却已经一连串流利地蹦出这些词儿。

“是宝宝在动！他终于能动了！……”一时之间，百感交集……两个多月来，一直在没有任何“回应”的“奋战”中倍感孤独，此刻这一“顶”终于无比清晰地告诉我，在我的腹中有一个如此鲜活可爱的小生命，ta可以开始用这种独特的方式随时与我作着最亲密的交流！生命之伟大，孕育生命之自豪感强烈地充盈着那时我起伏不平的心……

疯疯癫癫地激动了没一会儿，肚子又开始传来咕噜咕噜的响声，仔细辨听：呵呵，这回不是胎动，是饥饿的信号。

抱起老公煮好的鸡蛋正欲吞之时，忽然有一种独特的香味从记忆中飘来，那是“非典”时期在一家五星级酒店参加朋友生日宴上酸菜馅儿饺子的味道。不一样，就是不一样！闭上眼睛怎么品怎么香！舔舔嘴唇，越舔越馋！再嚼嚼口中的鸡蛋，咋嚼咋没味儿呀！

中午抱着电话把自己没出息的馋相淋漓尽致地向老妈描绘一番，放下电话仍然想，午睡的梦里都是那香味儿……下午下班一进娘家门，便立刻被那魂牵梦绕的想念中的味道所包围！啥是亲爹亲妈？这就是亲爹亲妈：中午放下我的电话，二老便坐车直奔那家五星级酒店，人家一般是不打包外卖的，俺那亲娘厚着脸皮说明情况，最后动之以情，终于花了100块钱买了人家现包的二斤酸菜馅水饺。怕凉了不好吃，老人家里三层外三层地包着，紧紧地捧在心口，一路打车飞奔，保证热气腾腾的饺子基本跟我同时进门。

其时，我坐在桌前抱着大碗狼吞虎咽地大快朵颐，面前小盆里的饺子以层为单位刷刷地递减着，猛一个抬头，突然发现爹娘坐在对面，双双托着腮、歪着头、含着笑，那样满足、那样享受地看着我狼狈的吃相，我的鼻腔突然冲出一股酸涩的液体，慌忙低头佯装吃食，视线中的盆碗却都控制不住地模糊起来……

这是我平生吃的最贵的饺子，也是最香最幸福的饺子……

2003年7月25日　星期五　孕24周

流水记录贪吃孕妇母猪般幸福的一天：

4时，被肚里的臭宝准时踢醒，不情不愿地迅速爬起，半闭着眼睛摸到卫生间排空晨尿，然后熟练地抓起床头柜上事先备好的凉白开，一饮而尽，补充水分，清理肠道，接着倒头续睡。

7时，仍然想睡，但是肚饿得厉害，必须起来。半闭着眼睛刷干净牙，清汤清水儿地洗把脸，梳子飞快地理顺短发，孕期的衣服也没啥花样，简单、舒服、干净、得体为准了。这样的梳洗打扮基本不用照镜欣赏。抓过老公洗好的一大包水果跟幼儿园小朋友似的，飞奔下楼。

7时10分，带着叽里咕噜乱响的肚子，满眼放着饥饿的绿光，雄赳赳气昂昂地杀向单位食堂。一路坐在公交车上，尽情地畅想着那些可爱的包子、馒头、豆浆、小菜儿……忽闻一阵清香飘来，慌忙四处寻找，天！前排时尚小女孩正优雅地啃着苹果，于是俺那眼睛便立即掉到果上，直到下车才拔出来 。

7时40分，食堂的划卡器刚刚开始工作，作为它接待的第一位客人，俺直接扑到餐台前。这自助就是好呀！怎么吃都一块钱，特别适合我现在这种消费能力。在迅速消灭掉两个小包子、一个小馒头、一块黑米发糕、一份儿土豆泥、一份儿凉拌菜、一份儿拌豆腐、一碗小米粥后，俺在同志们惊诧的目光注视下，悠然地享受着最后一碗香喷喷的原汁儿豆浆。同事严厉警告：早晚你得被食堂宣布禁入！

8时15分，结束战斗，拎着水果口袋，在单位大院里散步15分钟，上楼开始工作。

8时30分，整理省情写作的资料。

9时30分，俺的馋虫又发出了警报，早已磨厚的脸皮丝毫不红地掏出硕大的富士苹果，咔咔地啃起来，之后是一个南果梨，之后是一个西红柿，之后是一根香蕉，一直忙乎到10点多钟。

11时10分，同志们相约着去食堂午餐，俺捧着滚圆的大胃（此时肚里的孩子还没多大，主要是吃的胃大），一路“谦虚”着：刚吃过，也不怎么饿呀，简单吃点吧！然后托着一盘子小山一样的饭菜，埋头认真地消灭掉二两米饭、一个小馅饼、三块炸带鱼、一份儿瓜片儿炒蛋、一份儿蒜蓉茼蒿、一碗脊骨炖小白菜豆腐汤。同事百思不得其解地质问俺：你要是复杂点儿吃得啥样呢?

12时，在楼下明媚的阳光里散步半小时。

12时30分，上楼往办公室的小沙发里一卧，两分钟后进入无比香甜的午睡中。

13时30分，醒来精神抖擞地继续整理材料，其间偶尔吃个小黄瓜、小西红柿缓解一下单调的工作氛围。并于下班前很正式地 “消灭掉”一个大富士苹果，且“大动干戈”地啃掉一只新鲜的芒果。当俺满脸果汁横淌地抬起头时，惊见对面的作家同事张成“O”形的大嘴，双方目光对视的一刹那，作家“佩服”地点头叹道：高！实在是高呀！水果女生！

17时30分，还没进家门，肚里又开始奏乐了！老妈的拿手菜就是炖豆角和凉拌黄瓜，但这也无法阻挡我吃掉两碗饭的好胃口。

20时，跟老妈一起欣赏内地最新“故弄玄虚”电视剧《一双绣花鞋》。期间，老妈成功地阻止了我啃食这一天中的第三个富士苹果，她老人家指示：歇会儿吧，你嚼的腮帮子不累吗？呜呜呜，亲妈变后妈了！没有吃食，俺看得没精打采，正欲睡觉，忽闻有人敲门，心下不以为然：肯定是老公回来了。但却见前去开门的老妈惊恐地呆愣在那儿，不敢行动。待俺凑近细听，打门外悠悠地传来一个低沉的男中音：“我是纪雨堂（电视剧《一双绣花鞋》里的头号大坏蛋），快开门。”在寂静的夏夜，阴森的气氛霎时铺天盖地。俺壮着胆儿小心地从门镜往外一看，当即气得七窍生烟！但见老公正在外面拼命捂嘴，窃笑得死去活来。这白痴，准是把她岳母大人当成我了！弄清情况后，老公红着脸躲进我们的房间继续狂笑，老妈居然也在小卧室偷笑。

没有吃食的不愉快很快被这温暖的节外生枝取而代之。

2003年8月7日 星期四 孕26周

今天很丢脸，自尊很受伤……

活了二十几年，俺啥时候因为偷吃东西被人这样批评过？

说来，事起我怀孕后的口味改变：孕前嗜辣如命，孕后闻辣即吐；孕前饿死都不想碰一个水果，孕后完全变成果园里的“害虫”；孕前最烦可乐类饮料，孕后昼思夜想的偏就是那刺激的一口儿。

前两点好说，辣可以不吃，果园的大门也永远向俺敞开，只要我有足够的money、足够大的胃和保持在足够安全范围内的血糖值。但是可乐不行，可乐有咖啡因，咖啡因对胎儿很不好，所以馋死都得忍着。

人都是这样，越不让你干啥你偏就想得要命，我对可乐的思念便是这样与日俱增。偏偏老公本就是个爱喝可乐的人，家里隔三差五就备点存货，一大瓶一大瓶黑黝黝的液体鬼魅般地泛着诱人的光。

终于在这个立秋的晚上，在确认老公已进入熟睡状态，在一路安慰着自己：快孕7个月了，偶尔喝一次对孩子不会有啥影响的情况下，俺偷偷地潜入厨房，准确地摸到白天老公偷藏可乐瓶的地方，心里一阵小得意，正欲激动地扭开瓶盖狠狠灌上一大口的时候，黑暗中突然传来老公阴森森的声音：干—啥—坏—事—呢？虽然是吓了一跳，但潜意识里似乎早有准备，因此根本没理他那根茬儿，亡命之徒一样拼命猛喝上一大口，直到老公气急败坏地冲上来亲手制止了俺的“犯罪行为”，才心满意足地坐在地上无耻地回味着、陶醉着，任老公在旁疯狂地讲着大道理，并借机充分宣扬自我孕后他那伟大的牺牲精神……

2003年10月20日 星期一 孕37周

到目前为止，亲妈已经不是我亲妈了！好容易挺着锅样的大肚子回趟娘家，不挑三也不拣四地把剩饭剩菜拌成猪食状，未等开口吃就被老妈蛮横夺下，随之斥责：别吃了！别吃了！连下嘴唇儿都肥三圈儿了，你还想不想自己生呀！于是，俺很受伤……

亲婆婆也快变成“恶婆婆”了。在我一口气吃下一大盆的水果后，她老人家终于忍不住劝下了我欲再吃掉一盆的行动：媳妇呀，我不心疼钱，我心疼你这胃呀！你就不感觉撑吗？于是，俺很没面子……

只有老公还是亲老公。自打进入孕期最后一个月，他就每天很随我心愿地提供一袋子葵花子，虽然抢着跟我一起吃，但俺精神上很满足；在从前同事嘲笑我胖成母猪的时候，他依然能深情地说：你永远最美。虽然明知道有安慰的成分，但俺还是很幸福地把自己当成增肥版的“杨贵妃”来自恋。

终于到今天，我自己也吃烦了！天哪！咋还不生呢！我这猪般的生活何时是个头呀！

嘟妈心得

对于孕妇来说，吃就是硬道理。不管想不想吃，能不能吃，这都是孕妇们一项最基本且最重要的责任和义务。

在这方面，嘟妈主张：一是要吃的广且吃的粗。必须培养对食物的博爱之心，充分发挥人作为“杂食动物”的优势，广泛摄取各物精华，保持营养的均衡；但嘟妈不太喜欢选择那些经过精深加工的食品，或是营养素、保健品什么的，每一道高科技加工程序在体现它特有价值的同时，也衍生出各种轻重不同的污染，所以我宁愿遵从人类自然朴素的饮食习惯，从最原始的食品中吸取原汁原味儿的养分。

二是按需所吃。孕妇的口味一般都会有些改变，或是有一些奇怪的嗜好。这个时候孕妇朋友们应该宠一点自己，想吃的时候一定要吃，想吃什么特别东西的时候也一定要尽可能地满足自己。我总觉得，肌体产生这种饥饿感或对某种食物的迫切感不是完全没来由的，这一定是身体有合理需求的一个信号。现在大家的经济条件都有改善，物质供应也极大丰富，所以，在适当的范围内，尽可能满足身体发出的食物需求信号还是很必要的。

三是必须吃的安全。一切时期的饮食都是在科学的基础之上，但千万别一讲科学就捧着书本教条起来，每天测量计算着你又摄入了多少维生素、蛋白质。嘟妈觉得太没必要让自己活的像实验室里的动物一样，在掌握科学饮食的一些基本原则的基础之上，适当根据自己的口味进行搭配调节，此多一些，彼少一些，都不会有太大的影响和不利。同时，对自身情况必须要有详细的了解，比如平日血糖就很高或是偏胖的朋友就不能像嘟妈那样不要命地吃水果。要根据自己的身体状况来取舍食物的品种、用量和吃法，能食补或食调的就尽可能别用药补或保健品调养。

最后说说吃的目的，很显然是要强健孕妇的肌体，满足胎儿更好的发育，而不是传统意义上的“胖乎乎”。就我自身来说，整个孕期的贪吃和对水果蔬菜类食品的偏爱，让我的身体素质前所未有地强壮起来，抗病能力也超常地强大。当然由于孕前我的体重长期处于过轻状态（80斤，身高160厘米），所以，我多少是在借怀孕之机大行增肥的心愿，因而食量上从没控制过，整个孕期增重50斤，生产后，根本不用刻意瘦身，轻松维持在100斤左右。

孕妇，你无权生病

2003年3月31日　星期一　孕7周

好容易下决心留下这个孩子，一大早起来又出状况：意外地发现有少量的褐色分泌物。前天新买来的《孕期指南》还没来得及看呢，不过凭常识判断，这种情况应该是在非正常范围内的。不敢马虎，赶紧去医院。

很幸运遇上老教授出诊，排了好久的队后终于轮到我。在简单的一问一答及内外检后，老大夫和蔼地告诉我：目前看来，此系正常现象，为孕初期孕激素刺激所致。但要注意休息，留心观察，如果分泌物变成血色或流量变大时，一定要及时到医院诊治，防止意外流产发生。

有了权威诊断，心里终于有底了。回家休息的同时，开始突击学习《孕期指南》，不能打无准备之仗呀！

2003年6月10　星期二　孕19周

孕期中的第二次牙痛从昨天开始愈演愈烈。这就是打“无准备之仗”的坏处，本来就长着一口烂牙，如果是“计划生育”，说啥也得在孕前早早把缺的洞、烂的齿修理彻底，何苦到这时，疼的死去活来，却什么招儿都用不了。

话说一个月前，我那打着钢钉的上门牙也曾小小地闹过两天。如果是从前，遇到这种情况，必须吃上一周消炎药方可见效，但现在孕妇我却什么药也不敢吃。于是那一晚，作为一个“老党员”，我第一次求神保佑了，甚至在梦中都念叨：古今中外的神灵呀，我肚里的小宝贝呀，一定要保佑我明天天一亮就好起来！也许真的是心诚则灵，总之，第二天太阳公公出来的时候，我这个"无神论"者还真的被神成功保佑了一次，牙痛症状居然明显好转。当日傍晚时已几乎没有感觉了。

所以这次我还祈祷。可惜神大概不高兴被"招之即来，挥之即去"地使用，因而当第二天，太阳公公照旧升起时，我的牙痛却更加猛烈了，半个脑袋都要炸开一样，甚至连眼皮轻轻眨动一下都牵着半张脸跟着一起疼。

当天下午实在无法忍受，便跑到市口腔医院去求助专业医师。好容易晕头涨脑地挂完号，交完检查费，终于坐到医生面前的大躺椅上时，那女大夫望着我明显隆起的肚子，捧着我张大的嘴巴，左敲敲，右看看，东问问，西查查，最后十分残忍地说：你的牙发炎了，必须钻开，但你都孕这样了，原则上是不应该钻开的，消炎药也最好别吃，所以，你还是忍忍吧，过几天不行再想办法吧！原谅我当时很想骂娘的冲动！难不成我就只有活活疼死或是治死孩子两种选择了？此后抱着开始肿起来的半边脸，心里涌出无数不雅的语言尽情默默地宣泄着一肚子的烦恼和无助！

人常说"急中生智"，当天晚上我也算疼出点智慧：猛然想起朋友曾送过一本专讲生活小偏方的书，有病乱投医，连忙找来翻看，居然还真有不少记录在册的土法子。比较再三，最后选择咬蒜瓣来止痛消炎。这其中的科学依据不知是什么，实际疗效也不晓得怎样，但足够安全，且操作简单。于是，俺就一瓣接一瓣地咬在疼痛的牙上，直咬到嘴都发麻为止。只是当晚，老公捂着鼻子，说死也不跟俺同室而居。

土办法加又一轮虔诚祈祷后，当今天清晨太阳升起时，我的牙痛居然奇迹般地得到了很大的缓解。俺心情顿时大靓，虽然满嘴一时半会儿除不净的大蒜味儿让我一整天都"文静内敛"着，傍晚的时候，还是继续咬了两瓣巩固一下神奇的"疗效"。

这会儿，牙细菌已基本被我制服。带着愉悦的心情，赶紧打开日记本儿，龙飞凤舞地记录下自己这一"赫赫战功"！

2003年7月23日　星期三　孕24周

当了近一个月的“跛子”，今天总算全面好转了。

说来很奇怪，自进入孕6个月开始，两条腿便轮番闹起怪毛病。先是左腿，突然像扭了哪根筋似的，感觉很别扭。起初以为是走路不小心闪了筋，但很快的，这种“别扭”就转变成一种很特别的疼痛，那种感觉就像腿上的筋被人强行绷直，脚上的筋被扭了几个麻花劲儿似的。当这条腿发展成轻度跛着的状态时，我不得不引起重视，寻医求助了。

不过，刚到医院还真有点懵，一时间拿不准是该看骨科还是看妇科。后来本着“哪儿疼医哪儿”的原则先看了骨科，因为不能做X光片儿，便只在骨科大夫详细地“外检”后，拿着“未见异常”的诊断无奈地跑去妇科。找到当年咨询的妇科主任后，主任仔细地摸了摸我的肚子，没过一会儿就找到了“病因”：是孩子的胎头压迫所致。胎位显示我的宝宝始终是头朝下的，此时恰好略偏左侧，向下顶得很紧，加之我本身有一点先天性髋臼发育不良，导致神经压迫引起不适。

果然如妇科主任所说，没过一周，大概宝宝不停运动改变了体位，左腿的不适症状明显缓解，并很快消失。只是这小家伙好像有点运动过了，右腿又开始出现同样的症状。一直折腾到这几天，ta 总算把ta那个大脑袋摆正了，我这双腿才恢复正常，筋也顺了，走路也不跛了。

哎，这怀个孩子还真是不容易！

2003年11月4日　星期二　孕39周

回顾整个孕期，除了中期疼过两次牙，跛过一个月腿，后期因为缺钙抽了两次小腿筋外，基本还算风平浪静。这对于一向体弱多病的我来说，简直已经是上天恩赐了！只是眼看着还有一周就到预产期了，今天检查居然血压又略高了（高压130），估计是我食盐太多的缘故。哎，没办法，一向口重，明知道孕期该清淡些，却无法控制馋瘾。好在产期临近，及时调理应该不太可能造成大碍。

晚饭就吃的芹菜，据说有降压功效，而且淡之又淡。嘿嘿，典型的临时抱佛脚！不抱不行了，俺那猪脚都肿大两号了，所有的鞋子全部变瘦小。这还小事儿，要是引起妊高症，那就不好玩了！

小心着，期待孕最后一周的平安顺利！

嘟妈心得

上述这些基本就是我整个孕期所有的不适反应。

说来我真是个幸运儿，二十几年都弱不禁风地活过来，到了怀孕这10个月，竟然体壮如牛，轻易也没有个风吹草动。我想这大概与我一贯的乐观精神、预防为先的思想和质优量足的饮食有很大关系吧。

我其实和所有的孕妇一样，很怕这10个月中出毛病，哪怕平日里不在乎的头疼脑热，到这时都会变得很麻烦。因为不能乱吃药，因为不能受辐射，导致很多小毛病都无法采取有效的方法积极治疗。所以，我那时想，最好的办法就是防患于未然。

我这人一向乐观，凡事虽说都是有好有坏两方面，但我总喜欢看积极的一面鼓励自己，特别是面对困难，一时半会儿还解决不了的时候，我就会发挥特别的“阿Q”精神，用“别着急，不管怎样，下周这时肯定已经解决掉了”的说辞来安慰自己，缓解调节紧张的情绪，给自己喘息一口气的时机，然后有力量蓄势待发。所以，即使在“非典”流行的日子里，我依然能每天从容地与“一线人士”共乘一台电梯楼上楼下地跑，在精神上我是自信的、积极的、有韧性的，因而不可战胜。

当然我是个唯物主义者，我还会采取科学的方式来预防，比如流行疾病盛行之时，尽可能避免到封闭人多的公共场所，多吃具有抗菌杀毒作用的蒜、醋之类的食物；稍微有些感冒等小毛病的征兆，立即靠多喝温开水、卧床休息等土办法来将病菌扼杀在初期阶段。此外，合理丰富的饮食可以加强人的身体机能，这其实是最好的预防方式。实践充分证明，我的贪吃不是徒劳的，它们在营养着我和宝宝的同时，也大大增强了我的抗病能力，从某种意义上来说，降低了染病的机会。

但预防手段做得再好，对于体内跳着两颗心脏、拥有两个相对独立又密切相连个体的孕妇来说，大小情况还是会时有发生。在超出自己常识判断能力的情况下，必须要及时求助医生，尽管这样免不了有时会显得大惊小怪，但宁可错杀一千（病症），也绝不能疏忽掉一个。

可笑的胎教

2003年5月17日　星期六　孕17周

书上说，到孕4个月就可以开始胎教了。虽然我从没奢望过我的孩子能成为一个智力超常的天才，但至少ta应该是个聪明伶俐的宝宝，所以，我信“胎教论”。

书上又说了：准爸爸浑厚的男中音对于4个月胎儿听力的发育非常有益。于是，在我的积极号召下，我们家准爸参与胎教的热情空前高涨起来。

就在今晚，央视五套的体育新闻刚刚开播之即，铁杆球迷的老公竟然在我一声呼唤下，啪地就关掉电视，大义凛然地抱着我精心采购回来的《格林童话选》，小心地窝在我的身边，把脸正对向我微隆的腹部，脸上随之调换成一副无比慈祥的表情，捡起他学生时代朗读课文的腔调，忘我般地狂讲起来。一度，我很感动于他认真的样子；一度，我很想笑他滑稽的语调；一度，我有点迷糊他究竟在讲些什么。最后，在我即将被催眠过去、意识尚存的那两秒钟里，模模糊糊听到我家准爸气急败坏的声音：奶奶的，这什么破故事？宝呀，你爹我自己都没搞明白啥意思。算了，今天就到这儿吧。言毕，熄灯睡觉。

黑暗中，他没看见我挂在嘴角幸福的微笑。

2003年8月15日　星期五　孕27周

今天是"8·15"光复纪念日。在这样具有特殊历史意义的日子里，我却突然想起我那久违了的胎教。

其实自打我家准爸讲过那个不成功的故事后，我还按书上指示，买过一盘胎教音乐。只是原本就没有听音乐的爱好和习惯，所以，那盘音乐始终连封皮儿都没拆地躺在抽屉里睡大觉。

在今天等待老公晚归的时间里，我终于拆开碟子，随着那些动听了几个世纪的古老曲子轻轻地奏起，我关掉室内所有的灯，挺着肚子懒懒地靠在阳台的摇椅里，看着对面百家灯火里上演的不同故事，意识忍不住渐渐模糊……

不知过了多久，音乐仍然在响，一双温暖的大手抚上我的脸，同时一个极不搭调子的声音脆亮地打断我精心布置的美好意境：睡得挺高雅呀！

我倒！！！

嘟妈心得

这就是我仅有的两次胎教，像小孩子过家家一样可笑和流于形式。目前对于胎教的科学依据和实际作用，理论界说法不一。有主张要经常对着肚子放音乐、讲故事，说是可以刺激胎儿听觉发育的；又有人马上站出来说，胎儿听觉神经还没有发育成熟，经受不起这样噪声的刺激。结果就是，看的越多，我越糊涂。最后干脆走自己的路，让别人胎教去吧。

于是，我开始胡乱搞起自己的胎教，其实就是对我本身的一种自教。这是在被书上理论弄晕的时候突然想到的：对孕妇自身素养的进一步修炼和对愉快情绪的培养，其实就是最好的胎教。我们怀孩子的人精神愉快了，心态平和了，修身养性了，独善其身了，就等于给腹中的胎儿营造一个再好不过的成长环境了。所以，我根据自己的喜好，通过看电影、阅读书籍、逛街、追寻美食，甚至是收集图片等一切带有个性化色彩的事情来让自己经常处于一种放松状态、自由气氛之中，通过愉悦的心理电波传递给宝宝更多积极有利的信息。

孕期中，我认为最大的收获在于读了两本很好的育儿书籍，一本是《卡尔威特的100个教育理念》，另一本是《哈佛女孩刘亦婷》（第一部）。这是我第一次接触带有现代教育理念的书籍，那些与我所熟悉的传统育儿思想迥然不同的说法，那些细致生动的教育实例，让我对如何做好一个新时代的父母、如何去养育我们的孩子有了一个初步的科学认识。

经历了这样一个特别的洗脑过程，我的自教终于实现了一个质的飞跃。

难耐的产前时光

2003年10月5日 星期日 孕34周

自进入8月——孕7个月起，要开始每月一次的围产期检查。忘了书上是怎么解释 "围产期"这个概念的，大意就是生产临近的意思。昨天已到孕9月的第一周，也是我进行第三次围产期检查的日子。

照例给我测血压、量腹围、做胎心监护、查看体位，最后做了孕期中的第五次B超。都传说B超做多了对胎儿不好，但很多时候，这种检测手段还是非常直接且准确的，只要在适当的范围，孕早期尽量少做些，应该还是很安全的。

昨天最大的收获就是意外发现了宝贝的天大秘密：这个淘气的小东西，为了追着那个做B 超的探头，不经意间的一转身，一下子暴露了他最明显的性别特征，嘿嘿，是个小弟弟呀！

虽然整天喊着男女都一样，但这个结果还是让准爸很高兴。准妈也很高兴，因为医生说一切发育指标就跟医学教科书上的参考值那样标准，只是头围略大些。俺不怕头大，头大聪明呀！

一高兴晚上睡得就很香。准爸也高兴，也想睡得很香。但是由于大肚子压迫所致，准妈近来呼吸很不顺畅，由此产生的鼾声很吵很吵。于是，可怜的准爸就小心地轻拍准妈的肩膀，希望我可以换个体位，减轻一点噪音。我很配合呀，半梦半醒间马上挪着沉重的大肚子翻了个身，只是，新一轮更加响亮的鼾声越发惊天动地地震撼着夜空。准爸无奈地叹着气，自顾转过身去，准备又一个"今夜无眠"……

2003年10月11日　星期六　孕35周

随着孕期临近，突然发现有很多东西要准备，有很多事情要去做。生个孩子怎么这么麻烦？

整整一上午，我捧着个锅状肚子，被老妈牵着艰难地穿梭于商场婴童专卖区。除了累以外，我最大的感觉就是：一，没见过的东西太多了。原本只打算买个奶瓶，买点爽身粉，再买两件儿小衣服啥的就够了。后来亲眼一看，惊讶地发现现在的婴儿用品实在是太丰富了！没有你买不到的，只有你想不到的。女人大多受不了这样物质的刺激，在服务小姐的“忽悠”下，我们一下子就采购了一堆东西，包括什么婴儿专用指甲刀、婴儿洗澡专用测水温计、全套强生洗护用品、NUK奶瓶一大一小两个。接下来就不得不说第二大感受：钱带少了。家里二十几年没有小小孩儿了，所以平日没人有机会到婴儿专用区闲逛，因此对这一市场行情的了解过时的可怜，以为几百块钱就能解决所有问题的，结果没出手几下，就“羞涩”了。俺娘更是一路就没合上过嘴，不时大惊小怪着：好家伙，一件儿小和服就60多块钱！抹布大小的一块布呀！怎么这么贵呢？服务小姐立刻讲了一大套我们听也没听过的道理：什么名牌产品里甲醛等有污染的化学成分含量不超标，对孩子身体刺激小；这个东西材质又是经什么国外研究独家设计的，安全性高……我们听得头直大，但隐约觉得好像很有道理。看来下次得带足银子，再来扫荡了。

晚上他准小姨送来了精致漂亮的小浴盆，他准姥爷更厉害，精心绘制图纸，亲手设计，由别人代工制作，耗时一个月打造出的时尚婴儿床也于今晚正式进驻我家了。他准爸也凑热闹地给我这个很不专业的准妈捧回了一档有点专业味道的照相机，就等着他的宝贝一出世，就能马上记录下那历史的瞬间。

大家都这样积极且热切地期待着宝宝的到来，我这个准妈当然不能落后，抓紧一切时间反复温习所有参考书目上的生产过程，包括自然分娩和剖腹产的全套程序。所以今天跟医生对话的时候，俺是清一色的医学术语，搞的人家还以为我是妇产科大夫呢。嘿嘿，我就这习惯，喜欢凡事有个精神铺垫，熟悉这个过程了，我就知道到时候该怎样科学地配合医生，不会瞎着急、乱害怕了。

2003年11月3日 星期一 孕39周

今天进行最后一次围产期检查。冯主任亲自给做的，老公还被特许进入B 超室，在主任的指点下，眼睛、鼻子、胳膊、腿儿的看的是频频点头，屡屡傻笑，我躺在床上干着急，只能看着那被宝贝儿踢的“此起彼伏”的大肚子解解闷儿了。

检查中，冯主任还意外地发现宝贝膀胱中的小液体，说这孩子还憋着一泡小尿呢。我忍不住脱口而出：他居然还有尿液呢！所有人闻言嘴巴都张成“O”形：啥话！“麻雀”再小，也“五脏俱全”呀！

后来感觉冯主任测了好久一个什么数值，跟旁边的小大夫嘀咕半天，终于很正式地问我：告诉我，你这一个月都吃什么好东西了，怎么把孩子头吃这么大？双顶径已经达到10.3厘米了，内径都10.1厘米了。我茫然且无辜地望着她：也没吃啥呀，最近就是挺喜欢吃葵花子的，一天一口袋。冯大夫苦笑着说：傻孩子，葵花子是高油的食物，很补脑的，怪不得孩子头长这么快，这下看来你自然分娩不太可能了，准备差不多时剖吧。

其实，在剖腹产如此盛行的时代，这个结果我好像更乐于接受。相对这个问题，我更关心老公都在B超显示器上看到了啥，人家居然说，除了跳动的小心脏外，啥也没看明白。我很失望：可是你刚才一直在点头、微笑呀！我有些不甘心。老公的回答让我几乎气绝：“人家主任那么热情，我好意思一点反应都没有吗？再说了，人都说那么明白了，我还不明白，不显得我太低能了吗？”哎，活活是要气死我呀，这个“低能”！

下午老妈来家里，和婆婆一起帮我收拾好生产必备的物品，并打包装好。俺们真是太厉害了，生生制造出六大包来。其中包括孩子的用品：奶瓶、洗护用品、换洗衣服、老式尿布（就是旧的线衣经洗晒后剪成的尿布）、新式纸尿片儿、代表两位老太各自风格的尿垫儿一大包、薄厚不一的包被毯子若干条，毛巾浴巾口水巾一个都不能少，隔尿垫、湿巾、软手纸通通带上；产妇我的用品包括：长条手纸若干卷、加长卫生巾若干包、成人隔尿垫一大包、开衫儿纯棉家居服两套、老妈特意精选的带着厚厚羊羔毛的包根儿棉拖鞋一双、水杯、吸管、餐具、洗漱用品，还有老式坐月子必备的一顶单帽。另外还有陪护人员的生活用品。最后老公看着堆在地上的一大片，整个人傻在那儿：这哪是住院生孩子呀？这分明是要过日子去呀！

2003年11月9日 星期日 孕40周

以下是准爸唯一一篇孕期墨宝，作为10个月孕期生活的结束语吧：

今天星期日，晴空万里，外面的天气好极了。小嘟嘟（我们给宝贝儿起的小名），距离你正常的出生日只有一天了。此时此刻，你还躺在妈妈的肚子里，没事一样，你在想什么呢？一切都为你准备好了，妈妈为了你，已经休假两周了，吃得像个大熊猫似的，焦急地等待着你的降生。爸爸总是在心里想着你会长的什么样呢？是像爸爸还是像妈妈呢？不管像谁，爸爸永远祝福你和妈妈幸福、健康、顺利！祝愿咱们全家永远幸福快乐！为了你的到来、你的健康成长，爸爸将会更加努力地学习、工作，为你、为咱们家、为了妈妈，爸爸会竭尽全力的。

快出来吧，小嘟嘟，一切都准备好了！祝你幸福、健康！

嘟妈心得

孕9个月——万米长跑终于进入冲刺阶段了。

此时身体的负担日益沉重，产前的各种准备事项也都到了必须一一解决的时候了。

买婴儿用品是个让我既兴奋又痛苦的过程。兴奋是因为可以满足我作为女人永远无休止的购物欲望，除了结婚以外，真是没有比这更好的机会可以理直气壮地大败特败了。痛苦是因为太兴奋，中了商家很多计，其实在精致包装下所谓的很多人性化设计产品，都是经不住实践考验的，而我常常明明已经看到面前挖好的陷阱，却还是义无反顾地纵身跳下去。就比如那个吸鼻器，说是给孩子吸鼻涕用的，可是后来当真宝贝鼻塞不通时，这个新式武器竟然不如老妈的两滴香油好使，三十几块钱的东西吸个水都费劲，最后未发挥任何功效就混入了废品的行列。所以，奉劝正在兴奋中的准妈们，购物之前还是降降温，准备好婴儿必备的衣、食、便用品就可以，很多不急用的东西等婴儿降生后再根据具体需要购置也来得及。但对于要购进的婴儿用品，我还是相信正规商场里的大品牌，虽然贵得让人心疼，不过能买个相对的安全和放心也是绝对值得的。

此外，我还很热衷的事情就是疯狂地翻看书中有关生产过程的内容。包括自然分娩和剖腹产两套程序在内的N多个版本的书籍介绍，几乎要烂熟于心了。一个要出征的战士必须要明白自己打的是什么仗，怎么打，这样才可以做到从容应对，临阵不乱。虽说进了医院，医生护士唱着绝对的主角，但是孕妇的情绪和配合非常重要，只有在双方互动良好的情况下，医者才能调动最积极的状态、发挥最佳的水平、取得最好的效果。

孕9个月的身体监控也非常重要。对于打算自然分娩的姐妹们，此时就不要再像嘟妈那样没命地吃了，这个月孩子主要长肉，即使少吃一点也不会影响正常发育，反而会很利于分娩的顺利进行。另外，孕中晚期时，容易产生妊娠高血压综合征，最好能定期测量血压，注意休息，少食盐，少喝水，避免水肿。饮食可控制量，但必须保证营养的充足，且搭配合理。

没有阵痛的生产

2003年11月10日　星期一　孕40周

今天是预产期，而我依然没有任何临产的反应。昨天去医院同冯主任商量如何生、何时生的问题时，B超已经显示胎盘三级了，就是说我被这肚里的小鬼榨得差不多了，马上就要供应不上他的营养需求了，可他还死赖着不肯离开我的“小房子”。

我的耐心是真的达到极限了，托着个几十斤的大肚子站也不行，坐也不是，躺着就上不来气儿。本来冯主任说孩子胎头大，原来一直鼓励我的自然分娩已经没戏了，当时我就想说那马上安排住院剖了得了。可老妈总坚持“瓜熟蒂落”的老理儿，非要我等到破水、见红、阵痛的标准生产征兆时才能打响“战斗”。

于是，我就按冯主任教授的办法，揉搓乳头，以刺激宫缩。肚子也确实屡屡硬硬的进入紧张状态，可就是既不见破水，也没有见红，阵痛就更别提了，往往是瞎紧张个几分钟后，臭小子便又东一脚西一拳地悠闲地进入运动状态。

我简直要崩溃了，犹如大难临头的将军，挺着非常像样的“将军肚”不停地在斗室之间踱着步，一个不小心瞥见楼下来来往往、身轻如燕、自由自在的人们，顿时火从心中起，立即悲愤地抱着水果啃起来！

2003年11月11日　星期二　孕40周

早六点，迷迷糊糊睁开眼，一下瞄到自己怀里的这一大砣肉，顿时沮丧的情绪迅速在大脑中弥漫。唯一还兴奋着的是那没心没肺的嗅觉和胃口，这会儿勤劳的婆婆已经煮好香喷喷的早餐了。

懒洋洋地起床穿衣时，突然电话响起，是冯主任的，她的最新指示说我已过预产期了，没有再等待下去的必要了，今天上午她恰恰有空当时间，要我马上空腹，收拾东西过去。

原本宁静的空气刹那间亢奋起来，老公、婆婆和我当即进入备战状态。在急电通知娘家后，我火速冲进卫生间，把能洗的地方通通清洗一遍，然后有点难过地瞄着老公和婆婆围着满桌丰盛的早餐大快朵颐。

很快我们便大包小裹地奔下楼去跟我的妈妈妹妹们汇合，一队人等雄赳赳气昂昂地向医院进发。

一切等得太久了，一切又突然来得太匆忙了。

所幸在冯主任的安排下，很快完成了原本很烦琐的术前检查，很快协调好了难得的单间病房。因为太快完成所有该准备的事情，以至我竟然有半个小时的等待时间。此时空下来的心忽然意识到：自己真的要挨刀了！呜呜，可怜俺平素连手破个口都受不了的娇小姐，如今却要像待宰的羔羊一样，被人放在案板上，割来缝去的。想想浑身都直起鸡皮疙瘩。但当我看见一直守护在身边的老妈一副六神无主的样子时，纵有天大的恐惧也不敢有丝毫表露了。

中午11时，终于有护士来接我了，并且还很夸张地推来了轮椅，以很职业的口吻严肃命令我坐上去。我忽然忍不住一阵坏笑，便顺从地将胖胖却并不笨重的身体塞进轮椅。然后如愿听到护士很意外的一声惊叹，接着轮椅似乎在很大推动力的作用下才突然艰难地启动了。没过一会儿，到一个上坡的时候，推着我的小护士终于气喘吁吁地还原人间本色：我说你是不是可以下来自己走呀，这也太沉了！我哈哈狂笑着蹿下来健步如飞。

老公那会儿正楼上楼下蹿跳着办入院手续、做术前签字、打听麻醉师的事情，所以，一直是妈妈陪着我进了手术室的大门口。在我换鞋等待护士消好毒来接我的当口，突然发现妈妈满眼热泪，不停地安抚我：别害怕，妈妈在外面等你！没事的！可她的表情分明告诉我大难好像就要临头了似的。妈妈的担心和眼泪让我一刹那间坚强起来。我心头一轻松，明媚地笑着告诉她：放心吧，进去我一个，出来两胖子！

11时10分，跟哭成泪人儿的妈妈笑着告别。大义凛然地抱着一大卷手纸跟着护士向四号手术室走去。一路还不忘参观感叹着：哇，不错呀，还真没来过医大的手术室。护士惊讶地回头看我，大概此刻正怀疑我是否神经正常。进了四号手术室，麻利且没有丝毫羞涩感地（主要是当时有点麻木了，哪还顾得上羞呀）脱光自己，灵巧地爬上窄窄的手术台，刚躺好，便非常不爽地听到有另外的护士叫：错了，这台儿不是腹剖产，腹剖产在六号。一直陪着我的小护士有些不好意思，我赶紧安慰她：没关系没关系，拿床单披上就行。就这样，我一路缠着个床单，拎着个手纸，半露着香肩、无比性感地往六号手术室奔去，嘴还不闲地打趣自己说：手机短信上说的一点都没错，冬天裸奔老遭罪了！小护士终于忍不住疑问：你不害怕吗？怎么还有心思开玩笑？我故作语重心长地回答她：挨刀谁不怕呀！但最重要的是要始终保持革命乐观主义精神，相信胜利永远是属于我们的！小护士嘣的一下跑走了，哈哈哈！她大概真的怀疑我精神不好了！

11时20分，忘了是干什么去了，反正有那么一个非常短的时间段里，手术室只有我一个人抱着我的衣物坐在角落里的椅子上，默默地看着中间那个发着寒光的手术台。我在心里坚定地对自己说：必须勇敢！随即突然很多穿着绿色手术服的医生护士一拥而入。我再次裸体爬上手术台，刹那间便有好多“绿色”围住了我。麻醉室主任亲自上阵，很和蔼地告诉我：现在开始麻醉，第一针可能会有些痛，忍一下。我爽快地应答并礼貌地致谢，同时按他的指示做好动作。真的没感觉有什么痛，反而不知为什么，他一直在按摩我的后背脊柱部位，舒服的我快要睡着了。

接着开始不时有护士向我通告，一会儿要在这儿扎一个什么针，一会儿要在那儿打点什么药，我索性告诉她们：随便扎，我消费。哗的一下，大家都乐开了，手术室里立刻充满了轻松甚至有点愉快的气氛。

手术由冯主任和另一男大夫主刀，在等待麻醉生效的过程中，男大夫来察看了一下我的肚子，随即惊讶地问：是双胞胎吗？在得到否定回答后，大夫惊叹：咋这么大肚子！我接过话说：要不能躺这儿挨刀吗？大家再笑。气氛进一步愉快起来。

11时40分，麻醉师第N次用针测试我的反应，一见他过来，我就猛喊疼呀，再打点吧，真疼呀！医生慈祥地笑着说：孩子，我还没碰你呢！药剂量已经足够大了，我看你这是心理作用，放松些吧。接着回头干脆的一句“我完活了，可以开始了”！但见原本坐在角落里的那些医生在冯主任的带领下忽地一下把我团团围住，紧接着一个挂着布帘的架子被推到我面前，将依然还在平稳胎动着的大肚子隔离到我的视野之外。先前的潇洒顿时没了影踪，我慌不择言地胡喊着：慢下手呀！你们就不先画个线儿啥的吗?可千万别切歪了呀！主刀的男大夫探过头来，满含宽厚笑意地瞄了我一眼，但是却沉着且那么具有威慑力地命令道：给她带上吸氧面罩。在我还没来得及调适过来扣着面罩的呼吸频率时，锐器切开皮肉的声音和感觉突然排山倒海地传来。那一刻，我紧张得浑身每一根汗毛几乎都僵直了！“疼！疼！太疼了！”即使扣着面罩也丝毫阻止不了我大声地表达感觉。那一刻，我已完全分不清是真的疼，还是恐惧地昏了头，听着犹如高压锅发出的吱吱冒气声，心里想着这大概就是传说中的“泄元气”吧，嘴上依然不停地嚷着。

忽然一双手轻抚起我的头，同时一个异常温暖的声音在耳边喃喃却那么有力地响起：“不要紧，坚强些，很快就好了，孩子取出来就好了！别怕，孩子！”那是在我头顶方向的一个看上去不是很老的护士。但此刻她的安抚让我感觉就像母亲在身边，所有的慌乱忽然安静下来，我重新找到勇气去咬牙忍受所有的不舒服：那似有似无的疼痛感，那受到强烈挤压很想排尿的窘迫感……

11时52分，虽然看不见，但却明显感觉手术室里气氛忽然紧张起来，似乎一个关键时刻即将来临，还未来得及探询，便觉得有人拼命从我体内向外拽着什么，五脏六腑都要被随之牵出来一样难受，还有人同时在用力向下推挤我的腹部，乖乖，老身我现在不只想排尿，还巨想拉大便，但却啥也弄不出来，那种难受比单纯的疼痛更折磨人百倍。正生不如死时，忽闻有婴儿响亮的啼哭声传来，正皱眉低吟的我猛一下竟愣住了：奇怪，怎么有小孩儿的哭声？2秒钟后才很白痴地醒悟过来：我这不是来生孩子的嘛！接下来，我感觉身体似乎卸下很大一个包袱，那样轻松，同时耳朵里塞满了医生护士此起彼伏的赞叹声：真好的大胖孩子！瞧我们这小伙子，真棒！天哪，我家孩子满月时好像都没有这么大！

从那一刻开始，我的所有感官全部调动起来，集中在布帘后那个婴儿身上。新生儿科的医生很快把宝宝抱到我旁边不远处的一个小床上处置。我拼命扭着头，瞪大眼睛看向他：他比我印象中的婴儿体型丰满好多，那时正手脚并用愤怒地在空中舞打着，一不小心被我清晰地看到他咧着大嘴号哭的小脸儿，瞬间备受打击：这完全是他爹的婴儿版，可惜了俺那浓眉大眼了，一点也没传下来！

这边医生一刻不停地处置我呢，但我那时好像心理上的麻药才起作用，也可能是孩子完全分散了我的注意力，反正胸部以下好像连基本的触觉都没有了，大脑也处于不太正常的亢奋中，连医生们喃喃低语的“子宫怎么不回缩呢”这样恐怖的句子都没当回事儿。就一个劲儿地要求把那个吸氧罩赶快拿开，这东西分明在吸我的氧，快憋死我了。然后美滋滋地看着护士给宝宝穿衣服，竟然穿不上！原来这是件我的姥姥亲手缝制的旧衣服，当年我出生时穿的，可叹我那老娘足足珍藏了27年，在这样庄严的时刻拿出来给她心爱的小外孙再度穿上，多有意义、多有情调、多有思想！可惜人家小伙子太胖，护士弄得满头大汗，也套不上，最后就那么伸着一只袖子给包上了。

12时整，孩子要先我一步出手术室了。临出门前，护士特意抱到我面前，打开包被的一角，让我先看一眼标志性别的生殖器官，然后转过来把他的小脸儿跟我的脸贴一下。在我们母子肌肤相亲的那一瞬间，我竟然惊讶地闻到宝贝身上淡淡飘散着的甜香的小奶味儿。原以为刚出生的孩子浑身的血腥，不会有啥好味儿呢，没想到“人身本香”呀，竟是这般美好的让我留恋陶醉着。

这边儿，医生护士好像一直在不间断地“按摩”我的腹部，小声嘀咕着。当时就顾着臭美了，嘴巴还噼里啪啦地不停说着。事后方知，那时医护人员们正万分紧张地处置我被撑得过大、如今收缩十分不好、流血不止的子宫。20多分钟后，气氛终于有所缓和，问冯主任干吗呢，她说“绣花呢”。我知道开始缝合了，这意味着手术要顺利结束了，我平安度过此关。于是心里一美，就继续发神经打趣说：可千万给我绣个好看的图案，最好像《梅花档案》里那个文身那样的，酷点的。现在想想自己真是很白痴很白痴，子宫差点因流血不止被全盘切掉，还躺那贫呢！

也许是这种乐观的精神感动了上苍，在我毫不知情的状态下，在医生护士的齐心努力下，我悄然度过危机。13时整，手术全部结束，我笑着向每一个医生、护士道谢道辛苦，他们连午饭都没有吃。那个一直陪伴着我的小护士此时终于露着笑眼说：给你做手术很开心。

一出手术室，我便立马被众多众多亲人朋友围住，老公急切地扑上来，噼里啪啦地向我通告：宝贝八斤一两，身长52厘米，打分十分，你真是太棒了！呵呵，“英雄母亲”的光环瞬间在俺的头顶奕奕生辉！

嘟妈心得

因为我身材瘦小，所以从没有人对我能自然分娩报以任何奢望，加之我又想借此孕机猛增体重，因而对饮食放任自流，最终导致胎儿过大，不得不选择剖腹产。当时没觉着怎么样，现在想想略有遗憾，就给我一次生孩子的机会，却连个阵痛是啥滋味都没体尝到就稀里糊涂地当了娘。

其实，生孩子是个自然的过程，每个女人肯定也都具备自然生产的能力和条件，所以不到万不得已，最好还是选择自然分娩。千万别刻意追求胎儿的肥壮，体重上多个一斤两斤绝不能就说明此孩儿优于彼孩儿，有时过大的胎儿反而容易给母婴造成很多不必要的麻烦甚至是危险。比如我这小妈就把孩子养得太大了，致使小小的子宫被撑得快没了弹性，收缩不好，流血不止，差点造成大难。当时盲目高兴了好久，现在回想起来，只觉阵阵后怕。

因为我没经历过自然分娩，所以只能说说剖腹产的感受。好多人说剖腹产生孩子很舒服，基本程序就跟“从冰箱里拉出一头大象”的小故事是一样的：切开，取出，缝上。在我看来，只要是生孩子，无论哪种方式，都是受罪的事儿。剖腹产一样不爽，很不爽。就我亲自经历来说，好好一个浑身连小疤都难找的大活人，生生被拉上手术台，脱得光溜溜的自尊心全无，在意识无比清醒的状态下还要承受着被刀切割被针缝补的恐惧。据说外科大夫给别人做手术从从容容，轮到自己有病上台儿手术时，也一样哆嗦成一团儿，都是凡人嘛！

相对于自然分娩，剖腹产这个娩的过程肯定要痛快许多。但人家自然生的生完就基本没事了，剖腹产却把少受的罪全在术后两天中补齐了：什么麻药过劲儿的疼痛感，术后6小时不能翻身、强迫体位带来的难以名状的酸痛感，迟迟不排气导致的腹胀感，万一有个别体胖或疤痕体质的，刀口发炎或愈合不好，那是十天半个月都下不了地呀。所以，想要当母亲，分娩这关的苦是无论如何都逃不掉的。

下面这段话是写给医护人员的。虽然到今天为止，生产的事情已过去了整整4年多的时间，但我仍然忘不了头顶那位护士慈祥的双眼和温暖的手，在那样恐怖无助的时刻，她所做的这一切就像一根救命稻草，迅速帮我重建起勇气和信心。所以，真要恳请我们的医护人员，或许您见惯了生生死死，早已变得刀枪不入，但请体谅一下患者的心情，有几个是常受这种又刀又剪阵势磨炼的。也许您工作强度太大、压力太大、过度疲劳，那就算不能有心情做出类似的安抚，也请尽可能地别用过于严厉或冰冷的语言再刺激患者的心了。

当然，对于我来讲，这一切仅仅只是个开始，更加意想不到的东西在后面排成队等着每天给我一个新感受呢！

第二部分

新手父母仓促上阵

随着那一声婴儿的啼哭，就像一出已拉开幕布的大戏，不管你行与不行，都要硬着头皮，一秒不差地准时登台开演，且无法停息，甚至都不能中场休息一会儿……

我拿什么奶喂养你，我的宝贝儿

2003年11月12日　星期三　嘟2天

剖腹产术后6个小时里，我基本是一门儿心思地琢磨着自己怎么难受来着：

先是下身不停地有热乎乎的液体往外涌，医生护士不时地进进出出，又是加催产针促进子宫收缩，又是隔三差五地监测血流是否有所控制，搞得我们也异常紧张。老公更可怜，打我从手术室出来后的3个小时，只要他手空着，基本都在擦汗。也难怪，字儿是他签的，种种可能的后果他心里最清楚。

好容易他不擦汗了，我开始出汗。这辈子好像从来就没这么出过汗！其实初冬医院里的暖气远没加热到那种程度，也不知我从哪分泌出这么多汗水来，几乎成斤成两地往外淌。那时我娘一脸革命地坚守着我的保暖守护工作，恨不能干脆拿个棉口袋把我封闭到里面，哪管我苦苦地呻吟和哀求，丝毫也不允许放松一点。最后在我近乎绝望的挣扎外加据理力争下，总算是开恩换掉了那浸透我臭汗的厚棉被，以一袭薄毯取而代之。

在汗腺疯狂工作3小时后终于疲惫地放慢节奏时，我开始感觉到因几个小时身体不能翻动，强迫体位带来的难以言表的酸痛，甚至连每一个脚指头都酸出了水儿。但我只能忍着，因为肚子上那还新鲜着的竖剖刀口不允许我随意地侧身。

在我一个“节目”接一个“节目”地上演时，我那新生的宝贝儿却在左一圈右一圈人的围护中香甜地睡得悄然无声。唯有那个不停擦汗的傻老公，头也不回地窝在我的床前，用那汗涔涔的双手紧紧握住我的一只手，眼睛盯着我因为没有枕头而空的有些变形的大脸看。我有些不高兴地问他：为什么不去看看孩子？难道他不好看，你不喜欢他？可叹我那从不善言辞的老公却在这时冷不防地来个直抒胸臆："有太多的人在关心孩子，他现在很好。但是你还在痛苦中……"我的视线突然就控制不住地模糊起来，刚要洒点小泪滴啥的，另一个目不转睛严密监视着我的人当即一声断喝：不能流眼泪，伤眼睛，马上给我憋回去！那就是在我床角站了几个小时的苍老的亲娘！

晚上7点钟，术后6个小时，在我可以微调着两腿缓解一下浑身的酸痛，并开始一门心思地体会着麻醉完全失效后可能出现的疼痛时，新生儿科的护士长准时出现在我的面前。得知孩子一直这么在众人围观中傻睡着，护士长很是麻利地从人堆儿中抱起孩子，快言快语地命令我：马上坐起来，给孩子喂奶！现在开始必须迅速建立起泌乳反射!说着话，孩子已经塞到我怀中。我说我疼，我动不了，护士长说你忍一下；我说我绝对坐不起来，她说你可以侧躺着；我说我子宫收缩不好，还流血呢，她说那你更应该尽快哺乳，这样可以刺激并加快子宫收缩；我说可我还没奶呢，她说孩子要是不吸永远不会有的。

于是我被迫开始第一次哺乳，结果很不成功。一方面我坐不起来，尽管我勇敢地尝试了，但是在没有麻药保护下的刀口每动一下，都牵心扯肺般地难受，我只能稍稍侧起上身。另一方面宝儿实在太小，小到连基本的方向都辨识不明白，拱在我的怀里，非常坚定且执著的把小脑袋连带着大张着的小嘴儿一并歪向乳头相反的方向，然后拼命地在空气中寻觅着，任你用手推都推不过来，那倔劲儿！好容易找对"目标"了，却又因乳头在孕期涨的太大，小嘴儿叼不住。

就这几分钟我已经是再一次通体发汗了， 但宝儿却没有耐性给我更多时间尝试，人家的食欲被勾起来了，啥也没吃着哪肯罢休，就躺那儿哼哼。没办法，婆婆只好把事先准备好的多美滋奶粉拎出来应急。这下，我们算是见识了"小狼崽子"的吃相了，稀里呼噜地几口就吃光了。这边儿奶嘴儿刚离口，那边儿小脸儿瞬间涨成紫红色——顶出"货"来了。此后几个小时里，宝宝一鼓作气拉了5次黑黑硬硬的胎粪，才算舒服地挺着小肚儿再次睡去。

在宝儿缠着一干人等手忙脚乱的时候，我又开始一门儿心思地等待着医生预言的术后12个小时最疼痛高峰的到来。尽管老娘一再劝我闭眼睡会儿，但我那脆弱的神经却越来越兴奋，越来越敏感地细致品味着每一次宫缩牵引着刀口的疼痛感，直到午夜零点后，这种感觉变得越来越淡时，我才幸福地意识到，那所谓疼痛的最高峰已在无需止痛药的帮助下安然度过。此刻，头一歪，呼地一下就睡着了——我太累了……

2003年11月13日　星期四　嘟3天

一大早被新生儿科急性子的护士长吵醒，因为她听说我到现在都还只顾着自己难受，没尝试着给孩子喂出奶来。我说先吃两天奶粉吧，我真的坐不起来。护士长彻底怒了：奶粉能跟母乳比吗？当了妈的人了，为了孩子遭点儿罪算什么呀！就你娇气！

反正家里人好像对一向瘦小的我能产出许多奶来不太抱希望，所以，对护士长的一片好心只是哼哈应着，却并没当真实践。这一天，宝贝儿就继续按奶粉瓶上的规定时间和规定量，很有规律地吃食、喝水、撒尿、拉屎。而我则开始陷入新一轮的期盼中：期盼着剖腹产术后那个标志着健康的屁。

这辈子还没这么盼着放个响屁呢。到下午时分，腹部明显感觉胀的难受，医生强迫我下地走走，加快排气。在家人的搀扶下，我被迫弓着个腰，颤着个腿儿哆哆嗦嗦算是半直立到床前了，但想要走两步的愿望基本无法实现，因为那时的两条腿就像小时候作文里常写的那样：软的像面条儿，好像根本不在大脑意识的控制范围内。如此硬站了5分钟不到，我就一身虚汗，呻吟着再度卧床。屁，依然牛气冲天，千呼万唤也不出来。

这一天，在新生儿科护士的几次监视下，我算是应应景地哺了两次乳。宝儿依然找不准方向，依然很费力地叼住乳头，依然毫无收获，最后依然抱着奶瓶用奶粉填饱小肚儿。除了盼着排气，好尽快缓解我越来越严重的腹胀外，几乎没有什么别的事情再能引起我的关注了。直到半梦半醒的午夜时分，久盼的屁终于带着脆响姗姗来迟，在腹胀得到部分缓解后，我和老公才敢放心地很快睡去。

2003年11月14日 星期五 嘟4天

终于排空了腹中胀气，终于可以恢复正常的饮食，终于可以有力气再次地端坐起来，摇头晃脑地大声说话了。好像从那时开始，我才有心情、有精神去关心那个我生下来的孩子。

新生儿科的护士长显然已经愤然放弃对我的催奶计划，但我却后反劲儿地重视起来。产前读书过程中了解到，再好的人造奶粉，都无法仿制出母乳中天然的免疫因子，它们能营养婴儿，却不能带给孩子更强的免疫能力。特别是初期的母乳，对婴儿的价值更高。

于是我开始着急想办法催奶了。先是按照老说法儿，找人揉奶。其实医院里潜藏着好多专业收费揉奶的人，据说花个50块钱，让她在你的乳房上狠命地揉一会儿，孩子的“粮食”就有了。但俺怕羞，忍受不了如此原始的催奶方式，我就逼孩子他爹充当“揉奶工”。先不说他手法不对，力道不够，还没怎么样呢，人家脸红的跟猪肝似的，老夫老妻的，你说羞个什么劲儿呢。此法不行，我就开始喝汤。对于两天没行咀嚼之乐的我来说，此番开斋实在是快哉快哉呀！

也许是这鱼汤起了点作用，下午时分乳房开始胀，且腋下出现鸡蛋大小肿块，硬硬地胀痛着，医生检查说出来个副乳。我晕，长的还挺全，副乳都有了，奶还不来。傍晚时分，也不知是正、副哪个乳了，反正是胀痛得厉害，此时再抱宝贝到怀里。经过两天训练，这小子大概也是认识我的味儿了，也知道乳头大得把嘴张得更大的经验了，所以，娘俩很快对上路，随后便异常幸福地听到宝贝儿咕咚咕咚大口咽东西的声音。“有了！有了！”妈妈、婆婆都兴奋地叫起来！当然，初乳虽少，却滴滴贵如油呀！看着宝贝儿被奶润得油汪汪的小嘴儿，体会着被他用力吮吸的感觉，我那酝酿了10个月的母亲的感觉在这一刻一下子就找到了！随即，一阵强似一阵的心醉如电击般从乳头开始迅速传遍全身！

付出，原来如此幸福！作母亲，原来可以如此快乐！

2004年1月28日 星期三 嘟77天

眨眼间，给嘟宝贝当了两个多月的“大奶瓶”了。虽然我这个“奶瓶”奶量并不十分充足，不能提供给他全部的吃食，但我仍然死皮赖脸地坚持把我辛苦酝酿的奶水当高级营养液给嘟宝喝。

应该说，嘟宝是个非常嘴壮的小家伙。从出生那天起，奶粉也好、母乳也好、没有味道的白水也好，带着强烈刺激味儿的小中药也好，只要是送到他小嘴边儿的，那是绝对的来者不拒！这种对饮食的“博爱”恰恰继承了我孕期的优良传统，且为如今的“母乳－奶粉混合喂养”方式提供了坚实的基础。

要说这混合喂养的日子真是过得充实呀。每天掐算着点儿地安排小娃的饮食。一般3小时一次，母乳要是少，就可先吃母乳，必须保证母乳作为“高级营养品”的中坚力量，然后以奶粉补充。当然这样的情况，一般会无形中造成奶粉因量掌握不好而形成的浪费。最好的就是一顿奶粉，一顿母乳，这样嘟宝吃的规律，而经过5个小时的积累，我这母乳也能喷涌而出，供应得上嘟宝的急嘴巴了。要说嘟宝真是好样的，人家可不管我们这些费脑细胞的事儿，喂啥吃啥，一门心思地就是长肥膘儿！到今天已经有15斤重、62厘米长了。

一般小孩儿吃奶都爱睡觉，特别是吃母乳。嘟宝也一样，就像喝了迷魂汤似的，沾上没一会儿就呼呼睡上了。所以，一般遇到他莫名哭闹或是明显心情不爽时，俺这天然“迷魂汤”就到了特别发挥奇效的时候了，嘿嘿，屡试屡胜！当然夜深人静，为了避免更多亲人像梦游一样飘来飘去地冲奶、喂奶，我这“大奶瓶”也正是大显身手的时候。这几天嘟宝身体不适，有些小恙，更是贪恋上母乳的香甜和吃奶时的安慰感。

在2个多月喂奶的过程中，到今天是值得纪念的一个日子。话说晚饭喂奶时，那正小狼一样吭哧吭哧吸着的嘟宝，突然停下动作，含着乳头，抬起眼皮，瞪大黑黑亮亮的眼睛凝神专注地盯着我的脸看。当惯了被“招之即来，来之即喂，喂完就撤”的“奶瓶”，我突然在这样的目光中变得不知所措起来。正琢磨着“宝这是要拉了，还是要尿了，还是哪儿有啥想法了”的时候，我那天使一样的宝贝突然吐出乳头，用他这个月龄特有的语言“啊唔”轻声对我倾诉着什么，然后便第一次用那样饱含着明确情感色彩的眼神儿冲着我甜甜地咧嘴大笑着。可怜俺这头只顾付出，还没来得及想回报的“奶牛”瞬间便被击倒，脆弱的情感崩溃的一塌糊涂。苍天呀，大地呀，幸福就这样突然来袭！

嘟妈心得

迄今为止，这辈子最让我沉醉不够的事情就是：用自己产的奶喂自己的孩子。没有亲身感受的人绝对体会不到我对这种感觉的永远无法释怀的迷恋和怀念。即使是夜深困的要撞墙时，只要看一眼怀中被自己喂饱的孩子，拍着他光滑如丝缎般的极品小屁股，那种成就感便立刻由衷地在心头激荡起来。

真不明白，曾经有一段时期，为什么会有那么多妈妈因为听信“哺乳影响体型恢复”的谬论而狠下心去给孩子吃那没有娘亲味道的奶粉。值得庆幸的是，近些年，母乳喂养又开始大力提倡，且为很多新妈妈们广为认可。其实母乳喂养的好处绝不仅仅是对孩子而言的，对于产妇来讲，坚持母乳喂养能够促进产后子宫的收缩和恢复，能够通过这种方式消耗掉体内因为怀孕而积累的过多脂肪，这恰恰是产后妇女最佳最自然的减肥方式。而且俗话说“流水不腐，户枢不蠹”，女性的乳房最主要的功能就是产后哺乳，因此，嘟妈笨想，有过哺乳经历的乳房应该才更健康，更能大大降低患病的几率。当然，长时间的哺乳对体型恢复有好处，但是对乳房的形状多少会有些影响，这个因人而异。

可能有些妈妈们说了，不是我不想喂奶，而是压根就没有奶水儿，或是像嘟妈这样奶水儿不足。这方面，嘟妈认为，只要是身体健康且正常的女人，到这一特殊时期都具备分泌乳汁的能力，只是由于体质或遗传等因素，在奶量、奶质上略有差异。

对于嘟妈的奶少，现在看来跟当时的信心不足有非常大的关系。因为我一贯的瘦小，周围的亲人，包括老公在内，都对我能否有奶、有多少奶不抱希望。即使在奶已经来了的情况下，仍然没引起重视，甚至认为我这样体质的人奶少是很顺理成章的事情。这种情绪让我对自己也降低了要求，除了老妈死缠烂打地强迫我吃过两次所谓的催奶秘方外，再没有采取任何积极的措施，完全地顺其自然。后来在嘟两个半月感冒期间，因为他对奶粉突然的抗拒，我被迫喝汤吃药地催奶，奶量明显增加。这充分说明只要有积极的心态和不懈的努力，至少对那时的我来说，还是有产生足够奶量的可能性的。

说起母乳对婴儿的好处就太多了。最明显的是母乳喂养的孩子脾胃功能好，抗病能力强，而且对孩子来讲，母乳里有一种特别的味道，那就是妈妈的爱。实在没有福分吃到母乳的孩子，只能选择配方奶粉。原本我是比较信任那些专业生产奶粉的大厂家、大品牌的产品，可惜“三鹿”奶粉出事后，不敢瞎说大话了。不过既然事情已经大白于这种程度了，相信这个时候的奶粉应该是最安全的。不管怎样，在最初尝试奶粉的时候，可先买少量的，仔细观察婴儿食用情况及大便的排泄状态，然后再决定是否大批购进。

一般来说，再好的母乳，过了6个月后便不再能完全满足孩子快速生长发育的需求了，这时必须要添加辅食或可以用奶粉代之了。但是人的情感是不能用科学来解释的，给嘟戒奶是在他5个月大时。从他百天我开始上班起，因为单位离家很远，不具备送奶的条件，奶量便渐渐减少。加之混合喂养的小嘟在白天依然会贪恋母乳的感觉，四处到人家胸前找奶吃，哭闹不止。迫于所有亲人的压力以及奶质、奶量的不能保证，我强忍不舍，断了奶。至今，仍然常常怀念起我那短短的5个月的哺乳经历，想起每一次母子相拥，心血相连的醉人感觉，却只徒有那一股浓浓的甜蜜回忆和一抹淡淡的想念的哀伤……

每日尿情尿况

——新生儿的健康指数

2003年11月27日　星期四　嘟17天

生活基本开始围绕着两个“口”在运转：一个是宝贝儿的“进口”，3小时一次奶（母乳或奶粉），两顿奶间一次水；另一个是“出口”，一天非常规律的4次大便及N次不定时尿况。

在此，我不得不对宝贝儿超强的排尿功能表示一下由衷的惊叹！这是个何其能干的小肾脏呀！上边儿这奶水刚灌进去，绝对不会超过10分钟，下边儿第一泡好像还带着奶腥味儿的尿液就已新鲜问世了。这边儿你刚刚给他换好尿布，还没等把这块脏的洗干净，那边儿又生新尿况。可怜俺家那新上任的奶奶和姥姥，宁可自己累折了老腰，也不肯让宝贝儿在现代化的纸尿裤中浸着，还必须要求小屁屁时时保持芬芳。于是，俺家冬日的阳台上便只好终日飘着五颜六色的“万国旗”，那每一个难以睡好的夜晚里，也至少有一半时间全花在监视尿况、勤换尿布这项伟大的事业上了。

到今天为止，单是洗尿布的肥皂就用掉了8块整了，奶奶念叨：尿布不知道洗没洗干净，反正这手都快洗脱皮了。在这样的情况下，毫无经验的嘟妈我忍不住开始认真“思考”：这小子别是肾有毛病吧！这典型的尿频尿急症状呀！待俺把这一想法透露给两位老人家时，顿时遭到二老无情的讥笑和讽刺：哪家月子里的孩子不这样？小孩儿都是直肠子，上头吃，下头就尿，要像你控制的那么好，还倒不正常了。

在确认宝嘟肾脏无异常后，我很快又惊讶地发现，这小子的尿技不同凡响呀！每一注儿都像打了高压一样强劲有力，且“射程”很远。于是，在打开尿布，给小屁屁“放风”的时间里，我们经常会在他小床尾的地板上发现一潭“不明液体”，除此以外方圆1米的地方，却是连半个尿珠都不曾滴上！

今天早上的大便时间里，嘟宝又尿出了奇迹：就在我和奶奶正拎着他的小猪腿儿、全神贯注地盯紧他的小肛门时，哪想这小子竟临时发挥出一泡尿来，因为毫无防备，尿液一如既往像打了压的水柱，顺着站立起来的小鸡鸡铺天盖地地把宝贝儿自己的半边脸浇个透。我和奶奶整个都傻在那儿了，好半天才反应过来，手忙脚乱地把嘟宝从尿泡子中抢救出来，这边儿奶奶还不停地念叨着：没事没事，童子尿最消毒了，一般还弄不着这玩意儿呢，咱这可是纯的呀！正说着，就听扑哧一声巨响，黄灿灿的大便又出来了！奶奶眼疾手快，一把用破尿布接住了，抬眼一看，马上又叫起来：快擦嘴角，给孩子折腾的吐奶了！

晕死了！这“两口”还忙乎不过来了！

2004年1月11日　星期日　嘟60天

嘟宝今天满2个月了。在这60天里，我们大人一如既往、老脸老皮儿、驴拉磨一样地瞎忙活着，这小宝嘟却是一天一个样地有出息了！本来出生时就基础雄厚，如今那脸蛋子更是结结实实地鼓鼓着，大身板子虎背熊腰地壮实着，小胳膊小腿儿也越发有力，一个不小心踢到你身上，正经也会疼个半天呢。

开始人模狗样的嘟宝在“出口问题”的控制能力上也大大地进步了。虽说吃的越来越多，但憋尿的时间却越来越长了，尿频“症状”明显好转。为了让他晚上能睡好觉，在嘟妈我的力劝下，两位高护老太终于同意在夜间给宝使用纸尿裤。于是，宝的睡眠状况得到很大改善，只是头天晚上带上的轻飘飘的尿裤裤，到几个小时后换下时，至少得增重个一两斤。湿乎乎、凉冰冰地包在身上，姥姥总是抱怨这东西真的不太科学，就是大人省个事，但是孩子遭罪他说不出来呀。

与此同时，嘟的大便次数也明显减少了。月子里平均24小时要大便4次，满月后变成3次，现在基本每天两次就差不多了。别看次数减少了，但嘟宝办“大事”的认真态度丝毫不减：每次都是玩兴正浓时，突见嘟宝活动骤停，几秒钟内便进入前所未有的安静状态，然后脸色严肃起来，小嘴儿渐渐嘟成“红樱桃”，同时，双拳紧握，慢慢呈投降状举在头两侧，这时无论谁耍什么怪样逗他，嘟宝一概视而不见，专注到极致。只消片刻功夫，随着他的小脸瞬间涨成紫红色，屁屁下扑哧一声就有“鲜货”产生了。乖乖，活了20多年，还真没见过这么认真“办大事”的人。

这还不算，更绝的是嘟奶奶，每次处理便后事务时，老太太都把那包着“鲜货”的破布包捧在手心里，举到光线好的地方，瞪大眼睛边看边研究着：我孙子这巴巴拉的可真好！娇黄儿的，黏糊儿的，细细的，不干也不稀，还带点酸奶味儿。俺这边儿抱着大盆喝着肉汤，听着她老人家的分析研究，那滋味儿别提多绝了！但是老太太却坚持着自己的理儿：看小孩儿吃的好不好，肠胃顺不顺，你还就得研究大便，只要他有一点不对劲儿，在大便里立刻就能反映出来，不是干了，就是稀了，再不就是色儿不对了、味儿改变了。

如此一来，家里人都无形中养成了端着嘟宝排泄物研看的习惯，并根据最新屎况适时调整他的饮食和作息。

嘟妈心得

从前还真不知道，小孩子的屎尿屁竟然蕴含着如此丰富的健康潜台词，一度还嘲笑过奶奶真是爱孙如命，自己孙子拉的屎都看不够。后来才明白老人家的良苦用心。

总的来说，在同龄孩子中，嘟宝除了憋尿时间稍短些外，大便情况始终正常，这点大概与他半奶粉喂养有关。一般奶粉喂养的孩子大便成型，且不干不稀很适中，健康的便便略发酸酸的奶臭味儿。但母乳喂养的孩子便便好像要稀一些，次数要频繁一些。还有少部分全母乳喂养的孩子，基本是天天拉稀若干次，看便便好像不太正常，但孩子却毫无耽误地长肥膘。我有好几个朋友的孩子就是这样，她们看医生都说是母乳油太大的原因，如果孩子没有其他不适症状，可以不用药物调理，等到四五个月时添加辅食后，就会得到好转的。

相对来说，嘟宝还是吃奶粉的时间长，当时选择的是多美滋奶粉。在戒掉母乳后全奶粉喂养时，饮食状态和大便情况看上去似乎更规律一些。但1～3岁期间，嘟宝大便干燥的情况很严重，每次大便都很吃力，且便便比成人的还粗硬。虽然嘟宝从满周岁起就不再喝奶粉了，而且我们没少给他多喝水、多吃蔬菜水果及粗纤维的食物来调理，但便便症状还是没有太大改观。后来无意中听说周围好多奶粉喂大的孩子，便便普遍都很干硬，于是，自己笨理推想，这个大概跟奶粉有关，不是哪个品牌的问题，而是所有奶粉的问题。所以，还是母乳喂养的好，无论到什么时候，到哪个程序，嘟妈觉得，还是遵循最自然的规律和方式为最佳。

当然，在我们的努力下，随着他进食食物品种的多样化，在嘟宝3岁左右的时候，大便的性状基本完全正常，即使不用刻意饮食调理，也不会很干很硬很吃力，感觉他的脾胃功能才算完全理顺。

由新生儿引发的“新生事物”

——黄疸、吐奶、腹胀痛、胎脂、湿疹、缺钙

2003年11月12日　星期三　嘟2天（黄疸）

今天试哺乳时把宝贝抱在怀里，尽管各项指标一再向我证明他是个够格的巨大儿，但此刻拥在怀里的仍然只是一团软软的小肉球。他可真小呀，已经算很肥厚的小手在我看来不过像只小猫爪；他可真软呀，薄薄的耳朵像两叶小面片儿，细长的手指像十根儿小面条儿。抱在怀里，典型的柔弱无骨，让我这个新妈妈一时有些无所适从。

他用力吮奶时，我忽然发觉他的脸很黄，不似昨天那样“静则白皙，动则紫红”，不知是灯光所至，还是有什么其他的原因。

果不其然，傍晚时新生儿科大夫来查房，指着嘟宝说：开始出黄疸了。然后拿个东西在嘟宝的脸上测了一下，说正常值范围内，没关系。经过一番详细询问后，俺才弄明白，原来这叫生理性黄疸，大多数新生儿都会出现的一种非病理性反应。如果在正常值范围内就不必理它，孩子不会有任何不适，只是皮肤发黄，不太好看些。如果超出正常范围很高，就要到新生儿特护病房照紫外线灯。

（补记：嘟宝一直黄到第九天时，伴随着全身脱皮现象，小脸儿渐转粉白儿。）

2003年12月1日　星期一　嘟20天（吐奶）

说来很生气，嘟爸竟然不会抱孩子！无论怎么教，他那两只大手就像生硬的老树枝，说什么也摆弄不明白。最恨他在这种情况下还理直气壮地说：我就是不会，说死也不会。

我的倔脾气哪受得了这样的刺激！当天傍晚，我们两个“强种”再一次因为这个问题僵到那儿的时候，我终于无法忍受，完全不顾婆婆的从中调节，坚决地要求他抱着宝宝喂奶粉。嘟爸咬咬牙，但还是从了，战战兢兢地用双手托起宝贝儿，就像捧着稀世的玉器一样抱到怀里，然后喂奶。

我正得意地教育他说，瞧这不是挺简单的吗，有什么难的，怎么就不会抱孩子呢。突然发现嘟宝皱着眉用小舌头把奶嘴儿往外推，在我们都还没反应过来的时候，可怕的一幕发生了：刚刚吃进去的奶像喷泉一样从嘟的小嘴儿里哗地一下喷射而出，足足有20厘米高，宝贝的整张小脸儿瞬间被喷的奶白一片！可怜我那乖宝，竟然一声都没哭，在做了面膜一样的白脸上还眨着莫名其妙的小黑眼睛。我们都被宝贝的惨相吓坏了！从来没见过这阵势。我大叫着嘟爸是个白痴，嘟爸大吼着我是个强种，明明他抱不好，非要他喂。奶奶冲进来迅速擦干净宝的小脸，掩饰不住心疼略有点恼怒的情绪。

我的眼泪不明所以地就盈满眼眶。我想一定是嘟爸没抱好，没能托住宝贝的脖子，让他一直窝着小脖儿喝奶，才导致他这样恶劣的狂吐。自此，嘟爸越发不敢乱碰宝贝一下，我也终于如泄了气的皮球，再不敢拿我的心肝去让他“锻炼”了。

这是迄今为止，嘟宝最惨烈的一次吐奶，当然有外因的作用。所以，面对他每顿奶后或睡眠过程中惯有的一小口漾奶现象，我们就见怪不怪了。据书中曰：漾奶和吐奶是有着本质区别的，前者属于婴儿一种正常的生理现象，是新生儿胃容量小、发育不成熟的一种表现。但也不是不可以预防的，比如喂奶时尽可能不要让宝宝吸进太多空气，喂奶后一定要耐心帮宝宝拍嗝，使他胃内的空气排出，随着宝贝的长大，漾奶情况就会渐渐减轻了。

2003年12月17日　星期一　嘟36天（腹胀痛）

月子里的小嘟，吃了睡，睡了吃，高兴的时候逗我们这一群“保姆”开心一会儿。而且基本没有多少机会可以好好哭上一通，通常只撇下嘴，皱皱眉，顶多再“嗯—哼—哼”地唱上两句，立刻便有人笑得花枝乱颤地跑来服务。如此，我们这对儿不知天高地厚的新手父母忍不住阵阵得意：这有什么呀，照顾个孩子易如反掌！

呜呜呜，狂言不过才放出两天，刚满月的小嘟就出了状况：莫名哭闹，即使吃饱了、喝足了，也哭。觉也不好好睡，总像哪里不舒服似的，睡不踏实。白天还算可以忍受，晚上就逼得我要撞墙了：你这边儿刚刚有点睡意，他那边儿“嚎”的一声，就跟军号似的，你是起得来也得起，起不来也得起。抱着哄哄，依然哭。这肚子也吃饱了，水也喂足了，屁股下面也没状况，何来此哭呀？

情急之下，必先求医。但在全面检查后，医生一句“未见异常”算是把我们打发了，可问题并没有解决呀，嘟依旧哭闹。逼的姥姥不得不倒腾她那些二十几年前的土办法——给腹部按摩加热敷，说是他这么闹可能是肚子疼。别说，还真见点效，最起码如此抚弄一番后，他多少能安静个片刻。但没过多久，便故技重施。

嘟妈我急得上蹿下跳，翻箱倒柜儿地找书查资料，还真有点收获，翻出一本不知何年何月买来的一外国作者写的《妙手妈妈与哭闹宝宝》，一看这书名我就兴奋了，正对俺家的情况呀。立刻仔细读来，书中说：三四个月左右的婴儿容易出现莫名哭闹现象，特别是每天傍晚前后，对此传统的说法是无缘地的腹绞痛（跟老妈的理论一致），现代育儿专家有多种解释，但总的结论是：无甚大碍，可不必理之，过了这一时期后自然就好了。得！看来这买书的钱是白花了。但嘟宝那一轮高过一轮的哭闹，俺们谁有那狠劲儿不理之呀！大家只能轮番上阵，哄！

如此两天，我和姥姥及嘟爸三个主力“保姆”便全部成为重度“熊猫眼儿”，纷纷叫着要倒下了。在嘟妈我精神肉体即将全面崩溃前，终于还很清醒地记起多美滋奶粉推销员留下的日常护理咨询热线电话。有病乱投医了，马上打电话询问。保健医生闻之就问我们冲泡奶粉的比例，怀疑是水放少了，奶冲稠了，导致孩子消化不良，腹胀痛。我和姥姥反省再三，未发现有任何违规操作。就在此时，一边的嘟爸有些怯怯地说：我看咱儿子长的大，怕他营养需求也大，正常比例不够他吃，所以……每次我冲奶粉时都多加半勺……至此！“12·17大案”全面告破！“主犯”

嘟爸终于落网！姥姥哭笑不得：这可真是亲爹呀！生怕儿子亏着，差点给撑死！

其实有些事情只要找准问题症结了，处理起来还是很容易的。我们马上按保健医生的嘱咐，接连几顿，把奶粉冲的稀一些，多喂点白开水，继续按摩和热敷腹部（要说生姜还是老的辣，在现代化武器面前，老方法往往会突显奇效！），嘟宝很快不再哭闹，睡的也踏实了。闹了这么多天，在这个午后，全家人终于可以集体陪着嘟宝睡的昏天黑地，那叫一个酣畅！

2003年12月29日　星期一　嘟48天（胎脂）

再有两天就到新年了，咱小嘟也得有点新气象不是。

于是一大早起来，全家人忙活着准备给嘟理掉飘逸的胎发。俺嘟是贵人不顶重发型的，但凡是长出来的毛发，绝对粗硬且黑油亮。美观那是相当美观，就是每日清洗起来费点事。而且姥姥还说头发太长，孩子上火。这不，我们就委派姥爷充当专用理发师，三下两下，就在小嘟的惊恐和不知所措中将他的小秃脑瓜从黑发中展示出来。

本以为，这下小嘟宝该头轻眼明加倍精神了。谁成想，一洗头竟然洗出左一层右一层类似头皮的东西。刚出生时，记得姥姥还夸宝贝儿干净，脑袋上没有黑黑的胎脂，后来被长发覆盖，也没发现暗藏的这些脏东西呀。难怪总看见他艰难地举着小手不十分灵活地在头上脸上使劲抓挠着，像跟自己有仇似的，弄得红一道，青一道的，原来是有“痒情”呀。我们立即冲向洗手池，左一遍右一遍地打婴儿洗发露清洗着，他的小脑袋还很脆弱，囟门还没闭合，也不敢使劲地搓，但就那么轻轻地揉，对这种顽固的胎脂好像不太见效。

关键时刻，多美滋热线电话来帮忙！呵呵，很快接通，一番说明后，保健医师很热情地告诉我们：取少量强生的婴儿油涂在头上，轻轻按摩，然后再用温水配合少量洗发乳冲洗干净，就可以了。对于少数顽固区域，可多用几次。

嘿嘿，真没想到，当时朋友送的婴儿洗护礼盒里，我就没弄明白婴儿油的用处，因此一直弃之角落。这下赶紧翻找出来，如法炮制：小嘟躺靠在姥姥的怀里，我轻轻地给他按摩，这小爷舒服的眼睛都快闭上了。保健医生的高招又见奇效，一番抚弄下来，小嘟那层厚厚的胎脂基本被清除干净，他终于可以泛出自然的亮光，不要瘙痒，不要秀发，舒服自在地大睡上一觉了。这觉睡的，尿湿了都没反应，就那么泡在尿窝里睡得香甜。

孩子真是不装假，只要没有不舒服，他是绝对不会无理取闹招人烦的。不过一旦哪儿不爽了，这阶段他也只能靠哭两嗓子来报警求助了。所以，家有小婴儿的爹娘们，真的是胆大、心细、悟性高，才能排除万难养大娃呀！从这个意义上说，照顾孩子绝对不只是本能和消耗体力那么简单，这其中的“技术含量”往往更关键。

2004年1月9日　星期五　嘟58天（湿疹）

好容易安稳了几天，小东西脸上又惊现一团团疑似“青春痘”类的东西，这下嘟宝又有事干了。没事人家就用小手抓弄他那张小脸儿，实在还不解痒就哼哼着哭开了。一家人又乱了手脚，姥姥和奶奶两个加一起共养大五个孩子的老妈妈此段时间是频频摇头叹气，深感自卑和自责：现在这孩子咋这么多“故事儿”呢，咱当年那些崽儿两个加一起都没弄出这么多事儿！

在两位“家庭资深经验人士”也没办法的时候，我们只有再度求医。诊断倒是很快出来了：婴儿湿疹，常见病，没什么大惊小怪的，擦点药膏就行了。俺对这个显得过于简单神速的诊治过程心里没底，于是继续追问：什么原因导致孩子会得这个病呢？医生说：过敏体质、伤热、皮肤不清洁等很多原因都会导致婴儿湿疹。俺继续问：一般皮肤性药膏都含激素，这个婴儿用的会不会也有同样的问题存在。医生有些不耐烦了：少量涂抹、局部用药不会有事。当俺打算再问时，医生已经开始皱眉招呼下一位患儿进来了。好家伙，那小宝贝儿满脸连带着整个脖子上全是红呼呼的一片，有些地方都流脓流血了，严重的婴儿湿疹！俺惊讶地张大着嘴，再扭头看看嘟宝那漫不经心的左一小抹，右一小块儿，便马上起身让位，开药回家去，自疗自养吧！

用上了医院自己研制的婴儿湿疹膏，嘟的小脸儿神速般好转。但只要停药，湿疹立即反扑重来，且来势更凶。虽跟当时医院里那小娃的重度湿疹没法儿比，但孩子还是很难受的，我们看着本该如鸡蛋清儿般光滑细嫩的小脸蛋疙疙瘩瘩的样子，心里也相当不爽。这个时候真是体会到养孩子的不容易，而在很多时候医生是不能帮我们全部的。于是，在嘟妈我盯着宝贝儿那几处湿疹且集二十几年所学全部知识研究琢磨了好半天后，终于若有所悟：药治是一方面，护理更重要。并在此基础上制定出自己一套不知是否科学的土办法，在家人半信半疑的目光中开始大胆实践。

先是用医院开的药膏快速治愈了大部分湿疹；接着加强日常护理，每天定时两次好好清洗脸部和头部。因为嘟的湿疹主要集中在眼眉、头顶及两个脸蛋中央，所以对头发和眉毛掩盖下的部分，我便用婴儿油轻轻按摩，使污垢能得到更彻底的清理，然后用极少量的婴儿沐浴露洗掉油污，多次用清水冲洗干净，擦干后稍停片刻打上婴儿爽身粉，保持皮肤的清洁和干燥。对于两颊的湿疹，除了清洗外，主要是保持干燥，特别是在喂母乳时，尽量防止孩子的脸颊紧贴在乳房上，或是在母子的肌肤间垫上一层吸水的纱布或口水巾，防止溢出的奶液长时间浸泡着皮肤。吃过奶后，一定要洗干净嘴巴和脸蛋，然后轻轻打上一层薄薄的爽身粉，让皮肤干燥清爽。在做好这些直接护理的同时，要间接地减少孩子的穿衣和包被，只要不感到冷就可以，特别是男孩，更怕捂热。如果是在室内，帽子对于婴儿更是多此一举，因为婴儿身体的散热能力很差，大部分热量是靠头部毛孔散发出去的，所以，过度的头部保暖会造成婴儿体温过高，引发危险。

如此一番精心护理下，不出几天，嘟宝的小脸儿明显见好，并在停药后依然保持良好的态势。这一初期成果极大地鼓舞着众“保姆”们的护理热情，并让他们对嘟妈苦心思索出的智慧高度信任且崇拜。

（补记：文中提到的重度婴儿湿疹，就不能与小嘟这种湿疹相提并论了。据一些朋友介绍，这类湿疹大多是由内因引起，即体内淤积毒火。外用药膏并不能治本，最好求助中医，采取中药调理，配以药膏缓解局部症状，再佐以精心护理，使之痊愈。）

2004年2月18日　星期三　嘟97天（缺钙）

我真不知道该如何来评价我养的这个孩子了。说他不健康，不准确，出生百天，除了半个月前被我们大人传染点小感冒外，也没啥实质性的毛病；说他健康，他三天两头地给我出小状况，频频挑战着我们的智商和护理能力。自打闹过湿疹后，舒服的日子没过多久，他又开始昼难安、夜难眠，不晓得又唱哪出戏。

这次我们也学聪明了，鉴于目前正值初春，医院里人满为患，交叉感染防不胜防，还是先拨打多美滋热线咨询，听听保健医生是怎么说的，再做决定。哎，几个月下来，多美滋热线的保健医生都认识我们了，屁大点事也打电话问，没办法，护理小孩马虎不得，如果大人不谨慎心细，屁大点事也能出大乱子。

详细描述一下嘟近来的恶劣表现：无论昼夜，睡不踏实，总似忧国忧民般眉头微蹙；睡时双手上举，呈投降状，常有突然受惊般双手乱抖的现象发生；且原本我们引以为豪的秀发也越长越不对路了，在头顶部位长出一个“山”字形，后脑及侧脑部位根本没毛儿。保健医在闻知我从未给宝贝补过钙的情况后，当下判断是典型的缺钙症状。她说本来宝宝出生时就很大，新生婴儿的生长速度又非常快，因此对各种营养的需求量很大；加之北方冬天出生的孩子，完全是没有机会晒日光浴，因此缺钙现象非常普遍且严重。这种情况下，需要人为补充钙，并同时服用鱼肝油，促进钙的吸收。

有了科学的指引，我们紧急出动，四处打听哪种产品更安全可靠，发现市儿童医院自产的新生儿补钙剂非常受好评。于是，派嘟爸火速购回几大包钙剂和鱼肝油，当晚就给嘟补上了。可惜，神药见效也是有个过程的，嘟的症状没有太明显的急转。但经过几周的坚持后，嘟的小手不再抖了，睡觉也确实比从前安稳很多。

原来还没意识到每天照在头顶的太阳对人体有这么重要，现在就盼着快点春暖花开，好抱着宝宝尽情去晒日光浴，省钱又安全，两全其美的自然健康大法呀！

嘟妈心得

养个孩子真不是闹着玩的！在最初不过百天的时间里，我那个还算健康且肥壮的小嘟宝，就以无比现实的例证隔三差五地让我一次次对这种育儿的不易加深认识。

事实上，在婴儿初生的这3个月里，也确实是至关重要的特殊时期。因为这一时期的孩子几乎完全保持着人作为动物的本性，他还没学会人类的表达方式，他无法用我们习惯的眼神和肢体语言来传达着他的各种诉求。在很多时候，护理的人都是靠经验去猜测他的种种要求。但是这一时期，对于那些患有先天性疾病的孩子来讲，却正是能够治愈或是决定治疗效果的最佳阶段。因此，如果护理的人不够细致，不够用心，没能在更早的时间里发现孩子的异常表现，或是没能对这种异常表现引起足够的重视，那就很有可能给孩子和自己都造成终身的痛苦和遗憾。所以，照顾这一时期的婴孩儿，宁愿神经质一点儿，也不要可怕的漠然和粗心。

对于更多的孩子来讲，百天之内比较常见的还是我上述提到过的这些小问题，虽然无甚大碍，但是哪一个小问题不解决，都不好过呀。很多家长可能跟我当初的想法有些相似，只要孩子出现点不对劲儿就抱着往医院跑，其结果往往是大惊小怪。尽管如此，我还是坚持这样做的必要性，特别是对一些没有经验人士辅助护理的新手父母来讲，多些虚惊总比以后多些遗憾要好吧。

但现实往往是，对这些小毛病来讲，医生通常不能给我们全部的帮助。不是医生不负责，而是很多问题是因护理不当引起的，或是不仅需要药物的治疗，更重要的是日常的科学护理和保健。对此，当时我是很发蒙的，除了医生和我的妈妈、婆婆以外，最好的求助办法可能就是多美滋奶粉婴儿日常护理咨询热线了。这里绝没有做广告的意思，只是在我还没成为网民，还没学会用网络来为自己的生活提供服务，而且当书籍也不能满足我需求的时候，多美滋的热线咨询便成为我最好的求助途径。很感谢那几个从未谋面的保健医生，她们不只给我科学的指导和集多方智慧及实践检验的处理方法，在那些因无助而沮丧的日子里，她们的安抚和鼓励给了我足够的自信去做一个合格的好妈妈。当然，对于今天的新手父母来说，除了医院外，更多专业的妇幼保健机构可以提供这些指导，大量育儿书籍可以给予详细的说明，而且在网络如此普及发达的今天，很多小问题都可以通过互联网寻求到科学的解决方法。

不过，有一点除了你自己以外，谁都不能提供，那就是：作为父母，对孩子的爱和用心。

月子里的生活

2003年11月22日　星期六　嘟11天

“坐月子”带着浓重的中国特色，这其中的科学道理不知有几分，但多少代的女人们都是这么坐过来的。

在我看来，坐月子的生活极端郁闷，诸多诸多的“严规禁令”以保护健康的名义强硬地剥夺着我生活的自由和乐趣。原来终日的“养尊处优”竟是这样无聊，原来被人众星捧月，茶饭侍候着的日子竟是这般的不自在。

以下流水记录月子里的一天：

哎，提笔忽然惊觉，有了孩子的日子，周而复始地忙着，竟找不到一天中准确的起点是哪里，姑且按照惯例，从清晨的那次醒来算起吧。

清晨5时，伴随孩子那规律的“嗯-哼-哼”，一家人闻声起舞，开始一天的生活流程。第一步当然是先伺候好嘟宝的嘴巴、屁股，等他肚子也饱了，尿也撒了，屎也拉了，屁也放了，流着奶汤油汪汪着小嘴儿躺那儿舒服地冥想时，婆婆开始给我准备第一顿加餐——鲜奶打鸡蛋，就是把生鸡蛋打散在煮沸的鲜奶里，然后一锅出的餐点，这是俺亲娘的独特设计，嘱咐我每日必食用两次。据她老人家说，坐月子的女人是不能有饿的感觉的，必须少食多餐，保持肚里常有食儿，否则一旦感到胃空的时候，就晚了，未来这胃病肯定是落下了。

不管怎样，吃总是舒服的，自打怀孕后，这可是俺的长项，且这好胃口犹如滔滔江水连绵不绝到了月子里。但这吃也是有讲究的，不能热了，不能凉了，不能硬了，不能生了，所以婆婆总是很小心地将其晾到刚刚好的温度时才端给我，一饮而尽。然后抹抹嘴儿，陪着宝宝继续来个回笼觉。其他琐碎闲杂的家务等大没有我操心的份儿了，我必须要继续贯彻执行猪的作息，把身体养好，恢复我那手术中吱吱冒出的“元气”。

7时30分，宝宝彻底清醒过来，吃奶是必须的。此时我也从昏睡中爬起，刚刚那碗蛋奶汤恰好酝酿出甘露来，立马揽过我儿哺乳之。之后，老公送上温热的湿毛巾，给我擦脸、擦手，然后用沾着温水的棉签儿轻轻擦拭着牙齿，再用温水漱口。等完成这一系列温和的晨洗动作后，婆婆端上她老人家精心熬制的整整一小盆儿小米红枣粥，外加水煮柴鸡蛋和乌鸡蛋各一个，我捧在胸前，一边儿看着我儿娱乐，一边儿不急不慌地全部消灭掉。

9时，老妈来了。每天白天她都要过来照顾我们母子，好让婆婆得空休息一下。趁着阳光正好，宝宝也要再次喝奶入睡前，老妈接替婆婆，麻利地准备热水，给嘟宝开始晨洗工作。在老妈准备的时候，婆婆那边儿已把切好洗净的大骨头和少量的葱姜蒜扔到沸水中开始小火慢炖。随后，立即与老妈一同投身到洗嘟宝的巨大工作中。

嘟宝爱干净呀，浸泡在小澡盆里，腆着个小肥肚儿，任姥姥奶奶轮番搓洗，人家连个小声儿都不哼，眯着小眼儿舒服的呀！还有趴在一边儿、流着口水贪婪欣赏的我，实在忍不住想伸手到水里捏捏他的小肥腿，却当即被姥姥一声断喝：不要你的手指头了！月子里沾了水，将来风湿伸不直手，我看你怎么办！

哎，自从成了月子里的产妇，类似这样“爱的断喝”俺是随时都可能听到。虽然嘴上应着，但心里当然不服，有时因为强烈地约束了自由，甚至会小小地反抗，但每每如此，母亲都很着急且伤心，又怕硬顶惹了我动怒，据说月子里生气也是会作病的，于是一向秉性顽固、说一不二的老人家就只能少有地隐忍着，不厌其烦地好言相劝。几次下来，我终于缴械投降，不再细究那该死的科学道理，也不再激愤地抨击什么保守陋习了，只因为这一切都是缘于“爱的理由”。

10时，在隆重地洗浴且按摩后，嘟宝穿着体面的衣服，喝得小嘴儿油汪汪地、喷香儿地睡起上午觉。老妈打扫洗浴后的战场和清洗前一天夜里换下来的尿布、衣服什么的。婆婆除了密切监视锅上的美味外，终于可以靠在沙发上休息一会儿。而我呢，吃得饱饱，睡得足足，趴在床上欣赏了半天宝宝的睡态后，也开始渐感无聊。看电视看书，一切用眼睛做细工活的事都不用想，那是老妈坚决制止的。我听话，我善解母意，我听广播，可惜调了七八个台竟没一个正经节目，不是卖药的就是推销保健品的，听着反而让人有种畸形的不健康感。天棚一片煞白，连个死蚊子尸体都没有，我坐不住，也躺痛了老腰，终于忍不住下床活动起来。

见我晃晃荡荡地走出来，把正洗着衣服的老妈吓了一大跳，接着就像审视外星人一样，把我从头到脚打量个仔细：衣服有没有穿够，裤子有没有穿厚，袜子有没有包严，拖鞋有没有把后面的跟儿提上。在确认一切合格后，仍然在后面喋喋不休地唠叨着：少走点呀，别累坏了腿脚，抻着了刀口，吹着了凉风……晕倒，什么时候我就变成纸糊的一样脆弱了？我控制，控制，再控制。对不起，亲妈，我还是没控制住，扭头大吼一声：我三天没拉屎了，再不动就要灌肠了！于是，老妈很受伤，我很难过。

11时，午餐时分。婆婆炖的大骨头小白菜豆腐汤早已浓香四溢，馋得我抱着汤盆连干带稀，连肉带菜地大快朵颐，再来一小盆小米红枣粥，吃的那叫一个香。看着我的猪相，两个母亲都喜笑颜开。其实俺那菜汤跟平日所食大不一样，基本没有什么调料，只略加一点点盐面儿，因为俺娘又说了：月子里吃多了盐，将来嗓子哑且痛。但架不住婆婆手艺好，我的食欲旺呀。这样的骨头汤完全透着食材天然的醇香，那真是别样的味道别样的香呀！多少次，老公都眼巴巴地看着我那汤盆，馋相毕露呢。

12时，我们这午餐是分三波儿进行的，第一波我吃完后，嘟宝就醒了，等喂饱他后，我们娘俩相看两不厌地对望一会儿解解闷儿，那边儿，两位老人家开始急三火四地吃口午饭。等她们忙完时发现，床上那两头已经互相安抚着进入了梦乡。至此，从清晨睁开眼就绷紧的节奏到这时方才舒缓下来，老妈叫婆婆快去睡会儿，她盯着。很快，小卧室就传来婆婆劳累过后震天响的鼾声。呵呵，每个午后，大卧小卧都睡得这般热闹。

16时，等我和嘟宝午睡醒来时，婆婆的晚餐已经透着另一种芳香飘然而来。老妈则在侍候嘟宝，等他屁屁也舒服了，衣服也换过了，才托着疲惫的腿脚离开，家那边儿还有一队人口等着吃晚饭呢。如此公主一样被两位老人家侍奉的生活其实并不轻松，看着两个日渐衰老的身影围着你团团转，而你却一点力都使不上，任何一个有良心的人都不会感到自在的。但我无奈，养好身体、尽快恢复是我这段时间里必须且唯一重要的任务，因为我终将要靠自己这副本钱去挑起日后更多更重我应负的责任。

17时，嘟爸下班回来，帮婆婆准备他们的晚餐，我则已开始在嘟爸无比艳羡的目光中，享用专门的月子餐了。我的晚餐通常是一盆肉汤炖菜，比如鲶鱼炖茄子、排骨炖大白菜、大骨头炖小白菜、乌鸡汤、小笨鸡炖土豆、鲫鱼炖豆腐等。俺是东北人儿，就爱吃这浓汤炖菜，要肉有肉，要菜有菜，要营养有营养。但上述炖菜基本都是无调料状态下的原生态味道，老妈曾担心我吃不下，我却食之有味。且每顿汤菜必以盆计之，婆婆送来一整盆，半小时后，就只收走个空汤盆，外加两块剔净的骨头。小米红枣粥是我月子里的主食了。其实相比于老妈那个年代只有小米粥加煮鸡蛋的“月食”，我的月子餐可谓丰盛至极了。

19时，饭后的休闲时间。婆婆和老公在客厅里看着电视聊着天儿，我要继续把我的月床坐穿，唯有那个不会说话、不解风情的小人儿陪着我，眨着那双透亮的小眼睛儿看我用各种怪语调背诵诗书。实在受不了这毫无回应的寂寞，就吼叫着老公陪我聊聊天，陪我说说话，陪我解解闷儿。“三陪”时间通常也进行不了多久，就要给嘟宝做睡前的简单清洗，喝奶，继续睡觉。我则在睡前再吃进一天中的第五餐——鲜奶蛋花。然后睡两三个小时，醒来在婆婆的辅助下，喂奶换尿布，然后再睡，两三个小时后再醒……如此折腾几个回合后，便又见天空那一抹鱼肚白，新的一天又要开始了……

周而复始……

在过去的十几天里，其实过的都是一天的内容。起初身体虚弱，还能睡得着吃得香。后来因为生活中充斥着太多的睡觉和吃食，俺越来越食之无味、夜不能寐了，常常于黑夜中瞪着眼睛，听着时钟滴答作响，度日如年。

哎，何时是尽头呀！

2003年11月30日　星期日　嘟19天

月子里我应该很闲，但实际上我很忙。忙着给自己添营养、补睡眠，忙着学当小妈妈，照顾孩子吃、喝、拉、撒、睡，还要忙着配合妈妈和婆婆，凑成完美的“三个女人一台戏”。

其实我很幸运，妈妈是个心细能干的好妈妈，婆婆是个明理宽厚的好婆婆，嘟妈我也深谙家事之道，基本不用费心机去周旋。但当月子坐到这个天数的时候，心烦意乱已到一定程度，神经过敏也随之发扬光大，哪怕一点点的不谐之音都能将我脆弱的情绪碰触的乱七八糟。

一大早起来，婆婆一边儿费力搓洗着刚被小嘟尿湿的隔尿垫儿，一边儿看着外面阴沉沉的天儿，忧心忡忡地念叨起来：这天儿也不见晴，洗点什么都不容易干，他姥姥缝这尿垫儿也是太厚了，像我做那种薄薄的就行，好洗，还容易干。我这边儿左耳听进，心里已感不舒服，但还是强迫自己右耳冒出。

没一会儿，老妈来了，进门儿就奔外孙子来了。这老太，我生产前还口口声声说不喜欢男孩，害她闺女遭这些洋罪的臭小子，她才不理他呢，结果这才几天呀，一宿见不着都想得要命。正抱着亲的来劲儿，忽然摸到嘟宝身上薄薄的衣衫和包被，当即一半玩笑一半认真地说：你奶奶也真是，自己胖爱出汗，就总以为大家都跟她一样呢，再怎么的，这外面也是寒冬腊月的，这么点儿个孩子穿这么少不冻着才怪！我这心里又是一阵不悦，忍不住问道：这不是怕孩子捂着嘛，暖气这么热，穿这些也可以了。老妈毫不退让：捂热和保暖能一样吗？哎，反正自己的妈，自己的闺女，怎么说都没问题，但俺这本来就打不起精神的情绪经这两个插曲一刺激，更郁闷了。

这还不算。中午时，在打点完我们这一妇一孩儿后，婆婆要准备她和妈妈的午餐，结果老妈就说自己在家早饭吃的晚，这会儿还不饿呢，让婆婆准备自己吃的就行了。还说婆婆一天到晚又照顾大人，又照顾孩子，够累的了，所以她特意在家晚吃且多吃点早餐，不想给婆婆添麻烦。婆婆闻之呆立在那儿，一脸尴尬，对于一向能干、把做饭当游戏一样的她来讲，是无论如何也不能理解一辈子不爱美食、总把煮饭当成人生第一大难事的亲家母怎么就能给她添了麻烦，不过是多准备一个人的饭菜而已。这边儿老妈说什么也吃不下，那边儿婆婆欲言又止。其实此时，作为了解她们双方生活习惯的我如果从中调和一下，估计用不了三言两语，两位老人家也就都相安无事了。偏我心情不好，这会儿这情境让我更加郁闷，我只想找个东西发泄，连半句多余的话都不想讲。

一下午，没人高高兴兴。晚上老公下班回家，屋里屋外帮着婆婆没转多久，就悄悄潜进卧室，问我是不是我妈嫌他妈做的饭菜不好吃。我彻底晕倒！瞧见没，这就是清官难断的家务事，这就是三个“我本善良”的女人也难逃的小摩擦。哼哼，可怜这个不明所以的小男人，哪知他正撞到了另一个正愁没地方发作的“大炮口”上，我那压抑了一天的情绪终于找到了一个再合适不过的引爆点汹涌发作……

情绪的宣泄不能解决问题，但有助于让失控的人恢复理智。平息下来的我直接叫来婆婆，诚恳地说明老妈的习惯和好意，老太太也便“恍然大悟”了。

生活在继续，月子也在继续。明天睁开眼，迎接我的还是这些吃喝拉撒睡的琐事，还是那些若有若无的女人们的故事，还将是又一个卧床的无聊度日。唯一让我充满希望的是，嘟宝那一天比一天更丰富的眼睛里的情感，他真的越来越像个人了。

2003年12月10日 星期三 嘟29天

老话说，生女孩30天满月，生男孩29天就满月了。我是在坐月子第29天的这个早晨，因为实在无法忍受一个月不好好洗脸的肮脏状况而跟老妈大发脾气，我们母女两个正僵持不下的时候，婆婆犹豫再三说出的这句话，才让我恍然大悟：原来禁令可以在今天全部解开了！于是，我撒开手理直气壮地就冲到洗手间。老妈显然也是闻知此理的，只是希望我再坚持一天，养好身体罢了。这会儿见劝也劝不住，禁也禁不了了，便只好随我在卫生间里折腾去了。

好家伙，当我把温热的水打湿在那一个月没仔细清洗的脸上时，激动的眼泪都快下来了，原来每天都要做的洗脸竟是这样舒服享受的一件事情！如果不是老妈在外面时不时地叮嘱，我真是要撒欢儿地冲到淋浴头下，彻底泡他个小半天儿再出来。

但即使是简单的清洗，半个小时后，当我犹如出水芙蓉般重新站到镜前时，望着自己那除却尘污露出的因高度营养和此刻心情的激动而绽放着红润光彩的脸蛋儿，连婆婆都忍不住惊叹：怎么感觉还年轻了，跟大学生似的！俺心里正美着，婆婆那大实话又来了：这一个月养得，像农村妇女似的，都没法儿看了！呜呜，我真晕了，这啥老太太呀！绝对就在两天前，她还面对我的逼问，无比诚恳地说俺还挺好看的，恢复的挺不错的。婆婆不好意思地笑：这不是安慰你嘛，本来看你就够烦的了！老妈对此不以为然，她关心的就是我这里疼不疼，那里酸不酸，浑身四处有没有受风着凉。确信这些都在她的监视下受到绝对保护后，其他问题老人家基本视而不见。

呵呵，不管怎样，在两位妈妈齐心合力、尽心尽力的照顾下，我总算是平安顺利健康地熬过这一关了！而嘟宝那脸也日渐一日地圆起来，上秤一称：体重10斤，身长58厘米，比出生时长胖2斤，长高6厘米。

嘟妈心得

现在回想这一个月里猪般慵懒、肮脏的生活，我几乎没有一刻不在心里跟自己抗争着：或者与时俱进，完全摒弃传统坐月子的陋习，不管不顾地马上回归正常生活状态；或者就屈从于老妈的看管，“窝里吃窝里拉”坐个窝囊但据说安全的月子。不过最终，我还是采取了折中的办法。

在继续遵循传统坐月子方式上，我的看法是：不同的人种有不同的体质，不同的环境条件造就不同人群的适应能力，对这一人群无关紧要的东西，作用在另一人群中，可能就会产生很大的反应。因此，绝对地照搬其他人种和民族的坐月子方式，不见得就完全适应我们自己，不适应的东西再科学也没用。而我们中国人世世代代能沿袭下这样的老传统，其中肯定有适合我们自己的依据和道理。曾经认识一位旅居德国的姐姐，她在德国生下宝宝后就按当地人的习惯，不坐月子，基本每天沐浴更衣，劳动外出，一切照旧。但在产后不久，一向身体健康的她确实出现一些诸如腰酸、关节痛的怪毛病，类似我们民间流传的“月子病”。有了这样的先例，加之我这人本来身体就不太结实，所以，精心保养对于恢复体力、强健身体还是有益无害的。

但老传统肯定不能完全适应时代的进步，这时候，我们需要扬弃，即批判地继承。的确，人种还是这一人种，但环境却已不是那个环境了，在新社会里，无论在城市还是农村，国人的体质、健康状况和生活条件都得到了很大的提高和改变，所以，有些传统的具体方式在此时就成陋习了。

这一点上，为免母亲担心为难，我基本都是在肯定她主张的前提下，适当变通具体执行的方式。比如产后母亲怕我受风，坚决拿厚被捂之，但产妇出汗现象让我如在闷罐般难受，我给她分析说：产妇怕的是风，毛巾被、薄毯子等一样可以挡风，如果这样厚被捂的我一身汗，毛孔全部张开，岂不更容易受风。老妈闻之感觉有理，马上换上薄毯。

还有原本母亲是给我下了一个月的禁止洗漱令，洗澡就更不要提了，这对任何一个文明时代的人来讲，当然都是无法忍受的。于是，我一点点渗透改变方式来达到目的：不让用水洗脸，那我请求用温湿的毛巾擦脸；不让刷牙，我用软软的棉签儿沾温水擦拭；不让剪指甲，我说太长容易划伤宝宝；不让下地随便活动，我以防止剖腹产术后粘连和促进胃肠蠕动、预防便秘为由，争取每天两次的漫步时间。

等等这些细节的问题，我基本每天每时每事都在动脑与母亲协商变通的方式。其实也不是母亲专横，她只是很简单地爱自己的孩子，宁肯顶着“愚昧”的骂名，也不敢冒险让这个本不太强壮的女儿再出现什么闪失。因为理解这点，所以，我尽可能控制自己不太稳定的情绪，用一种舒缓的容易接受的方式，既能让自己达到目的，又不让母亲的爱受到伤害。虽然我不是个太乖的孩子，也偶有失控的时候，但总的来说，我坚持下来了。

既然有坐月子的，那就不得不说说“伺候月子”的人。毫无疑问，这个角色的劳动量是相当大的，既要照顾产妇，又要照顾新生儿，哪个都娇嫩，哪个都出不得任何闪失。同时，这个角色的责任又是十分重大的，因为她不仅在做一个超级保姆的全部活计，对于年轻的父母来讲，她还是一个育儿指导和老师。

在中国的好多家庭，这个重任都是由双方的母亲来承担的，一有生育的经历，二有照顾孩子的经验，三是当妈的，只要自身条件允许，不让来都不放心。这方面，我是个幸运儿，婆婆妈妈虽都上了年纪，但还是克服各自的困难，互相配合着，一门心思就想把我们娘俩照顾好。现在看来，我这个一向体弱的人在生完孩子后的几年中，能前所未有地健壮和少病，这跟月子里的保养有着十分密切的关系。作为一个应该自食其力的成年人，我打心底里感激两位妈妈，同时也因为让她们过多地受累而感到不安。

也有很多朋友没有这个条件，现在看来也不是太大的问题，因为社会已经催生出一大批很成熟的“月嫂”，她们可以提供给产妇和新生儿很专业的护理。

总之，不管采用什么办法，这一个月无论对于产妇身体的恢复，还是新生儿的健康成长，都具有十分重要的意义，嘟妈我的原则是宁肯娇气，也不大意。

名字的故事

2004年6月25日　星期五　嘟7个月14天

一大早，接到老妈为嘟宝改名成功的喜讯。放下电话许久，思绪却仍不能从为宝贝起名字的曲折历程中走出……

早在孕期，我就下狠心要为自己这一生中唯一的宝贝起个响亮、另类、可爱的名字。临近预产期时，随着宝贝性别的无意曝光，我开始腆着变了形的大肚子和大圆脸酝酿他的名字。哎，说来我老人家的知识真是学杂了，憋了好久，竟然未果！说也神奇，就在生产前一夜，我竟忽然梦见有人神叨叨地为宝贝赐名“放”字，加之父姓“郝”，便为“郝放”，醒来对梦境记忆犹新，“豪放”“解放”“放飞”的大气之意让我豁然开朗，再联想到前不久中国载人航天成功的事情，于是一个我自以为得意的、具有鲜明时代特征的名字就这样全新出炉了——“郝天放”。

但不知从何时起，北方开始盛行为小孩“算命起名”。在我自己没孩子的时候，曾不止一次地对此种迷信行为进行无情的讽刺和鄙视，可惜真正讽刺的是在我有了自己的孩子后，竟也未能免俗，最终还是加入了这一迷信的行列，因为求儿一切完好平安的心态在那时已完全占据了一个小妈妈的心。

很快，求到的“先生”便无情地否定了我精心酝酿出的好名字，说叫“天放”太大太无拘束，对命运不利。我竟然就那么毫无反抗地认可了这一判断。然后抱着“高人”起好的一堆名字，看得我这眉头是越锁越紧：不是俗不可耐，就是毫无特色的生僻字大组合，搞得我激情顿消，灵感全无，最终经“家庭议会”讨论，采用了据说是对孩子命运最有好处的一个名字——“郝峻楠。”第二天便急急地按此名给宝贝落上了户，从此小人儿也是个有“身份”、有“号码”的中国良民了。

至于乳名“嘟嘟”则是在孕期就定下的，源于很久前和嘟爸共同看过的一个电视剧，那里5岁的男主角便叫“嘟嘟”，因小小年纪却熟识各种车型，利用这一专长，成功帮助警察破获大案，有点小英雄的意味，因此借用之。但却遭到家人反对，奶奶说有点像狗名，姥姥说狗都不叫这么难听的名字，我说那正好我们人类用这个名字吧。当一次父母，好歹得做回主吧。于是，“嘟嘟”一名被迫得到认可。

但是事并未完。在此后有名字的日子里，我却发现一个很严重的问题——羞于对人说起宝贝的名字，即使说了，“俊男”的谐音也十有八九会得到对方那种欲言又止的充满疑问的表情和眼神。咱要真俊，也便坦然受之了，可偏偏俺小眼睛的儿子，如此顶着个“俊”名，长大岂不会被淘气的小朋友取笑之？思来想去，为免招那些不必要的麻烦，在落户一个月后，俺决定给儿改名。此事遭到老公的消极抵抗，他以“落了户再改名难于上青天”为由，拒绝办理。

事有凑巧，前天老妈去当地派出所办理迁户口，顺便问起为新生婴儿改名一事，结果话语来往几句，竟就发表申请了。一见此事有门，老妈第二天便起大早，驻扎到派出所，楼上楼下地跑，见着人就猛劲儿地“戴高乐”，搞得民警同志们被这一慈祥老太太感动得就差涕泪交加了，大家的办事效率空前的高起来，不到一个小时，“郝峻楠”顺利如愿地变成了“郝健为”，老妈满怀公关成功的豪迈心情向我报喜。

尽管新名字也不是让我十分的满意，但折腾到这个份儿上，当初的兴致全变了味儿了，现在就求宝贝能健康、快乐、有所作为就行了！名不名的仅一代号而已，成材了叫“狗剩子”都好听，不成人叫啥听着都别扭。

只是回想起这个过程，略感无奈和自嘲。没办法，中国特色，就这一个孩子，很多很平常的事情我们却都只有一次体验的机会，不折腾个心满意足，怎肯罢休呀！

第三部分

育儿从“科学喂养”开始

没孩子的人把孩子想象成艺术品，期许他（她）聪颖、美丽、与众不同。而有了孩子的人，则首先求他（她）能像个健康的小猪，强壮、无病、生龙活虎……

宝贝0～4岁成长作息录

2004年3月21日　星期日　嘟4个月9天

嘟宝4个月每日作息记录：

清晨7时，嘟宝很规律地自然醒来，一声让人销魂的婴啼成为全家的闹钟。赶紧爬起来向他问好，换掉屁屁下厚重的纸尿裤，用湿巾和薄薄的爽身粉先草草清理一下他的小嫩屁屁。然后马上便要喂奶了，否则小人儿就要大放悲声了。到这个月时，我的母乳已经不太多了，所以多数时候是以奶粉喂之。奶足水饱，再撒泡尿，有时也会拉点屎，接着人家就自己躺床上开始晨练了：伸伸懒腰，打打太极，踢踢肥腿，扭扭圆滚滚的身体，左三圈右三圈地翻腾几下。

9时，给嘟宝沐浴更衣，然后躺在摇篮中听着我的古诗催眠曲，清爽地开始睡上午觉。

11时，亲醒嘟宝，抱他起来散散步，到阳台的窗口看看外面日渐浓烈的春意。然后泡好奶粉喂之，稍停片刻后，再依具体情况给他添加些青菜泥，一般我只会做胡萝卜泥、南瓜泥、豌豆泥之类的。操作通常很简单，洗净切小块蒸个烂熟，捣成泥状，有时加微量的盐，有时滴一些奶粉水，大人吃着虽然太过清淡，但对小宝宝来讲，已经是难得的人间美味了。当然犯懒时也买点现成的亨氏果蔬泥。对于这些餐桌上突然出现的新口味，嘟宝充满好奇又热切的心情，统统笑纳，且每每吃的很欢。最后，当然要记得给宝贝少喝一点温热的白开水，一来补充水分，二来当饭后漱口了。但水量不能太多，否则稀释胃酸，不利于饭后消化，那就起反作用了。

12时，竖着抱起吃饱的嘟宝散步一小会儿，且边走边哼歌。如此，通常不出十分钟，小人儿这上下眼皮就开始打架了。看情绪酝酿的差不多了，马上抱他进卧室躺下睡午觉。

14时30分，即使嘟宝没有完全睡醒，但为了养成他规律的作息时间，也要想办法让他渐渐醒来。清理屁屁，待他完全清醒后，喂奶粉或是一半母乳一半奶粉。然后陪他一起玩一会儿：比如解开包被，让他的四肢处于完全自由的状态，随意拳打脚踢一番；或者带他看看色彩鲜艳、内容简单的认知图片；要是在温暖的季节就更好了，可以抱他出去在树阴下晒晒太阳，呼吸呼吸新鲜的空气。活了快30年了，好像到养孩子的时候才意识到，阳光和大自然的空气，无论对于婴儿还是对于成年人来讲，都是最好的天然健康因子。

16时30分，这个时候是嘟宝最盼望的解馋时间，一般都喂足他温热的白开水，这也是对人体健康必须且最有益的因素之一，虽然简单又便宜，却具有任何昂贵的饮料都替代不了的价值。然后选择一些时令水果（比如苹果、桃子等）用小勺刮下泥汁混合物喂他。嘟宝爱吃的很哪！那没牙的小嘴儿“咀嚼”的那叫一个欢！

18时，给宝宝进行简单的清洗，然后喂母乳或奶粉或两者混合着进行。稍停片刻后，又一次到了 “解馋时间” ，用奶粉混合着少量亨氏婴儿米粉，温水冲泡调成糊状，散发着悠悠的浓香，嘟宝那口水呀，一见到这东西立即就成河了。

19时，饱足且知足的嘟宝又要开始睡觉了。哎，同样是人，生活的差别咋这么大呢？人家醒着时我要忙，人家睡着时，我还要忙；人家一天几顿饭换着样地吃，我一天三餐有时还忙忘了一顿；人家一天几觉睡的那是相当幸福，而我，我已经找不到大段成块的时间可以睡个酣畅了！

22时，我就是困死，也必须坚持到这个点儿，给嘟少爷换上新的纸尿裤，喂完奶，伺候的人家肚饱足屁舒服，我才终于可以放心地在床上轰然倒下，一秒钟内睡成死猪。

次日凌晨2时30分，据说好多的孩子到这个月龄时都可以整宿地睡大觉，不吃不喝也不拉尿；又据说还有一部分孩子此时每晚只需吃一次奶；但我养的这个孩子，就属于喜欢夜里折腾型的，一般到这时都还要再吃一次奶才能继续安睡，偶有小人家开恩只吃一次奶的时候，偏偏我又犯贱调不过来生物钟，非得在这个点儿醒一下不可，然后在黑暗中巴巴地等半天，看小儿无需服务之意，便只好再想法儿把自己哄睡。

4个月的小嘟，体重18斤，身高68厘米。身体发育上的最大突破是：竟然长出了牙齿！这还是在今天晚上，我用小匙喂他米粉的时候，意外地发现小匙在他嘴里居然发出好儿声脆响，俺好生奇怪：就嘟这种肉呼呼无齿的嘴里，会碰到什么东西能发出这种声音呢？姥爷说别是出牙了吧，姥姥说开玩笑，这才几个月就出牙呀。结果，我洗净手，小心地伸到嘟宝嘴里，轻轻地在他的小牙床上这么一摸。好家伙！一个硬硬扎扎的小牙茬明明白白地硌着我的手指！俺立马向全家郑重宣告：从今天起，嘟宝正式告别无“齿”之徒的队伍了！

情商上嘟最大的进步是知道认生找人了。特别明显的表现是每天下午5点我快下班的时候，小嘟都会神不守舍，翻来覆去，难以安静，姥姥一问：你是不是想你妈了？嘟立即听懂一样，撇着嘴，非常委屈的样子，偶尔能整出两滴清泪盈湿眼眶。直到我出现在他面前，嘟才瞬间换上开心透顶的笑脸，扭着肥躯、踢着胖脚地尖叫着，一头扎进我的怀里，彻底变成一头幸福的小绵羊。至于我就更不用说了，怀里抱着娇儿，浑身的骨头都酥透了，软在那里动不了，只让幸福如电流般击遍全身。

嘟爸最近也遭了类似的“电击”，起因是那日嘟宝突然间无比清晰、无比标准、无比连贯地发了声B–A B–A。看着那个大男人因兴奋而涨红的脸，俺无情地将冷水泼向他：臭美啥！不过是无意识的乱叫，指代的是谁还不知道呢！哼！如此说着，心底的妒意却越发浓烈！

2004年8月17日　星期二　嘟9个月9天

嘟宝9个月每日作息记录：

早餐：220毫升奶粉，有时加一小碗各种口味的米粉。上午通常要睡上一小觉，醒来视天气情况或外出晒太阳玩耍，或遇雨天就趴在窗台上看雨是怎么下的。

中餐：大半碗切碎的蔬菜（一般放些西红柿或菠菜、胡萝卜等易煮烂切碎的东西）鸡蛋面或菜粥，再喝光180毫升奶粉。清水漱口，坐着轻微活动一会儿，然后开始长达三四个小时的午睡。

晚餐：跟大人们凑热闹，看着满桌花花绿绿的东西，能吃点什么就吃点什么，通常是米饭、菜汤或土豆泥什么的，也有比较幸福的时候可以吃到软软的鱼肉和切的细碎的虾肉，还有各种面点，然后喝180毫升奶粉。

睡前220毫升奶，最近一周半夜不再喝奶。白天的时候中间还时不时地吃点桃子、西红柿、苹果之类的水果，不同以往的是不再需要把它们刮成泥状喂食了，嘟宝完全可以充分利用那仅有的8颗牙齿啃着吃，体味着果肉和果汁一同流在嘴里的感觉。每每此时，人家都是一脸的沉醉。

最近一周，小嘟越发表现出人类特有的聪明才智。最具代表性的是语言理解和表达能力上的突飞猛进。好像也就是一夜之间，在我习惯性地自问自答"灯在哪里"时，嘟却抢先抬头看着灯非常清晰地发出了"DAN"的声音。自此一发不可收拾：站起时他发出类似"ZHAN"的声音；想要东西时，清晰发出"NA"的音。最具喜感的是，在有人要求他唱歌时，他会模仿电视里歌唱演员的样子，摇头晃脑地发出一连串婉转的哼声，还会哼哈地回应着我们的问话。

在情感表达上，嘟是个外向的人儿：见人站在门口就猛烈挥手再见，不管你走不走都必须再见；每逢吃到兴高采烈处，都要爽朗地大笑出声，此时牙床外露，双眼成线，狗窦大开，同时十指呈树枝状张开剧烈拍掌。

9个月的小嘟体重23斤，身高80厘米，虽然两项数据均显示超标，但搭配到一起就平衡了。因此，嘟的活动能力丝毫不受影响地伶俐敏锐。他已经可以扶着床栏杆熟练地站起、蹲下，谨慎但自如，几乎从不会把自己弄摔倒或撞到头什么的。安全意识一如既往地强烈，站立时永远是一只手牢牢地扶住点儿什么，另一只手灵活地摆弄着玩具。偶尔有那么一次，玩入神了的嘟突然高举起双手，没有任何支撑地独自站立了那么几秒钟，看着我惊讶地张大的嘴，他自己也哼哼着，有点害怕，还有那么几分刺激和新奇的小兴奋！

出行，对于这个月龄的小嘟早已成了家常便饭，而且人家早已深深迷恋上了外面的世界，以至每日晨起吃过奶，都主动抓着外出的衣服往身上比划，即使外面雷电交加，仍然表现出风雨无阻的勇气和愿望。对此，负责照顾他的姥姥真是付出极大的辛苦，哪管自己累的衣带渐宽人消瘦，也要抱着肥壮的小嘟，拎着重重的伞车，外加水瓶、手绢、作防备之用的衣服等杂物楼上楼下地折腾，只为带他能多看一眼蓝天，多听一声鸟鸣，多得一丝阳光的恩泽，多尝一份人类社会的精彩。

恰如刚刚过去的这个周末，第一次逛商场的小嘟对那个上上下下永不停歇的滚梯产生了十分深厚的兴趣。在其强烈的意愿表达下，姥爷自告奋勇，抱着肥嘟犹如“刘姥姥进大观园”一样，反复上下“滚动”了有二十几次。每次远远地看到祖孙俩面色木然地在电梯上移动的身影就忍不住发笑。忽而又见姥爷一手抱嘟，一手举着个硕大的冰糕，祖孙两人你一口，我一口，吃得满嘴挂“霜”，茫然地在商场里四处游逛，活脱脱一对顽童！

这样的出行，总免不了中午那顿饭店的腐败。随着小嘟八颗牙齿的齐备及进食能力的进步，那与民同乐、遍尝人间美味的小欲望也嗖嗖见长。本周是嘟第三次下馆子，这小家伙毫不含糊地消灭了一小碗珍珠面汤，还大胆地尝试了本地盛产的嘎鱼和一大片血肠。吃的是满嘴流油，相当之腐败！看着他地主样饱足地靠坐在那里，众人无不纷纷感叹：社会主义好呀！社会主义好！

最后，不得不说的是，9个月的小嘟早已尽显淘气本色：流着口水满地爬，见物就咬，见东西就抓，攀着鱼缸抓鱼，抱着电源乱摸，站在转动的小飞机上振臂高呼“DAN”……哎，想想头都大，以后可有罪受了！

2004年11月11日　星期四　嘟1周岁

嘟宝周岁作息记录：

6时30分，自然醒来，翻来覆去地玩一会，权当作晨练吧。

7时30分，早餐：一小碗粥（大米粥、小米粥或两样混合的二米粥），一个水煮鸡蛋，210毫升鲜牛奶。注意，此处是鲜牛奶，自打进入周岁这天，嘟突然拒食新换的多美滋一岁段奶粉，而是疯狂爱上只试过一次的鲜奶。吼吼，俺感动的差点落泪呀，多知道省钱的宝宝呀，就知道奶粉比鲜奶贵多了，体谅他爹娘养儿过日子不易呀。于是，考虑到他除了奶外，饮食内容基本接近成人，营养摄取不会太差，所以，如他所愿，用鲜奶代替奶粉，只是尽可能选取保质期比较短、防腐剂相对少些的全脂鲜奶，煮时少加点水，防止奶太硬，不加糖。经观察发现，嘟宝好像迷恋的就是这种淡淡的天然奶香味儿，而那个一岁段奶粉明显比原来的甜很多。为免浪费，那袋儿奶粉基本让我解决了。呵呵，孩儿娘也补补啊！

上午在两餐间添加一次水果，一般选择时令水果。现在看来，一向不爱水果的我之所以能在孕期变成"果精"，完全是受嘟宝的影响。要说遗传这东西真吓人，连饮食嗜好都不放过，如今的嘟宝彻底像他爹爹一样，嗜水果如命，要是爷俩坐一起啃苹果，那场景相当壮观：两个长相基本一样、只是型号不同的人，用相同的动作且频率如此一致地啃食着同样的东西。吼吼，想想都可笑！

9时30分，睡上一小觉，一般一个半小时左右（补记：直到1岁4个月，嘟的上午觉才取消）。

13时，午饭：一碗蔬菜面条或面片汤或疙瘩汤，120毫升配方奶。餐毕，稍事活动便开始午睡。醒来一根香蕉。此时开始发现嘟宝大便很干，每次"办大事"均很吃力，偶有将小肛门撑裂的惨事发生，我就得根据从书上学来的小偏方，将一小份儿云南白药兑两滴香油，混合后涂于肛门周围，很快见效。但便干的实质问题还要靠内部调理，因此常吃香蕉或喝蜂蜜及一些粗纤维食物。饭后开始午睡。

18时，晚饭：一般是小米红枣粥，外加各种蔬菜、肉，通常是跟大人的晚餐一样，五谷杂粮什么都吃。在饮食上，嘟已经完全大开杀戒了。一周还必须要保证吃一顿肝、鱼、虾，常吃豆腐 、菠菜、西红柿、萝卜、蘑菇、豆角、胡萝卜、白菜、香菜、茄子、鸡蛋。此后嘟宝与家人同乐，并在尽享与爹娘玩耍的快乐中学习新本事。

20时，开始睡前准备，洗脸洗脚洗屁，喝光250毫升鲜牛奶。然后关灯，在月光下陪小嘟唱着、聊着、玩着，用不了多久就睡着了，一般完成这一切都要到21：00左右。这段时间晚上跟奶奶睡。也许因为嘟仍然还缺钙，也许是快要顶出来的那儿颗大牙折磨的他痒痛难受，总之睡眠状况始终不好，半夜总醒，偶尔还要哭闹上一会。更要命的是，这段时间特不待见我，只钦点嘟爸哄睡，哼哼，嘟爸那罪遭的，夜夜又歌又摇，困急了，站那儿都能睡着了。

周岁小嘟的语言能力飞快进步，他已经会用清晰的大叫“渴”来表达心中诉求了。虽然小便还是会不自觉地随时随地处理，但大便已知道“报警”了，常常自己捂着肚子，拎着小便盆急的满屋乱串找人帮忙。随着自我意识的增强，他更多时候开始表现出明确的主观选择，更喜欢用高分贝的哭叫迫使大人就犯，从而达到他不可告人的小目的。

最让我们高兴的是：在生日的前三天，他终于可以直立行走了！其时，我们母子二人正各拿一花铃棒疯狂比着劲儿地对摇中。当娘的我因为“人高马大”，当然摇的山响，无论声音还是气势都压过了嘟，嘟不服气呀，一着急，居然就晃晃悠悠地挪开小步向我走过来了，在我一连串脱口而出的“啊呀啊呀”的惊叫声中，嘟也意识到自己行动的刺激性，张着大嘴不出声地笑着，同时，浑身的肥肉都在努力保持平衡，就这样向前走了有三四步，行程有半米之长，终于完美地迈出了他人生的第一步。

从此一发不可收拾，嘟开始着迷于独立行走的惬意和刺激，并且不用任何人、任何东西扶助，完全靠自己一步一步、稳稳当当、踏踏实实地向前走着。摔倒了，就笑着自己撅着大屁屁爬起来，非常坚决地拒绝任何人的帮扶。虽然一路颤巍巍、曲线前进着，突然在室内撞到他，不知他从何而来，要笑嘻嘻地走向何方，时不时地还总要摔倒在地，但我那宝贝儿子，始终保持着高度的革命乐观主义精神，走得漂亮且意志坚强。

随着嘟这一小步的迈出，他的生活半径一下就扩大了，他探索的兴趣也突然间高涨起来。这本该是好事，但我实在接受不了他探索的手段：拿到手新奇的东西，不管能不能吃，先用嘴啃之，继而摔之，或者胡乱拆之，总之是以破坏的手段研究并最终毁灭之。就是“地主家也没有那么多东西供他砸着玩呀！”所以，为了俺家不全面破产，我们不得不在适当的时候设防并引导之。

周岁小嘟还表现出异常强烈的恋父情结。就算我们家奶爸在对孩子的照顾上确实表现突出，也不至于他恋成这样呀。特别是在晚上，觉都睡不踏实。常常是睡了一两个小时，就要一骨碌爬起来，朦胧的小眼儿睁开一条缝，看看他爸还在身边，才肯放心地躺下继续睡。那样子让我忍不住想起鲁迅文章《药》中的一句话：“一摸，硬硬的，还在，这才放心。”到我们家里就变成：一看，壮壮的，爹在，这才放心。如此，他爹也只能痛并幸福着。谁让他是爹呢！

2005年11月11日　星期五　嘟2周岁

小嘟2周岁作息记录：

7时，起床，脸不洗、牙不刷，穿上衣服就被爸爸妈妈扔到姥姥家了。

7时30分至8时，在姥姥家吃早餐，现在早餐主要还是以粥、蛋、奶为主，有时也跟着大人换口味。上午为游戏和探索时间。

11时30分，吃午饭，一般是面条或面汤、饺子。姥姥一个人在家，得看护嘟保证他安全，还得忙着做饭，实在是不易，所以我建议她做些简单、营养的快餐。

12时至15时，香香长长的午睡。这其间姥姥可以稍喘口气，自己吃点什么，打扫嘟一上午弄乱的残局。

18时，上班的人都下班回来了，一部分负责看护嘟、陪他玩，另一部分帮姥姥在厨房做饭。

19时30分前，吃完晚饭，喝完奶。嘟现在晚饭跟我们大人是一样的，不开小灶，一般都是二两白米饭，若干蔬菜肉类、汤等。嘟还不太挑食，基本是来者不拒，而且勇于尝试新食物，一不怕苦二不怕辣。格外偏爱肉食。

20时，跟爸爸妈妈回自己家，听故事做游戏。

21时30分，妈妈搂着进入梦乡。为了减少夜间尿量，让他睡的安稳，所以，取消了睡前奶。即使这样，夜里还是要起来两至三次给他接尿，偶有防范不力或水果吃多的时候，还是会尿床。哎，愁死人的尿况。

这一阶段，通常每天上午、下午、晚饭后都会给嘟吃一些水果，一般都是时令水果，但小人儿最偏爱的却是提子和香瓜，提子还得是进口的那种，大概是因为不常能吃到，物以稀为贵吧，所以格外偏爱。除此之外，嘟从没吃过任何小食品零食，也从不喝饮料，但每天都要分几次喝下满满一小壶白开水，偶尔会喝一小瓶50毫升装的乐百氏AD钙奶，权当意外惊喜了。

2周岁的小嘟现在身高95厘米，体重32斤，比二楼大他4个月的小哥哥高出半头，整个人比人家大一个型号。入冬以来只有过一次小感冒，吃了一副范大夫的小中药，3天就全好了。真该感谢姥姥姥爷细心的照料，让嘟如此健康快乐地成长。

眨眼之间，嘟2岁了，好像一夜之间就脱离了婴孩的队伍，进化成个懂事的大孩子了。两岁的小嘟现在最喜欢做三件事，一是说，二是画，三是听。

会说话的小嘟现在只要是睁开眼睛，嘴就开始喋喋不休地工作起来："我要上姥姥家，妈妈上班，爸爸上班，姥爷上班，姥姥不上班，我跟姥姥玩，我不跟爸爸玩……"反正就像个更年期妇女一样，唠叨个不停，连最爱唠叨的姥姥在他面前，都插不上嘴。最近几天新学会一个词"可爱"，看见小猫说：小猫真可爱！看见小狗说：狗狗真可爱。那天睡醒一眼看见了我，就冒出一句：妈妈真可爱！得到儿子如此评价，他娘我深陷幸福之中，拔也拔不出来。从昨天开始他又喜欢上了提问题，路上看见一辆车问我："那车大不大？"。以往给他讲故事都是只听不说的，这回他竟时不时地打断我，一会问："大黑熊开的什么车？"，"小白兔是开白色QQ车吗？"……怎么办？俺养出个"唐僧"儿子。

2岁的小嘟，自从知道可以拿笔写画后，便深深地迷恋上了这一"游戏"。如今在姥姥耐心的引导下，已会写很标准的阿拉伯数字"1"，能认得"2"、"8"，有两个数的概念。喜欢在纸上涂涂画画。嘟这点很好，他从不在墙上、家具上等不该写画的地方涂鸦，从他懂得开始拿笔时起，我们就引导他应该在纸上写画。嘟很有记性，有时即使灵感突袭，手里拿着彩笔，急得满屋子翻找纸、本，也绝不会在墙上、床上乱画一道。所以我们专门给他准备了画本，让他随意发挥。只是他创作激情太汹涌了，俺家纸张那是频频告急呀！

目前小嘟涂画的全部内容基本就是一个：大汽车——自嘟周岁以后生活中的至爱。只是小嘟笔下的大汽车造型，高度凝练：一个四方块，前后各两圆，就完了。尽管如此，我还是很自恋地惊叹于小嘟的观察力和表达力，毕竟才是刚到两岁的孩子呀。姥姥却笑我：这算啥，白天你们都上班的时候，嘟嘟经常画出各种多边形让我猜是啥，我这智商最近明显见长，老年痴呆症是肯定找不上我了！

听就是听故事。嘟在熟读甚至能背诵下几大本儿歌书后，开始对小故事产生浓厚的兴趣。说来真该感谢姥姥，每天不厌其烦、口干舌燥地讲，还要绘声绘色、眉飞色舞，甚至手舞足蹈。一周下来，嘟把几本故事书也都背下来了，现在时不时就自己捧着书指着下面的文字，像模像样地“念”起来。实际就是看图背诵，表面看挺有文化的小样，其实都是哄人的！不过，从这些小故事中，嘟倒跟着学会了不少的道理。那天姥姥拿橘子给祖孙两人吃，嘟看了看两个橘子，然后伸手把大的给了姥姥，小的留给自己，姥姥问他为什么这样分配，嘟言简意赅地回答：孔融让梨嘛。

2006年11月11日　星期六　嘟3周岁

小嘟3岁作息记录：

7时，起床洗漱。嘟基本已具备了自己洗漱的能力，只是动作比我们成人慢半拍儿，加上早起有时睡意还未消尽，所以，一般情况下都是由我半辅助、半督促的方能顺利进行。

7时30分，准时出发。一年365天，就没有一天早上是顺顺当当、不堵车的。每逢周一，更是要提前10分钟出门，方可保证不迟到。俺这家也是太远点了。好在嘟是个喜欢坐车看车的人，虽然单程总要耗费近40分钟的时间，但嘟从未有一次闹过。就那么安静地坐在后面，一边儿听着CD里放出的故事，一边儿看着来来往往各式的车子。每日早晚累计起来近一个半小时的往返时间里，嘟竟然听诵下不少的小故事，跑在路上的各款车型，也认得个八九不离十，俨然一个小汽车专家了。

8时30分，到幼儿园，开始吃早餐。嘟的幼儿园每天解决三餐，下午还有一次水果。所以，自打他两岁半上幼儿园开始，生活变得更加规律。幼儿园里伙食不错，食量也从不限制。有时早上送他，一进楼里闻到四处飘香的卤蛋、米糕味儿，我那口水就也很没出息地往出流，嘟爸开玩笑说：干脆明天咱交两份儿伙食费，你也入托得了。俺很伤自尊，觉得此言非常不幽默。

9时，开始上午的活动时间。包括外教英语、美劳、思维、合唱、绘画等在内的很多内容，让嘟在汲取知识启蒙营养的同时，收获着更多集体游戏带来的快乐体验。

11时30分，每天的午餐时分。通常是两菜一汤，有荤有素。嘟自己进食的基本能力早已不成问题，甚至可以灵活地用筷子夹花生米吃。但这时比较突显的问题是偏食很严重。老师说嘟是个典型的大馋猫，遇到有小鸡腿吃时，肯定第一个洗好手，冲过来抓起就啃，往往没有两个三个下肚是不肯罢休的。但蔬菜类的东西就不行了，有个别菜式，比如白菜、茄子、头菜什么的，干脆一口都不碰，就抱着一碗米饭干吃。老师苦口婆心、想尽办法劝他吃，人家就开始制造各种频繁外出的借口，一会儿上趟厕所，一会儿喝口水。前天负责照顾生活的梁老师向我诉苦说：我彻底服了嘟嘟了，人家现在不爱吃菜，不说上厕所，也不喝水了，他干脆把饭碗扣地上，然后痛心疾首地说是自己不小心。为娘我听着这些申诉，头真是大呀！看来，必须想点办法，与嘟的挑食做艰苦卓绝的斗争！

12时，午睡时分。刚到幼儿园时，考虑到孩子们年龄小，入园时间短，一般自己入睡的能力都比较差，所以园里在每次午睡前都播放一些催眠小故事，10分钟后声音渐渐调小。嘟在这方面倒是表现很不赖，老师说基本每天他都是第一个入睡的，呼呼的那叫一个香甜。此项能力也扩展到家庭里，嘟现在基本已学会自己入睡，只需有个人在身边陪着，不用再唱歌吟诗花力气催眠了，他翻腾不了几分钟就睡着了。

14时，午睡醒来，集体上厕所，然后洗手吃水果。这也是嘟的强项，老师反映，有时别的孩子还没磨蹭完呢，嘟这边儿三块西瓜都快下肚儿了。嘿嘿，俺这儿超级适合自助餐！

14时30分，下午活动时间。园里设置了不少备选的兴趣课程，孩子们可以在这时根据自己的选择而去参加不同的活动内容。我征求嘟的意愿，给他选择了思维绘画和思维书法。据老师评价，他热情很高，兴趣很浓，每每下课都有意犹未尽感。

15时50分，幼儿园里的晚餐时间。通常只有一样菜式。可能因为下午的活动量不大，嘟在这餐吃的不好，总是草草应付了事。

16时20分，离园时间。如果在温暖的季节，通常要和同班的孩子们在操场上自由玩耍好久，直到太阳落山才肯撤退。现在冬季，只能是早早回家，关在屋子里，做些室内游戏了。也许是因为晚餐在幼儿园吃的不好，所以，每天晚上他都要跟着我们正常吃一顿，依然是只爱肉来不爱菜。

20时，我基本是把睡前时间全部奉献给他了：陪他做手工，给他讲故事，教他如何独立地完成整套洗漱过程。弄完这一切时，基本就要晚上9点多钟了，嘟该在我的陪伴下，上床睡觉了。其实真的很希望在他睡着后，我依然能保持清醒的状态，好利用接下来的时间做点自己喜欢的事情。但情况往往是陪着陪着，就把我的困意给陪出来了。基本他睡着的时候，我也迷糊了。

3岁的小嘟身高1米，体重35斤。大概是因为偏食和平日奶量的减少，体检显示微量缺钙。不过，也许是近一年来户外活动增加和集体环境锻炼的缘故，他的身体素质比从前强很多，抗病能力也大大提高。不再有着肥胖脸蛋的小嘟，开始脱离婴童的稚态，向翩翩小少年的型男路线迅猛前进。

而更让我一时难以适应的是他日益伶俐、油滑的语言。嘟说话不早，虽然很小的时候就能蹦出单个的词汇，但这种语言状态一直保持到1岁8个月，他才能讲出“主谓宾”俱全的句子。不过，让人意想不到的是，这之后的语言能力简直是以跨越式的进度发展着的。可能由于在他的发音系统完全成熟前，我们就跟他有过太多的交流内容，以至他的大脑存储进大量的语汇信息，所以在他能说出来的时候，便开始每天以“语不惊人死不休”的气势进入语言爆发期。到3岁时，他早已修炼的伶牙俐齿，不只能表意丰富，甚至还能即兴创作一些非常简短、逻辑性却很强的小故事。通过他不停而出的妙语所展露出的小思想，更是常常挑战着我们这些成年人的智商。

3岁的小嘟顽劣异常。他的活泼、热情和开朗是无论哪种方法都打击不了的。在我们的带领下，他疯狂热爱上了户外活动：踢球、跑步、与同龄孩子玩耍，在大自然怀抱中撒欢的日子里，嘟的运动能力和身体协调性得到很好的锻炼。别看人家比篮球高不了多少，但拍球的本事却不赖，连续拍它个三五十个不成问题，高兴时还会小小地运下球呢。踢球的进步也很快，起初是想往东踢，结果出脚却给弄到西边儿去了，没过多久就发展到指哪打哪，而且时不时地还能接住对方传来的球。

在课堂上，他是个让老师有点头疼的孩子，因为他永远不按套路出牌，兴趣上来，热情一高，人家不管三七二十一就开始舞上了。是的，目前来看，他是个不守纪律的调皮鬼，但却保持着这个年龄的孩子与生俱来的真实和率性，绝不伪装，绝不矫情，那么可爱，那么感染人。而这其中最让我感到荣幸的是，他的老师们能认识到这种天性的可贵，没有把他当成捣蛋的异类加以规矩和教训。所以，越来越懂事的小嘟才能够自愿积极地配合集体活动的要求，在保持兴趣和热情的同时，不断加强自身社会性的进化。

应该说，幼儿园生活的每一天小嘟都很充实且精彩。

2007年11月11日　星期日　嘟4岁

眨眼间，嘟满4岁了。这时的小嘟已有110厘米高，40斤重了。单从照片看，绝对是一小小的英俊少年郎。幼儿园的生活一如既往，不同的是长了一岁的小嘟在悄然无声中取得了喜人的进步：他的挑食问题在过去的一年中基本得到解决。自打他又变成一头吃嘛嘛香的小猪后，在幼儿园里的食量也开始成倍增加。这一点，由新一年全面达标合格的体检报告便可见饮食均衡的成效何其显著。在这样的基础上，整整一年，嘟没打过一针，偶有头疼脑热的小毛病，吃吃小药儿也基本就能抗过去了。

4岁小嘟最大的优点是求知欲强、语言表达能力强、记忆力超强。嘟很爱学习：课堂上，他永远是那个最活跃、最积极的分子，虽然调皮本色不改，但却知道了该在什么时候什么地方适当地收敛控制自己；回到家就追在我后面求着能多教他认几个字；见着姥姥就喊老师，拎着个小破本儿跟在姥姥屁股后面想要再学写一个新的汉字；没事就抱着本子，呶着小嘴儿，卖力地画呀、涂呀，或者坐在他的小书架前，一本一本地抽出来翻看，再一本一本地扔在身边地板上，最后生生导演一出“小童醉卧书海”的景象。

语言表达能力就不多说了，就最近的新本事看，他会编故事哄弄人了，人家小朋友讲故事大赛都准备个成型的故事背下来，嘟却当场即兴编了个“汽车竞赛”，凭着《汽车总动员》的电影底子，外加想像，生生编得连老师都没听出这居然是他4岁小娃的原创，对此，他娘我也说不出啥来，现在不是都鼓励原创加创新嘛。

记忆力好，可能是现在所有孩子的共有优势，小嘟也没啥超常的表现，反正比我这一日不如一日的糨糊脑袋那是强多了。不说听故事过耳不忘，单就他能清晰记得七八个月时我念给他的儿歌和诗，没见过啥世面的嘟妈我就有点惊叹了。

情商方面，嘟继续发扬他的优良作风，爱爹爱妈爱亲人，关心老师，爱交朋友，尤其对朋友的忠诚非常看重，对那种昨天还拉着他手不放、今天却连看都不看他一眼的朋友，嘟很是伤心、气愤且郁闷。对于喜欢的事情他能保持高度的专注力，但是缺乏耐性，尤其忍受不了因尝试新鲜事物而带来的种种挫折，常于此时气急败坏，痛哭流泪。这点还需要在今后的学习生活中苦练之。

生活独立能力方面，嘟的表现差强人意，这是嘟妈我再三追问下，才从老师口中讨来的嘟的不足之处——动手能力差。其实纵观嘟的整个成长过程，精细动作方面，他的表现始终差些。因为不会，所以遇到穿衣戴帽的问题，索性自己都不尝试一下，就大声嚎叫求助。全班孩子里，嘟叠被子的水平基本是最差的，但他会“公关”呀，人家常常能不费任何力气就赢得邻床小美女的同情，小姑娘是心甘情愿每天午睡后替他叠被子，直到很久以后“丑行”被老师发现才中止此举。

被老师明确告知了孩子的缺点，嘟妈我却并不知道上火，反而如获至宝地乐颠颠回家，开始针对弱项的“整改培训”。嘿嘿，整改效果还是非常显著的：第一天晚上嘟就学会了自己扣扣子，第二天学会了开关拉锁，第三天做饭时帮我洗菜，还非常出色地挖掉西葫芦的籽，第四天他能够把被子衣服叠的相对整齐了……直到四岁生日这天晚上，被“长大”这件事情激励着的嘟不只十分积极地独立完成睡前洗漱的全过程，自己竟然还动手洗了袜子，虽然嘟爸趁他睡后偷偷返了一次工，但自己动手尝试去做的意识和勇气还是非常可贵的。

由此可见，家长太勤快有时也未必是件好事，你服务越周到，孩子的能力就越退化。其实孩子自己动手的兴趣是可以非常浓厚的，享受自己劳动成果的幸福感也完全可以让一个孩子激动好久。人，无论哪个年龄段，从生下的那天起，就需要不断的自身价值的肯定来让他自信乐观地活下去。所以，能在忙碌一天的夜晚，坐下来，品着香茶，看着洗手间里热烈舞动的小人儿，那种惬意和悠闲带来的美好感觉无以言表……

写到这里，越发感叹：到嘟现在这个年龄，家长对孩子教育的任务实际越来越超越单纯的养护。有时面对着他机灵的小脑袋突然带给我的惊讶和无所适从时，为人父母者肩上的担子便无形中又重上几分。

嘟妈心得

为什么我要坚持着如此详细地记录着小嘟的成长作息规律呢？恐怕养护过婴儿的人都会明白，规律的作息和生活无论对于孩子还是对于看护他（她）的大人来讲，都起着多么重要的作用。

假设我们不去费心给孩子设定一个科学的作息，任由一切自然发生，那会怎么样？那会这样：我们无法准确地知道这一刻孩子的哭声代表着什么样的诉求，他是饿了？还是困了？是不是该喂奶了？喂多些好呢？需要哄睡觉吗？睡多久合适呢？一切都在无据可依、无序可循的单方面猜测中进行，而这不可避免地会造成孩子此顿饥彼顿撑，该睡的时候他精神着呢，该活动的时候他困意正浓，非常不利于孩子的健康成长。对于照顾他们的大人来讲，这样的生活也必将会是终日陷于无休止的无头苍蝇一样的忙乱中，暗无天日。

在嘟的成长过程中，我曾经于无意中得到一本好书——《超级育儿》。书中很鲜有地对0～1岁孩子的作息作了异常详细的说明和安排，详细到看书的人只需照着这里面说的每个阶段作息按部就班，就完全可以在没有任何育儿经验的情况下，把一个孩子养的健康强壮。对于新晋级“母亲”的我来说，那是我第一次充分认识到作息规律对于孩子成长的重要性。而在此后实践的一千多个日夜中，我更是深深体会到，作息规律地看护婴儿会带给我们多么高品质的育儿享受。尽管书中的有些西方养育方法并不完全适合我们，但这并不影响我在领会主体思想的前提下，作符合我们自己的调整；尽管书中并没有将这种作息安排扩展到周岁以后，但我已学会根据孩子不同年龄的特点和需要，进行灵活机动的调适和规划。特别是对于两周岁之前的宝宝，因为身体的生长发育极其迅速，所以，作息调整也必须能保证“与时俱进”，才会满足孩子的成长需求。

因为有了这样的规律作息作基础，小嘟能在大部分时间里享受着符合他心意的生活状态，所以他健康，所以他快乐，所以我们才可以及时准确地发现他的每一次因身体不适引起的异常哭闹，不会因为怀疑是作息不规律导致的小毛病而忽视那些真正的致病因素。对于我们大人来讲，宝宝的规律作息也给了我们一个规律的生活，虽然整个看护过程都很忙，但却能做到不乱，统筹安排好了，也能创造出不少属于我们自己的时间和乐趣呢。

因为今天整理这些以往的记录，4年中，我似乎第一次有机会把他成长过程中具有标志意义的4个年龄段的日记摘出，纵向排列在一起，形成一个动态的、对比鲜明又连贯的成长历程，在体味着个中辛苦的同时，也深深沉醉于能伴他健康快乐成长的成就感中……

那些“无眠”的日子

2004年4月9日　星期五　嘟4个月28天

凌晨4点，嘟又醒了。嘟爸自告奋勇地起来哄他。黑暗中但见他怀抱着儿子，左右摇晃着，嘴里还轻哼着“月亮代表我的心”。五六分钟后，嘟爸停止摇晃哼唱，小心地把安静的嘟宝放入小床中。我迷糊着问：睡着了？嘟爸得意地答应。我却当下清醒起来：小样地，就我这么有手段一小妈妈，没个三五回合都哄不睡他，单你一个大老爷们儿，没奶没法的，竟能这么快就搞定了。心下怀疑着，我忍不住爬起来打开台灯一看：上帝呀，那小家伙正歪着头冲我们坏笑呢，可怜正自豪着的嘟爸当即晕倒。

哎，目前嘟妈最受不了的刺激就是：听人大夸自己的宝儿如何如何地小小年纪就整宿睡大觉。可惜老天分给我的这个宝宝为啥就这么爱折腾呢？月子里咱就不说了，人家小，吃的勤、尿的也勤。可自打满月到现在，他也几乎没有一天晚上能让我睡个安稳的。一般情况下，嘟每天晚上要七点半多睡，第一觉通常很好，但两三个小时后就要吃奶，如果不给，就翻来覆去地睡不踏实，同时在深夜的寂静中把自己的小胖手吃得响亮。吃过奶后，大多时候能很快入睡，少数时候要求狂欢。此后到天亮这段时间一直睡的不踏实，总是翻动，吃手，而且醒的很早，基本是在四五点钟。如此这样连续几个月下来，可怜俺的一双美目已完全变成了熊猫眼。也不是没找过专业医生请教，人家就说是缺钙，可我们一直也没差了补呀，真是羡慕死了那些睡大觉的宝贝。

2004年7月21日　星期三　嘟8个月10天

这两天，长春像被罩在一个大蒸笼里，阴闷得连苍蝇都快上不来气儿了！在这样的天气里，肥胖的小嘟可不怎么好过。尽管一天洗上三遍澡，爽身粉也打个不停，但他依然是挥汗如雨。更要命的是他根本不明白动能转化成热能的原理，像个永不停歇的陀螺，一刻也不停地翻转滚动个没完！于是，他越发水洗一样胖乎乎地在那儿喘着。

草草吃过晚饭后，赶快给嘟洗澡、喂奶，希望他能快点入睡，安静下来。可嘟今天亢奋过度，说什么也不肯“入戏”，奶不好好吃，觉也不好好睡，就是没命地挣扎，从东到西，从北到南，全方位地折腾地又是一身大汗。我对天发誓，真的是极力控制自己闷热烦躁的情绪，体谅他大概是热的难受、没有胃口，体谅他也许是玩的兴奋一时难以安静下来，我哄！熄灯关门，小声哼歌吟诗以让他能尽快平息下来，如此又拍又唱的折腾了近半个小时，依然无效。热且又急又累的我在夜幕中终于不可抑制地发作了！

我疯了一样对着他的屁屁就是两下子，然后怒声呵斥他淘气，欺负人，然后就是千万次地问不会说话的他究竟想要干什么！嘟还真被我凶猛的气势给震住了，马上停下跳动，愣愣地看着我如女巫般咆哮。一分钟过去，待我终于喘着粗气停止咆哮，与那小鬼相视而望的瞬间，这个可恶的坏孩子竟然忽地咧开嘴非常开心地大笑开了！我晕倒！这整个一个没脸没皮的破孩子！我全部的火气也在这没心没肺的笑脸映照下，迅速灰飞烟灭了。哎，怪不得都说父母是上辈子欠儿女的，这辈子来还债的，我算是被打败了。接着哄吧……

这还不算完。因为天越来越热了，嘟又那么胖，所以我很慈祥地决定不给他带纸尿裤了，索性让他光着屁屁睡个舒展。呜呜，俺绝对是有自虐倾向的，要说这决定真是个伟大的决定，可实施起来却麻烦极了。因为嘟尿的太频，尤其是吃过奶后，每晚不折腾我三次四次的不算罢休。果不其然，这一夜嘟又毫不费力地尿湿了三床小被，换了三套小衣服，我事先准备好的隔尿垫儿也早被他三拳两脚给踢一边儿去了。惨透了！俺和老公几乎一夜未眠，不停地相互安抚着算是挨到了天亮……

2005年2月22日　星期二　嘟1岁3个月11天

可能小孩子有一个阶段总是会特别依恋某个亲人，小嘟现在就是块大胶皮糖，目前黏着的目标又一次牢牢地锁定在了他亲爱的爹爹身上。白天黏，晚上黏，吃饭黏，上厕所都要跟着，老公真的是很强烈地痛并幸福着。

自从上次除夕之夜大闹一番后，小嘟睡觉的坏习惯越发严重。具体表现：半夜一两点间醒来，如果只有我在，就躺下，继续乖乖地被我拍睡，不哭不闹不讨厌。但如果发现老公在身边，立即泪如雨下，赖皮赖脸地提出一系列要求：要爸爸抱抱，而且一定要在他的小推车上推着才肯再继续入睡。如果要求得不到满足或者爸爸的动作稍慢了一点，再或者妈妈在其间说了些反对的话，那就立刻放声痛号。连续几夜都是如此，其间老公曾被我赶回自己的小家住一晚。那一晚嘟照旧醒来，准备哭闹，结果发现爸爸不在，就立刻又乖乖躺下拍睡，不哭不闹不讨厌。如此几次，我得出结论：这就是嘟周岁生病那次，老公半夜哄他养成的坏毛病。果真如老话所说，孩子病一次就精一次，同时也坏一次。

再说嘟爸，一个七尺大男儿，在他儿子面前愣是个极没性格的人，平素那点倔强根本不见踪影，整个一个软面团，“慈爹”一个。可是一味的迁就只会让孩子养成坏习惯，坏习惯一旦养成之后再改正就很困难，对孩子也不好。因此，我下定决心要趁早把这股不好的苗头掐死在襁褓中。

首先做嘟爸的工作，苦口婆心教育他一定要做个有原则的爹。现在问题的关键就在他身上，鬼精灵的臭嘟早已心知肚明：只有这个爹爹才是可以“下手”的对象，跟其他任何人在一起他都不会无理取闹，因为他很清楚没人会满足他的。其实嘟爸也痛下决心，发誓一定要把脸拉下来，把心硬下来，把脾气发起来。可是这个爱极了儿子的男人，每到深夜，只要嘟的尖声哭叫一响起，先前所有的誓言便顷刻间统统作废，任我用多难听的话来刺激他，他就像被鬼附体似的，我行我素。

昨天夜里，当嘟再一次哭闹着要爸爸用车推睡时，我终于忍无可忍地爆发了。我大叫着要嘟爸躲到窗帘后面，不许他出来，我就不信治不了这臭小子。嘟爸见我眼睛都气红了，嘴上反对着，身子还是快速向窗口移去，嘟见这阵势，瞬间哭的没有气息，声嘶力竭地叫着"爸爸"，老公心疼的时不时探出头来：不行，孩子哭坏了，我来哄吧！"你，藏回去！你，闭上嘴！"真想不到，温婉的我在那时完全变成了一个——夜叉！可怜的爷俩，一个在床上哭的全身颤抖，一个躲在窗帘后苦苦哀求。

哭闹声惊动了睡在隔壁的爸爸妈妈、弟弟妹妹，这下可好了，全家人站成一排齐声声讨我，老妈说：有什么事慢慢来呗，这么又打又叫的吓着孩子怎么办，孩子哭坏了怎么办！妹妹质问我：姐，你疯了吧！连不爱发言的弟弟都看不下眼了：他想坐车就让他坐嘛。此时嘟爸的腰板挺得很直，理直气壮地把嘟放到小车里，又推又哄。嘟则马上安静下来，眨着泪水洗过的明亮的小眼睛瞪着我。可怜的我就像一头被打败的狮子，沮丧地坐在床上，心里翻江倒海、难以平静……

没过多久，嘟便在爸爸的催眠曲中沉入梦乡，偶尔还轻声地抽泣着。夜又恢复它原有的寂静。只是此时我这眼泪却怎么也止不住地往外涌，满头大汗的老公连连哀鸣：天哪，这小的刚哄好，大的怎么又哭了呀……他不明白这一刻我心里的痛：或许真的是我对嘟要求太苛求了？他毕竟才只有1岁3个月大，他的要求其实很简单，他只是想在爸爸的怀里靠一靠，听着爸爸的声音让他悠一悠。哎，宝贝，对不起……

2005年11月12日　星期六　嘟2岁1天

最近不知为什么，很缺觉，每晚不到九点就困的眼睛都睁不开了，而每每这时小嘟总是会缠着我讲故事。这下更好了，他听的入神，我讲的却是哈欠连天，很多时候都有些意识模糊、胡言乱语了，也不知道自己到底在讲些什么，反正声带一直在震动，各种离奇组合的词汇半梦半醒地往出蹦。好不容易把他"放倒"，我几乎也是与他同时入睡。跟平日不同的是缺乏了那种自有小嘟以后培养起来的警醒，真可谓睡的飘飘然、荡荡然，不知因为所以然了。

事情就是在这样的情况下发生的，迷离间，忽听脚下方传来一个轻轻的娇嫩的童声：妈妈，别睡了，我掉地下了。下意识地把眼睛睁开一条缝，但见透过窗帘的月光照耀下，一个毛茸茸的小球状东西在脚下方晃动，我心里一惊，腾地从床上蹦起，开灯一看，小嘟晃晃悠悠地靠在床脚的地上，一手扶床，一手拉着尿湿的小短裤，眼睛竟然还一直闭着呢。我忙说：快爬上床来，一边伸手去拉他，嘟配合着我爬上床，嘴里又念叨一句：我还尿了，然后倒头继续睡，一任我边忍着笑，边忙着给他换衣裤、被褥。

尽管有时夜间还少不了这样的折腾，但我已经很知足了。最起码，他不再会莫名其妙地哭闹，不再会专挑我们睡的魂飞魄散时突然醒来，提各种奇怪的安抚要求了。两岁的小嘟，除了每晚两次的把尿还需要我们费神监控着点儿以外，他现在完全可以做到一夜安睡无事了。可惜经过两年的“夜练”，我却再也找不回当年在耳边敲鼓都不醒的睡感了。

这就是生活……

2007年4月10日　星期二　嘟3岁5个月

虽然长大了，但还清晰地记得儿时夜晚对黑暗的恐惧，那时最幸福的事情莫过于能蜷在母亲温暖的怀抱里听着她均匀的呼吸声，感觉到前所未有的安静和踏实，就那样沉沉地香甜地睡入梦乡。所以，当我也为人母后，便从未过多地考虑要让我的宝宝早一点离开我独睡的问题，至少，对于3岁以前的小儿，我总是尽可能地给他一个足够安全温暖的睡前环境，我希望他每一天都会带着微笑和幸福感睡入梦乡。我想，在他漫长的一生中，这可能是对母亲最依赖最渴望的时期吧，为什么我要抗拒这种给予呢。有国外的育儿专家也对中国母子在幼年时期不分离的睡法表示过赞同，认为这样可以使孩子在成年后更具有爱心，更懂得去关爱他人。

前一段时间，看到一些网友妈妈都开始就孩子独睡的问题着手尝试了。他们的孩子都到了该独睡的年龄了，转瞬想想我的嘟，恍惚间也能在操场上箭步如飞，让我追都追不上了，3岁5个月，他已经是个标准的幼儿了。

3年时间，从最初小婴儿时夜夜哭闹不睡，到现如今只需有我陪伴在身边就可以自己入睡，小嘟的睡眠状况已经是大大地进步了。但是，每天晚上下班回家，要忙着做饭、吃饭，跟他读书玩耍、带他洗漱、陪他睡觉，基本上我8小时以外的所有时间都奉献给了他，本打算早早哄他睡下，我好剩余点时间再做点自己的事情，收拾一下家务了，看看自己喜欢的书或影碟了。但往往在哄他的最后一个环节——陪睡过程中，我就总能控制不住地把自己也陪着了。多少个午夜醒来，看着自己和衣睡着的惨相，想着一大堆计划中的事又一次泡汤，心里的沮丧无以言表。

在这样的情况下，我开始考虑小嘟的独睡问题。加之这段时间本来就在强化小嘟生活自理的能力，增强他的独立意识，自己能做的事尽量自己去想办法解决处理（这方面，我非常赞同老妈当年教我们的观点：宁可让孩子在自己身边多经历锻炼，甚至是吃些苦、遭些罪，培养很强的独立能力，这样到外面就可以少遭人白眼，少让人看不起了）。3岁5个月，他也应该可以具备在晚上独睡的能力吧。

基于上述想法，从昨天晚上开始，我正式启动小嘟的"独睡计划"。因为他的年龄还偏小，所以不打算一次"独"到底，还是让他和我们同室而睡，只是睡前讲完一个故事后，就不要再用人陪着到入睡了。

跟小嘟说明意图后，小家伙有些不情愿，一再故作娇态，从言语到行动都力图向我证明他还是个小宝宝。我一边儿为他讲道理，一边儿按部就班地进行睡前的步骤，直到两个故事都讲完了。为了不让他太过失落和无助，我把天线宝宝拉拉和玩具小猴一起塞进他的怀里，并拿腔作调地对两玩具说："拉拉和小猴，你们都乖乖啊，好好睡觉，要向小嘟嘟哥哥学习……"话说到一半，小嘟突然很冷静地打断我说："这两个都是玩具，都是假的，你还跟他们说什么话！我用手掰他们的嘴他们都不会说话的！你可真有意思！"我张着的嘴巴停在半空中，愣了半晌，索性手一挥说："那好！就两字儿，睡吧！"言毕把台灯调暗，转身虚掩了门出去干我自己的事了。

起初的5分钟里，嘟显然还想做最后的努力，一会儿喊一声："妈妈，你是不是在刷我的运动鞋呀！""妈妈，小猴咬拉拉的耳朵了！""妈妈，你是不是半夜还会睡在我身边呀！""妈妈、妈妈……"从下班见到他直到睡前，每天晚上他不喊上200句妈妈算是不罢休呀！我现在终于能体会到当年我的妈妈为什么会发狠地说："有话就说，别总妈妈妈妈的叫得人心忙！"瞧，光这睡前5分钟就足足叫了几十个“妈妈”。我是左一句应右一句复呀，最后不得不下通牒说：“好好睡觉，再讲话我可真的生气了！”至此，算是安静下来。

接下来的5分钟，屋里一片寂静，我趴着门缝偷窥到他正把两只手伸到空中把玩呢。呵呵，只要不出声音，自己爱怎么玩怎么玩，这个思想准备我是做好了的，绝不干涉。

在这一段时间里，我是口里应付着他，手上忙着洗我的脸，三下五除二搞完了自己的睡前清洁工作，待又一个5分钟过去后，轻轻推门一看，小东西已露着圆滚滚的香肩酣然入睡了。

看着他安然的睡态，我的心里竟忽然不舍起来——他真的这么快就不需要我的陪伴了！在眼泪又一次要涌上前，忍不住笑骂着自己：又犯贱！这终于如愿了，还不抓紧时间看看书做做脸啥的！结果是：我抓起相机拍了张小家伙的睡相，接着缩到被窝里抱着束之高阁很久的《卡尔威特的100个教育理念》复习起来。嘟爸笑问：“这就是你所谓的自己的生活吗？”

我愕然！我醒悟！这个宝贝，他早已经是我生命的全部了！

嘟妈心得

在睡眠方面，嘟的表现一直不好。

半岁前，因为严重缺钙导致睡不踏实；一岁半以前大概因为出牙、情感依赖等问题常常午夜醒来哭闹；到2岁的时候，他终于可以安稳睡一夜大觉了，但为了给他接尿，我却仍然要每晚定点起来两次。总之从前打死都睡不醒的幸福睡眠状况，对我来讲，永远地一去不复返了。即使4岁的小嘟可以整夜地不醒不尿，睡的悄然无声，我也无法恣意地睡个早觉。每晚那两个时间，不管需不需要，仍然会规律地醒来。短短4年为人母的生活，却彻底改变了我过去二十几年的作息习惯。嘟爸为替儿子开脱，竟打击我说，这是岁数大了的标志。哎，这没良心的人，无语了。

对于孩子的入睡问题，我也没能给他从很小的时候就养成一个良好的习惯。

婴儿时期，为了图省事方便，大多采用抱在怀里摇晃加催眠曲的方式哄睡，此举的最大功效是入睡快，最大弊病是放下就醒，更远的隐患是：我们很快就没有臂力再去摇睡那长的飞快、日益肥胖的小嘟。而这时，他已无法在很短时间内适应一种新的哄睡方式，为了让家里老人不至于太过辛苦和劳神，我们不得已，用婴儿车替代怀抱，继续摇睡小嘟。这种方式在我们家里竟然持续到嘟两岁半，直到上幼儿园以后，嘟几乎没费什么力气就在集体环境中学会了自己入睡的本领，我们这一干人等才终于得以从哄睡的折磨中解脱。

现在看来，很多好的习惯都是从孩子一出生时就应该养成的。比如睡眠问题，最好的办法是在他很小的时候就训练他学会自己入睡。但是由于孩子的神经系统发育尚不成熟，他对于自己情绪的控制能力通常很差，有时不借助外力，很难让自己安静下来并入睡。所以，这个时候，让他躺在自己的小床上轻轻拍睡也是可行的方案。万不可以为孩子太小，先这样抱着哄着，等大些再改正锻炼。事实往往是，等你认为可以开始训练他的时候，对不起，习惯已经养成，而且婴孩儿的识记能力特别地固执，他会以惨烈的方式抗拒你的“改革之举”，试问天下又有哪个父母或祖辈能做到在他高分贝的痛哭中“坚守原则”呢。我一直认为，不管对于孩子还是大人来讲，一开始就形成一个好习惯远比改正一个坏习惯要容易得多。

对于孩子独睡的问题，我倒是觉得顺其自然、适时引导为最好。因为幼小的孩子由于对外界环境的不了解和自身能力的弱小，很容易产生一种不安全感。在这个成长过程中，他需要一个至爱的、他信赖的亲人能经常陪伴在身边，特别是在睡觉的时候，这样的陪伴会让他感到足够的安全和温暖的爱。这是天性使然，我们没有必要非在他还没有足够的心理承受能力和勇气独自面对黑暗时，硬要训练他所谓的独立意识。

从另一方面讲，能够拉着母亲的手，温暖地依偎在母亲的身旁入睡，对于婴孩对爱的需求是一种极大的满足。近年来，很多西方国家的育儿专家也开始提出，支持中国母亲陪幼小孩子入睡的做法，他们认为这样长大的孩子，通常充满爱心和同情心。实际上，每个人一生中对父母的依赖最强烈的时期一般都是在幼年时期。不仅因为他们生活自理能力和适应社会的能力还很差，需要有人照顾帮扶以外，他们在情感和心理上更需要父母的关爱和引导。我们当家长的，为什么不顺应这一人类成长的自然规律，在孩子幼年时给予他更多的爱和关心，而不是本末倒置地去让幼年的孩子学些超出他承受力的独立，让已经开始独立的孩子必须听任你的掌控呢？该爱护的时候要放开胸怀地去爱护，该放手的时候要大胆地去放手，为人父母的艺术，全在这度的掌握中。

基于以上的认识，在嘟四岁时的一次小手术后，当他又一次表现出睡前对我的依恋和需要时，我毫不犹豫地选择回到他的身边，陪他入睡。其实孩子的要求真的很简单，每晚睡前，我只需坐在他的身边，暖暖的台灯下，捧着我心爱的书籍专心阅读，而嘟就那么安静地躺着，在对我充满爱恋的注视中很快便满足地睡去。这样入睡的小嘟常常能在午夜梦中笑出声音，我知道他的梦里正溢满温馨和爱。

那些不可忽视的“虚惊”

2004年6月28日　星期一　嘟7个月17天

前天陪嘟玩时，无意中发现他的脸上和耳朵上各出了一个红点，据我反复考证后得出结论：

此点绝非寻常的蚊虫叮咬所至，也不是一般的炎性小疱，而是两个疑似出血点。次日晨起又在小嘟的腋窝处发现了一个崭新的出血点。这三个不大的小点如重磅炸弹一样强烈地刺激着我的神经：白血病、败血症……一切跟血液有关的恶疾名字瞬间全部跳到我的眼前。一家人顿时陷入"一级恐惧"之中。

尽管我深信我们两个家族血液史的绝对健康，但这并不能成为我可以忽视异常现象的理由。我必须找到权威人士，给我一个科学的解释。

于是昨天一大早，我们便带着小嘟找到了在医大血液科读研究生的好朋友超颖阿姨，请她帮忙联系最好的专家，为嘟进行详细的检查。因为此前除预防针外，嘟从未有过任何打针的经历。所以直到这次采血时，我们才发现，他对扎针竟然有着如此强烈的恐惧和排斥，只是在指尖轻轻地一扎，就会让他杀猪般号叫，拼尽小命般地挣扎。而在听到他凄惨哭声的那一刻，我也真真切切地体会到了心颤、心疼、心碎的全套感觉，眼泪不争气地盈满眼眶。我从来不是这么脆弱的人，从来不是这么不冷静地感情用事。但这一刻，作为嘟的妈，我完全失态了。

半个小时后，让我牵肠挂肚的检验结果终于出来了，资深教授、儿科主任说一切正常，只是有点病毒感染，嗓子有些红，吃点抗病毒的药就可以了。但大夫说嘟严重缺钙，要继续补钙、晒太阳。我们一行看护人的心总算是放到肚子里了：头疼脑热的都好办，缺钙缺锌也都好补，只要血没事就万事大吉！要说人这心理作用也真是强大，没诊断时，咋看那两红点儿，心里都咯噔咯噔地别扭着。现在得到权威肯定说没事了，心里立即释然，再看那两点儿，红就红着呗，不碍事就行。

2006年3月1日　星期三　嘟2岁3个月18天

自从有了小嘟后，俺这颗脆弱的小心哪，几乎每时每刻都准备着经受各种"突发事件"的严峻考验。这不，上周末刚从嘟被反锁卧室的惊魂里回过神来，周一晚上进了家门一看，得，嘟的脖子又莫名其妙地歪了！

起先大家都没发现嘟的脖子有什么问题，只是听姥姥说，今天午睡醒来后嘟莫名哭闹得厉害，非赖着要姥姥抱着不可，而且一定要来回走动。可怜我那瘦小体弱的老妈抱着30多斤的肥嘟足走了2个多小时！我们回来后，嘟依然很赖，哭叽叽地要嘟爸抱着，不明所以地发脾气。直到我们带着他要出门的那一刻，小嘟才很难得地破涕为笑，吵着要去沃尔玛超市玩。姥姥姥爷坚持要带嘟去医院检查一下，原因是如果他没有特别不舒服绝不会这样无理哭闹，这种情况是从未发生过的。我们也觉得老人说的有道理，就一路浩浩荡荡地向医院开赴。

嘟一路表现得很兴奋，比比划划地指挥着嘟爸超过这个捷达车，追上那个丰田车，淋漓尽致地发挥着他所有的汽车知识，怎么看都不像一个有“毛病”的孩子，以至于到医院门口时，我都开始怀疑是不是我们太神经过敏了。嘟也在这时反应过来了，开始梨花带泪地反抗说不去医院，不打针，要去沃尔玛玩。犹豫了一阵后，我最终决定返回，观察观察再说，因为从内心里我实在不愿意带小嘟去医院这种地方。特别是医大儿科，一年四季永远地人满为患，自己的小毛病还没看好呢，新的交叉感染又产生了。

在沃尔玛时，小嘟又蔫了，一副有玩心没玩力的样子。就在买勺子时，我无意中突然发现嘟向右侧转不过头来——只是眼睛使劲地斜过来，脖子转不动。此时我们才注意到嘟的脖子有点异样地轻微地歪着。“唔！”我长出了一口气，接着就忍不住笑起来了，原来这小家伙是睡落枕了，怪不得闹！这小东西，真是越来越像人了，连这样的毛病也会有！哈哈哈！

这样放松下来过了一天一夜，跟一学医的好友无意中当趣闻谈及此事，哪知好友立即严肃说道：小孩子一般不会落枕，歪脖子有可能是得了一种叫寰枢椎半脱位的毛病，这种病一般在小儿感冒、上呼吸道感染后易发，发现及时可采用牵引法治疗，石膏定位，如延误治疗，严重可造成瘫痪！联想起嘟前几天刚刚感冒低烧过，歪脖子哭闹的症状又与这种病极为相似，俺这心一下子又掉到冰窟里了！待亲自到网上查询后，这心里就更发毛了，索性马上跑回家带嘟到医院骨科查看明白。

嘟倒是长大了，再见医生时，不像一年前那样声嘶力竭地大哭了，骨科教授认真听完我们的讲述，再仔细检查了一下嘟的脖子，可恨这臭小子居然缩着脖子笑："哎哟，我痒痒！我痒痒！"医生认为小嘟无按压颈椎痛，可以将头大幅度后仰，转动比较灵活，不像脱位的症状，右转受限有可能是落枕，或者是玩耍中无意扭到筋了，问题不大，如果保险的话，就拍张X光片确定一下。

现在想来，当时头脑真是太简单了，就以为一切会像我们大人拍片一样，2分钟就OK了，哪里考虑到一个只有2岁且活泼好动的孩子会那样顺从地跟我们配合吗？

果不其然，在排了长长的队之后，那个高大粗犷看起来有点凶的大夫终于拿起了我们的病例，但他看着一边茫然的小嘟，马上就皱起了眉："2岁！要命！你们家长都是怎么想的，这么小的孩子带他拍什么片子！"我说怀疑他脖子脱位，拍片解疑，医生也赞同的。这个大夫打鼻子里哼出个讥笑："脱位？真是天才！脱位会这样灵活？"说到底，他断定这么小的孩子肯定不会那样老实地一动不动让他拍，我也意识到这个问题了，但我想只要大家努力，连哄再逗，嘟应该可以配合的。

初次的尝试也很乐观，我告诉嘟要照张相，然后就可以去沃尔玛超市买大西瓜了，嘟很听话地站在那里，在那个大夫训斥般的指挥下，后仰着头，张大嘴。不过小孩子总是爱动的，你要他长时间地一动不动确实很困难些。就在我们家长费尽心思地哄孩子时，那个大夫却一直在旁边厉声地呵斥着："快点快点！行不行，不行靠边！"我终于在那时怒了！我大声地回敬他："嚷什么嚷！我们是来拍片看病的，又不是来捣乱的！小孩子拍片本来就存在一定的困难，你作为大夫不加以鼓励还这个态度，是不是找投诉呀！"大概是被我们的气势吓住了，加之内心可能也感到理亏，他白着个眼睛，不作声地开始调试机器。但是这一吵一叫，小嘟的信心彻底没了，无论我怎样哄，怎样劝，姥姥甚至买了好几个小玩具来逗嘟，他都是铁了心地不听摆布了。在如此大呼小叫中，片子最终没拍成。不过我倒是惊讶地发现嘟在剧烈的反抗中，脖子居然很有力量地转向右侧，灵活地来回转动着跟我战斗。

此后几天，又请教了几个骨科的权威，大家都认为情况没有我想像的那么严重。而且嘟在这时也迅速地恢复了正常，比从前强百倍地淘气着，挥汗如雨地向我证实着他的健壮无恙。

至此，这颗心终于又回到我体内的正常位置了。老公事后笑我太紧张太敏感，都快神经质了。我唯有苦笑对之，可怜天下父母心呀！孩子太小，很多感受他自己说不清楚，如果父母不细心些，万一有事的话后悔都来不及。我宁可背负着“神经”的骂名，也不能因为我的一点疏忽让儿子遭受不应有的痛苦。

至于那位白衣天使，平静下来后就送给他理解吧，可能是大医院那种嘈杂的环境，紧张的工作气氛让他会感到情绪焦躁吧。但是对于小孩子来说，在他面对一项从未尝试过且有一定难度的事情时，大人的鼓励非常重要，这可以让他充满信心、充满力量，大胆地去尝试，大胆地去成功。无论在任何时候，不畏艰难、相信自己都是一个人最宝贵的性格品质！

嘟妈心得

每次有这样的事情发生，我几乎都会遭到家里男性亲人暗暗地嘲笑：就你孩子珍贵，就你孩子倒霉，怎么总能跟疑难病症靠上边儿呢。实际就是笑我神经质。

我不反驳，我就神经质！我的孩子不是最珍贵的，我当然也不会希望他是最倒霉的，但是活生生的异常症状出现，我就必须高度重视，就必须得找到专业人士，给我一个专业权威的解释。什么叫“虚惊”？只有在得到科学合理的解释，排除一切不好的猜测后，我们才能最终确认这场“惊”是虚的。最重要的是，这个年龄的孩子，典型的“茶壶煮饺子”，有苦说不出来那伙儿的，所以，当母亲的不“神经质”点儿，细心发现问题，并通过科学途径迅速排查情况，很容易变“虚惊”为“真惊”的。

关于嘟的两次虚惊，事后好久我们才搞明白真正的原因：那个疑似出血点实际是前一天打预防针，嘟反抗痛哭太过激烈导致的皮下出血。在此后几次打针时他不遗余力的号叫后，我留心观察，都会在他的眼周和耳周发现这样的出血点，后来在一医生朋友的指点下，终于醒悟，当下惊叹这小子哭的也太用力点儿了吧！那个脖子歪的问题，看来是无意中一个寸劲儿闪了筋，虽是虚惊一场，但诊治的前后却学到不少相关的知识，明白了以后再遇到他有感冒、上呼吸道感染病症发生时，还要小心呵护好孩子尚未发育成熟的小颈椎，防止脱位情况的发生。

保卫“呼吸道”之战

2004年2月4日　星期三　嘟3个月

大约在嘟50天时，他突然不明原因地开始“咳嗽”。起初还以为是他新发明的“小故事”，因为那实在跟我们成熟标准的咳嗽声音太不一样了，小狗一样哼哼着，十分有趣可爱。最重要的是，我好像还没完全把他当“人”来看待，压根儿没意识到他也会感冒发烧这么没创意。

但这一切如何能逃得过老妈的火眼金睛，加上最近家里有人感冒，所以，马上兴师动众地奔赴医院。果不出老人家所料，诊断是轻微支气管炎。开了些昂贵的消炎药，服用两天，症状基本消失。本来应该再巩固一天的，但嘟用这个药出现轻微的腹泻（看说明书说是药物在正常范围内的副作用），所以也就很快停药了。

此后小嘟一直表现挺好的，直到大年初一这天，全国人民都在春节的欢天喜地中时，人家开始断断续续地又哼哼着咳起来。而且还鼻塞，还喉中有痰，还呼吸急促，还食欲下降，还常大口吐奶，夜不能寐。

正月初四，在老妈的坚持之下，我们极不情愿地抱着小嘟又一次开赴医院。这次挂了个50元的专家号，老专家一脸严肃地说：因为上次的支气管炎没治彻底，导致此次复发，且病情加重，已发展成小儿早期肺炎。建议可以不住院，但必须打点滴，否则怕控制不住。

医生的话，字字如刀，扎在我的心上。看着怀中才两个月大的宝贝那脆弱的小脑袋，想像着用针穿透他细细小血管的惨烈，我本能地一口拒绝了打针的建议。见我一副坚持到底、誓不打针的倔强德性，家人不敢多言，医生也终不再劝，只顾低头深思熟虑好久，精心配好药方，并再三嘱咐我：服药一天，如症状继续加重，必须住院打点滴，别因为一时的心疼耽误了孩子。在对医生千恩万谢后，我们如领着圣旨秘方一样，火速回家，谨遵医嘱，丝毫不敢走样地按时喂嘟吃药。

起初，嘟不太爱吃，可能是鼻塞的原因，除了我那不多的母乳，这几天他对送到嘴边儿的其他东西都产生强烈的排斥，特别是那个苦苦的小儿消积止咳液，根本难以喂下。但这样是绝对不行的！本来就病情严重，再不能保证服药的质量，其结果必然是要打针，遭更多罪的。关键时刻，还是他老娘我想出妙计：每次吃药前，我先抱小嘟在怀里吃母乳，趁着他香甜陶醉的时候，突然抽出乳头，一边儿准备好的老妈几乎在同时，迅速把盛药的小匙放入到他微张的小嘴里，还没等他皱紧眉头，这边儿我立马再把乳头塞回他嘴里，嘟的小脸儿转眼就恢复到平静宁和状态，和着奶汁把药液一滴不漏地服下去。几次下来，他似乎接受了这样的喂药方式，甚至能小小地配合一下。

第二天早起，觉得小嘟的症状没有什么好转，但好像也没什么发展。心里不踏实，还是抱去医院。昨天的老专家非常体恤我们的心情，在仔细检查后说：病症没有发展，就说明药物起到了控制作用，在此基础上再坚持服药，直到彻底好了为止。同时多喂温热的白开水，促进新陈代谢。最好让他侧躺，咳时用空心掌轻拍后背，帮他尽快排出痰液，加快康复。

嘟真是个乖宝，尽管身体不适，精神状态却始终很好、很坚强，总是不遗余力地用各种天使般的表情和动作娱乐安抚着我们这群“保姆”的忧心。实在难受不爱动时，就靠在我的怀里吃奶。其实这时我的奶没多到可以这么频繁供他吃的程度，但即使吃不出太多奶汁，他也愿意懒懒地蜷在我的怀里，含着乳头，听着我的心跳，一副十分安静知足的样子。每每这时，我都会打心底涌起一阵阵深深的感动和骄傲，感动于母子间这种无可替代的亲昵，骄傲于唯有我的安抚才能让他获得全部的安全感和满足感。

如此坚持服药到正月十一，近一周多的时间，嘟的病终于彻底好起来了。

2004年11月2日　星期二　嘟11个月21天

继2个半月的早期肺炎和6个月的小感冒，上周嘟第三次出现了感冒发热的症状。连续吃了2次退烧药，仍是时好时坏，夜里2点又烧起来，躺在我身边就像个烤人的小火炉一样。我和嘟爸一左一右为他擦酒精降温一直忙到天亮，总算有点好转。上午除了胃口不太好外，一切如常。小孩子真是不装病，哪怕有一点精神都使着劲儿地撒欢。

可是到了下午，随着小嘟体温又开始急剧上升，宝贝整个人立马蔫了下来。3点左右，我们再也挺不下去了，赶紧带他去医院，抽血化验检查后，发现只是嗓子发炎，红肿，病毒感染，开了点消炎药和增加白细胞的药就回家了。晚上吃了消炎药和退烧药后明显好转。这一天是我们结婚三周年纪念日，原定的二人烛光晚餐自然“滑铁卢”了。

本以为小恙一点，这就算轻松搞定了，谁成想用过那个消炎药后，嘟竟起了一身的疹子。半夜哭闹不止，声破九宵，震耳欲聋，哭得全家人不知所措。关键时刻还是我们家超级奶爸挺身而出，抱着哄着，哼着唱着，几乎整整一夜也没合眼。宝贝就这样趴在父亲宽阔的肩头含着小眼泪平静下来，沉沉睡去。

至今仍难忘，月光中嘟爸抱着孩子摇晃着的背影格外动人……

2005年3月　嘟1岁4个月　惨烈且挥之不去的病毒侵袭

一切是由我引起的。自打生完嘟，我这身体前所未有地强壮起来，可在这个多事的春天，却还是没抵住病毒的侵袭，上呼吸道也感染了，支气管也炎症了，不只我一个人咳的厉害，还非常该死地迅速传给了小嘟。此后整整一个多月的时间里，嘟遭受了出生以来最严重的病痛折磨。

3月13日（感染病毒）：嘟于3月10日开始出现感冒症状：流涕，打喷嚏。吃了点小儿速效感冒冲剂，没有明显见效。12、13日两天开始低烧。老妈劝我带嘟去医院，我知道到了医院只有一个办法，就是静脉点滴。嘟自出生以来还没遭过这份儿洋罪呢，我无法想像针头刺破嘟的小头皮时会是什么样的一种惨状。所以我又一次拗着没去，坚持给嘟吃消炎药、退烧药，配合更加精心的护理。嘟真是好样的，不管多苦的药，多难吃的药，从来都是一点也不拒绝地全部吃下，有时还像品酒一样吧嗒着小嘴儿喝的香甜。正因为他能这样出色地配合用药，我才敢于坚持小病不去医院的主意。

3月14日（初诊记录）：早起，嘟依然低烧不退，这样的情况已经持续两天了，昨晚吃过奶后竟然开始吐起来。尽管心里千般万般不情愿，但我知道嘟可能逃不过这一针了。

匆匆收拾妥当，正要出门，小嘟一口喷射状呕吐，顿时弄得他和嘟爸一身酸臭。哎，可怜我那老妈这几日腿疼的厉害，却还要跟我屋里屋外地跑，打扫这让人作呕的“战场”。

好算是出了门，上了车，小嘟来精神了。小东西笑嘻嘻地跟司机伯伯抢着挂档，为了摸一下人家的方向盘，鸡啄米一样疯狂敬礼，还很主动地摇头晃脑唱着“妈妈好”，哄的司机老伯狠狠地说：“要不怕警察，伯伯说什么也抱着你开一会儿！真是个小可人儿！”

可惜这股精神劲儿一见到医生就彻底没了。只是量个体温，嘟就固执地认为这个针一样细长冰凉的东西肯定会伤害他，于是拼了小命地抵抗，哭得很是悲切。等到医生简单地检查完毕，嘟已经哭的差不多快背过气去了。可能是他的哭声吵得老大夫心烦吧，那白发老者一副满不在乎的样子，懒懒地说是支气管炎，问想打针还是想吃药。我真奇了怪了，哪有医生这样诊病的？我说如果没到非打针不可的程度，当然吃药了。医生就头也不抬地给开了个抗生素，一个小小的破盒子，40元人民币。不管态度怎么样，大小也是大医院的教授，水平应该是不可置疑的吧。于是我们就很天真地把小嘟痊愈的希望都寄托在这个小小的破盒子里。

3月16日（平生第一次打点滴）：早起嘟又开始发烧，而且咳得非常利害。周一开的那破消炎药根本没法吃，吃一遍吐一遍，嘟是见了就摇头，摆手直喊“不”。没办法，只能再次去医院，这回看来是真的逃不过一针了。

医院这“生意”是真好呀，走到哪都人山人海，排着队走。儿科更是如此，唯一不同的是多了不少高分贝的哭声叫声。这回我是直奔50元的专家门诊，不信这点小毛病就看不明白了。没想到，50元的挂号费根本吓不住人，门口排了好长的队，一脸怒容的小护士凶巴巴地斥责着那些不守纪律想加塞儿的家长。

在那样拥挤恶劣的环境中，我们排了近一个半小时的队才看上病。老专家果然看的很仔细，但诊断还是支气管炎，建议打点滴，怕托的时间太长发展成肺炎就麻烦了。回头看看嘟哭花的小脸儿，心里一阵抽搐，咬咬牙还是同意打针，长痛不如短痛，可怜我儿，娘对你不起呀！要害你受皮肉之苦了！

因为早就知道嘟对打针异常强烈的抗拒，所以，抱着他向注射室走时，我的心慌的不得了，真不敢想像那将会是怎样惨烈的一幕。果不其然，超级敏感的小嘟一进注射室，就明白大难临头了，立即挣扎大哭，众人手忙脚乱起来，老公按头，同行来的朋友按手腿，姥姥拿药，我则在针头要刺破嘟头皮的一瞬间非常不争气地闭眼逃出门外。老天原谅，我真的没有勇气看儿子这样受罪，索性跑到打点滴室去给嘟占一个可以投币晃动的小车位子。没两分钟，老公抱着嘟，一行人前呼后拥地进来了。还好，嘟虽然两腮挂泪，但已止住悲声，惊魂未定地四处张望着，在看到他的一刹那间，我悬着的心才算落地。待坐上投币小车后，嘟把着方向盘那一刻才终于咧嘴乐了。

为了稳定他的情绪，我们只有不停地往小车里投硬币，让它保持晃动，直到一个小时后点滴顺利打完。至此，嘟保持的自出生以来16个月未打一次点滴的光荣记录到此宣告结束。

3月17日（意外之苦）：之所以不喜欢带嘟去医院，主要因为现在医生的办法好像就是打点滴，不管多大的病，在医生看来都有打点滴的必要，而且这东西一旦打上没有两三次基本不起作用。昨天嘟顺利打完了第一次点滴，因为过程出乎意料的顺利，嘟表现的也出乎意料的安静，所以我先前视点滴为洪水猛兽的心理也大大改变。昨晚到家，嘟的咳嗽明显减轻，精神头也足了不少，又开始里屋外屋地跑着玩起来。看着他有好转的趋势，大人们的心境也都豁然开朗起来，嘟爸居然兴奋的有些失眠。所以今天顺理成章地带着嘟来医院打第二次点滴。

挂号、开药、缴费、取药、配药、扎针、坐上投币车、不停地投币，一切如昨一样顺利，本以为就这样坚持40分钟点完就一切OK了。万没想到，刚高兴了没几分钟，正玩着方向盘的小嘟大概是突感不适，眉头一皱，小手一抬，等我眨一下眼皮儿再定睛看时，惊异地发现粘着胶布的针头已在小嘟的手里随着他头上针眼处鲜血流出，嘟开始大放悲声！一行人大惊失色地抱着小嘟，拿着药瓶往打点滴室跑，可怜的小嘟杀猪般号叫着被按到那里挨了第二针。可惜劫难并未到此结束，因为护士手法的问题，针扎的太浅了，没到两分钟，又鼓包了，哭的已经没劲儿的小嘟就这样挨了第三针……

一切平静下来已是一个小时之后了，嘟大概也是哭累了，坐上投币车没几下就睡着了。此时大家才长出一口气，看着嘟爸长淌的也不知是热汗还是冷汗，我真是恨的牙根痒痒，要不是他不听劝，满不在乎，不拉住小嘟的手，嘟也不会自已拔掉针头，当然更不会遭受这许多莫名的洋罪了。再细想想，要不是自己大意，传染了小嘟，嘟根本就不会感冒的。哎，我可怜的宝贝……

3月18日（基本痊愈）：昨天一波三折地扎完了第二次点滴，傍晚时分嘟的情况明显又好转了一些，只是偶尔还有点咳嗽。但看情形好像还得再打一次巩固一下，以便把炎症彻底消灭。

有了昨天的教训，今天大家集中全部精力防范嘟的小手，为了不让他乱动，我就一直两只手握着他的两只手，姥姥在一边递纸巾、硬币，嘟爸弯着腰嘴不停地讲着儿歌故事，安抚嘟随时可能烦躁起来的情绪，还有一个王大大，已给我们当了3天的专职司机加跑腿儿的了。见此情景，一位也是陪孩子打针的老者玩笑地逗嘟说：“乾隆爷都没你小子舒坦呀！”哎，有什么办法，物以稀为贵，人也以少为贵呀，谁让如今家家都这么一个呢，想不娇都难。这两天观察发现，来儿科看病的孩子，每人至少有两个陪护。单数孩子没多少，就是陪护的家长把狭窄的医院走廊挤的水泄不通。

顺利打完第三次点滴后，基本痊愈的嘟又如往常一样快乐地奔跑呐喊起来，家里这紧张压抑的气氛也终于缓和下来。此时方想起，明天是老妈的生日，嘟爸告诉我他已定完酒店了，希望明天一切都好起来……

3月21日（病菌余势未消，可怜小嘟再度中招）：上午10点多，正上班呢，突然接到老妈的电话，说嘟拉稀了，而且把早餐都吐出来了，要我赶紧回家买药，她出不去。放下电话，心里一沉，赶紧扔下手头的活儿，全速往家跑。进了家门那一幕真是让我眼泪差点儿没掉下来：嘟刚刚吐完，一地狼藉，老妈喘着粗气抱着难受的小嘟，一瘸一拐地迎着我走来，我知道她的腿疼到一定程度了，否则不会是这个样子。嘟很坚强，见了我依然笑的满脸花，甜甜地叫着“妈妈”。来不得半点犹豫，赶快把新买的妈咪爱给嘟吃上。

满以为吃下药情况就会好转，但睡醒下午觉后，5点多钟，吃了几口蒸苹果的嘟再度吐起来，而且又拉了一次，依然是稀水。怕他病情加重，拉脱水，我们马上收拾东西再次前往医院。医生仍然漫不经心地说没什么大不了的病，这次流感都这样，到后期就变成胃肠感冒了，而最好的办法就是继续输液。此处请允许我在心底暗骂两句脏话，我真的不明白孩子到底要折腾成什么样，在医生眼里才算那种能引起他们重视的“大得了”的呢？除了打点滴、打点滴、不知何时是尽头的打点滴外，医生难道就给不出什么其他的治疗方案吗？

骂归骂，我有啥办法，他是专业医师，不听他的，我这个半医盲还能有啥高招。扭头看看那时还挺活泼、一脸无忧的胖嘟，心里又一次狠抽了自己两巴掌，都是我做的孽，罪过呀！接下来，又是老程序，试敏（这次换了个青霉素类药，加了一个试敏）—扎针—大哭—坐投币小车—

输液中因饥饿，吃了一块蛋糕，喝了一瓶AD钙奶——顺利输完，回家。到家时已近10点钟了，嘟精神状态依然很好，吃了点儿面汤，自己报警拉了一次屎，还是稀水，然后由爸爸哄睡。

夜深了，搂着嘟宝贝，看着他有些瘦削苍白的小脸，心里虔诚地祈祷，希望老天把所有的病痛都加在我的身上吧，愿我的宝贝明天能好起来……

3月23日（开始好转）：昨天给嘟打了复发后的第二次点滴，老妈电话里说他好多了。可是晚上下班到家，看到的却是懒洋洋靠在小床里的嘟，他好像连笑的力气都没有似的，而且还有点发烧。晚饭前，我又给嘟吃了一点妈咪爱，不想没一会儿嘟就呈喷射状地大吐起来。吐完以后，嘟的脸色更显惨白，白的都有点儿发青了，嘴唇一点儿血色都没有，就那样软塌塌地靠在婴儿车里，让爸爸推着走来走去，偶尔有时哼唧两声，有气无力的样子。

我强忍着眼泪没掉下来，从出生以来我的宝贝何时有过这种惨相呀！他一定是难受极了，肚子疼、恶心、胃空、发烧，他说不出来，但却一点儿也不闹，乖的让人越发心疼了。这时我真是有点手足无措了，吃药他吐，点滴也没间断地打了两次了，怎么症状反倒还加重，眼下又开始发烧了，这可怎么办。大家都有点儿不知所措，我甚至怀疑是医生诊断错误，根本没能对症治疗才会这样的。唯有姥爷摸了摸嘟，很镇定地安慰大家，说不要紧，有点儿低烧，用物理降温法应该没问题。都说病来如山倒，病去如抽丝，哪有吃下去就立竿见影的神药呀，总要有个过程的。

在老爸的安慰下，我们小心给嘟降着体温，哄他睡着，盼着明天早起会有奇迹发生……

很失望，今天早起嘟仍然有点儿低烧，依然没劲儿，但他表示出了很强烈的想吃东西的愿望。怕他肠胃承受不了，只有狠下心给少喝点儿小米粥。上午，终于还是麻烦朋友帮忙联系上资深的老专家鲁教授，鲁大夫看后也说是胃肠感冒，上一个大夫开的消炎药打点滴没有问题，但他特别嘱咐同时还得配合着吃药。他给加开了思密达和贝飞达，说是有止泄和调解恢复胃肠功能的作用。还告诉我们，在饮食上，不能像有些大夫说的不给吃东西，一定要吃，但要少食多餐，不要吃油腻和生冷的东西就行，稍微吐一点儿没关系。然后一切照旧，还得继续打点滴。可气，该打的嘟爸今天又严重失职，马虎大意，害嘟的小手又碰到了针头，滚针重扎，在这里狠狠地赏嘟爸两拳！！！

在打点滴和口服药的双重攻势下，晚上小嘟的精神明显见好，不吐了，只是还有点儿拉稀，但次数减少了，由一天4次减到一天2次。晚上还是由我来带嘟，嘟今晚睡的不好，一直是翻来翻去地，不时地哼几声，好像很心烦的样子，我就以为是宝贝肚子疼，满含心疼地又哄又揉。折腾了大半夜，直到凌晨三点才恍然大悟：嘟是不是饿了，毕竟一整天了，就只喝了几次稀粥，按正常的饭量都不够嘟塞牙缝的，医生说可以少喝一点儿奶，我赶忙叫醒嘟爸给嘟煮奶，果不其然，见到奶瓶的一刹那，嘟的眼睛唰地就亮起来了，激动地一把抢过奶瓶，一口气喝个精光，然后拍都不用拍两下，就香香地睡着了，一觉到天亮……

3月24日（艰难的最后一次点滴）：早起嘟精神很好，就是像一只饥饿的小猴子一样，满厨房找吃的，见到可以吃的东西，就比划着往他的小嘴里放，可惜，怕他消化不了，还不敢给他吃，只喝了一点小米粥，就又出发去打针了。这回嘟的陪护队伍已经扩大到5个人了：爸爸、妈妈、姥爷、姥姥、王大大，一行人浩浩荡荡，很是壮观。

此前的6次点滴，嘟全部都是在投币小车上顺利挨过的，没想到这第七针，投币小车居然也失灵了，还剩半个小时要打完时，嘟说什么也不干了，挣扎着从小车里站起来，拼命地哭喊着要出去。嘟爸抱起来他却还是哭个不停，我紧张地追着按住嘟的小手，怕他再自行拔针。姥爷用杆子挑着输液瓶跟在后面。我们3个人就这样哭的哭、喊的喊、唱的唱，穿梭在儿科挤满人群的走廊里，寻找一切可以让嘟安静下来的东西或办法。姥姥则气喘吁吁地跑下楼现买了一袋儿鲜牛奶，因为我们判断嘟是由于腹中饥饿难忍才这样闹的，所以暂时应应急的。结果就在这时，医院大厅里出现一位五六岁的小男孩，他脚上穿的鞋子是带亮光的，一闪一闪的，我赶紧叫嘟看小哥的鞋子，这招果然很灵，嘟停止哭泣，很专注好奇地看着小哥闪亮的鞋子，我趁势就像唐僧一样开始磨叨上了："小哥的鞋子怎么会发亮？""嘟看看叔叔的鞋子亮不亮呀？""鞋子发亮的小哥哥哪里去了？”……如此这般嘟的情绪总算稳定下来。

那边嘟爸热汗长流，姥爷高举着输液瓶胳膊都麻了，最惨的是姥姥，应急的奶没用上，又打开了，不喝不行了，她只好在一边急三火四地把它解决掉了，我说的都快理屈词穷了，但还要强迫自己想点儿有吸引力的词儿，保持声带始终处于震动状态……呜呼，吾要疯矣！

好赖算是把这次点滴打完了，所有的人都长出一口气。上帝，但愿这是最后一次点滴。医生说如果24小时之内大便控制在2次以内，并且不再是水状，就可以不打针了。

嘟宝贝，祈祷你快快好起来吧！你老娘我都快崩溃了！

2007年3月5日　星期一　嘟3岁3个月

俗语说：元宵节，雪打灯。但这个元宵节里60年不遇的暴雪似乎太过了点儿，以至灯都快被雪埋上了。

昨天下了一整天的大雪片儿，到晚上我们打算出去看灯时才惊讶地发现，满大街陷入雪中，抛锚的车子东倒西歪。不知为什么，心里竟莫名涌起一股兴奋，许是在温吞干燥的暖冬中盼雪的心情太迫切太持久了。跟我一起兴奋的，除了家妹，还有小嘟。这个在北方冬天出生3年了，却始终没见过一场像样大雪的孩子，从上午开始就兴奋着，到晚上路灯照射下漫天狂舞的雪的世界中，他，彻底地疯了。

嘟在夜色雪中狂奔着，尽情地扯着小嗓子吼叫着，一次次毫不控制地让自己摔倒在雪野中，品味着雪花塞满小嘴的凉意；一次次把冻的通红的小手伸向雪堆中，抓起雪块坏坏地掷向我们每一个人，陶醉地看着雪块因撞击而爆裂，四散飞舞着的雪粒在路灯映射下发出晶莹的光。我们就这样，带着小嘟，在雪中结结实实地闹了一回元宵。

晚上看着嘟因劳累而酣酣甜睡的样子，不知为何突然想起：好像就在一年前，冬日出行对小嘟来讲还是个奢望。更早的时候，好像忽然迎面而来的一缕小凉风，都能让脆弱敏感的小嘟立即中招，当晚就可以流涕发热打喷嚏。那个时候我们真是怕了，为了防止感冒，索性干脆减少外出，特别是换季变天起风时，更是大门不出，二门不迈。但这样的结果却是：嘟更加的脆弱不堪，越发的经不得风雨。

在经过嘟1岁4个月的那次折腾后，我彻底明白：预防最好的办法不是后退和逃避，而是积极的迎战。从那之后，我们开始增加小嘟在各种天气的外出机会，锻炼他适应各种气温、湿度的变化。并从2岁起，带着小嘟正式进驻吉大球场！从此，只要不是大雨滂沱，基本每天下班后，我们都要带着他，领着3只球——足球、篮球、排球，到吉大宽阔的足球场又踢又打、又跑又跳。此项体育运动真可谓一举多得：呼吸新鲜空气，加强肢体协调性，增强体质，熟悉球性，为球类体育项目入门打下基础。

如此坚持一年，效果显著的简直令人惊讶！嘟的体质和对外界环境的适应能力大大增强。我们不再恐惧变季的冷热无常，我们不用再把小嘟包的象粽子一样迎风对雨，我们可以放心大胆地带着他在这样寒冷的暴风雪中尽情撒欢儿。而嘟则在这样的锤炼中，变得越来越结实健康。

嘟妈心得

没有小嘟之前，我是做梦都没想到一个小孩儿的上呼吸道竟然是这般的脆弱不堪，哪怕外界稍有那么一点儿风吹草动，哼哼，它这边儿准保给你及时地“反馈”出来。

嘟两个半月那次早期肺炎，现在看来当时情况已经挺严重了。但咱刚有孩子，脑子里还没来得及意识到“他也会病”的时候呢，所谓无知者无畏，当时因为没意识到这种病症在新生婴儿身上可能引起的可怕后果，所以诊治的过程平静而坦然。基本就是抱着咱们大人看病的心态去的，没以为能有什么大不了的，就是心疼不想让孩子扎针，以为吃点药两天就好了。还好，嘟够争气，风平浪静地顺利挨过这关，以至让我们得意忘形了好久。

他周岁的时候，高烧不退，姥姥以过来人的经验警告我们说：小孩子高烧体温升的很快，得赶快采取措施。在此后不到一个小时的时间里，亲见小嘟那体温嗖嗖地上涨着，我第一次感到害怕。急忙和嘟爸两人又是喂药，又是护理，其诚挚态度绝不亚于当年那部老电影《妈妈再爱我一次》里那个母亲，只是把她用来求神磕头的时间全部用来物理降温。结果，小嘟在没打一针的情况下，又顺利逃过一关。

直到他1岁4个月时，我才有机会刻骨铭心地体会到，家有一个病孩子是件多么让人崩溃绝望的事情。

一般到周岁以后，孩子从母体中带来的先天免疫功能基本消耗殆尽，所以大多数孩子从这时起开始爱闹病了。其实这是一个他为不断适应外界环境，建立自身免疫系统的正常阶段，虽然过程让人痛心了些，却是不可避免的。在这样的情况下，一般很多发达国家的儿科医生是不建议给孩子使用抗生素的，他们大多会建议孩子的母亲采用物理降温法帮助他们控制体温，然后让身体经过一段自然的斗争过程，最终打败病菌，从而迅速建立起自身的免疫能力。但我们国内的情况就大不一样了，也许是观念上的差异，也许是诊疗方法上的不同，总之孩子稍有点头疼脑热，必用抗生素，口服的还算好的，很多父母不知为什么那么偏爱给孩子输液，好像只有这种办法才能治病。时间长了造成什么样的情况呢：起初一次点滴就能立竿见影，后来需要三次，再后来一天一次，不连打七天不见反应，最终的结果就是：孩子的自身免疫能力非常弱，没有大剂量、高强度的抗生素帮忙，靠自身力量很难打退病菌，长此以往，造成体质下降，一点点风吹草动都抗不住。

在嘟最初的几次小毛病出现时，我还不知道这其中的奥妙，只是本能地抗拒给那么小的孩子打头皮针儿。随着边育儿边学习，我开始倾向于国外对小感冒、小炎症的诊治原则。

一般因着凉或天气突变引起的流涕、感冒，发现症状立即通过加强日常护理来克服，比如多服用温热的姜糖水，用热水泡脚，注意卧床休息，如果症状严重，就配合着服用一些治小儿伤风感冒的中药冲剂，通常两天多的时间就能明显缓解症状。

如果发现上呼吸道感染或扁桃体发炎，我一般在初始阶段给嘟服用适量消炎药，同时辅以多喝水多排尿的方法排解体内毒素。如果发烧，能用物理降温法就不用退烧药。但据我观察嘟的几次病症，发现扁桃体发炎时高烧特别厉害，而且体温上涨非常迅速，这时通常都会适时用一点退烧药，防止体温太高引发其他病症。到中后期开始排痰时，再配合着吃一点消积化痰的药，同时煮梨汁润肺清咽。不到万不得已，症状非常严重的时候，绝不打点滴。在这一原则的坚持下，嘟直到1岁4个月那次长达一个月的反复患病中，才终于破了戒，挨了平生第一次点滴。

到现在为止，4年多的时间里，包括一次小手术在内，嘟总共打过15次点滴。平均每年春秋换季时都免不了有点小头疼脑热、上呼吸道感染、扁桃体发炎啥的。但随着年龄增长，次数越来越少，每次持续时间越来越短，基本都是采用少量的口服药物和精心的护理就能抵抗过去。

现在我们更积极去做的是日常的强身健体，加强预防能力。从2岁半上幼儿园开始，我们便让嘟长年坚持冷水洗脸，锻炼他适应冷空气突袭的能力；创造一切机会让他尽可能多地进行户外活动，无论刮风下雨、寒冬飘雪，培养他适应各种自然环境变化的能力；更重要的是加强体育锻炼，我们经常带嘟去运动场踢球、打球、跑步、骑自行车，在呼吸大自然清新空气的同时，增强体质。所有这些再加之规律的作息、健康愉快的生活、营养均衡的饮食，4岁的小嘟正如雨后的小苗，越长越壮实！

在幼儿园的“交叉感染”中挣扎

2006年7月24日　星期一　嘟2岁8个月13天

早就听说进了幼儿园的小朋友容易交叉感染，果不其然，嘟在顽强地坚持了一个半月后终于中招。

6月28日开始出现发烧咳嗽症状，此前嘟班里已有两三个小朋友咳嗽感冒了有一周之久。本着早发现早治疗的原则，我和嘟爸赶紧找中医范大夫抓药（在嘟春季那次感冒中，发现范大夫中西药结合的祖传秘方非常管用）。瘸着腿的姥姥、准备入学的小姨也主动承担起照顾嘟的重任，希望能齐心合力把病毒扼死在襁褓中。

在家休养5天后，7月4日至7月11日，仍然坚持送幼儿园。虽然刚开始几天嘟总有点微辞不爱去，但是还算顺利。此间还利用周末时间回了一趟奶奶家，害虫一样驻扎在老爷爷家的樱桃树下，摘一个吃一个，饱尝了一通鲜樱桃的美味。7月11日下午，午睡醒来嘟咳得非常厉害，无奈，继续开药，请假在家休养，中间又有一周因为我有公事出差在外，所以这一假就一直休到了今天——7月24日。

不过令人遗憾的是，10天的休假，病并没有完全治愈。总是时好时坏，偶尔还总有几声咳，这该死的咳嗽简直比嘟还黏人，怎么也治不彻底。在整个治疗过程中，嘟爸和小姨多次对我的中药疗法产生强烈的质疑，在嘟的几次反复之下，我也多少有点动摇，但是一想到大医院的治疗无非是抽血化验打点滴，一瓶子一瓶子的液体往血管里送，心就直哆嗦。中药虽然慢一些，但是最起码对身体的伤害小一些，最最重要的是打针对于小嘟来讲无异于是一种刑罚，整个治疗的过程都会像上刑一样折磨人！所以我咬牙承担一切责任，坚持让嘟服药。嘟的症状好了很多，只是一说到上幼儿园，心里还是不情愿，感觉孩子内心火大，天气又变化无常，所以病症不愿好彻底。

今天上幼儿园，好几个孩子都是休了病假刚回来，班里又是哭声一片，嘟当然也是参加“合唱”的有力一员。梁老师休假，可怜了赵老师，只有她一个人对付这些难缠的小鬼们。

2006年8月1日　星期二　嘟2岁8个月20天

咬紧牙关硬撑了一个月，小中药也吃了有近10副了，腰包里的银子也刷刷进去了1 000大元了，在重返幼儿园两天后，嘟的咳嗽居然又见加重，而且咳的声音非常之恐怖。沉稳的嘟妈我终于再也无法继续稳下去了，下了班，见形势持续不妙，连忙带上嘟，电约嘟爸在医大门口紧急集合。

小嘟的进步是显而易见的，最起码在就诊前的等候时段里安静乖巧，在面见医生时可以有礼貌地主动问好，很配合地让医生听诊，张大嘴大声地“啊”给医生看。但是在透视的时候见到那些“庞然大物”，嘟的小脸变了色，小声也变了调，好在大夫火眼金睛，两秒钟就看穿了一切，在小嘟还未大动之前OK了。

原形毕露是在三楼验血室前。小嘟生来打针如同上刑，不然也不会托了一个月才带他来医院，到底还是没逃过这针。老天可怜我那脆弱的心吧，时隔半年小嘟依然毫无任何长进，别的孩子虽然指尖血化验时也哭，但是多半不会挣扎，嘟不同，就像当年拒绝在投降书上签名的共产党员一样，死命抗争。医生、嘟爸、嘟妈，三个壮年男女合力，居然都没掰开小嘟紧握的小手，好不容易扎了一下，又因为手上套手握得太紧，血挤不出来，我们是连哄带喝斥，扭作一团，周围的大人孩子像施了定身法一样，都看傻了。晕倒！每次带嘟打针，我们都要舍脸演上这一出，每次“演出”皆震惊四座，那收视率200%！可叹勇敢的女医生抖着手、流着汗，好容易挤出了点够化验用的血，战斗方告结束，此时嘟的小脸已哭胀成猪肝色。最可气的是这顽劣小子针也扎完了，血也采完了，用干净的棉球按压针眼他居然也奋力反抗，总之，一句话：哪个也不能再碰他的小指一根汗毛！

10分钟后化验结果出来，再过10分钟医生的诊断也出来了，这晚上就诊人少效率就是高。虚惊一场，嘟并没有我想像的那样得了什么大病，只是普通的咽支气管炎，病毒和细菌混合感染，在嘟妈不打针的要求下，大夫给开了立健克、罗红霉素和化痰的富露施。在西药服用到第二天下午时，咳嗽症状明显缓解，到现在已经保持稳定状态一周有余了！在铁的事实面前嘟妈只好红着脸把那一包没吃了的小中药束之高阁。

值得表扬的是，对于这次嘟的病情加重，嘟爸嘟妈绝不心软，始终坚持送小嘟上幼儿园。一周下来，嘟这幼儿园是越上越顺当，越上越有感情了，下午接的时候都不愿意走，就是还作小“尾巴”，黏在老师身后没完没了。

嘟妈心得

上幼儿园对于孩子的挑战和考验不只体现在情感上，还有他们本来就很脆弱的免疫能力。一般的孩子在入园之前，都是在家庭这种很单纯且保护非常严密的环境中生活，能够受外界病菌侵袭的机会相对要少很多。但是幼儿园不同，它是一个公共机构，即使再干净卫生的幼儿园里都不可避免地融合了来自各种环境的杂质和病菌原。特别是一旦班上有哪个孩子先感染病菌了，那您就瞧好吧，一传十，十传二十，对于初入园、尚处在分离焦虑、内火由心生的孩子来说，基本没几个能抵挡得住这么强大攻势的交叉感染。

很多家长，特别是祖辈们，往往出于心疼孩子的考虑，一旦出现这种情况，马上停送幼儿园，将孩子隔离到家里安全的环境中。当然在某些特殊情况下，这种做法是很必要的。但对于普普通通的小感冒小咳嗽，绝对是隔得了一时，隔不了永远。唯一的办法就是在积极治疗的同时，让他在这个环境中不断地去适应。我们必须明白，肌体免疫能力的建立不是与世隔绝自己修炼出来的，而是在与各种常见病菌不断的斗争中强大并最终确立起来的。

另外，断断续续的上幼儿园方式也会让孩子的情绪始终处于分离焦虑中，始终无法建立起来新的作息规律和生活方式。用中医学的说法，他一直焦虑，内火就一直旺盛，抵抗力就持续低下，染病的机会就日益增多，抗病的能力就越来越差，如此进入一个恶性循环。所以，真的想要让孩子尽早摆脱这种入园后交叉感染的噩梦，最有效的办法就是积极应对，该治的抓紧治，坚持进行的每日活动必须坚持，这样用不了几个回合，孩子会很快适应复杂环境的影响。嘟基本是入园大半年，经过几次折腾后，才开始慢慢可以不受交叉感染的摆布，身体素质也才真正的强健起来。

危险无处不在

2005年1月29日　星期六　嘟1岁2个月18天

本来一天无事，嘟跟大家也玩得很快乐，可就在姥姥姥爷小舅他们要走之前，意外发生了：当时嘟正手里抱着个水瓶子，一边用他特有的醉汉步伐挨屋溜达着，一边时不时地喝上一小口。不知怎么搞的，他突然加速要跑起来，结果脚下没抬利索，一个狗啃泥重重地向前扑去，跟在后面的小舅舅忙伸手去拽，没拽住，一秒钟之后，就听嘟"哇"的尖声大号起来。嘟爸一下冲过去抱起哭的上不来气的嘟到客厅灯光下一看，天哪！我们所有人都吓呆了，但见嘟的嘴里浓浓的血液直往外流，嘟厉声哭着不让任何人碰他的嘴，我们不知道究竟伤在哪里，有没有磕掉牙，只见一股一股的血往外流。

我心颤成一团，手忙脚乱地去找纱布。待再回头时，只见嘟的右半边嘴已肿的很高，我的眼泪差点没下来。老公紧紧地抱着嘟，帮他擦着流出的血，不停地安慰着他。见到我嘟哭着伸手要我抱，我赶紧抱过嘟搂在怀里不停地亲着他的脸蛋。这时他的嘴里已不再流血，大家左看右查发现他的牙没有任何问题，只是上嘴唇破的厉害，但伤全在里侧，具体怎样也看不清。大概是他摔倒的瞬间嘴碰在水瓶上了，水瓶又撞在地板上，导致牙齿硌破了嘴唇。为了止住他的哭声，我连忙把平日里他最喜欢的电脑打开，嘟这才渐渐安静下来，但此时他的半个脸都肿了起来，嘴更是肿的不成样子，歪歪着变了形，整个小人儿蜷在我怀里委屈地抽泣着，让人心疼。

经过半个小时的观察，见无大碍，姥姥姥爷和小舅才起身要走。小舅满含愧意地对我说：姐，都怪我不好，没拉住他……我急忙安慰这个可怜的大孩子：是嘟自己太淘气，不能怪谁的。

他们走后，屋子里静下来了。嘟此时不再哭闹，但不要爸爸抱，只要我抱着。我含着眼泪把嘟放在小车里，一圈圈地在屋子里推着。嘟爸心不在焉地去厨房做饭。此刻我们共同担心的问题就是“嘟可能吃不了晚饭了”，看样子，他的嘴伤得很重。

但大大出乎我们的料想，20分钟后，嘟肿着脸，歪着小嘴，很乖很听话地吃下了半碗煮的烂烂的白米粥。看着他乖乖的样子，嘟爸坐在一边万分心疼地说：“我儿子从生下来到现在从来没流过这么多血，都不如放我的血了……”我又何尝不是心如刀绞。只是没想到小嘟竟如此坚强，吃过简单的晚餐后，显然多少恢复点活力，但仍是不肯离开我的怀抱，我只有抱着小嘟简单吃几口饭应付了事。其间小嘟还跟我吃了半根黄瓜心、自己用小勺吃了半根香蕉。老公感叹“天大的事也阻止不了小嘟的吃食”，真是个嘴壮的孩子，好养活呀。

晚上睡的还可以，只是半夜一点醒来时，要喝水，大概不小心碰到嘴里的伤口了，疼的哭起来，嘟爸抱着哄了20多分钟，最后用车推睡，一直到天亮。

第二天午睡时才看清，嘟的右上嘴唇里侧磕伤了三处，最重的一处在中间，居然起来一小块肉，难以想象嘟当时得有多痛。可叹我的好宝贝，那么懂事坚强，只哭了一小会就不闹了，一直乖乖的该吃就吃该玩就玩。姥姥说伤全在嘴里，好愈合，不用担心。她说得轻松，其实全是安慰我的，她自己可是一夜都没睡着。

摔伤之后2小时左右嘟的嘴就消肿了很多，第二天早上起来时，虽然还有点儿肿，但好像一点儿也没影响到他的生活和玩乐的好心情。我也在心里告诉自己“没关系的，小孩子都是摔摔打打长大的”，小嘟不是已经很出色很坚强很顺利地就度过这一关了吗？应该为孩子的懂事高兴才对呀。

2006年2月22日　星期三　嘟2岁3个月11天

曾经提醒自己小心这种情况的发生。

可是一直没有采取果断的措施，总是心存侥幸不会这么倒霉的。

但事实告诉我与一个2岁的孩子生活在一起，没有什么是不可能发生的……

这是一个星期六的清晨，随着我家“小嘟闹钟”的醒来，我和老公极不情愿地从暖暖的被窝爬起，如往常一样开始一天的晨曲。因为是周末，所以这天晨曲的节奏明显舒缓了许多，唯有小嘟絮絮叨叨、里外奔跑着的玩耍似清脆的打击乐点缀着这个宁和的早晨。

一切是在小嘟再次跑进卧室转身关上门的那一瞬间发生的。其实他每天都会这样出出进进跑个几十个来回，每次也都会反反复复地关门再开门。但不知为什么，就在那一刻，我和嘟爸都突然有了一种不好的预感，我们同时冲向卧室门，在双手握住门把手的同时，里面传来清脆的锁门声——小嘟把自己反锁在卧室里了，连同着这间卧室门的钥匙一同被反锁在里面了。

宁和的空气瞬间凝固了！

老公劈头问我：“卧室窗户开着呢吗？”

“没有！”我的大脑迅速一扫，得出这个让人略感安慰的结论。

“嘟嘟，宝贝，我是爸爸，要到你家做客，快把门给爸爸打开！”老公脸都急成猪肝色了，但他极力控制自己紧张的情绪，以轻松的口吻与房内的儿子交流。

屋内，儿子显然没意识到事情的严重性，还叽叽咕咕地嬉笑着喊着叫着，全然没感觉到外面的爹爹都快成热锅上的蚂蚁了。

那时，我还远没像老公那样紧张，我内心里总有种感觉，儿子会在我们的指导下成功扭动门锁的，那只是一个需要左右扭动的门锁，并没有太复杂的程序。于是，在老公几次诱导没有丝毫进展的情况下，我挺身而出，自信满满地敲两声门，门里立刻传来嘟喜滋滋的叫声：“谁呀？”“是我，我是大熊妈妈(这是儿子送我的昵称)，小熊宝宝快开门呀！”“大熊妈妈请进来吧！”言毕，儿子开始转动门把手，我趁机指导他转动把手下面的小锁，门就打开了，但儿子转了几下就是不开，也许是他不得要领。我再指导，儿子再转，依然没有成功。几次下来，我的头上开始冒汗了，屋里儿子似乎也意识到了问题的严重性，开始带着哭腔拼命地转动门把手，强烈呼叫着要出去，要去姥姥家。

在宝贝一轮高过一轮的大声哭叫求救声中，老公简直要发疯了！他拼命地转着门把手，拿工具开始撬门锁，嘴里还不停地安慰儿子：“别着急，没事的，爸爸来救你。”可显然面对这个小小的此时却那样坚固的房门，老公的办法无一奏效。最要命的是此时的儿子完全乱了阵脚，不停地哭叫着，根本听不进我的指挥，更不能照着我说的去做。我真蠢透了，一开始就不该对一个只有2岁的孩子寄予这样的厚望！

当儿子的哭声开始变得声嘶力竭时，我只有最后一个选择——报警！老公却只低沉地说了一声：“来不及了！不能再让我儿子哭下去了！”说时迟那时快，身高体壮的老公飞起长腿对着门就是重重一脚，我连忙配合着对儿子喊：“嘟嘟，快退到床边去，离门远一点，爸爸来救你了！”接连几大脚后，结实漂亮的木门从旁边的结合处断裂开来，我和嘟爸终于破门而入，可怜我的宝贝嘟靠在床边，手里还拿着个方向盘，哭得跟小泪人似的。我一把把嘟抱起搂在怀里，嘟紧紧搂着我的脖子惊魂未定地叫着：“妈妈，我不在这儿呆着了，我要回姥姥家！”

晨曲就这样收尾了，留下床边喘着粗气的老公，定定地看着破损的价值不菲的木门发呆……

嘟妈心得

看护一个小孩子，不只考验我们的体力、耐力和能力，还有随时面临危险的心理承受力。

由婴儿引发的危险真是无处不在：两个月的婴儿，小心俯卧睡觉的危险，因为他不会翻身，被褥容易捂住口鼻，引起窒息；4个月的婴儿能翻身了，别看他前一刻在床中央还费劲儿地翻不过来，但往往在你一转身的瞬间，他不知用了什么神力就能把自己翻到床下面去；七八个月的孩子会爬了，危险更大了，他会爬到厨房打开地上盛满开水的暖瓶盖子，他会傻呵呵一下撞到矮柜的转角上，他更会神奇般地借助其他物体爬到窗台上，流着口水兴奋地向着打开的窗子大胆进军……

真的，4年多的带崽生活，让我深刻地体会到，跟一个幼小的孩子在一起，危险无处不在，只有我们想不到的，没有他们做不到的。甚至很多我们完全意识不到可以构成安全威胁的东西和事物，在孩子的手里，经他一摆弄，就可能成为致命的危险。上述发生在我家里的“反锁事件”就是生动的一例。此事给我留下一系列的后遗症：

1.后怕。万一卧室的窗子开着，嘟爬出去了，那会怎么样？万一只有我和嘟在家该怎么办？就算把腿踢折了我也踢不开那个门的。

2.有必要对孩子进行自救训练，在这样的时候唯有靠他自己的力量才能成功地为自己解围。

3.看护孩子真的是来不得半点马虎。劝那些家内室有门锁的朋友们，赶快把钥匙放在能找得着的指定的地方，防止这样的意外发生。

4.想当年俺和老公精心装饰的家呀，如今是皮沙发被嘟蹦破了，电视柜被嘟推倒的巨型音箱砸出了坑，现在连门都踢破了，哎，惨兮惨兮呀！

给孩子最好的“营养”

2005年4月11日　星期一　嘟1岁5个月

星期五晚上到家时，嘟和家人正在吃饭，奶奶说本来想等我们回来后一起吃的，可是所有人都能等，唯独我儿子不等，一到晚餐时间，他就会很自觉且无比准时地到餐厅报到。见到我们，嘟嘴边沾着饭粒儿，笑嘻嘻地跳下椅子跑过来，油光光的小脸儿透着说不出的幸福。

稍晚一些时候，我和嘟爸终于亲见了小嘟等奶吃的急迫样子：晚8点左右，大人们聊得太欢，以至于忘了煮奶，本来玩得很好的小嘟，突然如热锅上的蚂蚁一样，焦躁不安地走来走去，同时，小胖手不停地指着嗓子。可惜无人领会小嘟心意，我只得问他“啥情况”，嘟急急地拉着我往厨房奔，然后指着他的奶瓶，又指指他的喉咙，我顿然醒悟，原来嘟要吃奶了。在我煮奶的过程中，嘟时不时地跑进来督查一下，估计接近尾声时，小家伙干脆不走了，就拎个奶瓶子站在厨房门口，要我快点把奶倒到他的小瓶子里。等我一完成这一行动，小嘟兴奋地眯着眼睛笑着，一把抢过奶瓶，扭扭小屁股就往沙发上跑，表情很严肃地坐在那儿闷头喝起来。那边一群大人们早已笑成一团。

看电视时，大家吃水果，嘟依然不肯放过，“强取豪夺”的又吃了不少。最让我晕的是当我把睡前的中药面冲好后，看着我端来的药瓶和水，嘟居然笑的“花枝乱颤”的就跑过来，张大嘴，一口就“干”了，不但没有丝毫痛苦的表示，反而还一口接一口吃得香甜！让我和他爹是佩服得五体投地呀！

星期六早上，小哥哥要上幼儿园，奶奶在厨房叫“童童快点吃饭，一会儿班车要来了”，一向不爱吃饭的小哥没什么反应，在一边玩耍的嘟听了倒是立刻大笑着甩开膀子冲进厨房。爷爷给小哥俩一人一半糖油酥饼，然后又开始哄着劝着小哥多吃一点。而这边嘟的吃况则完全是另一番风景：只见嘟自己拿着酥饼一口接一口把小嘴儿塞得满满的，那边儿眼睛还不停地盯着我手中的鸡蛋和粥，不时地比划着要我往他的小嘴里送。没过几分钟功夫，半个酥饼就被小嘟消灭光了。在有些不尽兴地捡了半天饼屑后，聪明的小嘟突然发现小哥的那半个酥饼只咬了一小口，吃红眼睛的胖嘟想都没想，伸手抓过来，一口口地又都添到自己的肚子里了！我晕，一顿早餐＝四分之三个糖油酥饼＋一个鸡蛋＋小半碗粥＋250毫升牛奶。30分钟后，小嘟腆着一面"小肉鼓"喜滋滋地玩耍去也！——汗！

星期日的中午，奶奶特意给我们包牛肉萝卜馅儿蒸饺，小嘟本在客厅玩得高兴，不知怎么一个不小心就发现了厨房里的"秘密"，于是就一路大叫着"包包"杀进了餐厅，在其他家人都还没反应过来的时候，嘟已端坐在餐桌前，整张胖脸被一个硕大的碗盖了个严实，待碗落下时，但见嘟嘴里叼着一个大大的饺子，油水顺着嘴角缓缓地淌下来。这样的饺子、这样的淌着的油水，再配上嘟得意的坏笑，简直绝了！可惜嘟爸动作慢了一步，相机打开时，嘟的饺子已经下去一半儿了。

奶奶很无奈地说：要是不了解底细的人，肯定得以为我虐待这孩子，不给饱饭吃，怎能饿成这样！我却说这样很好，山珍海味咱供不上，但五谷杂粮还是很充足的，毕竟这样嘴壮的小娃营养均衡，身体素质好呀！值得特别说明的是，如此贪吃的小嘟一点儿也不肥胖，除了肚肚部位有点儿"腐败"外，基本还是非常健美的，最重要的是力大无比、精力过人，常常于玩兴正浓时，涨红着脸高声呐喊着助兴，那份由里到外都浸透了的快乐深深地感染着每一个家人……

2006年11月10日　星期五　嘟2岁11个月29天

2岁5个月时，儿子对食物的博爱突然变成了偏爱。他开始偏爱一切肉类，而坚决地拒食蔬菜。

当幼儿园老师不断地向我反映这个情况时，我意识到这个问题的严重性。从那一天开始，我调动一切脑细胞与儿子的挑食做着顽强的斗争。

首先想到正面宣讲科学道理。不过，向一个两岁半的孩子大讲维生素、氨基酸，显然无异于“对牛弹琴”；如果以母权强制其进食的话，恐怕会适得其反地激起他对素食的厌恶。既然强攻不可以，那便只有“智取”了。

于是我搜肠刮肚、审时度势，集30年人间修炼的智慧随机应变出如下一套“吃饭游戏”：

第一步，凭借小学语文课上得来的拟人法，利用小嘟善良仁慈、同情心重的特点，大编童话，攻其软肋。具体操作如下：

嘟妈：“宝贝，快看这个大蘑菇妈妈多可怜，她冻的要命，快让她到你的肚子里暖和暖和吧！”嘟双眼一亮，充满新奇地一口吞掉。

嘟妈：“宝贝，这是小蘑菇宝宝，他的妈妈在你的肚子里，他现在好想妈妈呀，太可怜了，快让他到你的肚子里跟妈妈团聚吧！”嘟开始感觉很好玩了，爽快地一口成全了小蘑菇。

嘟妈：“宝贝，这是小蘑菇宝宝的哥哥，他也想妈妈和弟弟了，哭着要到你的肚子里见妈妈呢！”嘟忍不住发笑了，大大地张开嘴咬住大蘑菇哥哥，使劲儿地嚼。

嘟妈：“……”嘟开始主动请战：“妈妈，这是小蘑菇宝宝的姐姐，她也想妈妈了，快让她也进来吧！”说罢，上手抓起大蘑菇姐姐扔嘴里了。

就这样，在我的鼓动下，小蘑菇宝宝连着他的爸爸妈妈、兄弟姐妹，外加七大姑八大姨，统统到嘟的小肚子里胜利大会师。

此战全面告捷！

第二步，见机行事，塑造偶像，利用儿子爱臭美的特性，以“美容榜样”来作鼓励。说来还得感谢二楼的邻居，人家也是为了哄孩子一乐儿，买了一雪白如玉的小兔子，并且非常善解我意地将其安置在走廊过道的窗台上，还非常周到地在笼子旁边准备了很多大白菜。于是，每次上楼下楼，途经此地，小嘟都必要逗留良久，与小兔谈谈心，喂喂它青菜。

看着小兔子洁白光润如丝缎般的皮毛，红汪汪含着情的一双美目，我突然有了主意，当即向儿子发问：“宝贝，知道小兔子为什么生的这么白、这么漂亮吗？”

嘟：“为什么？”小家伙马上扭过头满脸好奇地期待着我的答案。

嘟妈：“因为小白兔爱吃大白菜和萝卜，多吃蔬菜才让小白兔长的比其他的动物都漂亮可爱，你也想变得帅帅的、白白的吗？”

嘟像“磕头机”一样拼命地点着头，并非常顺我心意地使劲儿表着决心：“以后我也要多吃大白菜，多吃萝卜，变得像小白兔一样漂漂亮亮的！”

为了美，嘟非常坚强地说到做到了。每当他又对着本来最抗拒的白菜三封其口时，我只需说“小白兔”三个字，他便立刻像被我施了魔法一样，大口地嚼起白菜，每咽下一口就拍着他的大腿问我一句：“看我的大腿是不是又长长了，我是不是像小白兔一样漂亮？”这回轮到我和他爹作“磕头机”了，心下忍不住一遍又一遍地对小白兔感激涕零，差点把那小东西当神供起来！

实践证明，榜样的力量也是无穷大的!

第三步，当小蘑菇宝宝的童话讲到第一百遍时，嘟开始淡然地对我说：“就让它们都在盘子里呆着吧，别到我肚子里团聚了。”当我欲拿“小白兔”再度施法时，可怜那小东西竟在初冬第一次大降温的寒夜里冻死了，“榜样”没了，“力量”也急剧削弱，最后化为乌有。形势逼迫我必须要迅速想出一个万全之策。

老天可怜见呀！第三条计策就在某一瞬间横空出世了！这次利用小嘟好强好胜不服输的个性，再次发挥我那天才的想像力，活生生制造出一个假想敌——小细菌同志。

我一脸严肃地对他说：“宝贝，知道你的肚子为什么这么鼓吗？”

嘟又一次抬起好奇的头，他急切地想知道他这天才老妈又蹦出什么奇思妙想了。

嘟妈：“那是因为你肚子里有许多坏坏的小细菌同志，他们最爱吃肉肉了，你天天吃肉，把他们喂的胖胖的，等他们长大的时候，就开始猛劲儿地咬你的肚子，直到你疼的受不了！”嘟深深地感到形势的严峻性，一脸阶级斗争地向我请教该怎么办。

我得意地看着这小东西开始一步步地向我设的“圈套”里跳，便继续假装正经地告诉他：“这种小细菌呀，最害怕蔬菜了，他们一吃蔬菜就立刻晕倒死掉了！所以，你吃越多的蔬菜，小细菌就越少，宝贝就长得越健康！”语毕，但见小嘟埋着头，拼命地往嘴里塞着菜叶，大口地嚼着，一副誓于小细菌决一死战的悲壮表情。同时还要求我要在一边给小细菌配音，模拟他们是如何惨叫的。我能怎么办，为了儿子在他完全懂得科学饮食的道理前能顺利愉快地涉入他身体成长必需的营养，我豁出去了！我扯着粗嗓门子以拙劣的演技完成儿子高难度的要求。

同样的办法也应用在小嘟一向拒绝的洗脸洗手上，于是在“小细菌同志”的惨叫声中，儿子英勇地消灭了体内体外所有的小细菌。

目前，此游戏正处于发挥奇效阶段。只是不知哪一天，当细菌也杀够了的时候，我又该与时俱进地想出下一个招术，一直把关于“吃饭的游戏”愉快地继续到儿子明白道理的那一天……

嘟妈心得

嘟是个嘴壮贪吃的孩子，对他来讲，这是人生一大福分，对于我们喂他长大的人来讲，也是一种福分，因为省事呀，不费脑筋，给啥吃啥，吃嘛嘛香呀！

此前也在很多篇日记中详细提过小嘟的饮食习惯和食物内容，这里总结一下我对喂养小嘟的几个原则：

一是吃的自然。从小到大，嘟的饮食内容全部是大自然恩赐的各种五谷杂粮、蔬菜水果，以及那些自己加工烹制的大鱼大肉。喝的就是白开水，间或来点自制的鲜榨果汁，就算改善生活的甜美饮料了！

二是吃的全面。肉、蛋、奶、豆制品、果、菜、粗粮、细粮来者不拒，且轮番上阵，常换常新鲜着。但是随着小嘟年龄的增长以及主观意识的增强，对于我们提供的全套大餐，他开始有自己的选择了。正如我上面写到的，2岁以后，他表现出特别强烈的偏食倾向，见着肉就没命，见着菜就皱眉，少数如白菜、茄子、油菜类的，更是一口都不碰。有一段时间为了让他能吃白菜，我们特意包了白菜猪肉馅儿的饺子，以为这样总可以神不知鬼不觉地骗他吃进去吧，谁知人家只尝一口就吐出来了，大叫着“白菜”摇头不肯吃。我当时真是有种想拽出他的小舌头研究一番的冲动，这是个什么舌头，连切的那么碎且混在肉中的白菜末都能尝出来。后来在我的苦心努力下，他总算是有些进步。

满4周岁时，因为一次长达半个月的嘴角溃烂，我们和老师合力吓他，说是因为不吃菜引起的，嘟恐惧那种疼痛和不雅的样子，于是开始卖力地吃菜。自此，他竟神奇般地喜欢上了各式蔬菜，偏食的毛病终于得到了彻底性的根治。嘟的体检报告上也终于第一次显示出，各项微量元素及钙的指标均在正常范围内。在均衡的营养滋润下，如今的小嘟身高体壮，脸蛋透着一股健康的粉红色，看上去很是可爱。

三是远离小食品。这是从一开始我们就坚持的原则。对于已经4岁多的小嘟来讲，他的全部零食种类就是各式水果和少量的蛋糕、饼干、酸奶、奶油冰淇淋及维生素糖果等。水果是他零食的主要构成内容，在这上面，我们从不吝惜花钱，一般是在时令水果中选择最好的，无论在质上还是量上，一年四季保证充足的供应。后面几样食品，是随着他年龄的增长，环境的影响，选择那些对健康有利且副作用相对较小的东西，作为偶尔为之的开斋之物。至于各式膨化食品、炸薯条、碳酸饮料等垃圾食品，基本从来不给他吃。

在零食的时间安排上也很讲究，既要能体现补充的价值，同时又不能喧宾夺主。永远不能用零食替代主食，而且零食永远要为主食让步。到什么时候都要保证主食的正常摄入。这样孩子才能吃的健康，吃的全面，吃的快乐。

4岁，小儿先天性鞘膜积液手术进行中

2007年12月12日　星期三　嘟4岁1个月

小嘟那个托了又托的小手术终于在年关逼近时不得不提上日程了。从而又提供了一次让我们小小的三口之家空前团结奋战的机会。

很小的时候发现嘟患有单侧先天性鞘膜积液，但是看了好多大夫都说是男孩先天性的常见小毛病，没什么大碍，先观察为主，很多孩子在1岁内会自行吸收多余的积液。于是我们观察到1岁，然后是2岁，情况是时而正常，时而不正常，最后医生诊治，嘟得的是交通性鞘膜积液，即阴囊通往腹腔的一个小管先天性没有闭合，积液会在两个部位间来回流动，需要一个小小的外科手术来人为关闭这个通道。

在小儿外科手术中，这个应该是属于比较小的手术，本来我们是早就可以做的，但问题的关键是，小嘟天生对打针等一系列的医学检查有着拼命一般的抵抗情绪。那个年龄正是人事半懂的时候，在经历了几次杀猪般的扎针体验后，我们真的很害怕手术前后过程他会不配合，从而给本可以很简单的治疗带来很多不必要的麻烦。而且有多位教授级医生"可以先不急着手术"的所谓权威之辞，所以我们便心安理得地等到他4岁时，多少可以听懂道理，能在行动上稍加自控时，选择手术。

这个手术其实完全可以在今年的早些时候来做，但是在我们联系好医生后，嘟就像故意跟我作对似的，第二天就感冒了，接着就发烧了，然后就是长达一个多月不严重却总也好不彻底的咳嗽。他稍好点的时候，我又出差。好不容易他也不咳嗽了，我也不出差了，这年关也近了，我们是紧赶着找大夫联系住院手术。今年这是我们家第三次跟手术打交道了，说什么我也不能把这股晦气再拖到明年了，在2008这么喜庆的一年来临之前，一切不快都要让它随着旧历的翻动而彻底的过去。

开始联系这一事情之前，我和嘟爸便商定，在嘟安全从手术室出来前，决不惊动任何一方的亲人朋友。我们是他的父母，一切风险、担忧和辛苦都应该由我们两个人来承担，而且我们相信我们两人的团结和爱心一定会给宝贝嘟撑起一片平安幸福的天空。

以下开始嘟手术全过程的流水记录：

12月4日，星期二：嘟爸给早就联系好的医大儿外科董医生打电话，约好住院和手术的时间。

12月5日，星期三：早6时30分，全家起个大早，带着嘟到医大儿科住院部约见董医生，再一次详细诊查，并开始办理住院手续，顺便量了身高体重：身高110厘米，体重38斤。嘟的精神状态非常好，虽然知道是要手术，虽然也明白手术是要在身上割小刀的，但是因为没有亲历过，所以没有切肤的生动感受，因而也谈不上什么恐惧。反而在走廊里和嘟爸开心地玩着“石头、剪子、步”，声音之大、情绪之兴奋时不时地需要强力控制才能不被医院保安驱逐出去。检查后，把嘟送回幼儿园，生活照常运行。

12月6日，星期四：按照前一天医生的安排，全家5点钟起床，6点前到医院采血。为了让嘟能情绪稍好地早起，我前一天特意到超市买了一些便宜的小玩具、糖豆等以备不时之需，还即兴编了个“瞎话”，说要带嘟去堵太阳的懒被窝。结果，在糖豆和瞎话的“哄骗”之下，小嘟扛着个钓太阳的玩具鱼竿，兴冲冲地爬起来，望着外面漆黑一片，好像打了胜仗一样，那个高兴呀。

我们很少对嘟撒谎，但这次在采血的问题上，我和嘟爸不约而同地选择了撒谎，我们只说要去医院检查，在他一再追问要不要采血时，我们还是要弄了一下成人的措辞本领，滴水不漏地说“先去找医生，看医生的安排吧”。结果一到那里，值班的护士就迷迷糊糊地抱着大针管冲过来了，嘟当即脸色大变，在嘟爸钳子一样有力的大手控制下拼命地挣扎着，当年入幼儿园体检时抽血的惨痛经历让我开始心发慌。但手上还是配合着嘟爸按住小嘟，嘴上不停地喊些玩具、糖之类的话题，希望可以转移他的注意力，可惜我们没有成功，第一次在胳膊上的采血只进行到一半，因为嘟不肯配合，血管太细，没抽多少就被迫中止了。

小护士皱眉看着手中还空着的3支试管，跟我们商量着从颈部静脉再抽一次。听到这几个字时，我的心都开始翻个儿了，但没有办法，手术前必须的检查，绝对不能不抽的。我和嘟爸咬咬牙，抱着一路哭号、高声质问“你们到底想要干什么”的小嘟到病房的床上，准备从颈部静脉采血。

依一般人的经验，扎针在手上、胳膊上甚至是脚上都是没什么奇怪的，但是往脖子上扎很少见。对于完全没有这个经历的小嘟来讲，当我和嘟爸及另一个护士一齐试图按住他的脑袋时，他整个人完全蒙了，瞬间由小小的身体里迸发出惊人的力量，猛地从众多的手掌中一跃而起，直立在病床中央，小手指着护士大声质问：“你到底想要干什么？我告诉你，我现在就要回家，我必须马上就走，谁也不能碰我！”那一瞬间，看着宝贝完全陌生的样子，我真是哭笑不得。走是绝对不可能的，嘟爸抹了把头上长淌的汗水，咬着牙和一干人等继续冲上，嘴上哄劝着，手上下着狠劲，再一次把小嘟按倒。

我抱着嘟的腿，大声劝慰着他，告诉他数10个数就结束了。可怜我那宝贝，脖子上扎着针，脸涨的通红，嘴上还大声地自己数着数……可恨那个该死的笨蛋护士，明明说颈部采血很快很顺利的，却依然没能抽出什么效果来，当她再次无奈地把针头拔出时，近乎要失去理智的嘟妈我怒了，声调高起八度质问她：“怎么回事？还不行吗？你到底行不行！”嘟爸也强抑怒火，小护士头都没敢抬，但四束火辣辣燃烧着怒火的目光足以让她脸红手也抖起来。血还是没采够，宝贝却已哭的声嘶力竭。

第三次，我们又按住了嘟，这次是从脚部采，因为看不到，而且我抱着他的上半身，不停地亲吻着他的小脸蛋，给他讲我新买给他的玩具车，嘟的注意力稍稍转移了些。可能也是挣扎累了，这一次，他相对安静地卧在我的怀里，我则发动全部的脑细胞，拼命讲着有可能吸引他的话题，总算是顺利地采够了检验所需的血液。那时，我们一家三口包括护士在内，都已是大汗淋漓，可怜的宝贝因为太过拼力地哭叫，眼部周围的毛细血管都被冲开，皮下出现类似儿时扎针哭出的出血点。看着他坐在那里仍然委屈地抽泣着，我和嘟爸在心疼的同时，都忍不住地担忧起来，对于整个手术来讲，这不过是万里长征的第一步，今后两天还有好多针要扎，还有术后的刀口疼痛要忍受，我的宝贝，你这个样子怎么行呀！

从医院出来，才早上7点钟，嘟的伤痛好像好的很快，一心惦记着我刚才安抚他时说新买的小汽车，并且还很有胃口地吃下一个热狗面包，一根儿童肠，一杯酸奶。一路上还思路很清晰地分析哪针扎的疼，哪针不疼。8点钟，我们还是把嘟送到幼儿园，一投入游戏着的小伙伴中间，往日那个淘气灵动的小嘟又回来了，好像一个小时前那么可怜挣扎的小东西是另一个人似的。看着他开心地笑着跟小朋友玩，我持续一清早的过度心颤好像刚刚开始恢复到正常状态。

下午2点，嘟午睡刚醒，我和嘟爸就去接他，嘟非要表演给我看，他是如何自己叠被子的，他表现的真不错，我的宝贝。我们继续到医院，做胸透，做青霉素试敏 。不过，这针因为扎在手腕上，且时间很短，扎针的是护士长，大概手法好吧，嘟好像还没来得及哭，就完事了。在观察等待的时间里，嘟开始为自己这次扎针没哭感到骄傲，在我和嘟爸面前很是不谦虚地自我吹嘘了几分钟，我们当然只有鼓励、鼓励、再鼓励！

一切的检查结束，我们和董医生约好明天上午第一台手术，并联系好医大儿外科麻醉室主任亲自做麻醉。

我在电话中，还是忍不住把这个消息透露给老妈了。这好像是30年形成的习惯了，对自己的妈妈，我好像永远也学不会真正的隐瞒，但因为老爸血压很高，嘟又是他的心尖尖儿，怕他担心情绪受影响，所以暂时对他保守秘密。

因为医生嘱咐，次日凌晨2点以后就不能再进食和喝水了，担心他第二天早上太饿，一根傻筋的我可真是儿的亲妈呀，西餐、中餐是给宝贝塞了一肚子（一个肯德基的田园脆鸡堡，一份上校鸡块，一杯果珍，一袋鲜奶，12只鲜草莓，一碗白米粥），直到他叫有点恶心了，才反过味儿来，结果害宝贝吐了两小口。情绪倒是始终很好，我和嘟爸也一直没在他面前太多地谈及手术的话题，想让他尽可能地保持无知的轻松，尽可能地减少心理上的恐惧和担忧。在他愉快地玩耍之时，我和嘟爸火速收拾了六大包住院需要用到的东西。万事俱备，只等明日天亮，顺利开刀。

12月7日（星期五）清晨5时50分，醒来后的嘟爸对我说的第一句话是："孩儿他妈，31岁生日快乐。"这几天一直在忙嘟的手术，连我自己都差点把这茬儿给忘了，他却还记得。真是老天捉弄人呀，去年生日那天，是生我的人做手术，今年的这一天，我生的人要做手术，两个生日都在揪心般的等待和护理中度过。所以，今年我的生日，只许一个愿——健康，一家人永远健健康康，和和美美地相守在一起，哪怕清贫一些。

来不及更多的感慨，匆匆爬起来收拾东西，准备向医院进发。连续几日的早起，在贪睡的我们家还是很少见的。但因为一直绷紧的精神支柱在起作用，所以那时还没感到丝毫的疲惫和困倦，反而像打了鸡血的斗士，充满战斗的张力。

7时10分，准时到医院，先打一针术前消炎针，扎在手上的点滴，是一个颇有经验的老护士打的，稳、准、快，手法真好，加之去年有成功应对点滴的经历和心理承受力，小嘟真是一声都没哭，很高兴地平抬着小手到临时安排的病房加床等待手术通知。

那时的小嘟还没有丝毫手术即将来临的恐惧，他早早爬起来，只当是又要去堵太阳的懒被窝，甚至都没有问一句爸爸妈妈，今天要到医院去干什么，他似乎非常信任他的这对父母，他深信爹娘一定不会让他受罪的。

8时，嘟在顺利打完点滴后，又挨了一屁股针儿，好像是防止术中麻醉反应的。虽然也大哭表示抗拒，但是最终还是一点也没动，很配合地快速扎完。然后由嘟妈陪着讲故事、做游戏，跟病房里的小孩子互动交流，不亦乐乎。嘟爸负责跑外联，一会儿找医生、一会儿找麻醉师。虽然玩的快乐，但是嘟对我们的语言多少有些敏感，一提到麻醉、打针这样的字眼儿，他就不由自主地紧张起来，追问是谁要麻醉，要干什么。我和嘟爸被迫改为眼神加手势交流，清一色的暗语，亏得有这么多年的默契，要不得急死对方。

9时，医生长长的早会终于结束了，走廊里人突然多起来，最终有个急急的脚步停在我们的门前，推门大叫："郝健为在没在，准备到六楼手术室！"哎，手术当前，我也就不瞎发牢骚了，医护人员有时的语言、语气、语调，包括肢体动作，真应该职业一些，稍考虑一下患者的接受能力和具体情况。他这一喊，小嘟突然就紧张了，眼神也慌乱了，紧紧地抓着我的衣服问要去哪，干什么。我和嘟爸内紧外松、故作若无其事地回答他：“今天咱们起的太早了，你是不是困了，咱去找个地方先睡一觉，等医生开完会再说，好吧。”看我们没什么要做大事的架势，嘟好像稍稍安心些，继续屁颠颠地跟我们坐电梯上六楼。

好像那个时候，我们已经顾不上紧张和心疼了。到了六楼在手术室门口看到麻醉师金主任，因为熟识嘛，所以本想让孩子少挨一针，直接抱进手术室麻醉，但依我们对小嘟的了解，没有我和嘟爸在身边，被陌生人领进一个那么可怕的陌生环境，他一定会非常恐惧的，我不能让我儿子在极度的恐慌中昏迷过去。于是我们选择先打一针睡觉针。

那时的嘟被一身身手术服武装着的医护人员们团团围住，他已本能地开始恐慌起来：“妈妈，我有点紧张”。嘟爸抱着小嘟，在另一边的屁股再来一小针，嘟奋力反抗，大叫着：“不是都打一屁股针了嘛，怎么还打！我选择打手，扎手上吧！”可是一切反抗都是没用的，我可怜的宝贝，又挨了一小针，他显然很气愤，一向有礼貌的小家伙居然大叫着：“这个护士扎的太不好了，太疼了！”在场的医生护士们都宽容地笑起来，有个老护士还过来逗他：“我扎的好，我再给你扎一针吧，保证不疼”。嘟赶紧摆手：“用不着，你快走吧！”在大家笑着试图缓解他紧张的情绪时，金主任开始提醒我们抱住小嘟，他很快会头晕的。

一切简直快的不可思议，针打后不过二十几秒钟的时间，我连他的裤子还没有完全提上，嘟就倒在嘟爸的怀里，睁着眼睛哼哼着。金主任说，没事了，你们出去吧。我说，他的眼睛还没闭上呢。在我的想像中，他应该是像往常睡觉一样，有一个过程，而且是闭上眼睛的。但事实是，嘟那时已经没有意识了，我们叫他，他就那样睁着眼睛，但却显然没有了往日清醒状态下的灵动，呆呆地直视着没有目标的前方，无助地哼哼着。在我和嘟爸都来不及反应时，医生已把小嘟从嘟爸怀中抱走，我们两人傻子一样，伸着不知所措的双手，眼巴巴看着我的宝贝，双眼瞪得大大的，无神地看向远方，一点点消失在手术室的尽头。

他那时已没有了意识，恐惧、害怕、依赖，什么都没有了，从那一刻开始，这段经历在他的头脑中将是空白，这正是我们要的没有痛苦。可这痛却分明百倍、千倍、万倍、十万倍强烈地转加到我和嘟爸的身上。无数次地在头脑中想像着这个情景，却没有一次想像到这般的心痛。我和嘟爸事先约定过，送嘟进手术室时，谁都不要掉一滴眼泪，我们要笑着走出来，相信宝贝一定没事的。我们也确实没有掉泪，更准确地说，当时的种种完全是一眨眼就过来的事，容不得你站在那感慨、伤心、难过，我们像两个木头人，机械麻木地走出来，机械麻木地与前来探望的医生朋友客套。可在术后的几个日夜中，每每回想起那个瞬间的镜头，回想起宝贝那空空无物的眼神，心都忍不住地抽搐、疼痛，直到刚刚写下那些文字时，终于忍不住趴在电脑前，一任泪水飞扬……

那时是9时15分，我们抱着小嘟的衣服，拎着他的鞋子，站在手术室外，看着同样守候在外面的形形色色人，心开始渐渐地平静下来。我相信自己的预感，如果潜意识中没有心慌的感觉，事情就会进展的很顺利，最重要的是本身这也是一个基本没有风险的手术。

9时35分，董医生进入手术室。

10时20分，得知消息的爷爷奶奶从外地坐车赶到。

10时40分，一直隐忍着自己的担心和挂念的姥姥终于带着毫不知情的姥爷来到医院，小姨也请假赶来了。

10时50分，手术室的门打开了，麻醉师金主任先出来了，告诉我们手术很顺利，只是好像嘟的感冒没有完全好彻底，麻醉后，吐出许多脓性分泌物，医生给他吸了一次痰。接着嘟躺在手术床上迷迷糊糊地就被推出来了，众亲人立即围前围后。

我见到绿色被子包裹下的嘟露出大大的脑袋，脸蛋略微发红，闭着眼睛，但是不停地动着脑袋，嘴里哼哼着，麻醉师说他有点醒过来了，只是意识还很模糊。众亲人推车的推车，拿吊瓶的拿吊瓶，我则跟在刚刚出来的董医生身后，详细询问他手术的情况，得知一切顺利，心总算放回肚子里。

11时，嘟被推进了儿外科重症监护室（ICU)。听着挺吓人的，其实每个孩子不管手术大小出来都得在这里监护几个小时，直到麻醉完全过劲，孩子完全清醒过来才可以转到普通病房。大概对于儿科手术来讲，麻醉的风险并不逊色于手术本身的风险吧。

嘟爸刚把嘟抱到监护室病床上时，嘟开始痛苦地嚎叫。那种类似小动物一样的嚎叫是自他出生以来我从未听过的，并且不停地扭动着身体，那情景让人看着揪心。我大概真是反应迟钝的人，在那样的情况下，竟然没有掉泪的冲动，只是一门心思专注地听着护士讲解护理的要点，并按护士的指教，用手抚摸着嘟的头，跟他贴着脸，不停地安慰他，嘟果真很快就安静下来，重新进入睡眠状态。那时，他腹部刀口上压着沙袋止血，左脚上打着点滴，嘴上扣着吸氧面罩，不能随意翻动，所以，睡着的状态还是会让他少遭一些罪的。

2小时后，嘟清醒过来了，他睁开眼睛跟我说的第一句话是：“妈妈，我害怕，别离开我。”我从未如那一刻那样感觉自己这么被人需要，意识到自己体内竟然蕴藏着那么强大的力量。我紧拉着他的手，贴着他的小脸，告诉他，一切都过去了，妈妈会一直在你身边保护你的。因为术前我们曾经答应过他，他手术出来，爸爸妈妈就抱着汽车模型迎接他，但因为忙三忙四，我们却未兑现这一承诺，所以，在嘟清醒后问到这个问题时，嘟爸毫不犹豫就开车冲出去了。

在等待爸爸的时间里，嘟开始感觉到刀口的疼痛，长时间强迫体位的难受，他开始控制不住地哭起来，叫着“好难受”。嘟妈我再一次发挥瞎编乱讲的长处，紧急搜索大脑里所有可以吸引小嘟的生活素材，最后硬是把俺一个月前到长白山调研的全部过程，从出发到回来，详详细细，添枝加叶地足足讲了一个小时。小嘟完全被我讲的内容吸引了，乖乖地躺在那一动不动，听的很入神。

在这期间，嘟爸满长春市转悠，寻找小嘟要的那种专业的汽车模型，最后在一家汽车用品专卖店以300元的价格买下一款宝莱仿真车模，火速赶回来。说实话，那堆破铁，我实在没看出哪值300元，事后笑怪嘟爸真舍得花钱。嘟爸说，看到儿子进手术室和出来痛苦嚎叫那两个瞬间，心里难受到极点，在监护室里，他甚至没忍住，跑出去找个没人的地方掉两滴眼泪。所以，当儿子提出要求时，别说300，就是3 000他都毫不吝惜。父亲就是这样，没有母亲的情感那样外露，常常要以坚强硬朗的形象出现在儿子面前，扎针上药，永远是他冲在最前沿，看似铁石心肠地按着孩子绝不手软的样子，实则内心承受的煎熬要更大更深。在对儿子的关爱照顾上，嘟爸绝对是个好父亲。

抱着新车模，嘟露出了术后清醒状态的第一抹微笑。除了前一天早上那次惨痛的采血经历，整个手术前后嘟的乖顺远远超出我们的预想，事先做好充分思想准备要应对的小嘟术后刀口疼痛及强迫体位导致的哭闹竟然几乎没有出现。他就那样把车模放在头侧，用手摸着，时不时看上半天，时而要求我给讲讲故事，然后就是躺在那，很听话地一动也不动，不哭不闹听我们聊天。

一个下午就这样顺利过来了，直到傍晚时分，大概是躺的累极了的小嘟发出第二次哀号，但也只是抱怨几声："太无聊了！太没意思了！难受死了，哪都不舒服，这个破地方，再也不来了！"然后嘟爸及时冲上去，拿着车模，接替已经讲的嗓子冒烟的我跟嘟聊起有关汽车的话题来。嘟很快情绪好转，并且与刚才只是倾听我讲不同，他开始连比划再说地与爸爸互动起来。嘟爸一向纳于言，但在儿子几次生病需要分散注意力的关键时刻，却都能出口便说，且言之有物，延续时间很长，收到充分吸引儿子的良好效果。

下午 3 时，嘟喝了少量的水和奶。

下午 5 时，在打过大半口袋营养液和一小瓶消炎药后，嘟脚上的点滴拔掉了，他的双腿可以自由活动了，加之我一直小心地帮他按摩不能翻动的后背，这让嘟的精神状态好了不少，多少恢复往日神采般地给帅童哥打电话，还小大人儿一样地问人家："哥哥，你今天心情不错吧！我做手术了……就是开刀呗！"看着嘟的笑容，从中午起一直守在他床边的爸爸、妈妈、姥姥、姥爷、爷爷、奶奶、小姨这一大群人才长出一口气，露出舒心的笑意。嘟的大伯也特意从外地赶来看他，这个宝贝真是全家人的心尖。

晚 7 时，嘟顺利度过术后观察期，由ICU转到普通病房。一定是老天疼惜如此乖巧懂事的宝贝，在医大儿科那么恶劣的住院条件下，竟然让我们有幸住上一间只有一个小病患的病房。四张大床虽然简陋却干净整洁，仅有的那个小病患已经8岁了，非常内向不爱说话，照顾他的父母也是非常淳朴憨厚的人，我们庆幸可以享受一个安静的夜晚。

但那一夜我们睡的还是不够好，嘟爸和我一直不敢睡踏实，担心小嘟的尿，怕一个马虎，没接住，尿到刀口上，造成术后感染，所以这根神经一直绷的紧紧的，迷糊一会儿就赶紧爬起来看他有没有尿。嘟睡的也不好，因为强迫体位时间太长，他的后背和腰肯定极度酸疼疲劳，刀口的疼让他不敢恣意地翻身。但我那让人心疼的宝贝呀，他乖巧到一声都不吭，就自己那样左侧一下，右侧一下，轻微地调整自己的躺姿，尽可能地缓解自己身体上的不适。从午夜1时30分到凌晨4时，整整2个半小时，他基本没有合眼，就这样轻轻地在方寸间蠕动着，没有吵过爸爸妈妈一句，实在忍不住了，就小声地叫：“妈妈，有尿了。”或是“妈妈，我有点口渴”。尽管嘟爸嘟妈隔三差五地就要折腾起来给他接尿，喂他喝水，但宝贝的乖顺和懂事还是让我们感动地差点掉泪。

次日晨起，同病房护理孩子的阿姨睁开眼睛第一句话就说：“这个小不点儿太懂事了，他难受睡不着觉，我都听得见他不停地翻动，但就是不哭不闹也不吵。这么多天没见一个这样的好孩子。比他大的孩子术后都要闹一宿的。”嘟闻此言，小小的有些苍白的脸上立刻浮上一朵大大的骄傲的笑容！他问我：“妈妈，你为我骄傲吗？”我使劲点头肯定着，眼圈却突然就变红了……

2007年12月17日　星期一　嘟4岁1个月

从术后第二天起，再没有消炎针，我们只需自己给孩子准备点世福素类的消炎药就可以了。但因为手术引起的阴囊水肿需要观察，所以还要在医院住上几天。星期六那天，嘟可以翻身了，这样可以让身体的不适缓解了很多，在经过这一番折腾后，他对就医的恐惧感也基本消失殆尽了，加之他爹娘无微不至的爱和照顾，众亲人的关怀和探望，小嘟的日子舒服多了。虽然躺在床上不能有太多活动，但他可以说呀，更重要的是，他可以让我们说呀。老天可怜，我和嘟爸为了给儿子解闷儿，从那天开始，便抱着厚厚一堆儿童书，轮番上阵做精彩讲解，如此卖力，以至于一天下来，我们二人便双双咽喉肿痛，语音几近沙哑了。

星期日，术后第三天，嘟可以坐起来了，轻微的活动不太能感觉到刀口的疼痛了，但为了促进他阴囊水肿的吸收，我们还是遵照医生护士的嘱咐，尽量让他平卧静养。这就又涉及为他解闷的问题了。不得不说，现在的嘟对精神生活质量的要求实在是太高了，人家同病房的小哥哥，就两本书，两辆小汽车，硬是不声不响地玩了10天。对床的另一个南方小男孩，连一个可以称得上玩具的东西都没有，就一条破毛巾，人家硬是乐呵呵地玩一个下午。再看我们嘟少爷，故事书一大堆，自带汽车玩具好几个，还有嘟爸术后追加送他的昂贵的车模，就这样，人家还是叫着没意思，逼的嘟爸几次跑下楼到医院临时的小卖店买些廉价的小玩意哄他开心。

那天晚上，嘟顺利排下了术后第一次大便，因为这几天吃的东西不多，孩子可能也有些上火，所以一直拖到这么久才排便，害我和嘟爸好通担心，怕他大便干燥，腹部太用力导致刀口痛，结果没想到那天晚上他那么顺利就便下来了。他还告诉我："妈妈，我使出吃奶的劲了，但是刀口没感觉到疼"。这天，大伯一家从外地赶来看嘟，看到小哥哥，嘟的兴致很高，住院几天没见他那么开心过。

星期一，术后第四天，嘟换了第一次药，我们也第一次看到他的刀口，一个不到3厘米的小横线，愈合挺不错的。那天他开始站起来活动。小孩子真是不装病，这一开始站起来，人家就惦记着蹦一蹦、跳一跳了，吓得我赶紧强令他坐下。但恢复往日神采的宝贝哪里肯老实地坐在那里听我摆布，从这天开始，就算我和嘟爸扯着老公鸭嗓子喊故事都不太管用了，医院恶劣的环境，那方寸大小的床铺空间完全锁不住小嘟向往自由的小心灵。中午时分嘟躺着睡不着觉，仰望着天棚无奈地感叹："哎，妈妈，我开始为我自己担心了！这什么时候才能回家呀！"

星期二，术后第五天，嘟的刀口大概真的是愈合的差不多了，我们已经基本按不住他，使尽法子也没能让他安稳地坐上一会儿，我和嘟爸也在医院里摸爬滚打这些天，弄得灰头土脸的惨相，真是没力气再对付他了，索性由他去吧。

整个手术及术后护理过程全靠我和嘟爸两人互相支撑着挺过来了，姥姥姥爷总想尽点心，做点好吃的东西慰劳我们一家三口，但体会到他们不太擅长烹饪之技，加之天冷路滑，我们干脆还是在医院附近的餐馆订餐。哎，俺们家人的胃口实在没得说，这么上火的时候，居然还能三人抢着一个猪蹄狂啃。老妈笑我们集体阿Q。不管怎么说，身体是革命的本钱，这个时候我和嘟爸可是谁都不能倒下的，不吃不增强体力怎么还有劲有精神拼下去。由此，我对我们三口乐观的战斗精神表示出充分的自信，就算地球要爆炸了，我们三人儿肯定也是每人嘴里叼一鸡腿儿去迎接世界末日的。上周日的时候奶奶还特意托大伯给带来两只土鸡腿，哎，爱孙心切呀，一只鸡就两腿儿，一家人谁也没舍得吃，全给孙子拿来了。

因为孩子极度无聊，也为了让他能安生地坐稳一会儿，我们买来纸笔允许小嘟画画。这下可坏了，一个晚上时间，足足画了两大本，嘟那激情说啥也控制不住了，才思胡涌，上天入地，一顿疯狂创作。

星期三，术后第六天，一大早董医生给嘟换了第二次药，刀口周围隐隐有些发红，医生说有可能是活动过大抻着了，也有可能是肉线吸收时的反应，不过看样子问题不大。阴囊的水肿明显见好，手术中发现的静脉曲张隐患也基本被排除。董医生催促我们完全可以出院了，但我和嘟爸坚持要等到星期五换药确定完全没有事情时再办出院手续。不过我们可以先回家住，医院这氛围实在让人受不了。

决定先回家后，三个人明显跟打了鸡血似的，很是兴奋，六只眼睛都放着光，早饭都没吃好，三下五除二，床上床下一通收拾，嘟爸一趟趟楼上楼下折腾那些破东烂西，我负责收尾及小嘟的监护工作。同病房的大人孩子看着我们那叫一个羡慕。

没用半个小时，我们就雄赳赳气昂昂地杀回温暖的小家了。进了门， 三人从头到脚扒个精光，所有在医院居住过的衣物和东西全部被扔在门厅里等候发落。嘿嘿，不怕人笑我们，一家埋汰（脏）人儿就这点小洁癖。医院那种地方，也真不是人呆的，病人就不要说了，护理的人早已没有了三六九等之分，清一色的农民工形象加脸色，再讲究个人儿在那混几天也差不多就那样了。

换好衣服，再把嘟安顿到沙发前，水果影碟伺候着，我和嘟爸便立刻投入到疯狂的清洁战斗中。需要拆洗的赶紧拆洗，需要开水烫烫消毒的，赶紧泡上，准备干洗的，立马装包送楼下干洗店去。接着嘟爸这边开始处理那些玩具和书籍，嘟妈开始充当人力洗衣机，与全自动洗衣机比着赛地开始清洗工作。那边儿姥姥姥爷已经忙了一大上午，给我们包牛肉萝卜馅儿饺子，熬好解毒的大米绿豆粥，中午嘟爸取来后，三人一通狂吃，各自捧着圆滚滚的肚子连连感叹着：生活真是幸福！有爹妈在身边更是幸福！

午饭过后，嘟少爷要睡了。而勤劳的嘟爸嘟妈完全将前一夜因隔壁孩子哭闹整宿未眠的噩梦抛到脑后，铁人般继续投入到出院后的清洁整理战斗中。一直到下午4点，当嘟在香喷喷地睡了3个小时的大觉后，房间里已经“三香”齐备了——清洗过后衣物的芳香，2个刚刚洗过、同样由里到外香着的爹娘，还有灶上那小火慢炖了一下午的胡萝卜、土豆、排骨汤的浓香，嘟啥活没干，全凭小嘴儿一张哄得他累傻了的爹娘这个开心，人家说了：“爸爸妈妈你们太能干了，真是太了不起了！”嘿嘿，我们相视一望，接着小嘟的话茬毫不谦虚、毫不脸红、毫不保留地继续把自己一通猛夸。

晚上嘟作画，我们看《大校的女儿》，生活就这样沿着它应有的轨道继续幸福地向前飞奔起来……

星期五，术后第八天，嘟第三次换药，上次发现的刀口周围色已经一点都没有了，医生正式宣告可以不用再来上药了。我们欢天喜地把嘟送回姥姥家（嘟的高级疗养院），又欢天喜地地到医院办理了出院手续，接着欢天喜地地去保险公司领商业保险的赔偿金。

接下来的一周，因为医生嘱咐最好在3个月内不要做剧烈运动，所以我们还是让他在姥姥家继续休养一段时间。我和嘟爸则可以放心大胆地投入到各自的工作中去。感谢爸妈、亲人们，有你们做后盾，再大的难都不是问题。

现在的小嘟，生龙活虎，完全恢复往日神采。甚至因为住院及疗养期间食宿营养太全面，小脸越发丰盈起来，个子也蹿起来一大块。在此期间依然不忘学童本色，跟着姥姥姥爷吟诗绘画学写字，偶尔耍耍赖，看看小电视啥的，日子过的倒也惬意。高级护理员姥爷反应，孩子真是个好孩子，闹也真是一点不闹，就是太唠叨了，每天除了睡午觉那2个小时是没有声音的，只要睁开眼睛，小嘴儿就不停地说，姥姥姥爷跟他说不起呀，连姥姥那么爱唠叨的人都求饶了。哈哈，俺养出个话痨儿子。

今天回到单位，发现10月末考的MPA成绩已经发布了，居然通过初试分数了。原本担心的扔了太久的英语也还算没让我颜面尽失，勉强过了60分大关。看来，嘟妈同志还是有药可救的，继续学习的小理想还有望得以实现呀。

说着话儿，2008已经带着喜气儿向我们招手了！

我相信，明天会更好！

嘟妈心得

好像在经历了这次事情后，我和嘟爸才感觉自己真的是成年人了，我们完全可以凭借自己的力量去决定事关一个孩子终生健康的大事，并相互支撑着，独自面对、处理整个过程。

嘟在这其中所表现出的巨大潜力是我们始料不及的。先前设想过种种他的哭闹花招及应对措施，但万没想到事到临头的小嘟竟是如此的成熟懂事。他可以那么安静地忍受术后的疼痛和不适，这对于他那对心痛且忙乱的父母来讲，真是莫大的鼓励和安慰。

都说风雨中才能见真情，经历这次小波折的我们更深刻地意识到彼此的重要，家也在我们的相互支撑和搀扶中变得越发凝聚有力。

第四部分

早期教育从出生开始

在早期教育横行的年代里，像很多新妈妈一样，我陷入了前所未有的迷茫中：甲专家说我应该这样，乙专家说我最好那样，丙过两天又出书立说称他们主张的都不对……索性抛掉本本，拿自家宝贝，搞起自己的“实验田”……

别把婴儿当“宠物”养

2003年11月25日 星期二 嘟15天

月子里唯一的乐趣就是看孩子。每天吃饱喝足，我就趴在床头观察宝宝的一举一动，欣赏他的吃态、睡姿，捕捉他每一次短暂的笑容和哭泣。

曾在宝宝刚出生那天第一次喂奶时，看着他闭着眼睛四处找乳头的样子，我忍不住轻唤他那个叫了几个月的小胎名——嘟嘟，他竟然慢慢地睁开眼睛，头虽然转不过来，但黑黑的小眼珠却向我的方向滑过来。还记得自己当时使尽全身力气惊呼：他能听到我在叫他！他能听懂我在叫他！他知道自己的名字！也不记得是谁在一边儿打趣我说：是呀，你儿子明天都会写自己的名字了！言辞间满是善意的取笑。

如果说那次是我产后累迷糊，出现幻觉了，那么昨天当我拿着艳丽的红手绢边唱边在嘟的面前左右摇晃时，我清楚地看到他的小眼珠紧跟着我的动作也在左右转动着，甚至连小脑袋都在很小的范围内微微地侧动着。我兴奋地跟家里人通报小嘟的进步，并强烈要求老公去给宝贝买个好看的花铃棒。

结果今天老公就遭到同事取笑了，人家说：哥们儿，你儿子才出生几天呀，现在就对这玩意儿有感觉了吗？太夸张了吧！老公脸通红，一个劲儿地说：都是老婆让买的。我说你同事没有基本的育儿常识就不要乱发言，书上早就说了：新生婴儿15～20天时，可看清眼前20厘米的东西。说着我就拿过新买来的花铃棒又在嘟面前摇晃起来，结果在更加明确的声音色彩的吸引下，我那争气的娃子比昨天还灵活地把小眼珠转来转去，接着还绽放个小小的笑容。把一家人喜欢的不知怎么才好。

这之后，我更加大方地开始用韵律感强的古诗和儿歌哄睡宝宝。我相信，从孩子降生的那一刻起，他就已经开始一刻不停地用他特有的敏感的神经去感知这个世界，所以哪怕一个极微小的环节，我们都应该尽可能地去提供给他正面的信息和“营养”。

2004年5月21日 星期五 嘟6个月10天

6个月的小嘟越来越疯狂，抱在怀里，永远是精力过于旺盛的上蹿下跳，让照顾他的姥姥叫苦不迭。唯一能让他安静下来，凝神思考的事情便是“听词找物”——我们最近频频带他体验的新游戏。

对于6个月的小嘟来讲，想玩这个游戏其实不太容易，这需要一定量的“知识储备”。不过，在此前的很长一段时间里，我们便已习惯抱着小嘟在四处游逛的时候，教他认识沿途所见的一切事物：Hi，小椅子你好，我是胖嘟，交个朋友吧。起初对于非常婴儿状态的嘟来讲，我们的“介绍”看起来绝对是标准的“对牛弹琴”，因为他那挺立不起来的小脑袋能对这些“新朋友”有个看的表示就不错了；后来他可以小鸡雏一样虽然稚嫩但却灵活地转动着脑袋依我们的指点，东瞧西望；再后来，对于他太熟悉的“老朋友”，嘟能有个微笑的表情；到四五个月时，他已经可以用标准的“婴语”整日里喋喋不休地一路走来一路唠叨着。

嘟的进步，让我在一直持怀疑态度的家人跟前很有面子。真的，我一直跟家里人讲：婴儿绝对是属于大智若愚型的，别看他小，连吃喝拉撒睡这样的事都应付不明白，但他的智商起点却是已进化了好几十万年的人类，所以我们必须从一开始就要给予他成熟的人类社会里最基本的交往和对待，以刺激他神速发展着的大脑思维。

有了这样的“认知积累”，到6个月时，嘟完全可以很容易地在我们问他“你的小朋友在哪里”时，很灵敏且准确地把头转向床头的笑眯眯的小娃娃那里，并回以他同样友好的大笑；问他 “灯在哪里”，嘟又把目光从小娃娃身上转向了天棚上的吊灯，仰着脖子眯缝着小眼睛，坚持不到几秒就捂着眼睛闪躲开强光的照射；又问他“姥爷在哪”，嘟马上扭头望向姥爷，这次索性咧开大嘴嬉笑着讲开了“婴语”，以这样特殊的方式跟喜爱他的姥爷打着招呼。这样的游戏让小嘟玩的乐此不疲，这样的“表演”几乎成了每天晚饭后我们家里的保留节目。在无私地为长辈们“生产快乐”的同时，嘟的“认知朋友”队伍也在迅速壮大。在此基础上，我们开始为他展开介绍每一位“朋友”的详情、特点、功能等等更多的信息。这样的结果就是：嘟变得越来越懂事，越来越敏锐，也越来越可爱了。

2004年6月29日 星期二 嘟7个月18天

姥姥又给嘟买了新玩具：一个光头光腚、据众人评判一致认为长相似小嘟的小娃娃。但此娃娃有绝招，他会“讲话”！当小嘟第一次无意中碰触了按钮，听到娃娃发出怪声怪气的“妈妈、爸爸”时，吓了一大跳。片刻愣神后，小嘟壮着胆子俯身仔细研究了半天，也没见他嘴巴动呀，怎么就能不停地发出声音呢，嘟越发感到有趣。接着竟然模仿起娃娃的发音：娃娃说一句“爸爸”，他就跟着也喊“BA”的音；但娃娃喊“妈妈”时，人家就只会暧昧地抿着嘴儿乐，屁声也不发一个，俺这当娘的心哪，凉透了。

另一个玩具是一个浑身长满刺的红球球，姥姥在地上拍着示范着这个东西的功用，嘟却在一边看得愣眉愣眼的，就是不敢靠近。观察了好半天，见没有大危险，人家才小心翼翼地伸出一个手指尖轻轻地点了两下，然后很快便毫无顾忌地像姥姥那样胡乱拍打起来。

在这些快乐的嬉耍和游戏中，嘟宝的人生探索之旅悄然进行。

2004年9月4日 星期六 嘟9个月23天

作为9个月的婴儿，小嘟的头脑越发闪射出智慧的光芒。

比如这个晚餐时分，为了让嘟不扰乱大家正常的用餐秩序，我们把他和一堆玩具一起关在餐桌旁的小床里。但满桌飘香的美味诱惑，嘟根本无法安心自娱自乐。更命苦的是因为他的身高刚超过床栏一点点，这就造成他的小眼睛正巧被床的横栏挡个严实，如此一来，嘟想一睹众生吃相的小愿望也无法得到满足了。那边大人们吃的欢，这边小嘟急的似热锅上的蚂蚁，凭他怎么折腾，都找不到一个如意的观测点。

晚餐进行到结尾时，饱足的我忽然感觉到小床那方异样的安静，扭头再望，惊讶地发现离奇高起一大截儿的小嘟正扶着床栏、淌着口水，探出大半个身子贪婪地观望着呢。众人立刻围上小床，定睛再探：果不其然，嘟不知何时脚下踩着个胖乎乎的不倒翁小娃娃，稳当地把自己垫高了一大截，可怜那娃娃被他肥胖的大脚踩得变了形。小姨评论：牛呀！嘟，都会使用智慧来达到自己的目的了！嘟坏笑地看着自以为聪明的大人们！

2004年9月9日 星期四 嘟9个月27天

“北方的秋风渐起，我家的小嘟疯长！”

很早以前，在早期教育的书中看到有关小孩子“分享意识”的说法，书中曰：千万不要指望一个3岁以内的孩子可以愉快地跟其他人分享他所喜欢的东西。前几天看小嘟吃饼干时，忽然想起来这句话，于是把他当了一次“实验品”——用语言、表情加动作表示，要求他把饼干分给我吃一口。起初嘟并不理之，确切地讲是没弄明白我的意思，后来一个瞬间猛然醒悟，然后想都没想举起他手中那啃得乱七八糟的饼干就向我嘴里送来。欣喜自是不必说了，考验也就在眼前，我眼一闭、心一横，张开大嘴就吞下了那和着宝贝儿口水的饼干泥末。嘟显然深受感动，拍着胖手一顿狂笑。

此后关于分享的游戏屡屡温习：比如带他一起给大家分水果；比如要求和他共看一套卡片书；比如模拟情境，可怜的小娃娃想妈妈，要借他最喜欢的拨浪鼓哄她开心……尽管小嘟的分享行为目前只能在一定范围内奉献给他亲娘我，但一种意识的培养就像一棵大树的栽种，一切都是从小小的种子开始的。

今早起来，在我即兴编造的“找找身上的好朋友”游戏里，嘟很快便搞清楚了自己的五官和四肢及大头都在何处“供职”。只要我一问，他就得意地摇晃着、指点着相应的部位，然后在我还没来得及夸赞出口的时候，已开始极不谦虚地给自己鼓起掌来……

在感叹小嘟聪明之余，不免有些后悔，悔不该有时低估了他的智商，总以为不过是个吃奶的孩子，讲太多东西他也接受不了；甚至有时工作一忙，犯了懒劲儿，也像很多母亲那样长时间把他扔到一旁，给点吃的、给点玩的，只拜托他不要吵到我就好。每每这时的小嘟，就像邻家阳台上趴着的宠物狗，在主人不需要的时候，静静地躲在一边，靠一点吃食，一两件玩具，打发着无聊的时日。

好在我还不是个经常犯懒的妈妈，好在照顾他的姥姥和亲人们都不遗余力地制造各种游戏项目，伴他开心的同时，一点一滴耐心地引导和启发他。虽然他还不能把这些“营养”很快地在自己身上反馈出来，但日复一日，我们正惊喜地看到这种能量积累的慢慢爆发。

2004年10月14日 星期四 嘟11个月3天

11个月的小嘟“才华横溢”：看着电视里好听好看的歌舞，人家会在认真的欣赏之后，使劲地鼓掌叫好，然后再动情地婉转地哼呀上几句；唱到兴头上，还会用力地有节奏地甩着头，跳几下自创的“探戈”，真是帅的不得了！

要说嘟真是个挺“全才”的人：有时动若脱兔，有时静若处子，也玩点文雅的，比如一屁屁坐在玩具电子琴上，左右晃动身子，屁屁下的琴就会发出一连串的音乐，此乃“琴”；自打嘟来到这个世界上，姥姥的美丽新居就变得“惨不忍睹”，整整两个大阳台总是挂满了他的小衣服、尿布、被子等，姥姥戏称“万国旗”，此乃“旗”；那日嘟爸叫他：嘟，过来看看你的《宝宝学古诗》，你不也会做“湿”吗，坐哪儿哪儿“湿”，姥姥当即笑喷，此乃“湿”；在我的示范下，嘟很快就会以中国毛笔书法传统执笔方式握着笔在纸上写写画画，时而来篇“娟秀小楷”，时而甩开大笔，“疾风狂草”，此乃“书”“画”。这便是我家才婴嘟所通晓的独特的“琴”“旗”“湿”“书”“画”。嘿嘿！

近两天发现他的观察和模仿能力越发长进。话说小嘟像所有男娃一样，对车情有独钟，当然我们也给他买了好多的小汽车玩具。但真是想不明白他究竟是什么时候看进去了大人驾驶汽车的全套动作，并且很得要领地模仿出来：人家像模像样地坐在驾驶位上，双手把住方向盘，小胖身子随着方向盘的转动有节奏地左右晃动着，同时嘴里发出唔唔的声音，最让我们惊叹的是他居然在转动两下方向盘后，又一手去拨弄身边的挡，此后转两下，就挂一下挡，把开车驾驶的样子简直模仿到了极致。嘟爸兴奋地红着脸大叫：儿子呀！爸教你妈两周了，她都没像你领悟的这么到位呀！俺则羞愧地仰视着“自学成才”的胖嘟，再一次感叹着孩子潜在的惊人能力。

2006年5月22日　星期一　嘟2岁6个月11天

2岁6个月的小嘟早已到了“人小鬼大”的时期，我们这些所谓“人间智者”的大人们稍有一个不留神，就会被这小东西给算计了。

事例一：晚饭后嘟跟姥爷玩耍。嘟突然非常“懂事”地让姥爷坐在沙发上，然后乖巧无比地说：姥爷，你坐着看电视吧，我自己玩就行了，不用姥爷陪了，你休息休息看广告吧！喜爱外孙如生命的姥爷当即被嘟的柔情击倒，晕头晕脑地就打开电视，欣赏起他喜欢的电视节目。正当幸福像花儿一样开在姥爷心里的时候，嘟突然抱住姥爷手里的遥控器叫着：“姥爷，我要看少儿台智慧树！姥爷我要看智慧树！”可怜姥爷从幸福的云端一下子掉到了阴谋的陷阱里去了。

事例二：嘟拿着天线宝宝的碟盒琢磨半天，然后摇摇晃晃地走向小姨，非常虚心地请教：小姨，这个碟盒为什么是两半的呀？正在专心看书的小姨马上放下书，认真地回答嘟：因为这是个装着东西的盒子，要把东西装在其中一半盒子里，然后盖上另一半，这样东西才不会掉出来呀！嘟歪着头很疑惑的样子：“这是什么意思呢？”为了让宝贝嘟彻底明白，小姨开始动手演示：来，把这个盒子打开你看一下就明白了。小姨傻乎乎地打开盒子，露出亮晶晶的天线宝宝碟片，还没等她进一步展开解释，嘟已经原形毕露，大声地叫着：“这里面有碟子，小姨你给我放天线宝宝碟吧！”——嘟就这样把高智商的小姨愚弄了。

嘟妈心得

人是自然属性和社会属性的结合体。但一般在婴儿时期，往往更多表现出的是人类的自然属性。我们眼中的婴儿通常与新生的小动物没有太大的差别，他们只知道吃、喝、拉、撒、睡，甚至连这些最基本的生存能力都不能独立完成，他们看上去没有太过丰富的情感表达，更不要提什么理性的认知和判断了。正是这些表面的现象给我们造成一个错觉：对待周岁内的婴孩儿，只要喂养好了就可以了。这个时候讲什么教育、启发，简直就是对牛弹琴、拔苗助长。

这样的传统观点在今天的社会毫无疑问已经遭到彻底摒弃。我们的新时代父母已经有足够的知识基础去理解和认同“早教从出生开始”的思想和观点。但实际执行的情况是，我们往往从一个极端滑向另一个极端，那就是：过早过度实行规范化、系统化、教条化的早期教育开发，甚至有很多权威专家和机构研究罗列出一整套“婴幼儿各阶段体能智能发育发展标准”。在我养育孩子的过程中，也曾热衷于用这些所谓专业的数据标准去测评衡量小嘟的发育情况，超标了就偷着乐，好像自己养了个天才一样，没达标就沮丧，怀疑这孩子是不是个笨蛋呀。

待亲自走过这段育儿路后，再回头细思量，很多当时困惑的问题便相对地清晰了起来。首先我肯定并坚决拥护“早教从出生开始”的观点。婴孩儿表面的稚嫩和笨拙并不能掩盖他们作为人类拥有一个进化了几百万年、成熟的大脑基因的事实。最简单的例子：在同样语言环境中出生成长的一个孩子和一个小狗，即使你不用刻意去教，一年后孩子仍然能说出越来越娴熟的语言，但小狗即使到死那天，除了犬吠以外，再发不出任何更高级点的音来。这就是人和动物的区别。所以，孩子，确切地讲，幼小的婴孩儿不能当宠物养，喂饱喝足长的健壮只是满足他基本的生存需要。在这个基础上，我们需要不断地刺激他们正发育中的神经，不断地向他们的大脑中输入正确丰富的信息，正是这些外界的冲击和碰撞，如春风化雨般将他们的大脑和各种感官磨炼的日益敏感、成熟。经过这样刺激和启发的孩子，往往能表现出更灵敏的认知状态和更迅速的接受能力。

但我并不赞同那些对周岁以内甚至更小的孩子就展开系统的、规范的甚至是模式化的早期教育。不能否认那些专家们制定出的发育标准的科学性，不过那只是作为社会平均水平的一个参考。实际上每个孩子作为一个个体，他们的发育情况都是完全不同的，哪一方面的能力强些，哪一方面的能力弱些，只要不超出社会公认的正常范围太多，那就基本说明不了什么问题。因此，我们大可以放开那些书本和教条，不用天天想着训练他的大动作能力，关心他的精细动作能力是不是太落后了。其实就从每一天生活的每一处细节入手，多用点心琢磨，多费点口舌讲解，多点胆量放手让他自己尝试，多约束自己以身作则给他当个好榜样，早期教育和启发，便完全可以在无形中收到意想不到的效果。这样的早教，就像春雨一样，润物细无声，家长不用有负担，孩子也不会有被动的感觉。待到可以对他实施稍有针对性的教育引导时，这种良好的生活习惯、积极的情感交流、丰富的认知基础便会发挥它意想不到的促进作用。

别把孩子“圈养”在家里

2004年5月17日 星期一 嘟6个月

在嘟半岁的时候，北方的春天终于懒洋洋地露出了头儿。对于生在初冬的小嘟来讲，大半年的时间猫在家里家外这方寸之间，阳光得隔着玻璃照，热闹也基本瞧不着。随着天气一转暖，我们立即急不可耐地把全副武装好的小嘟带出去开眼界。养个小狗还得总出去遛遛呢，何况是个小人儿。

于是，这个周末，我们要参加婚礼，姥姥姥爷看着外边天气不错，就决定带他出去串亲戚。这是宝贝嘟第一次出门，深入到人民群众中去，与民同乐呀，嘟可兴奋了！为了让他多见世面，姥姥姥爷选择了乘坐公交车和轻轨，嘟可是头一次见到这么多人坐同一辆车，那两不大的小眼睛都直了！流着口水东望西瞧，看什么都新鲜。途中，车上有人给抱着嘟的姥姥让座，嘟不遗余力地冲着他甜笑起没完。到了亲戚家，陌生的环境陌生的人并没有让嘟感到不自在，据姥姥姥爷反应，人家除了兴奋就是兴奋。

从这天起，嘟这心可就野了！每天再也不肯安于在室内留守了，而在天气晴好的时候，姥姥也大多不畏辛苦地带他出去。其实对于成长中的婴孩儿来讲，外面的世界不只有清新的空气和暖暖的阳光，还有随处可见的新鲜事物和除家人以外的社会交往环境，而所有这些都是加快孩子智商和情商发育的不可缺少的“营养”。

2004年6月27日 星期日 嘟7个月

用东北话来说，7个月的小嘟是个“老油条”了，每天内容丰富的户外活动，确实让他见识大长。

今天又是个好天气，太阳无比灿烂，天空无比蔚蓝。在这样的周末，大家的心情都好得跟捡了钱似的。一早带着打扮得人模狗样的小嘟在姥姥家小区的水街里玩时，看见一戏水的小男孩，嘟姥爷问他几岁了，那孩子回答得干脆：3岁。男孩转而问嘟多大了，姥爷请他猜猜看。那孩子仔细端详小嘟半天，显然是深思熟虑一番后很肯定地说："他也就8岁，他比我小！"可怜我们家姥爷差点一头翻到水里，他老人家活了大半辈子，头一次听说8岁比3岁小。

下午，小舅舅也回来了，姥爷说庆祝他正式签约成功，有了自己的"饭碗"，我们全家下馆子撮一顿!!! 我忙问"嘟怎么办"，大家异口同声地喊道"同去！同去"。

在更加精心地打扮一番之后，嘟跟随大队人马浩浩荡荡地向饭店开进！真是不同寻常的一次旅行呀！话说宝贝嘟一出现在王氏酱骨头馆的门前，便立刻受到美丽迎宾小姐的热烈招呼，此后一路行来一路关注，都落座了，还有一大群人不远几步来跟嘟握手拥抱。二楼的服务员小姐和先生更是将嘟团团围住，这个摸一下小胖脸，那个捏一把小肥腿，连楼层经理也跟着起哄，小姨说嘟严重影响了王氏酱骨头馆二楼的正常营业秩序。但这样的热烈气氛，嘟倒是很受用。席间小人儿还品尝了美味的菌汤，这可是他平生第一次喝这么鲜美的东西！因为太鲜美，嘟喝了不少，又因为喝多了，他很快就尿湿了裤子，我们被迫很现眼地当众给他换了条裤子。

饱餐过后，一家人来到饭店附近的休闲广场散步。夏天凉爽的黄昏，硕大的广场上聚集了数不清的人，小嘟可是平生第一次看到这么多的人！这么大的场面！他激动地在大人们的怀里上蹿下跳，对着空中飞舞着的各式风筝，又是拍手又是尖叫；看着白鸽腆着肚子在碧绿的草地上悠然地踱步，他是大喊着谁也听不懂的"婴语"，跟鸽子互动的热闹。搞得方圆几米的人们都把视线转移到小嘟身上，用东北话说：那叫相当得瑟了（臭美、显摆）！

回家时已是月上梢头了，大概是白天的经历太不寻常、太刺激了，嘟迟迟平静不下来。泡过热水澡后才在我的跑调歌声中睡着了……

2004年8月27日 星期五 嘟9个月

在这个炎热的夏末，9个月的小嘟荣幸地参加了一次国际活动。

那是一个异常酷热的午后，全线封闭的人民大街两边人山人海，路中央舞动着身穿鲜艳民族服装的各国艺术团体的演员们——第六届亚洲艺术节的街路巡演正在将午后春城的酷热点燃至沸腾。其时，记者小姨正在队伍中顶着烈日忙着采访拍照，作为公务员的我则于人群中冒着“黄油”忙着管理采访。我们谁也没想到，就在那成千上万兴奋的笑脸中居然也有小嘟的大胖脸在晃动——姥姥和姥爷为了让他长见识，一不怕热、二不怕挤，抱着宝贝坚定地流动在巡演的队伍中。

小嘟绝不辜负二老的一片苦心，本着与民同乐的原则，始终将情绪保持在亢奋状态，见着各国代表团的精彩表演，也跟着周围的人们一样拼命地鼓掌、大声地欢呼！结果，由于太过招摇，加之姥爷上午刚给剃完的精亮的小秃瓢，没比划几下，就被快烤冒烟了的小姨和我发现了。对于深爱着宝贝的我们来说，那简直就是万人丛中一点亮呀!

俗话说：学艺不如偷艺。有心的小嘟真是不虚此行，在接下来的几天中，时不时就给大家表演几下新学来的“缅甸舞”，肥胖的小胳膊慢慢地柔柔地扭动着，还真挺像那么回事儿！或者站在阳台的窗子前，对着大街上来来往往的车辆行人用力地挥手，叫着问候……很多时候，孩子就是在这样的见识、观察与模仿中，获得成长所需的许多经验。

2006年6月9日 星期五 嘟2岁6个月

周末同事结婚。如果不是同事们相约着都要带孩子参加婚礼，我是没想过要带嘟去的，总觉得他小，怕他闹，坏了人家的兴致，搅了人家的好事。但在同事的再三怂恿下，同时也基于小嘟这段的乖巧表现，最终决定带他出席。多让他参加这样的公众活动也是一件好事，让他开开眼界，多见见世面，锻炼锻炼与人交往的能力。

嘟的表现真的出乎意料的好。每给他介绍一个人，他都会大大方方地招呼人，问好。别人给他好吃的东西，也很有礼貌地致谢，乖得大家夸赞不断。

出糗是在婚礼仪式进行时，本来小嘟还很高兴地跟着大家一起鼓掌捧场，忙得像模像样的，但是时间久了，小嘟的耐心已经到了最极限，他忍不住回头问我：“妈妈，这家阿姨做饭怎么这么慢呢？怎么现在还不上菜？”我晕，又不是没吃过好东西的农家孩子，况且早起一直嘴不停地吃了那么多，怎么这么没出息地惦记着这事呀！我小声告诉他一会就好了。嘟继续装模作样、鼓掌微笑。

可能因为有领导在的关系，场内静静的，只有主持人甜美的声音响亮地吟诵着即兴小诗。估计仪式就快结束了，衣着光鲜的服务员们排成一字，优美地呈上第一道菜。就在这时，嘟盯住冒着热气的美食，两眼放光，猛地从我怀里蹿起，同时一个无比脆亮的童音刺耳地打断了主持人的抒情：“饭来了！快吃饭呀！！！”随即一个红色的小身影忽地一下扑向桌子。响雷般的笑声瞬间爆发在婚礼现场，尽管这笑声中满是善意和对孩子宽容的喜爱，但是我的脸还是腾地一下红到了耳根，一把按住激动的小嘟，把他牢牢地抱在怀里。小嘟倒是很受热烈气氛的感染，天真地跟着大家一起使劲儿地傻笑着。

认认真真地吃完饭，又跟同来的孩子们玩了一小会，离开酒店时心满意足的小嘟面对迎宾小姐“欢迎您再光临”的送语，非常潇洒地挥着手说：“谢谢，明天我还来这吃饭！”言行间的爽快和大气尽显无遗。

这就是宝贝嘟在我同事们面前的第一次亮相，有点滑稽，有点糗，但却那么的率真、无邪、可爱！

2007年4月19日 星期四 嘟3岁5个月

无论对于孩子，还是对于我，这都是第一次。

30岁才拥有这个第一次，这是我的惭愧。

3岁就能拥有这个第一次，这应该是孩子的一种幸运。

这个故事是从网络开始的……

（一）结缘“吉林宝宝网”

自从有了孩子后，在网上混的时间也不算短了，足迹也可谓遍布全国各大育儿网站论坛，但始终有一个遗憾，那便是很少遇到家乡的妈妈们，找不到本土妈宝的“根据地”，只能看着同学在自己城市的妈宝论坛里团购、聚会、活动，热热闹闹地育儿交友，而徒增一份失落。

至今想不起来确切地是想要在百度中搜索什么信息了，实在是太无意中，突然就进到了“吉林宝宝论坛”里，还没来得及细看内容，就已激动的一塌糊涂，很有一种流浪多年终于找到组织的强烈归属感。于是，这一下午，一切急与不急的工作全部靠边，我是相当执著地一次次地申请注册，终于在下班前以“小嘟妈妈”的网名亮相吉林宝宝论坛了。

其时，论坛里的妈妈们正在积极筹备她们的第一次爱心公益活动——为白血病患儿捐助义卖。这让我很感意外，一般的妈宝论坛里都非常热衷于团购、交流育儿经验、搞些聚会，这样的组织搞这样的活动，我还是第一次听说。意外的同时深受感动，感动的同时深受触动。于是，见闻过社会上形形色色公益活动的我第一次动了亲自参与的念头和冲动，并且当即决定一定要带小嘟亲临现场。

（二）义卖那一天

因为加入论坛时，义卖活动的筹备工作就已近尾声了，所以，每天只能抽时间爬上电脑，看着QQ群里妈妈们为这项公益活动热烈地讨论着，各自分工忙碌着，我是摩拳擦掌却“英雄无用武之地”。只能攒足了劲，等着义卖那一天，无论“艰难险阻”，也一定要带着孩子亲临现场助阵，并趁机认识那些充满爱心的妈妈们。

4月15日早早起来，全家奔赴新天地活动现场。一进一楼大厅，看着活动台前人山人海，大屏幕上正播出戴着口罩的患儿无助的小脸，再配着震撼人心的音乐《感恩的心》，俺那脆弱的心瞬间被激的粉碎，眼泪一下子就盈满眼眶。

真的一点也不夸张，我本来就是个感情脆弱的人，加之成了母亲后，便再也看不得孩子的眼泪，受不了那么弱小的生命经受痛苦。所以，为了不让自己过于失态，我只能在心底一再地告诉自己：控制、再控制，冷静、再冷静。我在被泪水打湿的模糊的视线中寻找我仅仅熟悉的那一张脸——遥妈的脸。可是人头涌动，情况已远非我想象中。突然听到背后有人高喊着我的名字，惊诧激动中转身看到我的高中同学FALL，哈哈，她是被我拉来的。知道这个活动后，感觉挺有意义的，便在她的博客里留了言，疑似网站的“托儿”一样，希望她可以同去，没想到她真的大老远的带着孩子比我还早地到了。

（三）哭泣的捐款者

此行捐款是必需的。早在几天前，我那当过两天电视编导的大脑便开始胡乱设计剪辑起画面来：镜头一，小嘟拿着钱，天使一样圣洁善良地笑着，在他将钱投入鲜红的捐款箱的一瞬间，镜头定格，人生永远珍藏的记忆；镜头二，小嘟拿着钱，依然天使一样圣洁善良地笑着，握着白血病患儿的小手，将钱放入他怀里的一瞬间，镜头定格，人生最有意义的举动。结果，“实拍”的情况是俺打死都万万想不到的：当流动捐款箱流动到小嘟面前时，我示意小嘟捐款吧，那小厮居然瞬间翻脸痛哭，这哭来得甚是莫名其妙，在我一再启发那小子却愈演愈烈的情况下，面对着微笑着捧着捐款箱的漂亮女孩，还有那边儿等着拍照的报社记者，我和嘟爹只有忙三火四地掏出钱来代儿捐之。这下可坏了，这个动作更强烈地激发了小嘟的嚎哭，此后越发不可收拾，任气急败坏的我怎么解释，他都说什么也不肯在现场再停留半分钟。为了不喧宾夺主，给现场制造混乱，我和他爹颇为沮丧地带着他匆匆离开。

（四）让爱心传递

活动的成功似乎远远超出大家事先的预想，原本2个小时的活动因现场群众的热情而延长到3个小时，总共为几位白血病患儿募集善款 14 000 多元钱。

但小嘟的异常表现却让我很是郁闷。回家的路上，反复问之才搞清楚，原来竟是我的错：我一直只顾自己激动兴奋了，从来没有认真地给嘟讲明白要带他去做什么，甚至连嘟爸都只知道一个模糊的概念。所以当嘟看到现场那些带着白口罩的孩子和大人时，他天真地以为是医生来了，要打针呢，捐款箱流动到他面前时，他似乎更加确定要“大难临头”了，本来是说要来玩的，结果却意外的“残酷”，难怪小家伙会失控。在我跟他讲明来龙去脉后，小嘟理直气壮地说：“今天都怪妈妈了！”言外之意是我害他丢了小脸儿。并且表示下次再参加这样的活动，他不只要送给那些需要帮助的小朋友们好看的故事书，还要给他们买新的玩具，希望他们可以和他一样拥有幸福和快乐！

我相信他不只是说说而已，嘟最大的特点是善良热情、心口一致、心中有数，他说了就证明这个已经在他心里扎根了。可能我们奉献不出多少金钱来，但同情并尽我所能帮助弱者的意识和爱心却是最宝贵的。在孩子的心中拨撒爱的种子，让他知道可以伸出自己的小手去帮助别人，让爱心传递下去，这是本次公益活动带给小嘟和我最大的收获。

感谢“吉林宝宝论坛”的妈妈们，能与你们同乡而生是我的骄傲。期望下次活动时，我可以带着小嘟成为你们当中积极的参与者。

2007年7月25日 星期三 嘟3岁8个月

几乎每个男孩都与生俱来地迷恋汽车，喝着汽车城水长大的小嘟骨子里更是有着一种很深的汽车情结。只是，他很幸运，在这个以汽车制造著称的城市里，有很多条件、很多机会可以让他满足关于汽车的一切梦想。上个月，因为要参加一个亲友的婚礼，我们错过了带嘟去参观一汽马自达六生产线的良机，所以参观每两年一届的中国长春汽车博览会（汽博会）是说什么都不能再错过的了。

每届汽博会都是这个状况，刚开幕的前几天里，车多，人更多，在除展位以外的所有空间里，几乎都是人。但后几天人少了，门票降了，好多值得一看的名车也都撤出了。所以，今年，为了让嘟看个过瘾，看个全面，我和嘟爸不惜头上烈日烤着，地上人群挤着，正儿八经地凑了一回绝对辛苦但也绝对开眼界的开展热闹。

我们本意是带嘟来看车的，但这小东西显然是有点得寸进尺了，单是LOOK远远满足不了他的欲望，他要试乘，要亲手转转各种不同车型的方向盘，摸摸自动和手动挡位的感觉。于是，我们便厚着脸皮带着他混迹在所有向游客敞开大门的各种档次的展车中，让小人儿实实在在地过足了瘾。

本届汽博会的“镇会之宝”是一辆价值人民币800多万元的迈巴赫。说实在的，车盲嘟妈没看出啥好来，但是嘟却完全看入了心了，不大点儿个小人儿站在镁光灯闪烁下的名车旁边，良久地看出了神。以至于下午在家午睡醒来，全身未着一衣的小嘟赤条条地躺在小床上发呆长达十几分钟之久。我说：儿呀，你想什么呢？嘟神往地说：哎，咱也买个迈巴赫多好呀！可惜，咱家太穷了，连林肯都买不起！遗憾沉默好久，又突然坚定地说：别上火，妈妈，我一定努力学知识，等我长大造个比迈巴赫还好的车送给你！我当即表示欣然接受，并很认真地请求他，最好能造个又好用又节能环保的车子。嘟问什么是节能环保，我说就是省油、少排污气。嘟是汽车达人，别看人小，专业术语也略知一二。听了我的建议，他一本正经地应承着：你说的有道理，我就造个嘟嘟牌吉普越野车吧。我晕，这个更费油！

第二天幼儿园里，能说会道的小嘟眉飞色舞地向小朋友们分享着他观车展的体验和快乐。其实孩子的兴趣都是从游戏中来，虽然在此基础上产生的很多喜好都是为了娱乐的目的，但作为家长，却不能轻视之，对于那些合理范围内的喜好，我们应该大力保护，并且创造条件向积极方面引导。谁敢保证，当年的儿戏在若干年后，会不会成为他为之奋斗的理想呢？

嘟妈心得

一直觉得，对于孩子来讲，除了游戏以外，最好、最有意义的活动就是：多看多体验。

从嘟还是婴儿时起，我们就抱着他察看视野所及的一切事物。起初年龄太小，天气太冷，出不了屋，那我们就可在室内这方寸间的内容让他看。别看对我们成年人来讲司空见惯的事情，对于幼小的婴儿来讲，却全部都是新鲜有趣的。我们带他挨个房间参观，看洗衣机如何工作，看鱼缸里的小鱼怎么吃东西。在看的同时最重要的是体验：拉着他的小手摸各种材质的物品，体会它们带来的截然不同的触感，用各式他能接受的食物轻点在他的舌尖，体味着味蕾做出的种种反应信息。

后来随着小嘟年龄的增长和温暖季节的到来，我们很快冲出这个小天地的局限，把视野迅速扩展到精彩的大千世界：带他晒太阳，呼吸新鲜空气；带他到游乐场看大大小小的孩子做游戏；带他逛超市认识各样丰富鲜活的实物；领他参加各种社会活动，让他在这其中学会人际交往的基本知识；陪他参加公益活动，让他知道人与人之间应该互相关爱和帮助；带他参观各种博览会，全面打开他的眼界和见识……我们的世界真的是太精彩了，我们的生活也是这般的千姿百态。对于幼小的孩子来说，每一次的走出去，都是一次最生动有效的学习体验过程。最起码，在小嘟身上，半岁后经常的出行和参与社会活动的丰富性对他认知的发展、智商情商的飞速进展都发挥了非常积极重要的作用。

请多跟孩子聊聊天

2004年4月28日　星期三　嘟5个月

在嘟4个多月大时，老公终于找到当爹的感觉，并很快学会唱着缠绵的情歌——“月亮代表我的心”哄儿子入睡了。这一夜，又是在老公婉转的情歌声中，嘟假寐片刻。待他一被放到小床上便马上睁开小眼儿，如痴如醉地望着我们，老公很绝望。我也不太敢搭理嘟，生怕把他惹兴奋了，只偷偷地躺在那里轻轻“啊”了一声，万没想到，嘟竟也学着我“啊”了一声。我试探性地又“啊”，嘟也鹦鹉学舌一样地跟着“啊”。反复几次后，我和嘟爸来劲了，索性爬起来有意识地教他说“妈妈，爸爸”，嘟定定地看着我们的口型，好久，竟煞有介事地学起来。就这样你一句我一句，他终于看着我，怯怯地发出了“MA”的音。俺这睡意当时就全消了，竖起大拇指直夸宝贝真棒!

事后跟一没孩子的朋友当猛料讲起此事，谁知人家不但不以为然，还笑我“拔苗助长”、“多此一举”。哎，我只能说她没经验就没有发言权呀，孩子虽小，说不出话是他的发声系统还没有发育成熟，但并不代表他的大脑也以同样的速度缓慢进化着。事实恰恰相反，孩子从生下来，就有迅速接受和存储信息的能力，而且婴儿大脑的识记能力不同于我们成人，他可以在完全不懂信息含义的情况下，以复制的方式迅速存储下他接受的新信息。等到他可以说出来的时候，这些信息就会转化成他的语言。

这方面，我老妈是坚决拥护并支持我的，并且不畏艰难地付诸到看护小嘟的实践中。话说那一日我下班回家，走到楼道里，还没开门，就听屋里老妈大声地讲着什么，其气氛无比热烈，状似来了好多客人。开门一看，就两人，我妈，我儿，其中一个除了“啊”以外啥也说不出来。我一阵担心，这老太别是在家带孩子抑郁了，就问她跟谁唠的这么欢。老妈笑：跟你儿子呗，这屋里还有别的活物吗？我就纳闷跟个屁大点的婴儿能说什么，老妈却说：我们话题可多了。后来才明白，老妈基本是做每一件事情的同时都用语言描述出来，抱嘟看街景时，也是他的眼睛到哪儿，老太太的话题就达哪儿。如此下来，就算老人家更年期，再爱唠叨，一天这么个讲法儿，到晚上我们回来时，也是口干舌燥了。奶奶形容的生动：把老太太都讲缺氧了。

目前看来，这样的努力在5个月的嘟身上还未见太明显的回应，他只是比同龄的孩子看上去更活泼、更热情些。而且，嘴上能发出的音不如小眼睛里传达出的内容丰富多情。

2005年4月18日 星期一 嘟1岁4个月

跟人家很早就能说会道的宝宝比，小嘟的语言表达能力显得有些弱，但是跟自己比的话，还是有不小的进步的。这个月又学会了“姥、爷爷、姨、舅舅、袜袜、包包、挡、谢谢、……”等好多发音。不过，自嘟七八个月开始发单音节词开始，到这个月龄，最突出的进步还是嘟会说三个字的复合词了：“大哥哥”、“冰糕糕”！

别看嘟口虽讷，但小人儿心里却明白得很，对大人说的话理解的相当精准到位，特别是那些我们刻意小声嘀咕想回避他的事情，比如热奶、洗水果之类的，小嘟的听力和理解力往往在这时更会超常发挥，第一个得意地笑着跑向厨房，等着人家分吃分喝。

那日早上喝奶时，姥爷不过跟姥姥含糊不清地悄声嘀咕一句：“等会儿嘟嘟喝完奶，咱俩带他下去玩会儿吧。”结果这边儿耳背的姥姥还没听清怎么回事，那边儿嘟可是听得明明白白，人家干脆扔了奶瓶，自己翻箱倒柜地找出外衣、帽子穿戴，怎么劝都不行，就站在门口要出去。有了这一深刻教训后，家里人再说什么话，都要非常小心“隔壁有嘟”，到“敏感”话题时，大家干脆就打手语，尽管如此，还是难逃嘟的眼睛，他连我们的部分“哑语”都能破译！小姨说：“这不一天生搞间谍的料子吗！”

嘟对人物称谓的理解也很到位，这方面我们没有特意地教给他什么样特征的人应该叫什么称呼，只是直接地告诉他周围的每个亲人都叫什么。结果嘟每在电视或书上看到同样特征的人都能很准确地对号入座，甚至年龄性别、人物关系都不会搞错。

都说“贵人语迟”，俺真没啥野心让他当贵人，就实实在在盼着儿能早开金口。

2005年7月13日 星期三 嘟1岁8个月

1岁8个月，俺家嘟终于能讲句子了！

话说昨晚饭后，嘟在沙发上玩静阿姨给他买的方向盘，可惜这个本可以有声有动的玩具现在被嘟搞得七零八落的，嘟指着方向盘告诉我“坏了”，我问他谁弄坏的，他开始打“太极”：

"姥姥、妈妈……"我说分明是臭嘟弄坏的嘛。他想了想眼睛一亮，高声说："爸爸修修吧"，我说坏的太极致了，爸爸也无力回天了，只能这样了。嘟眨着眼看了我半天，低头抚弄着玩具，嘴里沉重地念叨一句："这可白瞎（可惜）了"。我晕，这词他居然都知道，看来我们这一年半多的唠叨没白费呀，现在储存的信息开始往外"输出"了。

那天姥姥带嘟坐大公共汽车（嘟最心仪的交通工具），上车有一位胖叔叔让座，姥姥忙说："嘟嘟快谢谢叔叔"，嘟定定地观察了胖叔叔半晌，坚定地吐出一个字："胖"！

这两天无意中教嘟说英语单词，没想到他居然记得很快，而且能够理解。那日看完幼儿英语儿歌的碟子后，嘟在厨房里巡视时突然看见香蕉，小胖子立即伸手指着奶声奶气地叫起来："BANANA"，发音之清晰标准实在让人惊讶。最惹人笑的是：小家伙站在大街上，小手一伸，牛气冲天地大叫一声"TAXI"！

嘟最近喜欢上了看碟，都是那些很早前我给他买的儿歌和英语的碟，现在才派上用场。其中有一首歌叫"蜗牛与黄鹂鸟"，词中唱道"阿树阿上两只黄鹂鸟……"嘟听了，笑眯眯地也跟着唱"阿上阿上……阿上阿上……"只有四字，再无下文，反复歌唱，也还婉转动听。

嘟还会数数了，但他只是会在我的引导下发出十以内数字的音，并没有实际的数字的概念。这都要感谢姥姥，每天上下楼都带着他不厌其烦地数楼梯。有时小家伙在用手拉什么东西时，还会学着我们的口气嘴里叫着劲儿"一二三！"

几乎每天，他都有新词汇不断地从嘴里蹦出来。本来听人讲话算不得稀奇事，但对于所有爱小嘟的亲人们来说，听嘟的童言稚语却是极大的乐事，对于我和他爹，那就更是天籁中的极品之音了！

2005年12月14日　星期三　嘟2岁2个月

嘟的语言能力发展很有特点：实际他算半个"小贵人"了，1岁8个月才迟开金口说成句的话，但从那时起，他的语言表达水平几乎是飞跃式地一路攀升。也许真的是我们坚持不懈的"聊天”法，让他的小脑袋里存储了大量的信息，以至出口不久就能讲出很让我们惊诧的成熟之词。

到2岁2个月，他的语言已过了鹦鹉学舌的阶段了，小家伙现在开始摇头晃脑地四处发问，时而极精辟准确地表达一下自己的思想和感受。以下摘录近期小嘟具有代表性的语言：

一、快收拾收拾吧。嘟每天都会把姥姥洁净的家弄得乱七八糟，玩具扔的到处都是，但在某一天下午5点左右，看着渐暗下来的天色，小嘟突然对姥姥说：“姥姥，快收拾收拾吧，妈妈下班回来要打屁股的”。然后便一头冲向满地狼藉中。

二、我怕了，我难受了。嘟很怕我生气，但不是怕我会责骂他打他，主要是害怕我会因此不喜欢他了，他很恐惧妈妈对他冷着脸，不再亲他赞他了。所以他淘气时，我一冷下脸来，说话硬气时，他马上皱着眉，撇着嘴，眼含泪花，手拍着胸口痛彻心扉地说：“妈妈，我怕了，我难受了”。言外之意，我知错了，饶了我吧，可别不喜欢我呀。那小样让你纵有天大的怒火，也会在瞬间熄灭。

三、处女诗作。嘟的惊人之语通常都发生在早起刚睁开眼睛的第一句话。那日早起，嘟爬起来就朗声念到：“姥爷姥爷个子高，哼哼哼哼个子高”，稀里糊涂地凑成个蛮有节奏的两句“诗”。

四、good morning。又一日晨起，嘟抬起头，笑着对我甜甜地说了一句“good morning”，我和他爹当即大喜，我这天才儿子居然会用英语向我问早安了。我忙问“宝贝good morning啥意思”，嘟笑笑轻轻地说：“上厕所的意思”。我和他爹双双晕倒，耳边传来嘟更为悦耳的笑语声：“电视上说的”！

五、没睡完呢。早起小嘟懒床，叫了10分钟都不起来，这时姥姥来电话彻底吵醒了小嘟，小家伙毛毛虫一样在被窝里拱着，还哭出两滴小泪水，问他怎么了，他委屈地说：“我还没睡完呢！”

六、赏花。姥姥最近发明了一个养花的秘诀：那就是用小嘟的尿发酵后给花上肥，虽然办法土点，但是效果奇佳，两大盆的杜鹃开的是火红火红的。这日下午时分，玩耍的小嘟突然伫立于花前，背着手左右赏看半晌，由衷地感叹到：“花真漂亮！像蝴蝶一样！”然后不顾小姨的大笑（都笑喷了），独坐旁边认真地欣赏由自己的“劳动成果”——童子尿浇灌出的鲜花，口中时而生发出一些感叹之词。

七、“2”怎么写。嘟写字的能力也在提高。这天他拿着纸笔一本正经地问姥姥：“2怎么写”，在姥姥的耐心教导下，嘟很快会写很标准的阿拉伯数字“2”。而且他在长期观摩我们画的大汽车后，终于自己以聪明的才智和准确的表达力画出了一台“概念车”—— 一根半圆的线，两端各连着一个圆圈，一个超级简练却概括精准的车的样子！

八、买点肉。那日给家里打电话，问妈妈家里缺不缺菜，需不需要我下班买点什么，老妈正在思考间，听筒里突然传来嘟果决的声音：“买点肉，买点大鱼”，听筒两边立即笑爆。

九、嘟第一次自己用语言向我们描述一个场景。那天在他反复念叨了几遍后，我才听明白，他在向我描述大娘批评哥哥淘气的场景：“哥哥在那儿玩玩具，大娘就说‘啊’！哥哥就怕了。”语调表情模拟的是非常到位逼真。

自此，小嘟彻底喜欢上了这种带有创作性的语言表述方式，他用他仅有的词汇和理解能力随时随地描述着他所见到或经历的场景故事。几乎每时每刻都以他的无忌童言为我们制造无穷的乐趣。可爱的宝贝！

2006年8月25日　星期五　嘟2岁9个月

如果我够细心，也够勤快的话，这段时间的小嘟语录该是最为丰富、精彩的，言词间闪烁的全是他小智慧的光芒。可惜目前只有几个印象深刻、留在脑边儿的小插曲记录下来。

一、嘟嘟在故事中知道了后娘这一概念。一日他又淘气出了格，气的嘟妈披头散发地吼叫着：“你是不是存心想气死我！”嘟听后立刻静下来，沉思片刻很认真地对娘说：“有什么办法，如果气死亲妈了，就只能让后娘陪我玩了！哎……”

二、此事有两个前奏：其一，嘟妈我那段时间迷上了电视剧《家有九凤》，常常抱着碟机看到后半夜，此剧中有一插曲，是老七从北大荒返城后给大家唱的那个：俺往那山里望一望呀，哎望一望呀，俺心里闷得慌……在嘟妈五音不全地反复哼唱自娱自乐的当儿，聪明的小嘟便记下了音律，并且成为相当一段时间内人前表演的保留节目，他那特有的抑扬顿挫和咬字不清引起的陕北腔调常常招至观者的猛烈喝彩。其二，那段时间嘟上呼吸道感染，反反复复一个月好不彻底，谨遵医嘱，坚决中断了他唯一的零食——冷饮雪糕。因为惧怕打针，小嘟馋得猫挠心一样也不敢违规一次。于是，在这样的背景下，一日在超市跟着我们闲逛的小嘟忽然看到了陈列雪糕的冷柜，那一排排五颜六色的雪糕馋的小嘟伸着小舌头趴在柜边久久注视着不愿离去。我逗他说："看什么呢？"嘟不回答，再问，嘟依然眼不离糕，良久，小家伙居然万般无奈地样子哼唱着："俺往那箱里望一望呀，哎望一望呀，俺心里闷得慌呀，哎闷得慌呀……"我在众目睽睽之下，控制不住地放声大笑！！！

三、雨天带嘟出去，行走在路上忍不住提醒小嘟，小心路边的积水，不要踩湿了鞋子，嘟听了无比天真无邪地反问我："那鸭水可以踩吗？"我晕，儿呀，此"积"非彼"鸡"，这哪儿跟哪儿呀！

四、本年度最让我洒泪情节：因为很多让人郁闷的琐事，很少掉泪的我那日里抑制不住地号啕起来，可怜我那宝贝儿子慌忙拎着啃了一半的雪糕飞奔进来，惊诧地看着我："妈妈，你怎么了？你为什么这么伤心呀？"我不知道该如何回答他，他连忙举起半只雪糕送到我的嘴边："妈妈，吃点雪糕吧，这样就不伤心了！"我一把搂过他，我的儿子扔掉雪糕，双手环住我的脖子，用那沾满雪糕水儿的冰凉的小嘴儿亲着我淌满眼泪的脸，一边含着泪撇着嘴说："妈妈，你别伤心，你哭我心疼你！"在黄昏的余晖中，我就这样被这个小男子汉紧紧搂着，任他吻干我的泪水，小手抚平我满心的烦乱，我在儿子耳边喃喃着："宝贝，多亏有你，要不妈妈真要跳楼了。"闻听此言，儿子立刻破涕为笑："我可不跳楼，跳楼可不是好孩子！哈哈！"——我的世界立刻晴转多云。谢谢你，我的儿子……

五、嘟最近学会了见风使舵。那日在姥姥家玩耍，玩着玩着突然对姥姥说："我不喜欢姥姥了。"姥姥纳闷儿："我哪里惹到你了，你倒说说看，我哪儿不好了！"嘟慢条斯理地坏笑着说："你上面不好，下面也不好。"姥姥忍不住笑。过了一会儿，姥姥拿了个煮鸡蛋过来，正欲扒皮食之，嘟见状立刻过来小嘴抹蜜一样说开了：“姥姥，你太好了，你上面好，下面也好，我想吃鸡蛋。”众人晕倒。

2007年3月22日　星期四　嘟3岁4个月

根据小嘟最近语言表达能力的迅猛提高，嘟妈给宝贝安排了一个新“任务”——要求他每天晚上都要向我讲述在幼儿园一天发生的事情：老师教他们学了什么新东西、做了什么新游戏，以及那些让他愉快或难忘的经历，包括一日三餐和是否挨了老师的批评。这样做，一来可以进一步锻炼小嘟的语言表达能力；二来可以让我能及时了解到孩子在幼儿园的生活状况，可以随时跟踪他的思想动态，给出适当的引导；三来养成小嘟有事喜欢跟妈妈聊聊的习惯，增进母子间的情感交流和心灵沟通。

小嘟有个很大的优点——别看人小，心里特别装事。一件事情，你正儿八经地告诉他一次，他就记住了，并且很认真地执行，一丝也不走样。鉴于他的这种特点，健忘的我常在去超市前嘱咐小嘟帮着记着要买哪些东西，要做哪些事情。结果，每当我站在货架前猪脑一片空白时，小嘟都会一连串地提醒我要买的东西，要做的事情。每当这时，俺都忍不住感叹：哎，真是个好宝呀，比养个小狗强多了。

所以，对于我布置的新任务，小嘟一样认真记着，不走样地执行，更是很小资地把这一时间选在每天泡脚时分，母子二人悠闲地坐在卫生间里，小嘟让自己胖胖的小脚温暖地在热水中舒展着，我坐在对面陪着，小嘟一定要拉着我的手，暖暖的灯光下，开始讲述他的一天……

2007年6月12日　星期二　嘟3岁7个月

六一节前夕，区里和省里要搞幼儿技能大赛，包括讲故事、美术、唱歌在内的好多项目。通知刚贴出来时，嘟班上的老师们就一致建议小嘟参加讲故事大赛，似乎在同龄的孩子中，他这方面的能力够有一比。

如果单纯说嘟的语言表述能力，我完全可以满怀自信，但是要他在公众面前站在讲台上发言，这方面对于初入园时的小嘟来讲，绝对是个困难事。可能所有的孩子都有这样一个羞涩的过程，但我不觉得孩子可以慢慢自己就克服这种羞涩感，他们必须经过不断的锻炼。于是，我请求老师多给他机会锻炼，哪怕他最开始的时候不好意思张口说话，但就在前面每天站一会儿，时间长了，适应这样的讲话位置和环境了，胆量也自然会锻炼出来的。非常感谢嘟的两位老师，她们尽最大可能地给他机会，甚至锻炼他到其他班级活动时也能大胆发言。

渐渐的，嘟爱说的天性开始毫无束缚地表现出来：他敢于在小朋友面前发言了；他说话的声音越来越大了；他开始主动要求到前面发言；他迷上了编故事给小朋友们听（老师说逻辑思维和语言组织都不错，小朋友们还都能听得入迷），站在那儿讲起个没完没了，直到人家其他的孩子都端起碗来吃饭了，他还自己站在活动室中间沉醉地讲着他的故事，任劳任怨地充当着午餐时分的“背景音”。

尽管如此，我还是对于他能否按照传统竞赛要求、老老实实地站在台前、面对着陌生的评委老师、声情并茂地讲述一个完整的故事而心存疑虑。在老师的鼓励下，名是报上了，但我却总找不出时间和精力来帮他准备一个故事。想着他可以把曾经听到的许多故事都背下来，我也就没太着急。突然有一天，他站在我们面前，立立正正，绘声绘色地，完完整整地讲了一个名叫《金色的房子》的故事，长度5分多钟，我真是惊讶到嘴巴都合不上了。嘟说这是老师经常讲给他们听的，他就记下来了。后来赵老师又帮他加了几个小动作，权作参赛节目了。

正式比赛那天，根据小嘟以往易黏我的表现，我和嘟爸都没有参加，只把相机留给老师，请她们帮忙摄录一下，便匆匆离开。孩子往往在离开父母羽翼的时候才能够真正地独立和强大起来。事后，根据赵老师的录像和在场的家长们反应，小嘟的表现出乎意料地好，作为本次参赛年龄最小的孩子，他第一个走上台前，没有丝毫羞涩和畏惧，如常那样绘声绘色地讲起他的故事。只是他站的位置正巧有一块地毯的漏洞，我那可爱的宝贝就边讲着故事，边交错着小脚，执著地踢那个洞，先前老师教给的动作是一个也没做，天真的样子逗得评委老师们忍不住笑出声。最后老师说，虽然有点小动作，但是故事完完整整一丝不忘地讲下来了，大大方方的真不错。

2周后，各个园的孩子都赛完后，小嘟最终获得了“宽城区幼儿技能大赛讲故事组的二等奖”，还得了一个拼图作奖品。小人儿第一次有了一种荣誉感，并产生了强烈的自信，回到家不停地把玩着自己的奖励证书和奖品，口里念叨着：“我太厉害了，讲故事都得奖了！”笑死我了！不过，小嘟自己看录像回放时，可是忍不住问我：“妈妈，我的脚怎么老动呀！真不好看！下次我不动了，争取得个一等奖！”相对于奖励来说，这种勇于上进的意识在我看来，更加难能可贵。

我知道，这张小小的奖励证书里，其实融进了更多鼓励的色彩，少了许多我们儿时比赛那种严肃紧张的竞技味道。但不管怎样，这是我儿小嘟平生的第一张奖励证书，多少也是他进步的一个小小标志，就以上述流水般的文字作以记录。

路漫漫其修远兮，小嘟定将上下而求索。

2007年10月31日　星期三　嘟3岁11个月

很久没给小嘟记日记了，今天说说小嘟的故事吧。

快到4岁的小嘟，语言能力的发展远不止自如地表意抒情了，他开始经常性地发表适时的、渗透着他周密思考的、能很具有突破性地缓解紧张气氛的言辞。说白了，就是“尿罐子镶金边儿——嘴儿好”，在你怒欲发威的前昔便凭借其三寸不烂之舌为自己巧妙解围。

这方面，我们可是累积了大量生动的实例加以证明。

例一，周末一大早，好容易盼来一个可以睡晚觉的日子，但嘟是偏偏要选择这两个清晨早起。通常是从5点半开始，脆亮的童声透着他清醒的神智划破凌晨的寂静：“妈妈，今天是周六日吗？”

嘟妈迷离中含糊应答：“是……”

半个小时后，又一声问语刺耳地响起：“妈妈，今天是周六日，那我不用去幼儿园了吧！”

再度被吵醒的嘟妈控制又控制，咬牙答道：“是，睡吧，别再说话了……”

时间又过去半个小时，嘟“祥林嫂病”全面发作：“妈妈，今天真的是周六日吗？”嘟妈忍了又忍，是忍无可忍，铁青着脸，树着满头粗硬的短发，正欲“河东狮吼”，闻到火药味儿的小嘟却抢先一步一把搂住嘟妈，开始一连串儿地向这个疯女人发射“糖衣炮弹”：“妈妈，你太辛苦了！你每天给我做好吃的韩国大拌饭，给我买好玩的玩具、好看的书，你还得工作、出差，你这一天实在是太辛苦了，你好好睡一觉吧！”

奶奶的，还睡个鬼觉呀，但是那满肚子的火儿在这样的甜言蜜语攻势下，也真是说什么也发作不出来了！反而软蹋蹋地往被窝里一缩，怀里抱着胖乎乎的小人儿，不睡也香甜着。

例二，我们和姥爷姥姥约好一起出远门，只因我磨蹭耽误了出行时间，便被坏脾气的嘟姥爷劈头盖脸地责备到要流泪。一时间，车内的气氛紧张到极点，就在这尴尬时分，我那机灵的宝贝摇头晃脑地劝开了：“姥爷，你怎么生气了？你别生气，有我在这儿呢，你生什么气呀！你看看可爱的我就不生气了！”激烈发作的姥爷一下子就被人攻到了软肋，立时泪盈眶，语无声了。嘟转而抱着我小声安慰：“妈妈，你别生气，笑笑吧，像每天那样多好！”凭借着他在整个家族人心中绝对核心的地位，小嘟审时度势的两句劝慰之言，成功地缓解了紧张的气氛。使得生气的人也顾不上生气了，委屈的人也抹不出眼泪了，大家齐齐地感叹小人儿的懂事和聪明。

例三，嘟爸与我因小小分歧争论开来，正在嘟爸仰着高傲的脖子大讲其“歪理邪说”之时，小嘟眼见着我越来越难看的随时都可能变色的脸，一下子冲着嘟爸大叫起来：“爸爸，你还说什么呀，妈妈是老大，你是老三，你能说得过老大吗？老大说话你听话就得了呗！”好嘛，真是爆炸性的无忌童言呀，无论说者还是听者都在片刻的惊呆之后爆发出耐人寻味的大笑。一次完全有可能升级的争论顷刻间化为笑谈。

3岁多的小嘟到了开始频频犯错的年龄，几乎每天每时每刻，他都在挑战着我好脾气的底限，但好在他有一副够机灵的头脑和一张“无理也能辩三分”的小嘴儿，一见形势不好，立刻开始全面彻底地承认错误：“妈妈我错了，我不应该这样做，你相信我吧，给我一次机会，我一定会改正，做个好孩子的。”看着他一本正经、痛彻心扉、情辞恳切的样子，嘟妈我是一肚子的怒气只能咕咚一声全咽到肚里，被迫换成慈母的笑脸，晓之以理、动之以情地教育一番了事。当然，嘟绝不像他说的那么守信，他绝对属于那种“错了就改、改了再错”的选手。全凭一张“见风使舵”的巧嘴，不知道少挨多少顿毒打呀！

除此以外，小嘟凭借其甜言蜜语将两个家族的人哄的是团团转。比如说，他极爱赞美嘟妈我，每天数十次不分场合不分地点地向我表白：“妈妈，我永远都爱你，你是这个世界上我最爱的人（这方面，嘟妈倒认为嘟爸很应该向小嘟同学虚心学习）！”

那日早起，我搭配一身衣服，拿不准效果如何，随口问小嘟“妈妈这样穿好看吗？”嘟看也没看，便摇头晃脑地说：“实在是太漂亮了，妈妈，简直就跟农村人一模一样！”可怜嘟妈我差点没吐血，这什么孩子，你们村儿这么夸人吗？在嘟的眼中，我们家族里很快诞生了由嘟妈、嘟姥、嘟姨、嘟奶奶组成的“新四大美女”和由嘟、嘟爸、嘟姥爷、嘟爷爷组成的“新四大帅哥”。

说实话，嘟妈不太喜欢能言善辩的男生，总以为说的太多就有点油腔滑调的感觉了。因此，常对小嘟的强词夺理给予严厉的批评和打击。不过，有时小人儿的肺腑之言还真是让嘟妈我也感动的说不出啥了。比如姥爷手术期间，在全家人精神都高度紧张、压抑的特殊时期里，作为姥爷的心尖尖，嘟充分发挥自己特有的安慰作用，常常笑嘻嘻地拉着姥爷的手，逗他说：“姥爷，我就是你的大药丸，你就吃我吧，看我一眼，吃我一口，你的病就全好了！你一定会健健康康的！”姥爷住院时，他每天打电话问候，还很懂事地要求“亲自照顾姥爷”；姥爷出院后，他还剥花生喂姥爷吃，认真地说：“我怕你岁数大了，牙不好，咬不动，你是我的长辈，我应该尊敬爱护你。”在说上述这些“甜言蜜语”之时，我绝对相信我的儿子内心的真实和诚恳，因此，感情脆弱的姥爷常常被嘟的懂事感动的泪眼涟涟。在那些特殊的日子里，嘟真的成了姥爷精神上最坚强、最快乐的支撑！姥爷甚至抱着嘟说：“外孙子呀，姥爷就让你卖了，都心甘情愿帮你数钱呀！”

嘟真的是个爱说、能说的孩子，即使玩玩具时，也会根据情境不停地制造各种音效和对话，自己一个人把属于他的那个小世界演绎得热闹非凡。所以，嘟妈现在最应该做的，就是让他懂得“缄默”的力量，我心中的男子汉，不能是一个口无遮拦、心无城府的毛小子。

嘟妈心得

总体来看，嘟的语言发展能力在同龄孩子中属于比较强的。但这种强并不是一开始就表现出来的。

值得一提的是，在对嘟语言能力的培养和启发上，我们其实是做了十分大的努力的。基本是从小嘟出生开始，家里人便在我的主张下，把他当成一个完全懂事的大孩子一样来不间断地跟他交流、说话，而且这种聊天从来不会掺杂任何“奶嗑”——就是针对幼儿的一种不完整的语言，比如把狗叫做“大汪汪”这样的表达方式。根据卡尔·威特的教育理念：如果孩子学这种语言，就意味着他要学会两套词汇，这不仅是一种浪费，而且等孩子长大后，还要蒙受不能正确发音的苦恼。所以，我们尽量使用通俗易懂的标准语言，把他当作一个具备完全语言能力的人来交流。很庆幸，在嘟一直没有能力回应我们的那些漫长的日子里，家里人没有一个对我的坚持和主张提出过疑义，他们一直密切配合着我，无论谁在看护小嘟时，都保持着这种跟他聊天的习惯和热情，还不时地给他念各种韵律感很强的儿歌，从而保证把各种语言风格和大量的词汇信息，带着他们的爱源源不断地输入到小嘟的大脑皮层里。

在七八个月时，嘟第一次有意识地对着爸爸发出“BA”的音，从此开始他长达八个月的单音节词汇表达时期。从发展水平上来看，嘟在这时的语言能力既不超前，也不落后。

但是一直到1岁4个月，除了偶尔几个多音节词汇外，他还是无法说成完整的句子。而那些比他“冒话”晚的孩子，好多都可以开始出口成句了。在同龄孩子中，嘟的语言能力显得有些落后了。此时，除了坚持不懈地聊天和读儿歌讲故事外，我们开始有针对性地引导和教授他用语言表达出心中诉求，以此来作为满足他愿望的一个条件。比如他想吃苹果，我们要求他说出“吃苹果”这样的短语后，才真正满足他。在这样的办法下，嘟的语言表达能力终于开始快速发展起来。到1岁8个月，他终于可以开口讲“主谓宾”一应俱全的标准句子了。

到嘟将近2岁时，随着他发声系统的成熟和表达能力的增强，我们先前所做的所有努力，才开始从他口中以精彩的方式爆发出来。与同龄孩子相比，嘟此阶段语言表达的最大特征是：几乎没有什么过渡的跳跃式发展，理解精准，表意清晰，词汇丰富，常常能顺口说出小婴儿时期念给他的那些儿歌和诗句。他真的很像一部反应迟钝的录音机，在存储信息好久后才一股脑地输出来。

嘟的实例，充分印证了很久以前读过的一位育儿专家的理论：婴孩儿的发声系统发育远远慢于大脑的认知水平，也就是说，在他们还不会发音时，他们的大脑已经开始日夜不停地接受外界信息的输入。而且婴儿的记忆模式是不同于我们成年人的，他们可以在对事物完全不理解的情况下，以复制的方式很快便全盘记忆存储下来。一个婴儿脑中拥有越多越丰富的信息储备，他才会在发声系统成熟时，有东西可讲，而且讲得精彩。或许这就是小嘟为什么说话晚，但却发展迅速的原因所在吧。

如今4岁多的小嘟，不但能讲，而且讲得有水平、有思想、有趣味。不但讲得好，更重要的是编的能力也不差，即兴编故事，胡乱来个口占一绝，常常能像模像样，既能做到语言组织流畅、准确、生动，又可以保持严密的逻辑性，体现着敏锐活泼的思维。此阶段他最擅长的本事是：在专注地聆听一个故事几遍之后，便能一字不差地复述下来。什么哪吒闹海、猪八戒吃西瓜，还有全套的红袋鼠故事、黑猫警长系列，4岁的小嘟储藏了一肚子的故事。如果你到我家做客，看到小嘟拿着图书，指手画脚地“念”着，您千万别惊讶他怎么这么有文化，实际他不识几个大字，全靠记忆在复述。

现在看来，那些“话聊”的努力不只培养了他敏锐超强的语言表达能力，同时造就了他热情、开朗、主动并善于与人交往的乐观性格，真可谓益处多多。

早期教育无处不在

2005年8月10日 星期三 嘟1岁8个月

生活对于小嘟来讲，每天都是精彩且有收获的：

一、上星期天上午，姥姥姥爷和我带着嘟在小区的广场上玩，两个八九岁的男孩子在一边热汗横流地踢着足球。或许是男孩子爱运动的天性使然，嘟被深深地吸引了，但他显然是充分意识到自己力量的弱小，所以不敢参与到人家如此激烈的运动中，只有在球不小心溜到他脚下时，小人儿才屁颠屁颠地捡起来，双手虔诚地抱着谄媚地送到人家脚下。几次下来，居然也弄个大汗淋漓。见儿子送的认真，那两个孩子却由始至终连个谢字都没有，我有些为宝贝打抱不平了，我喃喃地说：“儿子呀，他们不讲道理，咱捡了半天球，连个谢字都没有，太不礼貌了。”嘟听了，看着我思索片刻，扭过头扬起脸冲着两个踢球的大孩子大声地喊：“谢谢我！快谢谢我！”周围闻听的人无不愕然，继而大笑！

二、在姥姥坚持不懈的努力下，嘟终于背出了平生的第一句儿歌：“小雨滴淅沥沥，蹦蹦跳跳做游戏”。每次表演完毕，都需要我来代翻译一下，否则无人知其所言是甚。就这已足够让我和他爹乐歪了鼻子了。

三、在嘟执著地对着马路上来来往往的机动车辆喊了几个月“大奔”之后，他终于清楚地认识奔驰的标志了，并且能在姨姥爷送的厚厚的汽车书中，准确地翻出哪一辆是奔驰车。嘟对车的总体认识也更进了一步：在路上行走，但凡看见红色两箱车，他都把它们归为QQ一族；一般长的跟出租车很像的三厢轿车都是捷达系列；对于档次稍高些的，样子漂亮些的，他认为那都是别克车；看到摩托车依然是颤抖着托着长声喊“摩——”；再见丁当作响的大货车或拖拉机时就会坏笑着说“大破车”。

四、在我的鼓励下，嘟自己动手的能力更强了，自己脱鞋穿鞋，自己吃饭，自己洗脸洗手洗澡，也还会学着大人的样子洗衣服、穿衣服、刷牙。其实小孩子自己动手的意识非常强烈，虽然最开始的时候他总是做不好，但在这个过程中却大大增强了他的独立意识、自理能力、尝试的勇气，以及体验到探索的乐趣和实现目标的成就感，并从中获得宝贵的自信心。基于这样的观点，我总是力排众议，坚持让嘟尝试着做一些事情，体验不同的新鲜的东西，在这个过程中，引导他如何来克服困难，解决问题，获得成功。感觉嘟对这种方法很受用，而且态度积极，进步也很大。

五、从小就培养嘟的分享意识，再好的东西都不会让他独享。现在看来这个很有效的，嘟每次吃东西时，都要想着分给大人们，然后才轮到自己吃。当然这个分配中就有亲有疏了，我往往能在这时享受到嘟的优待，1 000多个日夜的辛苦就这样被儿子塞进嘴里的一颗葡萄的甜蜜瞬间冲淡。

从他能挥动手臂时，我就总是让他给我们每一个人捶背揉肩，教他关爱他人。现在每天下班回来，打开门，总见小人儿一脸期盼的神情，手里抱着硕大的拖鞋等着你。饭后休闲时，小家伙就开始挨着个地捶背揉肩。现在人长高了，手上也有了劲，揉起来还真有那么点解乏的感觉。每次吃饭时，小家伙也总会高声喊着：“姥爷吃饭！姥姥吃饭！”每每家人落座后，他都要习惯性地清点一下人数，发现少了一个人，就会念叨不停：“舅舅上班，小姨上班。”每天姥爷下班时，他还会马上递上姥爷的胃药，直到亲自监督姥爷吃下才肯放心地玩去。

有如此懂事又体贴人的小家伙相伴，姥姥纵使累得全身都快散架了，仍然感叹着与嘟共舞实在是件快乐开心的事情。

2005年8月15日　星期一　嘟1岁9个月

一直听早教网上的朋友们说起东方爱婴早教中心，但怪我人懒没早打听长春的分店在哪里，最近刚查到，于是周末赶紧带嘟来报名，并且已尝试着上了第一节课。

其实一直对这个东西持怀疑态度，不知道它的功效是不是真的像它所宣传的那样。但是孩子长时间只生活在家庭的环境中，周围没有同龄的小孩跟他一起玩，他不懂得与人合作、遵守共同秩序的概念，而且最要命的是在陌生人多的地方，他便完全没有了在家里时的活泼灵动，整个一个小傻孩一样。在嘟人生的这第一节课中，他就是这样表现的。

按测试，老师建议我们先到“月光班”适应几次，如果可以再升到“太阳班”。所以周日下午我们带着刚刚睡醒的嘟一路紧赶，结果还是迟到5分钟，教室里的5个小朋友和家长已经围坐成一圈在跟老师一起唱名字歌了。我抱着嘟坐下，嘟很害怕，紧紧地贴着我，甚至都不肯一个人坐在我旁边的地上。轮到嘟上前自我介绍了，可他就像用502胶粘到我身上一样，拉都拉不起来，老师很体谅我们第一次上课，让我们在原地一起唱就可以了。可是平日经常在自己搭建的舞台上载歌载舞的小嘟此时却大气都不敢出，连拍手都不做，我心惊却没急，毕竟孩子第一次见识这样的场面，总要适应一次两次的。

接下来老师要教给大家今天的游戏内容，所有的孩子和家长都静静地坐在那里看老师的示范表演，嘟也觉得很新奇，最初也是专注地看着。可是进行了两三分钟后，对于老师的无声表演嘟无法再专注起来，结果就出现了这样的一幕：在寂静的教室里，嘟稚嫩的童声突然脆声声地响起：“爸爸开车”，所有的目光唰的一下集中向我们，我连忙示意嘟不要乱说话。嘟不明白为什么不能说话，但他从我的表情和其他人的目光中看出了不对劲，所以也就很识相地不再作声。为了让他知道老师在比划什么，我轻声在他耳边用语言解说着，嘟好像才看出门道一样，开始对老师手中可以切开的玩具产生了兴趣。正在我松了一口气，心稍微平实一些时，嘟突然又指着老师手中的玩具香蕉脆生生地喊到：“BANANA”。我晕，这回还英文呢！老师倒是投来会心的一笑，嘟因得意而开心地笑出了声，此时我却不忍为了维持所谓的秩序而强硬地阻止一个孩子纯真的笑声了。

到了自由活动的时间了，漂亮的小孔老师特意来到我们跟前，很热情地和嘟玩起来，还跟我聊了很多有关早教的一些认识，并且了解了嘟的很多性格特质。嘟对游戏很入迷，但他不按“套路”行事，而是用自己的办法用木头刀“切”开了玩具水果，并且很热情地把切开的西瓜送给我和孔老师享用。孔老师在表扬他懂事的同时还是强调要按照教师教的方法来切开水果。我在一边配合，但心里却并不以为然，方法是多样且多变的，没必要大家都是一样的。标准的方式他早晚会学会的，但是关爱他人、与人分享的意识和情感却是很难能可贵的。我在心里偷偷地给儿子打了个高分。

接下来到了小朋友们合作互动的环节了，大家站起来拉起手，围成圈跟着老师一起唱儿歌。嘟害羞地紧紧抱住我的大腿，说什么也不肯让其他人碰他的小手，更不敢跟大家一起跳操唱歌。孔老师悄悄地告诉我，第一次上课让他看着就行，熟悉一下就好了，不必强求他。既然这样，我就试着拉着嘟的手，看我们俩人一起跳好不好，可嘟居然连动一动的勇气都没有，就那样抱住我的腿，睁大眼睛盯着人家看。

看着嘟的样子，我很无奈，也觉得他很可怜，更恨我自己早该花心思带他来这样的地方，多参与这样的活动，锻炼他的胆量和在公众面前适当表现自己的勇气，好在现在还不晚。本意里我完全不想把儿子培养成一个超常的天才，但我希望他能快乐，在我身边时我会给他最大快乐，离开我的羽翼他依然可以通过自己的努力和出色表现来获得快乐。所以到了一定的年龄就要具备一定的能力，才能在如此激烈的社会竞争中好好地生存发展下去，也才能享受到人生的快乐。

毫不谦虚地说，宝贝嘟是个聪明的孩子，我相信过不了多久，他就可以快乐地融入到早教班有趣的活动中。

回来的路上，我试着让嘟表演老师所教的儿歌“猫咪跳操”，结果嘟在课上不肯做的在爸爸面前却精彩完整地表演了一番。我大大地鼓励了他，嘟高兴极了，趁势又给爸爸说出了很多世界名车的名字。现在的小嘟已能认出很多世界名车，而且能清楚地识别出它们的标志。

2005年9月5日　星期一　嘟1岁9个月

从1岁左右嘟开始爱上汽车，直到现在车已成为小嘟世界中绝对不可缺少的东西。随着年龄的增长，嘟对车的热爱也越发地专业起来。

首先，嘟爱开车。坐在驾驶座上一手握方向盘，一手握档的姿势相当标准像样，对于车里的各项设置都有什么功能，在什么位置，嘟是了如指掌。最近更有出息了，居然能准确地挂上一挡、二挡、三挡、四挡，偶尔倒挡也能推上，最逗的是老公教我开车挂挡时的手势都被他学来了，而且运用的非常到位。但嘟很有自知之明，他知道自己不过是做做样子而已，每次玩的正欢时看到爸爸向车走来，小家伙立刻就会爬向副驾驶的位子，然后崇拜地看着爸爸动作娴熟优雅地操作着。

其次，嘟爱看车。偶然间从姨姥姥家得来的一本名车旧台历成为嘟不离手的宝贝了，到现在为止，嘟已清楚地认识并能准确地识别出一二十种的世界名车标志，什么奔驰、宝马、奥迪、欧宝、丰田、本田、克莱斯勒美国大公羊、罗弗、福特、别克、现代、林肯、雪弗兰、尼桑、马自达6、罗密欧、凯迪拉克……有好多我都叫不上名字。受他的影响，从前车盲的姥姥居然也在很短的时间内成了个假“行家”，言毕都是车名，让人看着老太太特别时尚。

嘟对车的热爱让人意想不到地带动了他语言的发展。家里那个幼儿英语儿歌碟简直快被他看烂了。其中有一首交通工具的儿歌，嘟每天必看，且要反复看上好多遍。上周的一天，他突然对着窗外的摩托车喊起来：“摩托车摩托车AUTOBIKE”，一边的我大大地吃了一惊，这完全是小嘟看碟自学的结果。我接着又问了他好多交通工具的英文单词，他居然不紧不慢地都说了出来。我当即高昂着头把嘟带到家人面前使劲地显摆了一通，让那些当初笑我拔苗助长的家人们都吃惊羞愧去吧！还是受嘟的影响，姥姥居然也会说几个英文单词了，这老太太，老了老了，还讲起洋话了！

家人对嘟的爱车态度不一，有说小孩子玩玩的，也有说这孩子不爱书，偏爱车，这能有什么出息。我不这么看，我尊重嘟的爱好，我很欣赏他爱车时的那种专注的陶醉，我希望他将来能有一个纯粹的视如生命的热爱，如果引导好了，他或许还可以成为一个杰出的汽车设计师呢！汽车城脚下长大的孩子应该有这种特别的情结。

2005年9月6日　星期二　嘟1岁9个月

1岁9个月的小嘟最近表现出很惊人的创造力。那日下班回家姥姥就展示新发现一样示意嘟给大家表演一个“搭高楼”，我心中正窃喜，看来高价给他买的积木终于发挥作用了，嘟也知道盖楼了。万没想到，嘟竟然跑进厨房，把带着长把的垃圾小桶立在橱柜前有一段距离的位置上，然后拿起扫帚，以橱柜和垃圾桶的长把为两个支点，把扫帚稳稳地放上去，转身得意地叫“搭高楼”！天哪！我和嘟爸、姥爷三个人是足足张大嘴巴傻看了几秒钟才回过神来。姥姥说，中午她正忙着做饭时，忽听嘟叫她看“搭高楼”，当她看到这一幕时也是惊讶了半天，真想不出他的小脑袋里怎么会有这么奇特的点子。

那天嘟在我们小家里玩，我和嘟爸各自忙着手头的活，忽听嘟咚咚咚跑来叫嚷着叫嘟爸去“看一眼”，正打扫卫生的嘟爸被缠不过，就随着他去，立时屋里就传来嘟爸兴奋的声音：“嘟真聪明！嘟真能干！嘟妈，你快来看看你宝贝儿子的杰作！”我好奇地过去一看，发现嘟把家里所有的玩具车一字排开在客厅的地面上，最奇特的是他把家里3个遥控器分别斜着插在3个敞篷车的座位上，嘟坏笑着指着说“挡，挂挡咔咔”，真是服了他了！小脑子里挺有想法的嘛！我和嘟爸大大地鼓励赞扬了一番，嘟美的不行！

其实很多孩子在成长的过程中都会表现出这种创造力，因为孩子的大脑是没受任何“污染”和“涂画”的，那就是一张纯洁的白纸，可爱的孩子们总会根据自己对世界的认知来随意地画出一幅幅奇妙的图画，大人们往往对这不屑一顾，但这恰恰是孩子最宝贵的特质。很高兴嘟也可以开始有自己的想法和创造了，这小东西越来越像个人了！

2005年12月7日　星期三　嘟2岁1个月

到了2岁，小嘟迅速变成了“十万个为什么”。记得他第一次向我问出这句话时，我和嘟爸正收拾屋里的卫生，他对角落里的电源插座产生了兴趣，正跃跃欲试之即被我及时发现并坚决制止，小家伙很认真地摇头晃脑地向我发问：“妈妈，因为为什么？”晕倒，这是什么话呀！我忍住笑耐心地告诉他：“宝贝，因为和为什么是不能这样连在一起说的，你应该这样问妈妈‘为什么’，然后妈妈回答你说‘因为……’，这样说大家才能明白你的意思。”

小嘟有记性，而且理解能力也很强，从那次起，他又犯过一次这样的口误，此后就很标准地四处问人家“为什么”——“为什么这个东西不能碰”，“为什么我不能动”，“为什么小姑娘晕倒了”……昨天晚上楼下的一辆小面包车倒不进停车位了，这件小事却害得小嘟思索询问了一个晚上。小家伙见人就问：“为什么楼下的小面包车走不了了？”我们告诉他：“因为小面包车没有油了”，小嘟就会接着问：“为什么它没有油了呢？”我们再答：“因为它跑了太远的路，把油都消耗没了”，小嘟继续问：“为什么它堵在那儿动不了了呢？”……晕死了，一个问题他问了好几十遍，我们也回答了几十遍。

但我的家人都很理解明白孩子的提问正是表明他探索和思考的开始，无论他啰嗦多少遍，我们都只能认真地回答，适当地引导他的思路，但绝不可不理不睬，甚至粗暴地责备他，这样很容易一下子就把孩子探索和思考的热情给打消了。他会认为这样很讨人厌，是不好的，以后他再不轻易发问，对很多事情得不到解答就不了了之，或者是按自己的理解来处理了，这实际上也间接地妨碍了家长同孩子之间的交流和沟通。虽然为此事我们费了很多脑筋和口舌，但小嘟越来越积极地思考和越来越有水平的发问证明了我们的做法是很有意义的。

小嘟现在开始对语句词的用法发问，他昨天突然问我：“‘扔’是什么意思？为什么要说

‘扔’呢？”看着他清澈透明充满童真探寻的双眸，除了感动，我只能凭借我近30年积累的书本和生活知识认真地讲给他听。我知道在这样的过程中，我的儿子会慢慢地长大、懂事、成熟、身心强壮，拥有阳光的生活和未来。这应该是我作为一个母亲神圣而幸福的职责……

2006年1月16日　星期一　嘟2岁2个月

在这个周末，嘟用他敏锐的观察力和出色的逻辑判断让我们大家吃了一惊。

话说这个暖洋洋的冬日上午，老公陪小妹去考试，家里只剩我和姥姥、姥爷、嘟。因为前一晚睡得太晚，早上又起得早，10点刚过我就开始犯困了。但有妈妈在家，嘟是绝不肯再跟其他人玩耍的，把我看得紧紧的，上厕所都要在门口守着。

无奈，姥姥示意我用“老办法”来对付他：我开始假装穿大衣，告诉嘟我单位有点事，要上班去处理一下，嘟看着我的动作，突然发问：“妈妈上班为什么不穿裤子？”我低头看向自己大衣下面露出的大红绒裤，脸抑制不住地红了起来。一边的姥姥捂着嘴强忍着不笑，我只好胡乱回答他：“妈妈就去一下，很快就回来。”然后转身托着姥姥的一双便鞋出了门。几秒钟后，姥姥轻声开门示意我进来，姥爷已把小嘟引开，我趁机悄声溜进小妹的卧室把门反锁上，一切似乎天衣无缝，我美滋滋地安享了一个长长的午觉。

午睡醒来时，嘟已在酣睡中了。这时姥姥告诉我，我进去后嘟马上发现原本大开着的卧室门突然关的严严的，嘟警觉地想敲门，姥姥姥爷连忙制止。

嘟奇怪地问：“屋里是谁呀？”

姥爷慌乱地搪塞说：“是——是小姨在看书呢！”

嘟闪亮的小眼睛直直地逼视着姥爷，片刻，小家伙一字一顿地说：“不对，小姨今天考试！”

可怜的姥爷，一个有着30多年从警经历、积累了丰富刑侦经验的老警察，此时却全乱了方寸，只知道控制不住地想笑。姥姥忙问：“那你说还能是谁？”

嘟诡秘地笑笑说：“是妈妈！”

姥姥继续施“烟幕弹”：“妈妈刚才不是去上班了吗？你不是都看见了吗？”

嘟马上歪着脖子掷地有声地反问姥姥：“妈妈上班为什么穿着姥姥的鞋？”

惨了，姥姥也无话可说了！嘟嘟得意地大笑：“就是妈妈！”说着跑到门口指着那双便鞋说：“看，妈妈刚才穿的鞋还在这儿呢！”

至此，妈妈“失踪一案”在小嘟的明察秋毫下彻底告破，只是懂事的小嘟没有再行骚扰之事，得意地玩耍去了，留下姥姥姥爷两个老警察擦冷汗！

很多事情就是这样可笑，我们常常认为孩子很小很好骗，实际表面若愚的有时才是真正的智者！

2007年7月11日　星期三　嘟3岁8个月

常常这样问自己，每天游荡在网络里，究竟给我带来了什么？如此痴迷博客，究竟有什么真正的意义？

生活告诉我，网络打开了我的视野，让我看到了从前没有机会看到的丰富的大千世界，透过方寸之间的小屏幕长大见识；网络更开启了我思想的大门，让我突然意识到，自己原来可以去尝试很多事情，生活原来可以这样精彩地进行每一天。建立博客后，我在网络中找寻到了自己存在的一个空间，在这里，那个叫做“海洋蓝蓝”的我结识了那么多的妈妈宝宝和朋友们。于是，我惊讶地发现，来自于妈妈和朋友们的智慧，在真诚的交流中似营养一样，源源不断地输入我曾经贫乏的大脑，让我的育儿之路不再那么单调无趣，宝贝嘟也因此享受到了很多难忘的幸福时光。

这次电影初体验就是我网游的结果。在凡家看到了小凡看电影《宝葫芦的秘密》，当下心动，立刻电话寻访长春的各大电影院，得知此片正在上映中，便心血来潮地决定当晚带嘟去看。

有了一年前带小嘟去看《云南映象》的不成功经验，我这心里还真是没底儿。不过想着他平素在家对动画片的痴迷程度，俺是强壮着胆儿早早下班，跑肯德基和副食店给我们娘俩准备一堆垃圾食品当晚餐。提前到幼儿园接走了小嘟，便左手拎着食右手牵着嘟，跑进了黑咕隆咚的电影院。

因为事前跟嘟一再交代，电影放映时屋子里必须是关着灯的，所以可能会有些黑，但是不用怕，妈妈在身边。嘟很自作聪明地说：“我知道，电影的屏幕就是放光的，关了灯才能看得更清楚。”我晕，这把他明白的。此外，我还给他预告了一下电影的大致内容，让他有个思想准备，知道自己要干什么去，能看到什么好玩的，也好有个心理期待。

我们进去时，前一个电影还没放映完，所以电影院里是漆黑一团的，在我很是担心嘟会“鬼哭狼嚎”的时候，人家居然很小心地拉着我的手，一点点试探着找寻自己的座位，还知道小声地对着我的耳朵说话。这长大一岁的素质就是不一样啊。

为了防止他不能安静地看完整部电影，我允许他把自己最喜欢的“大八”（一个残疾的玩具方向盘）带进影院。在电影正式放映前休息的时候，他尽情地摆弄着手中的玩具。待四周的灯突然没有任何预告地关掉，屏幕上闪出光亮和影像，环饶立体声的音响将我们重重包围的时候，黑暗中我扭头看到小嘟整个人如施了定身法一样呆坐在那里，小脖子向前痴了一样地挺着，小嘴嘟嘟着看得全然入了神。偶尔在一个精彩段落结束时，回过神来的小人儿习惯性地点按一下方向盘的“喇叭”，寂静的电影院里随之响起他清脆的两声“嘀嘀”。

小嘟应该是完全看懂了影片中的情节，只有宽银幕才能展示出的特有的视觉效果和环饶立体声带来的听觉震撼，显然是把小嘟完全征服了。直到演到小主人公王葆被宝葫芦错误地弄进电影情节中，被食肉恐龙追杀的情节时，那画面、那音响，连我都看的心惊肉跳的，很担心小嘟承受不来，于是连忙捂住他的眼睛，哪想小人儿一把推开我的手，大声地说：“不用，妈妈，捂住耳朵就行了！”言毕，人家自己捂着耳朵，瞪大眼睛看得居然一阵狂笑，黑暗中露出满嘴小白牙。

待看到王葆要通过自己的努力争取游泳比赛的冠军时，小嘟似乎很有经验地对我说：“妈妈，你看着，王葆肯定赢了！”那小样十足一个老戏迷，一副深谙戏路的老道样子。影片最后，王葆深情地和宝葫芦握手再见，我又那样感动地发现，黑暗中，我的宝贝嘟起小嘴，眉头轻蹙，两眼含泪，十分动情。

一个半小时，完全出乎我的预想，小嘟那样投入地看完整部电影，并且很有一番回味无穷的意思，一边走出影院，一边跟我探讨着其中他没太明白的情节。下楼时还看到了一张过期的《赛车总动员》的宣传海报，然后就嚷着还要来看这个赛车的电影。我向他承诺，以后有了好的儿童影片一定带他来看。

曾经在电影厂工作过的我固执地认为，相对于电视来讲，电影绝对是一门无可替代的艺术，何况每年只有那么少得可怜的几部儿童影片能够公映，我们应该带着孩子来感受一下这种艺术的魅力，体尝一下精品带给我们的完全不同的视听感受，从中陶冶孩子的情操。

其实，在我们生活的周围，有很多这样被我们忽视但却别有情趣，特别是对孩子来讲极有价值的东西和内容，只要我们多用用心，生活就会有趣很多，孩子的世界就会满是亮点。

嘟妈心得

说起早期幼儿教育，无论国外还是国内，都有很多成熟的理论和行之有效的方法。在我怀孕期间及育儿过程中也阅读了不少相关书籍，应该说，这些积累形成了我对早期教育进行科学认识的一个基础和对实施方法的一些基本了解。但到自己实践的时候，才切身地感悟到：我们是不可能完全按照哪一种理论或方法去养育一个孩子的，早教也完全没有必要搞成那么复杂和有深度的事情。

于是，我抛开那些具体理论方法的束缚，牢记着重在启发引导的精髓思想，抱着我的小嘟，开始按自己的理解和感悟搞起自己的早期教育。

我理解的早期教育其实可以很简单，它应该是无时无处不在地充满着我们的育儿生活：读儿歌讲故事，可以引导孩子的语言表达能力，启发孩子对文学最初的美好感觉；玩过家家、搭积木，可以在游戏中培养孩子观察、模仿的能力，并锻炼他们的耐性和独立思考解决处理问题的能力；丰富的户外活动，不只可以开阔眼界，强身健体，还能够在这个过程中增强社会交往的能力，锻炼肢体协调的能力。甚至可以在很多生活细枝末节的琐碎中达到早教的启发引导作用，比如经常带他一起给大家分水果，引导他与人分享的意识；每天都给辛苦照顾他的姥姥捶捶后背揉揉肩，尽管实际并没起多大作用，但却让关爱他人的种子在孩子的心里生根发芽；也可以让他帮忙做些简单的小家务活，让他从小就明白劳动最光荣的道理，同时也实现锻炼他动手能力的目的……总之，有太多太多的机会可以进行早教，有太多太多的内容可以成为早教的主题。

其实对早教的重要性，现代的新手父母基本都能保证一个很高程度的认同，但问题往往出在具体执行的内容和方法上。有很多家长把早教片面理解成对孩子智商的早期引导开发，认为学的知识越早越多，孩子就越聪明。在这种思想的引导下，往往容易使用一种带有加压式的方法，高强度地催肥孩子对于知识的摄取和积累数量。或是打着培养兴趣的幌子，让孩子过早地广泛接触各种技能性东西的学习。

当然，智能开发在早期教育中占有举足轻重的地位。但是一个人的成长是全方位、多方面的。幼年时期不仅是孩子智力水平高度发展的阶段，也是一个人性格和基本素养形成的重要时期。中国有句老话：3岁看到老。精辟的语言概括的就是这样一个真理吧。事实也如此：对于每个人的一生来讲，30岁时的智商肯定要高于3岁，但是性格中很多个性、思维方式和生活习惯却可能一如既往地沿袭着3岁时的模式。从这个意义上讲，早期教育中情商培养的重要性要远远大于智商的开发。

因此我觉得，更重要的早教实际是存在于日常生活中的细枝末节里，是那些在孩子最初接触或认知的过程中，我们就给予他们的善良的情感、良好的习惯、高尚的品格、热情的生活态度、独立面对和解决问题的勇气和方法、可爱的创造力、宽厚的性格、执著的毅力、忍受挫折和打击的自我调节能力……

人通常对头脑中的第一印象刻骨铭心、永生难忘，所以，我们为什么不在打造孩子个性品格最好的幼年时期，把一份优秀的情商刻入他的人生中呢？

现在的小嘟没有超常的识字量、没有惊人的速算能力，没展示出任何天才应该具备的“特异功能”，但我却欣喜地看到他知道善良地给予人同情和关爱，热情地与人交往沟通，积极努力地去克服自己没有耐性的缺点，诚恳地担当、承认并改正自己的错误，乐此不疲地帮助大人做家务，任劳任怨地尝试处理自己日常生活的一切事务，宽厚地原谅别人的过错，满怀激情和浓厚的兴趣去面对各种新知识的学习，保持探索的好奇心和钻研的乐趣，乐观阳光地生活每一天。我深信，所有这些，都会成为他未来人生路上千锤百炼的应世法宝。

让阅读成为陪伴孩子一生的好习惯

2005年3月10日　星期四　嘟1岁4个月

我喜欢书，尽管自从有了网络后好久不曾认真地看上几本书。但午夜灯下，伴着油墨芬芳，品着淡淡香茗，埋头阅读的乐趣却是任何一种传播手段都替代不了的。几千年来，人类也正是用这种古老的方式，将一代一代的智慧和思想沉淀进一本本薄厚不一的书籍中，伴随岁月的流逝，传承着具有永恒价值的文明。于是，读书，便成为一个欣赏、品味、熏陶、见识与汲取的过程，毫无疑问，这是一个幸福而充实的过程。嘟妈我当然要不遗余力地、坚定不移地把这一人间美事深深植入小嘟的生命中。

大约从嘟百天后，我便选择一些色彩艳丽的认知卡片作为最早的读物直接进入小嘟的生活。那时的小嘟完全是把这些东西当作玩具来爱得“粉身碎骨”。通常先拿在手里看，看够了就咬，咬的湿乎乎的再使劲把玩一番。稍大点，本事更高点时，就开始撕。与此同时，我还把一些韵律感强、语言简单有趣的现代儿歌间接地传授给小嘟听。到他七八个月大，对图形有一些基本的了解后，开始让他边看着图画边给他念。

久而久之，图书成为小嘟生活中最熟悉且最长久的老朋友。如今，1岁多的小嘟每次逛超市时，肯定都会扭着小屁股撒欢儿似地向书架跑去，然后迅速挑一本封面最惹眼的、一般是以图居多的书，挤着挤着坐下，便两耳不闻周边事地专注看起来。目前他对书的热爱属于比较执著且专一的，就是说他非常喜欢反复多次地听同一个故事，直到我们每个人都快讲吐了，他仍然听得乐在其中。

他喜欢那些小动物做主角的寓言小故事，喜欢听跟他年龄相仿的小朋友的生活故事。抓住他这一特点后，我便把说教道理的任务交给了这些图书。比如这段时间嘟睡觉习惯不好，总是有选择性地黏着人闹，我就钻到书堆里挑有关类似的故事买给他，当故事内容已经深入嘟心的时候，我便可以随时拿出这个例子激励他，告诉他也可以做得那么好，情况往往比我直接告诉他的要好很多。

这样积累下来，家里小书架上的童书内容便基本反映出了嘟不同时期出现的不同问题，他在这些相似情况的故事中，或者看到榜样的力量，或者通过反面教材看到了坚持坏习惯的不良后果。感觉这样的方式要远比生硬的说教和粗暴的喝斥更有效，他可以在愉快的阅读中把一些必要的约束和好的行为习惯内化为自己的主观意愿。真该感谢那些创作了丰富童书的作家们，他们成为我育儿道路上一个最好的帮手！

2005年12月20日　星期二　嘟2岁1个月9天

两岁的小嘟已深爱上书籍。就在上个周末，他做了一件让我很受感动的事情：在我出门去超市购物前，告诉小嘟要送给他一样礼物，请他在冰糕糕、大苹果和一本故事书当中选择一个。嘟看着我，想了想认真地说："我要一本故事书。"我大惊，忙考验他说："你不吃冰糕糕了？雀巢的冰糕可好吃了！"小嘟坚定地说："不吃了，我要故事书。"看着他仰起的表情坚毅的小脸儿，我真是佩服一个只有2岁的孩子，且平素贪吃成性，居然会为一本故事书放弃自己最爱的美食，我和他爹大受感动。最后的结果是送他3本故事书，还奖励一大盒雀巢奶油冰淇淋。嘟美的不行了！

前几天晚上，嘟突然又喃喃地念叨起来：“唧唧复唧唧，木兰当户织。不闻机杼声，唯闻女叹息。问女何所思？问女何所忆？女亦无所思，女亦无所忆……”惊的我和他爹两张嘴巴半天没合上。这是从嘟几个月大时起，我哄睡他的催眠曲，在他什么都不会说的年龄里，我硬是一天十几遍地自说自念了一年的“经”。但周岁以后便以童谣和故事代替之，再未给他念起。万没想到，事隔两年，他不但记住，且能像模像样地背诵出几句。此后，我们发现经常能从他口中突然冒出几句古诗来，都是从前给他背的那些。比如，一日，嘟嘴里嚼着花生，看着小手里把玩的另一颗花生豆，突然诗性大发，随口吟诵道：“花生豆生南国，春来发几枝，原君多采撷，此物最——相——思。”结尾三字还很像样地抻长了声，酸劲儿十足呀！

那日看动画片《花木兰》，开场5分钟，小嘟忍不住问我：“他们怎么不说‘唧唧复唧唧，木兰当户织’？”隔天又看动画片《小鸡快跑》（英文原版），嘟看了半天，百思不得其解地说：“奇怪，原来母鸡都是咯咯咯叫的，现在怎么讲英语了？”

——哎，儿呀，你这知识都学杂了！

2006年11月10日　星期五　嘟2岁11个月29天

开始的时候，给小嘟的购书纯属于无序无章状态。我常常大半天大半天地泡在书店里，面对着成堆成山的童书画册，看花了眼地比较选择，最后抱回家的不仅好多内容重复，还总是感觉缺点那个想象中的劲儿和“营养”。

后来在一位网友妈妈的推荐下，我开始光顾当当网，并尝试着第一次购书。也正是在这个聪明妈妈独特育儿理念的启发下，我开始对幼儿读物有了一个更高层面上的认识，并且尝试着重新选择嘟的阅读书目。

嘟3岁生日那天，非常欣喜地收到了我在当当上的第一本购书——《当世界年纪还小的时候》。整本书的装帧流露着一种非常质朴的精美感，一时间让我有些爱不释手。但是简单的翻阅后，我开始有些担心，不知语言风格如此迥异、思维表达如此独特、故事内涵如此深刻、插图又明显比以往图书减少的读物，嘟能否接受。有那么一刻，我甚至开始有点埋怨自己的鲁莽，没有成熟的考虑和细致的考察，以至使这次尝试的跳跃性太大。

不管怎样，花了银子，千里迢迢买回来的，在一直对网购持怀疑态度的嘟爸面前，只能强打精神，硬撑着！心下盘算，先试着当睡前“催眠曲”读吧，反正总有一天他会看得懂的。

不吹牛地说，朗读是我的拿手绝活，学生时代，每篇新课文的朗读基本都是我的任务，各种演讲比赛的奖也拿了几个。所以，当嘟小毛球一样钻进被窝，又拱到我的怀里，期待着我的新故事时，暖融融的灯光下，我轻轻翻开书页，以略带磁性的声音开始我的讲读。

这次的阅读，我很小心，甚至每一个动作、每一个语调都努力地把握好，企图营造一种能够配合“经典”的温暖氛围。嘟很敏感，他明显感觉出来，这跟他以往的故事不太一样。他不时地翻起身想看看书上的图画，一双本已有些迷离的眼睛瞪得溜圆，全神贯注地听着我讲。我有些意外，但马上偷偷地得意起来，心下感慨“经典”的神奇力量。

当故事讲到：“我叫夏娃，你呢？我叫亚当，你呢？我叫枣椰树，你呢？我叫水母，你呢？……”的时候，我的感觉越来越到位时，嘟竟然爆发出猛烈的一阵狂笑，边笑边重复着书中的句式又额外胡乱地发挥起来：“我叫夏娃，你呢？我叫亚当，你呢？我叫水母，你呢？我叫大肚子！哈哈哈……”又是一轮爆笑。

我整个人傻在那里，形势转变太快，一时间，我无法反应过来，该怎样给眼前的“突发事件”下定论。不过，嘟的快乐倒是迅速感染了我，我很快便跟着他一起模仿着书中的句式，娘俩天马行空地胡诌起来：“我是小桌子，你呢？我是大椅子，你呢？我是车轱辘，你呢？我是方向盘！哈哈哈……”

好一通嬉闹后，作为一个成年人，我率先恢复了理智。在我的极力控制下，总算把小嘟又按到了被窝里，把气氛又调整到平静，我继续“催眠”，小嘟红着一张小脸更集中精力地听着。

当故事讲到：当世界年纪还小的时候，太阳除了每天上山下山外，还想学点别的东西，于是他要学习唱歌，结果他的粗嗓门子吓坏了大家……该死的我，居然在这时声情并茂地模拟了一个太阳粗粗的声音吼了两嗓子，结果，小嘟再次被点中笑穴，不管不顾地笑翻在床上。

这故事是没法儿讲了！眼看着时钟已经指向9点40分了，就嘟目前这情绪，我至少得花半个小时才能让他平息下来！老天可怜！为了明天不再迟到，我只能强行关灯，采取传统“催眠法”，费了好大精力才让他不再重复书中的故事，又花了好多时间才最终让他透着一身的小汗酣酣地睡去。

虽然第一天读故事的局势有些失控，但故事还是坚持着讲下来。嘟时而兴奋，时而沉思，时而无聊，但有一点是可以肯定的，他还是挺喜欢这本书的，对这种不一样的讲故事方式他似乎也表现得挺受用的，这就足够了。经典的力量不是一次就能释放完的，随着嘟一天天地长大，他自然会慢慢地领悟其中的奥妙。

2006年12月17日　星期日　嘟3岁1个月

1岁之前，我把背诵古诗宋词当作小嘟的“催眠曲”，所以小家伙刚会吐字便可以摇头晃脑地吟诵着“唧唧复唧唧，木兰当户织”，“本是同根生，相煎何太急”。

小嘟那时对诗的感觉，除了几首极其简单易懂的外，基本是源于对韵律的一种喜欢，所以我并没有就这个好的开端继续大量地教他背诵古诗，也不期望他在众人面前表演获得的那点虚荣的面子。从他可以理解一些有点情节的小故事起，我就选择大量的绘本故事作为他阅读的主力军，让他在有趣的故事中潜移默化地获得成长需要的智慧和经验。

在小嘟3岁生日后的这个睡前阅读时间里，他突然躺在床上自顾自地吟诵起那些婴儿时期的“催眠诗”，事隔两年，他竟仍清晰地记得。到底是中国人，2000年传统文化精华的熏陶对小孩子来讲还是十分必要的，于是索性翻出束之高阁好久的绘本《古诗词》念给他听，嘟立即表现出极大的兴趣。

这是一本配有精美国画插图的古诗词读本。读诗前，我指着那些美丽的图画告诉他：“这跟你从前看的故事书里的图不一样，那些图都是卡通画，这个则是我们的国画，知道什么是国画吗？”

嘟聪明地眨着小眼睛说：“就是我们中国的画吧！”服了！理解相当准确到位！

我接着卖我肚里那不太多的“存货”：“国画是用一种特制的毛笔画出来的，这种毛笔通常是用狼、羊等动物身上的毛做出来的！”

嘟马上有点遗憾地插言：“我头发秃了（一天前刚刚剃过），要不也可以做毛笔吧！”

我强忍着笑安抚他一番，开始进入正题，明月暖灯，赏画读诗，秃头小儿，半卧被窝，疲倦老妈，强打精神。

第一首，汉乐府里的《长歌行》，平仄起伏，低沉婉转。当我用心读到“少壮不努力，老大徒伤悲”时，一边儿听的小眼睛发亮的嘟，积极地参言，用他半生不熟的中国童言表达着内心对诗的理解：“努力就是用力，用力，用尽全身的力，嗯……直到把所有的猎物全部打倒！”说着，还从被窝里探出大半个身子，小手在空中用力挥舞做着动作。我肯定一番，积极性不能打击，然后做正面的解释。

接着进入第二首，曹植的《七步诗》，“煮豆持作羹，漉豉以为汁。萁在釜下燃，豆在釜中泣……”第二个“豆”字刚刚出口，小嘟又忍不住兴奋地连比划带解释地大发诗意，还掰着手指头数着：“黄豆、青豆、绿豆、红豆、花生豆，都是豆，把他们放在一起煮呀煮呀，最后就成豆粥了！还有绿豆雪糕就是用绿豆做成的！”我翻着白眼儿看着他因激动涨红的小脸儿，似乎真的闻到豆粥的香味儿了。

第三首，《敕勒歌》，还没开念，人家就在被窝里摇头晃脑地背起来了，并且告诉我在哪个哪个碟子里面有这首诗的动画，而且今天白天他刚刚配了舞蹈表演给姥爷姥姥看过了。

那就接下一首，《咏鹅》，这个熟悉，嘟却另辟蹊径，猛劲儿追问我：“为什么不咏鸭？鸭子是嘎嘎叫的！鸭子也是在水里游的……”接下来的时间，他用8种嘎嘎的声调即兴做了一首“咏鸭诗”，听得我头直大！

《回乡偶书》，他指着配图说：“这个是他姥爷，这个是他儿子！他们见面了！全都不认识了！”虽语言直白的了无诗意，但理解的还算有点意思，当然要大大赞扬肯定之！小嘟立即便欢欣鼓舞起来。

《咏柳》，“二月春风似剪刀”，小嘟闻言，腾地一下从被窝里站起，挥动着两臂，口中配音，于是，一个无比形象的“大风”便在卧室小床上刮起个没完！

《凉州词》，“羌笛何须怨杨柳”，嘟抢着说：“‘羌’就是有子弹那个‘枪’！”接着就嗒嗒嗒对着天棚一通火力强大的扫射。我晕。再不停止如此的吟诗，恐怕今晚所有的诗人就得托梦打我大板子了！什么也不说了，关灯睡觉！

——夜，在诗的本来意境中渐渐恢复平静。当我以为小嘟已沉入梦境，正欲悄悄起身时，一个迷离的童音在黑暗中悠悠地响起：“床前明月光，疑是地上霜，举头望明月，低头思——故——乡！”我倒！！！

2007年1月24日　星期三　嘟3岁2个月

曾经在很长一段时间里，嘟在家中的活动基本属于“游击”状态，汽车、积木、图书，还有那些杂七杂八的玩具遍布陋室的各个角落，嘟是走到哪儿玩到哪儿，玩到哪儿就扔到哪儿。还是在一位网友妈妈的博客里，看到她为儿子建立起来的“工作室”，嘟妈我深受启发，于是大胆构思，勇于创新，伙同嘟爸趁着周末，深入家居市场，挑书架，选桌子，换灯泡，俩人手脚并用地忙到午夜零点，总算把原本属于嘟的小卧室打理出个样子来。待小家伙第二天从姥姥家归来，看到正式挂牌“营业”的“小嘟书屋”时，满眼欣喜地摸摸这，看看那，兴奋得上蹿下跳。从此，每晚饭后，嘟必“长”在小屋里，看书画画做手工，忙得有板有眼，像模像样。

小屋的建立，不只让嘟的玩具用品们终于有了一个固定的“安身立命”之处，随之也促使小嘟自然而然地建立起井然有序的生活游戏秩序。小家伙不再拿着玩具东丢西扔，他开始不用人督促就自觉地把看完的书放回小书架。在此基础之上，对于每天的亲子游戏时间，我开始要求他要学会一心一意地做一件事情，不能玩着这个看着那个。不管是不是还感兴趣，只要有了开头，就一定要尽最大耐心和能力去坚持到底，不能任由自己的性子，随意地半途而废。

也许是良好环境的激励作用吧，小嘟很是配合，他可以老实地坐在小桌子前，专注地跟娘一起画画、看智力题、做手工，尽管也有做到一半就失去耐心和兴趣的情况发生，但在我的鼓励下，基本可以坚持到底。有时看到这样执著获得的成果，小人儿还很有一番意外之喜的感觉呢！这样时间久了，“专心”和“坚持”的概念便开始在小嘟的大脑里慢慢地生根发芽……

如今每晚华灯初上，钻进小屋，打开台灯，翻开书页，那便是母子俩最快乐享受的亲子阅读游戏时分……

2007年11月7日　星期三　嘟3岁11个月

很久没能在晚上抽出时间陪陪小嘟，给他讲讲故事了。在那些忙乱的日子里，小嘟基本都很乖地靠那些已被撞的残破不堪的小汽车打发时光。偶尔也会喊无聊，我便用网上下载的《西游记》讲故事音频来替他解闷儿。这样做的直接后果就是，他常常大叫着：“我是孙悟空！大闹天宫的弼马温大人！”我追在小人儿屁股后面纠正，儿呀，这个名不好听，人家孙悟空喜欢别人叫他“齐天大圣”！

这段日子，手头的事情理顺了一些，加之科学利用时间，效率有很大提高，因此，又能创造出空闲，在晚上暖暖的灯下，伴宝贝讲那些古往今来、大千世界的故事。

本周开讲当当上收获的《神奇校车》。这套丛书大概是我半年前听网友介绍买下的，书确实是好书，但当时试讲却感觉相对小嘟的年龄来说，内容似乎深了些，也或许是我第一次讲的方式不对，让他没产生兴趣接受。所以，就暂时“束之高阁”。这段没人管的小嘟闲极无聊时，曾多次到书架上翻看这套新书，其中内容丰富、极具创意的图画率先吸引了他，在他的强烈要求下，我试着开始给他讲解其中的故事。

这套书最可贵的地方是，利用很具有幻想力的故事方式来讲述那些生活常识和科学知识，很多深奥的原理能用小孩子容易接受的方式和语言表达出来，绝对的寓教于乐。昨天晚上，我们讲的是《在人体中游览》，主要以科幻的方式介绍人体的内部结构，让孩子更科学地认识自己。

应该说，我讲的卖力极了，配合着书中的内容，再结合小嘟的实际理解能力，做一些适当的发挥和创造。偶尔还凭着我仅有的那点绘画功底和可怜的生理常识，在纸上涂画那些书上没有的内容给他看，小人儿听的那叫一个入迷。为了让他能更直观地感受书中讲解的内容，我时不时地让他摸摸自己身上相应的部位和器官。

讲到心脏时，我拉着他的小手按在自己的小胸脯上，感觉自己心脏跳动的节奏。接着，我拉过他，让他的耳朵贴在我的胸前，听听我心脏跳动的声音，同时告诉他：心脏每时每刻都在咚咚咚地跳着，向全身输送新鲜的血液，如果心脏不跳了，没有咚咚的声音了，那这个人就死了。在我说这些时，小嘟一直眯着小眼睛，咧着小嘴儿，小脑袋紧紧地贴在我的胸前，专注地听着，好半天都不肯离开，一瞬间我突然有种感动，索性一动不动，任他拱在怀里听我的心跳声。哪知好景没几秒，嘟突然带着哭腔很紧张地叫着：“妈妈，我听不到你心跳的声音！”说着再度拱进怀里，更用力地贴在我的胸口，依然没有结果，他眼里已含满了泪水，大难临头地喊着：“妈妈，你的心脏不跳了！怎么办呀！”我的傻孩子，他天真地以为听不到我的心跳声，就意味着我要死了，紧张地抱住我反复地努力地听着。本来就脆弱的我一下子眼睛也湿了。

也许是不得要领，也许是女性特殊的生理结构让这种跳动的声音不那么明显，总之，俺们娘俩忙乎半天还是听不到我的心跳声。为了安慰陷入极度惶恐中的嘟，我一把拉过他的小手让他感受我的脉搏跳动，这回小人儿笑了，很放心地长出一口气。后来，我们又拉来嘟爸作模特，这回，贴在爸爸的胸前，嘟终于清晰地听到敲大鼓一样的心跳声音了。

因为感冒未好，本来就有点咳嗽的嗓子在一个小时唾沫横飞的讲解中真有点受不住了，于是请求小嘟明天再接着讲。嘟却不肯，又哄死人不偿命地哀求我：“妈妈，全讲完了吧，你讲的实在是太好了，太有才了！”嘿嘿，有什么办法，他老娘我受不了这个呀，就是累哑巴了也得坚持讲完！

睡前，我和嘟分别因为回馈超好的付出和意外丰富的收获而感受着精神享受带来的愉悦。喜形于色之间，我突然就欠嘴多问一句："宝贝儿，记不记得血液里那个携带氧细胞的东西叫什么名字了？"嘟非常胸有成足地、用自认为低沉有磁性的男童中音回答我说："红胞"。——哇呀呀！下一个镜头是：嘟妈我当即"吐血倒地"……

嘟妈心得

书籍在整个人类社会历史发展的长河中所发挥的巨大作用，我想是不需要我在这里赘述的。即使现在进入了高度发达的互联网时代，书籍的地位依然无法捍动。

对于孩子来讲，阅读书籍不只可以培养语言感觉，启发表达能力，陶冶审美情操，同时也是孩子认知世界的一扇窗口。

对于嘟在阅读方面的引导，基本经过以下几个阶段：

一是百天后到10个月之间，用色彩艳丽的认知图片和韵律感、趣味性都很强的简单儿歌作为主打读物。此阶段他大多数时候是把这些卡片当玩具来玩的，但很喜欢儿歌的韵律。

从10个月开始，嘟能听懂并很快喜欢上了一图一句话的简单童话。此时为他购进了大量的寓言和培养生活习惯的小故事。在掌握语言表达方式的同时，通过故事渐移默化地传递给他生活的小道理。

从2岁6个月起，伴随小嘟幼儿园生活的开始，我从当当网上为他引进许多涉及情感、友爱、社会交往等情商方面的小故事，还有那些无论艺术还是思想都具有很高欣赏价值的绘本系列。这方面的书籍，我一般倾向于选择国外流传好多年的经典儿童作品，很欣赏他们天马行空的创造力，很看重他们不带有说教味儿的娓娓讲述，还有那些让成年人也深感陶醉的插图作品。在这些精神食粮的营养下，小嘟不仅学到了我想让他接受的思想和品格，而且深深感受并迷恋上阅读的乐趣。

3岁开始，在原有情商系列的基础上，我适当添加一些介绍社会知识和自然科学启蒙的童书。比如：以科幻方式介绍简单科学知识的《神奇的校车》，以儿童的思维和具有创造力的图画介绍社会机构和很多工作流程的《斯凯瑞金色童书系列》，以培养初步逻辑思维和数学基础为主要内容的《阶梯数学》。

4岁开始，添加一些类似简单的生活科学小实验丛书和诸如《窗边的小豆豆》、《夏洛的网》、《永远讲不完的故事》这样的长篇经典儿童文学作品，以及《爱丽丝漫游奇境》、《潘多拉的盒子》等一系列的世界经典童话CD，培养他的动手动脑能力和高层次的文学素养。同时让他反复收听《孙敬修爷爷讲西游记》、《幼儿听三国》、《学前成语故事100则》之类的CD碟，增强他对我国传统经典文化的了解。

经过4年多连续不断的阅读引导，嘟早已把书籍当作他生活的好朋友，把阅读当成他自娱自乐、消磨时间的最好方法。在完全不用我号召和督促的情况下，他基本每天都要抽出一小段时间，坐在他的小书架前，一本一本翻看那些新旧的图书，专注地陶醉在他童话的世界中。

养成良好习惯的同时，在大量的阅读中小嘟更是获取了丰富广泛的知识，包括文学、自然科学、社会科学、人际交往等很多方面在内的启蒙印象。他的语言中也因此常能跳动出那些非常成型且富有哲理的词汇，大人高谈阔论某个话题时，他也时不时地能插上两嘴，发表一下小评论。

如今，阅读早已成为嘟生活中不可缺少的一种娱乐项目。而伴随着他年龄的增长，我也将继续根据他的发展特点有选择性地指点他的阅读书目，希望人类的智慧可以不断地丰富他的大脑，更希望可以借助书中的思想传达给他成长需要懂得的很多道理。

头疼呀，那些疯长的小毛病

2004年7月12日 星期一 嘟8个月

近来，嘟不知怎么特别爱哭：饿了要哭，困了要哭，把他喜欢的玩具夺走要哭，发现妈妈不见了更是大哭，把原本胖嘟嘟、圆滚滚的小脸皱成一个小核桃，喉咙里发出干辣辣的号哭声，其状颇为吓人，但只要要求得到满足，立马收声，泪雨全无，豁然媚笑，得意洋洋，莺歌燕舞！依我的火眼金睛判断，嘟这是越大越精了，知道用哭声来实现自己的欲望，达到自己的目的了。所以俺临时召开家庭会议，通告所有的家庭成员，从此时开始要仔细分辨他的哭声，如发现是无理取闹或有耍赖之嫌，则坚决不理，绝不姑息！违者必究！嘟在一边听着，一边眨眨眼睛，哼哼，心里指不定怎么恨我呢。

不过，相信有一天他会理解他老娘的苦心。因为从现在开始，他已逐渐地懂事了，我也完全进入“战备状态”了，我希望在他第一次接触一个事物的时候就能教他养成一个良好的习惯和正确的态度。我不要在他的生活中出现那种无原则的迁就，致使他养成不好的习惯，我始终坚信：改掉已形成的不良习惯要远比开始就养成一个好习惯难得多。惯子如杀子！总有一天，嘟会深深地理解每一次咬牙抗拒他的眼泪是一件让我多么心痛的事情！但作为母亲，这是我必须坚持的原则。

2004年9月21日 星期二 嘟10个月

两天了！在众人惊诧的目光中，我硬着头皮、厚着脸皮招摇过市了两天了！说来这都是小嘟惹的祸——这几天小嘟脾气见长，每见到大人做出不好看或者说是狰狞的表情，他就会狠狠地盯视对方片刻后，果断地伸出大胖爪子使劲地抓他脸一把。我就是在他不好好吃饭的时候，扭曲着一张俊脸怒喝着，然后嘟就果断采取行动，然后我的俊脸就变成“花样年华”了，然后我就咆哮着“天哪，让我怎么见人”！然后就按着他的胖手，把他锋利的小指甲全部剪光光……第二天，可怜俺一路迎着大家异样的眼光，花着脸穿梭于机关大院，哎，别提多难为情了！

冷静下来，却不能不为宝贝的野蛮行径深感头疼。而且最重要的是，我一时之间找不到一个有效的办法来让如此之小的他意识到这是不礼貌的行为 。小嘟不但“狠”，还很“坏”，每次要做“坏事”前，竟然都要“啊啊”地示意大人注意他，然后看着我们诡秘地坏笑着，挑衅般地故意向危险目标进军，然后就会在意料中的大人的阻止中开心地笑得上气不接下气。简直让人哭笑不得！

昨天晚上，在我不经意间的指示下，嘟竟然很听话地、不辞辛苦地、一遍遍地撅着小屁股把散落四处的玩具拾起，放到我指定的大口袋里，折腾的一身香汗，初步展示出一个小劳动者的英雄本色！

看来，小嘟是本事与恶习同时长进，这大概是人的本性。也许在做这一切时，孩子并无什么善恶之心，只是本性使然。所以，他娘我的责任就是要积极地引导他，教会他分辨哪些是对的、好的，哪些是不对的、不好的，并且要对他的积极进步大加鼓励、赞扬，对不好的行为坚决制止、反对，绝不宽容。不过这其中最重要的是寻求一个他能接受的合适的方法，让他既长了见识，又不会受伤害。哎，当妈不容易呀，以后可有好事干了！

2006年3月19日　星期日　嘟2岁4个月

超级可爱的小嘟，每天天使一样活跃在我们的视野里，以他的聪明、灵动、懂事迷惑着我们。

偶有让人感到头疼的是，他非常的黏人。永远像502胶一样，只要他睁开眼睛就得有人陪侍在身边，而且他黏着的对象还是有选择的。根据他阶段性的喜好，最初黏着爸爸，最近开始黏着我，我们都不在家，就黏姥爷，姥爷也上班了，就黏姥姥。每个被他黏着的人都是痛并快乐着。

起初我只把这当成是孩子一种安全感的需要，并号召家里人积极响应，以此给他亲情和无尽的关爱。后来我们也主动地陪着他，主要是不想让时间在他无聊的自我游戏中浪费掉，以为有我们引导的游戏更有益于他吸收“营养”和经验。但当嘟的这种黏人越来越成为一种习惯，且严重影响到大人的行动自由时，我不得不重新审视我们先前的“理论”了。

书中说，孩子应从小就学会适当的独处，以培养他的独立能力。现在看来，专家的话不无道理。每天应该有一个时间段或是几个时间段，让孩子学会自己打发时间，自己娱乐，否则像嘟现在这样，他的依赖感会越来越强，这很不利于他独立意识和独立处事思想的形成。

2007年11月2日　星期五　嘟3岁11个月

其实，一直以来，我都很以嘟宝为骄傲：他非常聪明，非常机灵，非常有人情味，非常懂得事理，非常爱学习。然而，即将要过4岁生日的小嘟，却快成一个“问题”男孩了，也不知道是哪夜之间，他的身上便疯长出那么多让人头疼的小毛病。

他突然不那么乖顺了，每说一句话，他非要顶着你说。比如，我说：嘟，你乖，这样很不好。他摇头晃脑地慢悠悠对付着：我不乖，就这样做能怎么的呢？实际他在行动上并不见得真那么做，但他就非得这么句句顶着说话。

他学会发脾气了。有时会莫名其妙发很大的脾气跟我对抗。他也不再像小时候那样热情地见人就打招呼，他常常漠然地看着每个向他示意的人，不理不睬。他不分场合就口出狂言，特别是在家里来了客人，或是有朋友在的时候，非要弄你个难堪不可。他跟幼儿园里一些小朋友学会了说脏话，学会了帮着朋友去打架。

他也不太像从前那样积极地自主地做一些力所能及的事情，有时要求他做点事，他还会愤愤不平地维权说：凭什么就要我去干，凭什么啊！

他做事磨蹭，每天早上那么宝贵的时间里，他都要上演一出电影里的慢镜头，让你活活急得要崩溃。他开始崇尚武力，迷恋那些什么魔兽、什么赛车王、什么江湖好汉，天天弄个棍子对着假想敌丁丁当当打起个没完。

……

日复一日，我眼中的他，渐渐失去很多可爱之处，不断增长的小毛病逼得我频频发威怒吼，施展我家长的威风和强力去制止纠正他。然而，这样的效果往往奇差无比。每每在我怒吼时，他都在一边冷冷地看着我，半晌打嘴里哼出一句：哼，早晚你会再次爱上我的，因为我是你唯一的儿子。听到这样的话，我就如泄了气的皮球，沮丧至极。

其实，我知道，当我失控失态的时候，实际就是我对他的行为束手无策的时候。他才四岁不到，我就无策了，未来那么漫长的育儿之路，我还怎么走下去呀。我开始寻找积极的解决办法，先在网上买来《孩子来自天堂》，试图学着人家能重新以正确的视角来审视孩子成长中出现的种种问题，试图让自己站在更高的层面上，看待他的所谓问题，然后努力学习书中列举的方法，采用鼓励方法让孩子配合。实践证明，有些方法确实见效，但重在坚持和视情况变通方法，该硬的时候硬，该哄的时候哄。

问题的关键是，我们以什么样的态度去看待孩子的这些毛病，不能太宽容，以为孩子就这样，随他们去吧，长大了就好了。有些习惯和态度是姑息不得的，不加引导会成难改的恶习。但也不能太苛刻，一棒子打死，认为这孩子就这德性了。曾在一段时间内，我就是这样看嘟的，我对教育他的信心大失，我太以成人的标准去要求他了，所以当他不能准确地执行动作，不能很有分寸地控制自己时，我就认为这孩子怎么这样坏。而当每一次我用恶语去痛斥他时，从他冷漠的小眼睛里，我恐惧地看到了巨大的消极因素在浇灭他愿意配合上进的希望之火。

养育一个好孩子真是件太不容易的事了。我不知道在未来的人生路上，嘟还要给我制造出什么样的问题，但我必须要始终让自己相信：他是一个好孩子。必须始终让自己保持一份耐心和理性去正确引导。

的确，孩子是一个独立的个体，但从某种意义上来说，孩子其实也是家庭和社会塑造的产物。

嘟妈心得

小的时候，老妈对我们管教很严，以至我开始怀疑她是不是亲妈，怎么那么热衷于“修理”我呢？在我又一次挨收拾并委屈地流泪控诉后，记得老妈很沉静地告诉我：一个孩子的成长就像一棵小树，小树在长大的过程中会有很多多余的枝杈，如果任其自由发展，它便会在杂乱无章的状态下浪费掉成长的养分，这样的小树最终会因为枝杈太多而难成参天大树的。所以，会有专业的园丁产生，他们会根据小树生长的规律和发展的特点，在它们长大的过程中，时时监测，并挥动着手中的剪刀，果断剪去那些无用的枝枝杈杈，保证小树健康地向又高又直的方向发展。同样的道理，孩子成长过程中的缺点毛病就是多余的枝杈，妈妈就是园丁，每一次的纠错，实际都是必要的剪枝，而目的只有一个，那就是：助你成长。

妈妈的这个比喻一直浮现在我的脑海里。直到我有了自己的孩子，我的孩子也开始不断产生新的大大小小的问题挑战着我的时候，我才深切地意识到，“母亲园丁”的角色有多重要，我手中那把无形的剪刀将发挥着多么不可忽视的作用：偷懒，不行，那会错过剪掉枝杈的最佳时机，等你发现时，它已经强大到必须用斧子才能砍掉了，而这样惨烈的处理必会给小树带来很大的伤害；剪的太勤也不行，这样容易把一些刚刚露头的健康枝杈误剪掉了。

所以，要想让我手中的这棵小树能顺利长成参天大树，我必须要做一个勤劳且有智慧的“园丁妈妈”，及时发现多余的枝杈，适时挥舞着手中的剪刀，行使我神圣而不可推卸的职责。

入托，迈开独立第一步

2006年5月9日 星期二 嘟2岁5个月

“五一”长假之后，北方的天气开始明显转暖，各种活跃了一个春天的病毒也开始偃旗息鼓。最终决定在这样的美好季节送嘟入园，迈开他人生独立的第一小步。

在幼儿园的选择上，基本没费太大的周折，就定在我工作单位的内部幼儿园，不但照顾起来很方便，园里软硬件环境也都还不错。最重要的是他们始终坚持启发式教育的办园宗旨，不会过早搬用小学校的教学模式和教学任务来对待幼儿，这点是最吸引我的决定性因素。

物质上没什么太多可准备的，园里都是统一配置的。倒是提前好几个月家里人就开始给嘟打精神上的预防针，姥姥经常给他讲幼儿园的故事，告诉他幼儿园里有好多的玩具，有好多的小朋友，每天都有很精彩的游戏做。姥姥甚至还根据幼儿园的作息时间来调整嘟的饮食起居，培养他基本的生活自理能力、自觉的卫生习惯。我和嘟爸也多次带他到幼儿园实地转过，让他认认门，告诉他以后他就在这“上班”了。久而久之，小嘟对幼儿园不再陌生，有时也会像模像样地对人家讲：“我很快就要到某某幼儿园上班了！”但是要说有多大的向往，这个好像也没有。

一切准备就绪，今天一大早就带嘟到幼儿园面试体检。家里人对这个日子特别看重，凡是能抽出空的都亲自前往，实在要上班的就电话跟踪。最后由姥姥、小姨、嘟爸和我组成四人亲友团，小嘟就在这样的左拥右护下迈进了幼儿园的大门。

刚上了楼梯，嘟就被幼儿园洁净的环境、空气中微带点幼童身上特有的甜香味吸引住。沿途经过之处充满童趣的小画幅、小玩意更是逗得小嘟兴奋地直叫：“幼儿园真大，比汽车厂还大，还好玩！”一直以来，汽车厂对于小嘟来讲，就相当于麦加在虔诚的伊斯兰教徒心中的地位，那是神圣而令嘟向往的，如今嘟给幼儿园的第一评价一下就凌驾于汽车厂之上，看来好感不是一般的呀！陪同人员无不偷偷欢欣鼓舞。

因为是内部子女，所谓的面试也就没那么严格了，简单地说说看看之后，便到妇幼保健院去参加体检。体检进行的不太顺利，首先是人多，又只有一个医护人员在登记，忙乱不堪。接着是嘟不肯配合，透视时害怕机器，说什么也不肯站在前面，到底是我连哄带唱抱着他算是看了一眼；量身高体重时居然打死也不站到秤上，真不明白这又有什么可怕的；最惨的是抽血化验，因为嘟特别怕打针，所以从生下到现在从没让他做过这种检验，这次是说什么也逃不过去了，可怜的小嘟，左挣右扭，几个人都按不住，医生惊叫着针都刺穿血管了，才勉强抽出一点血，还说可能不够用，我擦着一头的热汗冷汗没好气地说："够不够就这些了，打死也不抽了！"

孩子的脸，6月的天，一分钟前还哭的呼天抢地的，一听说要回幼儿园去，立刻破涕为笑，带着满脸亮晶晶的涕泪向门口跑去。

嘟所去的托二班是新成立的，暂时只有3个孩子，都是女孩，看到嘟3个老师都笑说："终于来了个男孩，这可成我们班的一枝独秀了！"虽然孩子少，特别是没有同性玩伴，可能热闹的气氛不够，但是对于刚入园的孩子来说，能得到老师足够的照顾，能有一个和风细雨般的温和的环境，应该有助于让他很快消除对这种陌生环境的抗拒和戒备感。

事到临头了，此前无数的豪言壮语在那时都消失殆尽，疼爱孩子的心还是希望他可以在一个没有挑战、没有对抗、没有排斥、没有欺负的环境中舒缓平稳地度过他人生第一次的走出家门。毕竟他还是个只有2岁6个月的孩子，毕竟他一直在由家人编织的这张巨大爱网的庇护下生长，我希望他走出这张网第一眼看到的是一个晴空万里的蓝天，而不是劈头盖脸的疾风骤雨；希望这个世界、这个人间给他的第一个印象是充满阳光充满爱的；更希望这种爱能够在他小小的心灵里生根发芽，有一天他也会用这样的爱去无私地回报这个世界这个人间。

嘟的参观感受不错，特别是各种丰富多彩的漂亮玩具抓牢了小家伙的目光，这个摸摸，那个看看，欣喜之情溢于言表，还特别配合地跟新朋友王雅萱照了合影，走时甚至还有点依依不舍的样子。明天取到化验结果、办完入园手续，后天就可以正式入园了。

祝福我的宝贝嘟尽快适应新的环境，顺利完成这个过渡。

2006年5月11日　星期四　嘟2岁6个月

2006年5月11日，碰巧是嘟满2岁6个月的这天。清晨的阳光与往日没什么不同，但气氛中却似乎总有点什么不一样的感觉。看着嘟装满新衣的衣柜一时不知该选择哪一套作为他入园第一天的行头，愣愣看了半天，想了半天，忽然感觉到自己心底有点可笑的紧张，就像是在经历一个重大的历史时刻一样。

一贯拥塞的交通状况不容许我把时间过多地消耗在这种细腻的体味中。于是匆匆忙完坐上车子，一路走走停停奔向幼儿园。

嘟表现一直非常好，问他去哪里，很明确地答道："去幼儿园，那里有那么多的玩具，我那天只玩了滑梯和小车，滑梯可真没意思。"显然嘟对那天的参观意犹未尽，心里多少向往着能再去一次好好玩个痛快。嘟这种无知状态下的快乐情绪多少让我和嘟爸心里的忐忑减少几分。

8点准时到达幼儿园，小嘟一路蹦跳着在我和嘟爸的带领下来到托二班，热情的梁老师和赵老师马上接过他，嘟却草草地向老师道过早上好后，喜滋滋地跑向电瓶小摩托车。两位老师低声叫我们放心，示意我们快快撤退。来不及多说什么，多想什么，我和嘟爸转身小跑出去，但却没能马上离开，而是悄悄躲在拐角处竖着耳朵听嘟有没有哭。呵呵，真是奇了怪了，平素黏父母的小嘟居然一点哭声都没有，听了半天里面还是一片祥和，我和嘟爸终于放心离开，此前的忐忑现在全变成了激动，无比的激动，甚至有点骄傲：嘟真牛，就没像人家别的孩子那样哭天号地的！

迈着轻盈的步伐向单位走去，不知为什么，心里却突然感觉阵阵发毛，这一切似乎像在做梦一样，顺利得让人难以置信，这样想着，对嘟的担忧又蹿上心头。于是拿出手机忍不住给梁老师打了一个电话，老师说发现我们走了，嘟有点撇嘴，但是眼泪还没掉下来呢，老师就用玩具把它哄回去了，打电话时正在吃早餐呢，一切都挺好的，老师夸小伙子挺棒的！

放下老师的电话，似乎吃了定心丸。我本以为自己这下可以很洒脱地工作了，但不知为什么一上午心都是悬在胸腔里，空落落地难受，一会想着嘟现在该吃水果了，今天幼儿园吃什么水果，他会不会因为陌生不敢向老师要；一会想着该吃中饭了，他能自己独立地吃饱吗；一会又惦记他会不会尿裤子，有没有想妈妈，哭了老师会像家里人那样耐心地哄吗，会不会因为他闹的厉害而斥责他呢。想起这最后一点，我的心瞬间抽紧、生疼，甚至都有点眼泪汪汪了，现在终于体会到妈妈那句话了，她总跟我们说宁可她自己打我们骂我们，也不愿听别人教训我们一个字。哎，真是不当娘不知娘心呀！

中午吃饭也没了往日的胃口，草草喝了点粥就悄悄来到幼儿园探听情况。中午的幼儿园一片寂静，空气中都是小宝宝们身上的甜香味。托二班的门关得紧紧的，透过窗子看到卧室里拉着窗帘，有老师的影子在晃动。此时正是12点10分，估计刚上床时间不长，还没睡着，怕被嘟看到，来不及再细看什么，赶紧撤到安全地带听声音。这时梁老师从里面出来，告诉我上午表现不错，一点也没闹，早饭中饭都是老师喂的，刚才午睡上床时有点赖，说不想睡觉，老师给拿两个小汽车哄着上床了，现在正在小床上躺着听故事呢，快睡着了。

听了老师这番话，一上午悬着的心稍稍靠点底了。但是没有用，下午上班开始，这颗心变得更加不安，除了担心外，更多的是期盼，盼着快点下班，快点见到我的宝贝，亲眼看看他是不是真的像老师说的那样好。过了3点半后，心就不只是悬着了，简直就像在一个四处不见边的空间里轻飘飘地飞一样，眼睛再也没离开过时钟，一分一秒地数着熬到4点半。

嘟爸开车来了，小妹也带着相机来了，迎接仪式隆重的就像一个伟大的历史时刻要来临一样可笑。按照事先计划的，我在前面走，妹妹在后面拿着摄像机跟拍，就想真实记录下小嘟第一天入园放学见到妈妈时的欣喜模样。结果多少让人有点失落，走到活动室后见嘟小小的背景正在那沉醉地摆弄着手里的玩具呢，我叫他他才回过头，虽然也开心地笑了，但是并没有我想象中那样狂喜地奔跑过来扑到我的怀里，而是很平静地告诉我：“我在做菜呢，妈妈！”不管怎样，儿子这一天都好好的，脸上干干净净，没有泪痕。三餐都是付老师喂的，我说他自己会吃，但是贪玩不肯全部吃完，老师反倒说不急，慢慢来，总得有个适应过程，好在他们现在孩子少，能照顾得过来。有老师这样说，见到儿子快乐的样子，这颗心终于咕咚一声落回原位。

一路上，大家七嘴八舌地询问小嘟幼儿园里的事情，嘟一一回答。他说老师带他们出去玩了，他跟小姐姐玩过家家的游戏了（晕，都是女孩，当然只能玩这个了），那个奶奶老师（照顾生活的付老师）还给他们弹琴了，弹的是世上只有妈妈好，他跟着唱歌了，其他的小朋友都不会唱（第二天证实付老师弹的是小兔乖乖，唱歌的是王雅萱，他在一边只看没唱。事后认真告诉他没发生过的事情不能乱说，不想他无意中养成信口胡来的坏习惯）；问他吃的什么水果，他说："妈妈，你记性真的是不好，没给我带水果，我只好吃老师发的梨了。"（事后证明确实吃的梨，虽然幼儿园规定不能自带零食水果，但是对于小托班新来的孩子可以放宽政策，有的孩子家长给带点以消磨时间，减少哭闹。第二天如法炮制了）

晚上居然又跟着大家吃了半碗米饭和菜，若干水果和奶，玩得也疯，没见明显的上火症状。只是比平素早上床睡了，九点就睡着了。

庆幸第一天开了一个好头，期待明天依然如此。

2006年5月20日　星期六　嘟2岁6个月

事实证明，我们高兴的太早了，嘟属于典型的"后反劲儿"型的孩子。从第二天开始，他的哭闹反应便开始来势汹汹了。以下流水记录本周入园表现：

5月12日，星期五，入园第二天

早起出来还很高兴，此时的小嘟只把昨天的幼儿园生活当成是一次偶然的插曲，还远没有认识到从现在开始幼儿园要成为他生活的重心了。所以送他进去的时候，并没有太多的不情愿，只是拉着我的手，要求我跟他进去一起玩，就像每次在乐园一样。当我转身偷偷离开时，嘟哭起来，所幸老师哄的紧，我在拐角处探听好像也没哭几声就平息了，也便放心离去。

这一整天都玩得挺好的，只是睡觉前有点闹，还玩得意犹未尽，不想上床，更要蛮点名要赵老师拍他才慢慢睡着了。

5月15日，星期一，入园第三天

千挑万选要找个好时机送嘟入园，看来还是选错了。基于前两天的良好表现，以为嘟的适应能力强到他可以就这样顺利地完成了过渡期。但我们高兴早了，这两天公休日一过，周日晚上听说明天早上还要去幼儿园，还要那样没有爸爸妈妈和亲人的陪伴，嘟开始反过劲儿来了，哭叽叽地表示不爱上幼儿园，想去姥姥家。就这样闹了一个晚上的情绪，以至于这一夜都睡的不安稳，时时从梦里哭醒，每次都叫着同一句话："我不爱上幼儿园，我想妈妈！"一直到天亮。

早起的路上也含着泪念叨个不停，我好哄赖哄算是把他哄上楼了，但嘟哭势越发凶猛，死死地抱住我的大腿不放，梁老师过来抱了几次都抱不走。我知道我越是在这恋着，形势就越难控制，嘟会哭得更凶，老师也更难哄，于是咬咬牙，顾不上多说什么安抚的话了，使劲扒开嘟的小手，甩开大步跑开了。到门口匆匆一回眸间，瞥见梁老师正费力地要抱起在地上打滚的嘟，心里疼得厉害，但脚步却不能放慢。一边拼命向外跑着，一边努力地劝自己：忍住、忍住，每个孩子都会有这样一个过渡期的，咬咬牙就挺过来了！

早饭我也没有心情吃了，好容易挺到8点40分，估计他们早餐吃的差不多了，给梁老师打了个电话，老师说：没关系，哭了一会，拿玩具哄一会就好多了。嘟属于哭声大但停的也快的那种孩子，只是有时玩着想起妈妈又会哭一会儿。说话间，嘟的哭声清晰地从听筒传了过来，梁老师马上安慰我说，不用担心，总会有这个过程的，我们现在马上要带他们出去玩了，一到外面玩起来就忘了，我们会照顾好他的。已然如此，还能怎样。我狠下心挂掉电话，拼命地找工作干，企图让忙碌冲淡心底那份扯得生疼的牵挂。

中午又偷偷到幼儿园探视，仍然什么也没看到，但在那个小楼下转转就感觉心里好受了很多。临走时似乎听到嘟的哭声，我不确定是真的，还是自己神经质到出现了幻觉，哎，可怜天下父母心！

下午接嘟时得到确认，中午的哭声不是幻觉。嘟睡梦中哭醒，声如洪钟，像起床号一样，害整个班的小朋友都比往天提前一个小时起了床。老师不停地鼓励我们，当着嘟的面夸他很棒，又给我打气，让我一定坚持下来，一旦这时中断，再送就更难了。同时嘱咐我多给他喝水，多吃水果，适当吃一点泻火的小中药，孩子肯定会上火的。真是感谢3位老师的细心和体贴，她们就像3个与我一同作战的战友一样，那种鼓励和坚定给了我莫大的勇气和信心。

晚上回家依然哭闹的厉害，发无名火，他是在闹情绪，我只能尽我最大的耐心给他讲道理，不管他怎样哭叫，都告诉他要正视这个事实，这是不可改变的。按老师的交代给他吃了泻火的小中药，他也真有两天没有大便了。

5月16日　星期二　入园第四天

一路给嘟讲着道理，告诉他爸爸妈妈要去工作挣钱，否则就不能给他买好吃的和好玩的东西了。嘟哭着说要去姥姥家，我告诉他姥姥也上班了，嘟说：“你胡说，姥姥是不上班的。”我说因为你花钱太多，姥姥也要上班挣钱了。嘟便又祥林嫂一样念着老话：“我不爱上幼儿园，我要上姥姥家。”

到了幼儿园，嘟拒绝换鞋，哭得凄凄惨惨地央求我：“妈妈，你别去挣钱了，我再也不花钱了！我不想去幼儿园！”

依然如昨天那样，割心一样地逃离开声嘶力竭哭喊着的嘟，一天心神不宁。

下午姥姥和我一起去接嘟。到昨天接到妹妹电话才知道，难以适应嘟入园的还有姥姥，嘟走了，屋子突然静下来，姥姥常常站在阳台上看着楼下玩耍的孩子们暗自流泪，走过半辈子人生的姥姥宁愿受着累，也不想承受此刻这份割心一样的痛楚。——我的心更疼了……

嘟今天在园里干了件大事！说来都是昨晚那剂泻火中药的功劳，嘟不仅在上午便了许多，更出人意料地在中午午睡时便在床上，可苦了3位老师，忍着恶臭，洗被洗褥子洗嘟嘟。当老师向我描述这一切时，我和妈妈真是愧疚的无地自容，我当即告诉老师，再有这种事情发生，一定要打电话告诉我，我单位离得近，我来洗，真是太难为老师了。3位老师都忙说没关系，她们应该做的。回家后问嘟老师当时有没有骂他，嘟说没有，老师就说快到水房洗洗吧。心底的感激更加深了，由衷地感谢3位好心的老师这样善待我的孩子……

5月17日　星期三　入园第五天

早上去的时候仍然哭，但是不那样抱着我不放手了，只是可怜巴巴地流泪给我看，见到我毫不所动、依然“铁石心肠”地离开，便只是无奈地看着我哭泣，也不再更多地挣扎些什么，大有点认命的意思。那小样看得我更心疼了，只能在心底求得他的谅解：宝贝，原谅妈妈的狠心，只有这样，你才能长大呀!

晚上姥姥没事先告诉我，欣喜地独自一人去接嘟，结果嘟以为我不去接他了，哭的呼天抢地的，说什么也不肯走，姥姥累得够呛也弄不起来，直喘着气叫：“小白脸儿狼，我白带你两年了！”直到见到我嘟才破涕为笑，跳着扑到我怀里，亲的我一脸的鼻涕和眼泪。

晚上回家还是要脾气，发无名火。

5月18日　星期四　入园第六天

可能从昨天我狠心离去的那一刻起，嘟就意识到哭泣对我是没有用的，所以今天早上起来嘟表现得格外乖巧，不再说不爱上幼儿园的话了，也不耍赖闹脾气了，甚至还天使一样对我们说：“天气真好呀，一会老师带我们出去玩，多开心呀！”到了幼儿园果然没有哭，也没有说要离开的话，但我还是没敢当着他的面走，偷偷离开躲在拐角处听声音，里面一片欢声笑语，嘟第一次没有哭闹，心里霎时晴空万里!

一天的心情都好的无法形容，晚上去接嘟时老师给予了很好的评价，夸嘟进步很大，现在除了早上刚送来时偶有哭闹外，白天在园里吃玩睡都非常好，也很知道跟小朋友友善相处。有件很有意思的事，最初嘟班里只有一个小男生，于是每次3个小女孩去厕所时，嘟都会把她们的小椅子拿出来排好，等她们回来时让她们跟他一起坐好，跟老师做游戏，绅士气质十足！嘟的分享意识在这里得到了大加赞赏，他会主动把每天带的水果分给老师和小朋友吃，大家都夸他非常可爱懂事！赵老师甚至对我说：“这小子知道得太多了，所以比别的孩子难哄，必须以理服他。”

世上的父母都是如此，没有什么比听到别人夸赞自己的孩子更开心更幸福的事情了。从幼儿园出来我就成了祥林嫂，把老师的话一遍遍地学给亲戚朋友听，每说一次自己都深深地幸福一次。

5月19日　星期五　入园第七天

可能是因为昨天给他的奖励过了头，今天早上没有昨天好，但也只是赖了几声，含着“金豆”没舍得掉下来。一天都很好，老师说一天比一天表现好，真没想到他适应这么快。在这短短的一周里，嘟喜欢上了他的新老师们，特别是照顾生活的付老师，他甚至像在家“欺负”姥姥那样“欺负”付老师。比如，要吃饭了，嘟抱着饭碗大叫：“付老师，我在这，你快过来喂我饭呀！”上床午睡要叫：“付老师你坐在我旁边，拍拍我吧！”有的时候他不叫付老师，而亲切地叫奶奶老师。我真的很感激上苍赐给嘟这样善良有爱心有责任心的好老师们，感谢你们带给我嘟嘟一片蓝天，这对他的一生都会很重要！

2006年5月26日　星期五　嘟2岁6个月

孩子入幼儿园，最怕的就是间断。因为嘟入园的时间太短，他还没能够建立起来每周末休息的规律意识，所以，新一周的第一天，总是有些情绪上的反复。但不管怎样，作为家长，只有坚持加安抚，才能保证不前功尽弃，帮助他尽快适应新的生活。以下记录本周嘟的表现。

5月22日　星期一　入园第八天

又隔了一个大周末，我和嘟爸都已经做好了嘟再次哭闹的准备。尽管如此，到他真的流着泪说想妈妈时，我的心还是忍不住地疼。本来嘟爸有事，说送我们到楼下就先走了，但是从幼儿园出来却看见他站在车边，探寻的表情望着我，我说没事，哭给我看的，我走了就不哭了，我安慰着他也是在鼓励自己。

上午坐在单位发呆，想起嘟偶尔跟我念起：“我让小姐姐打TAXI，我送她们去文化广场，可是小姐姐就在那看电脑，也不理我，真没意思。”我忽然意识到这个温和的环境虽然足够安全，但是对于嘟来说却缺少了游戏的伙伴。他毕竟是个男孩子，他爱车、爱球，他不会满足于总是跟女孩子们玩过家家的游戏，没有一个这样的玩伴，嘟的生活肯定会落寞很多，难怪都一周的时间了，他仍然不那样留恋幼儿园。他不哭闹是因为他知道这样不会改变妈妈的主意，他默默地游戏，总在得到老师、父母夸奖时才最开心。这样想着，更加心疼起儿子的懂事来。

5月23日　星期二　入园第九天

早上去的时候又哭了几声，但还没等我走出教室就不哭了。今天班里又新来了小朋友，一个女孩一个男孩。终于又来了一个小男孩，比嘟小一个月，我心里高兴，这下嘟有了伙伴了！相信嘟的幼儿园生活会越来越精彩。

付老师说嘟现在可以自己独立吃饭了，很能吃，别人吃一碗，他总要吃一碗半，但是只爱吃肉、不吃菜，老师说她们会尽力哄着他多吃菜。我很高兴老师没有报喜不报忧，能如实告诉我孩子的进步和存在的问题，以利于我们家长可以更全面地了解孩子，有针对性地配合老师的工作，帮孩子改正缺点。

5月24日　星期三　入园第十天

早上带嘟到幼儿园时，小朋友们都到操场去活动了。看见人家都抱着球往外跑，小嘟来了精神，三步两步跑上楼，放好小书包，抱着球就往外跑。这是第一次，嘟摆手跟我说：妈妈再见，然后笑呵呵地看着我离开，还大声喊着："妈妈走了，我不哭，我是个乖宝宝！"连续10天无论嘟怎么哭闹，我都没掉一滴眼泪，但是在此时走到操场尽头，回头看着嘟小小的身影抱着大球，跟我笑着挥手时，我的眼泪忽然忍不住了，欣慰、幸福、心疼、心酸，一股脑都随着泪水倾泻而出……

这一天，嘟得到了老师奖给的小红花，嘟得意地贴在身上给大家看，看着他开心的笑脸，我的泪再次盈满眼眶，我的儿子，真的长大了！

2006年5月27日　星期六　嘟2岁6个月

5月25日，嘟一点没有哭闹的意思，很平静地跟我挥手再见。黄昏，在我一个人的带领下，嘟非常乖巧地去理了个发。5月26日，嘟一早到幼儿园，直奔球筐去了，甚至都忘记了跟我说再见。

转变就在突然间发生了，包括3位老师在内的所有亲人朋友们都没想到，两天前还呼天号地的小嘟就这样奇迹般神速地适应了幼儿园的新生活。

掐指算来，嘟入园整13天，虽然其间哭闹耍赖不计其数，但是进步却也是非常明显的。最大的变化就是：嘟见人敢说话了，并且礼貌待人，热情大方。入园第一天的嘟还是怯怯地抱着我的腿，跟502胶似的黏在我的身后，都不敢正眼看一眼老师。经过这10天的幼儿园生活，嘟突然就敢主动且大声地跟我的同事们打招呼问好，然后转过头等待我的表扬，有时会等不及地主动问我：“我是不是一个有礼貌的好宝宝呀？”我当然搜肠刮肚毫不吝惜地奉上我所有知道的赞美之辞了。嘟美的直跳脚，一激动就冲向路上迎面而来的陌生人一通问好，弄得人家莫名其妙，我只得强行拦住他，给他的热情泼点冷水，告诉他不认识的人不必去贸然问候，否则人家会认为你很奇怪。

在家里嘟也一改往日的“赖声赖语”，开始微笑着彬彬有礼地跟我说话或请我帮忙做什么事。每每这时，眼前的小家伙简直就是天使在世，他的礼貌懂事让我的每一个细胞都深深激动着。

现在每天到幼儿园接嘟，老师都会对我说这样三句话：“第一句，嘟今天表现非常好，非常懂事，虽然年龄偏小，但是就像一个大孩子一样，懂的东西多；第二句，这小家伙可太能吃了，别人吃一碗，他得两碗，水果拿上来，别的小朋友还没反应过来，你儿子已经消灭一半了；第三句，嘟可真能说，睁开眼睛嘴就不停了，总说大人话。”

最新信息：嘟太能睡了，2点钟小朋友们都起床上厕所，然后开始自由活动，老师找了半天没见小嘟，到睡房一看，小东西自己爬上床抱着被子又睡着了，任凭周围的孩子们多吵多闹，他都义无反顾地睡到自然醒。

吃得好、睡得好、玩得好，在经过一小段不太轻松的过渡期后，嘟的新生活开始阳光灿烂。

2006年6月9日 星期五 嘟2岁6个月

又是一个大周末，5月29日星期一上午送嘟到幼儿园时，嘟居然推着我往外面走，嘴里不停地说：“妈妈走吧，去上班吧，我没事，不用担心我。”至此，我的心终于安安稳稳地回到了它原本的位置。

幼儿园的生活让嘟长了不少见识，一整天的分离更让嘟珍视同父母在一起的时光。他常常要求我和嘟爸一边一个坐在他旁边给他念故事，陪他做游戏，每当这时我问他："嘟，你幸福吗？"嘟都会肯定地说："幸福！"我说你知道什么是幸福，为什么会感到幸福，他会一本正经地回答我说："有爸爸妈妈在就是幸福，爸爸妈妈都陪着我玩，我就幸福！"话语虽然简单，道理却深刻得很。

嘟现在对钱有了点概念，买东西时人家逗他管他要钱，他眨巴着眼睛愣了片刻，马上拉起我的手果断地说："走，妈妈，咱们去找警察叔叔给发点钱吧！"大家都笑死，说警察叔叔又不是开银行的，哪能给你发钱。前天幼儿园收托儿费了，我说要下楼去交钱，嘟拉着我不放手，不情愿地说："我不想让妈妈下楼交钱，我喜欢让妈妈去挣钱！"晕，好一个收钱的匣呀！

这段时间给嘟买了不少书和碟子，什么《鞠萍姐姐讲故事》、《洪恩小画家》、《诺弟美语乐园》，嘟沉醉其中。我喜欢看嘟专注的表情，喜欢听他愉悦地大笑。我从不主张要刻意地教孩子去认多少字，学多少单词，背多少诗，但我一直努力选择那些"营养丰富、健康美味"的生活材料来丰富小嘟的生活，希望他能在快乐的游戏中潜移默化地汲取知识，获取成长所需的养料和能量，希望他在学前的幼年时光里，能成长与快乐同在，这样才是最幸福的！

2006年6月23日　星期五　嘟2岁7个月

在接二连三地得了4朵小红花后，我们全家都乐观地认为嘟已经完全适应了幼儿园的生活，我们可以高枕无忧地开始逍遥自在的日子了。哪知过了一周，嘟突然再度出现哭闹情绪。虽然早上去时依然如往常一样乖，但是回家后不停地念叨："我不爱去幼儿园，我不想去王老师那班，那班打针。"跟老师交流后才知道班里确实有小朋友打预防针了，嘟最怕打针，估计这个吓到他了。耐心跟他解释了2天，这段小阴影方在小嘟的心里渐渐散去。

好光景持续了2周，本周一一大早居然哭得满地打滚，说什么也不要在幼儿园，说他想妈妈。我真是有点气急败坏，心里的沮丧无法形容，一整天都心情低落，我简直是搞不懂，日子好好的，小嘟这是抽的哪门风呀。

下午接他时，跟老师探讨究竟什么原因导致小嘟的反常情绪，老师说嘟白天在幼儿园的表现还挺好的，跟小朋友们玩的也不错，只是不喜欢跟着大家到别的班去玩，也不愿意让别的班小朋友来他们班，就他们这些孩子这些老师，就在这个活动室里玩，小嘟才感到最开心最放心。而且小嘟爱黏人的毛病又在这里发扬光大了，只是黏着的对象换成老师了，赵老师说：这小家伙看人看得紧，老师连转个身给别的孩子拿点水什么的都不行，就得在他身边坐着。另外，最近班里来了不少新孩子（现在有15个孩子了），所以每天都有哭闹找妈妈的孩子，有些孩子会因此情绪也受点影响。

综合上述两点，感觉小嘟一是自我保护意识太过强烈，对周围的环境缺乏安全感，这点可能跟我们家人，特别是祖辈带着他，总是谨小慎微，生怕有什么闪失有关。老师也说他的淘气不是那种冒冒失失的，他总是很有分寸，估计这个事拿不准，他就干脆不去干。这点有时是优点，可以保护自己不受伤害；但是太过了，就是缺点了，特别是对于男孩子，缺乏冒险的精神，尝试的胆量，将来做事会缩手缩脚的。这点需要我们在今后的生活中适当地引导。

再一个就是别的孩子哭闹也勾起了他的感伤和对妈妈的想念。老师说嘟很仁义，是个多愁善感的孩子，班里放电脑故事《二小放牛郎》，所有的孩子都没怎么样，唯有嘟眼泪汪汪，说王二小真可怜；这几天央视一套放电视剧《插树岭》，嘟只是无意中瞥见一个片段：小女孩在坟头哭妈妈，小家伙就放下玩具，抹起眼泪来。

嘟虽是男孩，但却有颗非常善良的心，目前阶段最能触动他、让他掉泪的事情就是：一个人没有爸爸妈妈，无论他多大，都是可怜的，值得同情的。由此可见爸爸妈妈在他心里的分量有多重。嘟在跟我聊天时也说："班里别的小朋友一哭着找妈妈，我就眼睛一红，也想我的妈妈了。"听着儿子委屈的声音，我心底一切的沮丧都消失了，或许是我太急躁了，一个人的成长本来就要经历各种各样的考验和磨炼，这点事情对于我们这些30岁的人来说简直是微不足道，但是对于一个只有2岁半的孩子来说，有时就好比是天要塌下来一样让他们感到恐慌无措，我们当家长应该做的，就是拉着他的手，用耐心和爱心陪他慢慢长大。

2006年8月25日　星期五　嘟2岁9个月

掐指算来，小嘟入园已有4个月整了，曲曲折折混到今天，小家伙早已从当初那个又哭又闹又爱生病的新生，摇身变成了可以"爬墙上树、无所畏惧"的老生了，我也终于可以坐在电脑前，以平静的心态来细细梳理这4个月来嘟的成长变化。

按照惯例，先报点喜。

说起来，小嘟这4个月是长势喜人呀！一喜是生活自理能力全面提高。现在可以完全独立地用筷子吃完一日三餐，这是幼儿园小班的规定，所有的孩子都要学用筷子进食，家里的老人对此颇有微词，我也曾表示过怀疑，但是事实很快粉碎了我的那点担心，嘟非常神速地掌握了筷子的用法，在更换工具第二天就可以很好地夹起滑子菇、花生米，只是在家里进食的自觉性要相对差一些，这是我们当父母的不对，还让他残存着喂饭的幻想；可以熟练地脱衣服和裤子，小便完全自理，大便要想不受"污染"，还需要大人的指点，至于办完事提起的裤子，那就不用细究了，遮羞是可以的，美观舒适就远远谈不上了。穿裤子和开衫衣服尚可，穿鞋更不在话下。

此阶段进步最大的是睡眠。自入园以后不久，午睡和晚睡前就都不需要再讲故事唱歌了，只要有个他喜欢的人陪躺在旁，一般不超过5分钟就会自己入睡。最最让我欣喜的是，嘟现在起夜不那样频繁了，一般最多只有一次，而且每次都会自动报警，入园2个月后就开始不再尿床，一觉呼到天亮，从而结束了长达两年八个月的尿床闹觉史，我也终于可以重新享受到一夜安眠无忧的幸福了。

二喜是语言、运动、社会交往能力大有进步。嘟现在可谓巧嘴小儿一个，巧于表达，也巧于辩解，常能嘴甜如蜜，无理也能辩三分（嘟爸说，这点充分继承了我的优秀基因），弄得父母老师哑口无言、哭笑不得。不知道是年龄大点了，还是这一夏天打球练出来的，反正嘟的能耐是大长了，胆儿也大了。最开始到幼儿园，稍高一点的滑梯是打死都不敢上去的，现在你稍不留神，猛一回头就会看见小嘟伫立在滑梯最高的地方，双臂展开，表情沉醉，一个可怕的自由落体运动即将开始，足足吓你个真魂出鞘呀！

不过，值得一提的是，嘟的球性不错（这点应该是继承了他爹的优秀基因），篮球拍得相当像样，甚至还可以运球自如地穿梭在球场上；足球也踢的有点意思，特别热衷于等候在正式比赛的球场边上，一见有球不小心飞出场外，嘟第一时间飞奔过去，在远处球员“谢谢小朋友”的致谢呼声还没完全落下时，但见小嘟狠狠飞起一大脚，球便听话地向另一个更远的方向火速滚去。那边球员无奈地开足马力去追，这边小嘟大度地挥着胖手喊：“不用谢！”

有了集体生活的小嘟社会交往能力也渐长，除了见人说话、遇事协商之外，还经常用甜言蜜语哄老师开心，以真诚友爱之情博得众多小美女的喜爱，4个月下来，交下挚友可欣、丫丫、美美、宵宵。小嘟一摔倒，立刻从操场四周飞奔过来美女4个，拉胳膊的，打扫灰尘的，看傻了一边的他老娘我。

还时不时地上演这样让人呕吐的一幕：嘟和可欣从操场两边相向飞奔（想象一下电影中常见的男女久别重逢的情景，带慢镜头的），两人同时高喊着对方的名字：“可——欣!!!”、“嘟——嘟!!!”跑到中央，两人热烈地拥抱在一起，然后手拉着手玩耍去也，留下一群妈妈们狂笑加狂吐，我想这就是传说中的两小无猜吧。

三喜是小嘟在本月成功告别文盲队伍，在我和他爹的坚持下，已识大字50多个，够装一小箩筐了。其实最初他对字没有概念，认字的积极性也不是很高，效率更是慢得惊人。后来在给他讲故事时引导他找出故事书中认识的字，然后鼓励他如果认识更多的字，不久后就可以自己看故事书了，这让小嘟对字的概念了解一下实现了质的飞跃。从此积极性大涨，甚至高过我和他爹，每天睡前必须学会3个字，雷打不动，如果哪天我犯了懒不想教了，嘟就自己找出字盒看那些认识的，然后抱着一厚沓字卡自我感慨着：“哎呀，原来认识那么少，现在认识这么多了！我就快能自己看书了吧！”

当然，我们教他认字有一个原则，那就是必须要他自己感兴趣、有迫切求知欲时教他，如果时间长了，他的专注力保持不了了，开始走神甚至烦躁时，我们马上停下来，绝不会强迫他一定要给我记住，一定要完成多少任务。所以至今，嘟的认字热情一日高过一日，在他看来这是一个非常有趣而且很具成就感的游戏，认字的效率也高得惊人，基本达到只教一遍，过目不忘。最近，小家伙开始主动要求我加速加量了，学完了就自己抱着故事书找认识的字。我能说什么，只能感谢神仙保佑，但愿他的这种求知热情和兴趣能一直保持下去吧。

此阶段最大的改善是：不再那样强烈地依赖某个人，黏着老师父母了。但是，刚松下口气的我又荣幸地被老师告知：嘟是小一班最自由散漫、无拘无束的分子。人家都在静静坐着听讲，小嘟听得不爽了，一转身出去挨班视察观光去也！人家都在各自玩着，一眨眼，小嘟站在了桌子上狂放地吼着："你是我的玫瑰，你是我的花！"——晕倒！

老师倒是很宽厚，她们告诉我，不用担心，嘟初入园，加之新调的班，总有个适应的过程。她们的原则是：孩子该惯的时候得惯着，该严厉的时候也不能心软。现在是让小嘟喜欢新班级新老师的时候，等顺过劲儿来了，再开始慢慢地规矩他遵守纪律。一个半月后的今天，老师告诉我小嘟的进步很大，他基本可以很听话、很专注地配合老师进行各项活动了。只是平常与小朋友共同合作游戏的意识还差一些。

日子仍像以往那样过下去，小嘟就像成长中的小树一样，随时会长出新叶，也会长出多余的枝杈，我只能做一个辛勤的园丁，时刻盯着他的长势，挥动着手中的剪刀，保证他能顺利长成参天大树。

嘟妈心得

入托，是孩子独立接触社会的第一步，在整个人生的长河中，这是第一个具有重要意义的转折点。

当然，不同的孩子有不同的性格，因此在这个问题上的适应情况也会不同。但不管怎样，对于所有的家长来讲，这基本都是一个让人提心吊胆、揪心揪肺甚至有点手足无措的过程。

在这里，根据我自己的经历，谈一点我个人的体会。

首先是幼儿园的选择。在这个问题上，家长队伍中的分歧比较大，大致有两种意见支持者相对较多一些：

一种是认为幼儿园应该多教孩子一些知识性、技能性的东西。这在北方私立园中体现的比较集中，可能是为了满足家长的愿望，保证充足的生源，私立幼儿园一般都是提前教授孩子小学一年级的课程内容。小区里一些跟嘟同龄、在私立幼儿园的孩子，很多都是早已掌握了百以内的加减法运算，汉字、拼音、英语词汇拼写样样都学了不少，小嘟在他们面前，除了卖弄两下他那点诗词歌赋、自然科学常识以外，基本是个标准的文盲。

还有一种意见就是“保护童年”。即不赞成过早教孩子那么多知识性的东西，认为幼儿时期主要应以养成教育为主，帮助孩子建立良好的生活学习习惯，在此基础上适当的引导和启发就足矣了。一般北方比较正规的公立幼儿园都坚持这样的办园原则。通过各种丰富的活动和游戏来启发孩子的兴趣。

我本人是比较赞成第二种观点的，目前小嘟的幼儿园也基本是在按照这一思路来进行教学的。这样想，并不是觉得知识性的东西不重要，而是相对于孩子的年龄来讲，不易在这时过多过度地强化训练。学龄前最重要的是：启发孩子明白知识是什么东西，正确认识知识对于一个人的重要作用；培养孩子对学习知识的浓厚兴趣，而不是要把学习一开始就演变成为了奖励或其他目的的功利性事情；激发孩子的求知欲望。培养孩子团队合作的意识、与人相处的能力等。还有一点很重要，就是保证足够的游戏时间。孩子的特点就是善于把他看到的、听到的在游戏中模拟出来、实践出来，所以，他们常常能在游戏中获得体验，也获得深刻的认知和基本经验。我们必须明白，游戏是孩子认识世界、熟悉社会的特有方式。

选好了幼儿园，第二步是提前做好入园准备。这包括很多方面：在生活上，要培养孩子基本的自理能力，最重要的几项是自己吃饭的能力、自己入睡的能力、大小便“报警”的能力、简单衣物的穿脱能力，还有一些日常用语的理解和表达能力。总之，孩子会的越多，在陌生环境中他适应的就越快，接受的积极肯定的信息也越多，他的抗拒心理也就会相应减弱。

在思想上，要做好足够的铺垫，可以多给他讲讲幼儿园的故事，熟悉幼儿园的生活流程，了解幼儿园的具体活动内容，让他对幼儿园的生活不会太陌生，从而缓解他可能因为安全感的缺失所产生的内心焦虑。但这种铺垫一定要实事求是，切不可为了吸引他而做刻意的夸张，那样当他发现情况并非如此时，反而会产生被欺骗、更加不安全的副作用。记得当时我们告诉小嘟的是：他长大了，本事越来越强了，终于可以跟小哥哥小姐姐一样去幼儿园里“上班”了。我们传递给他的信息是：去幼儿园是一个难能可贵的进步的机会，不是每个孩子都能去上的，但是你可以，所以你很棒。嘟对上班的人很崇拜，一听人夸他本领高就更高兴了。所以，直到入园都保持很积极的情绪，这也是他后反劲的原因吧。

在行动上，最好能有一些关于幼儿园的直观感受。可以带他到附近的幼儿园去玩一玩，或者干脆直接到要入的园体会一下，让他亲眼看看，亲身体验体验。

尽管我们做了大量充足的准备工作，但真正入园时，多数孩子还是会表现出很强烈的分离焦虑感。这是很正常的现象。我们心疼，但必须要正视，并且要坚持下去。送入园时不能恋战，你越心疼，越舍不得走，他越闹的凶。其实很多时候孩子哭一方面是自己情绪的表达和宣泄，但很重要的是哭给父母看的，试图用眼泪打动你。当他们真正不在父母身边时，孩子自然就会树立起来一种独立意识，他会表现的尽可能的懂事和配合。其实孩子有时不独立不全是因为他们的依赖感强造成的，反而是我们当家长的服务太周到，太不放手造成他有得依赖。

不同的孩子适应期的长短也不一样。可能表面上他不再哭闹了，但像嘟似的，回到家发无名火，变得前所未有的不讲理，实际还是内心情绪的一种发泄方式。我感觉孩子这个过程总要经过反抗—默认—认同—积极适应这样几个阶段，反抗通常是以激烈的形式表现出来，容易引起家长和老师的关注。但默认和认同却是让情绪以不易被发现的形式传达出来的，这时需要家长和老师特别的关心、体贴、安抚和引导，他会更快地度过这个时期，从而进入积极适应阶段。

至于有极少数不愿意把孩子送入幼儿园的，不管出于什么目的，都要慎重行事，毕竟我们都是生活在社会中的，不可能脱离公共环境而独立存在，所以，早晚都是要融入社会的，越早适应效果越好。

到现在为止，嘟在幼儿园已经度过了2年时光，无论从哪个方面看，他的进步都是十分显著的。

三岁小娃学点什么？

2006年10月26日 星期四 嘟2岁11个月

二十几年前的孩子，课余时间是属于大自然的。

二十几年后的今天，孩子们的课余时间却基本奉献给了各种“兴趣班”。

儿子2岁10个月时，我被荣幸地告知：幼儿园的兴趣班开课了。

接着我看到了成群精神近乎亢奋的家长热烈地讨论着如何分配时间，让孩子音、体、舞、美全方位发展。而就在同一时间，与他们一墙之隔的活动室里，天真的孩子正无忧无虑地撒着欢儿、淘着气，他们不知道从这一刻开始，命运的主掌权开始悄悄地从自己的小手中溜掉。

很快，我便异常惊讶且无比悲哀地发现：曾主动接受那么多开放式教育理念“轰炸”、自以为有着全新头脑的我，在这股强大的来势凶猛的“打造全能孩子”的社会潮流面前，终未能免俗地混入其中。毕竟，儿子要在这样的大环境中生存，我不希望他因为技不如人而苟度人生。

于是，从这一刻开始，我中了“魔咒”。

首先，为了能做得理直气壮、心安理得，我“民主”地从儿子嘴里得到“喜欢画画”的肯定答案；然后煞有介事地同老师协商，先试读一节美术课，如其表现出了浓厚兴趣，则继续之。一切便在我的精心运作中“上演”了，但“情节”的发展却在一开始就大大背离了我预计的轨道。

儿子以意想不到的惊天动地之势做着剧烈反抗。可怜了男美术老师，大概从执教那天起，自尊心就没受过这样的打击——他根本无法接近我那宝贝儿子，还不容他声带发出任何一个优美和善的振动，儿子已哭倒在摆放整齐的课桌中间。当我被老师电话急召到幼儿园时，儿子依然抽搭着不肯释怀。

看着其他的孩子都乖乖地坐在教室里，背着小手，“成熟”地当着好好学生，我家“小祖宗”却连“美术”二字都不容许我说出口时，那潜藏在内心深处的“魔力”开始发作了。先是压制怒火，强作和善地“审讯”。从儿子哭哭啼啼、一知半解的语言中得出结论：喜欢画画≠喜欢上美术课；接着，回家耐着性子继续做思想工作，结果是，儿子居然一夜之间长出“心理阴影”了，次日晨起竟大闹拒上幼儿园；情况大有失控之势，我也越发地手足无措，只能使出拙劣的最后一招，在第二次美术班上课时，软硬兼施，催其就范，却依然是惨遭失败。

终于，“魔火”焚身了！我心灰意冷地为这破孩子定论：胆小！懦弱！不敢于尝试新生事物！适应环境改变的能力差！结论是残酷的——没出息小儿一个！

经历了一整天冷冰冰的“魔鬼生活”后，夜晚灯下，面对小儿天使一样安然美丽的睡态，我突然之间看见了自己内心的“魔”，它正张牙舞爪着折腾地我筋疲力尽。那一瞬间，高贵的理智开始慢慢地占据我大脑的领地。

其实儿子是个非常可爱的孩子。他敏感，善良，聪明，淘气，机灵，充满创意。他可以毫无风浪地适应新班级的调换，他也毫不畏惧在众人面前表现自己，只是他崇尚自由，不喜束缚，个性十足。课堂上他是一个标准的自由抢答型选手，赶上他思想小火花怒放时，3个老师合力都挡不住他汹涌表达的激情，不管你提没提问到我，我必须得说！遇着他感兴趣的东西，那是瞪着眼睛，屏住呼吸地听，任何人任何东西都无法分散他那时高度集中的注意力。当他觉得索然无味时，便背着小手，高唱着“你是我的玫瑰，你是我的瓜（花）”，四处巡游去也。绝对的自由主义当然不是好现象，但对于一个不满3周岁的孩子，这应该在天性使然的合理范畴中吧。

我就这样“恢复了原形”。我大度地“原谅”了儿子，因为他尚且年幼；我甚至宽容地理解了儿子，因为二十几年前，作为孩童的我不是也曾抗拒过手背在后面、中规中矩的上课方式吗？在此后十几年的读书生涯中，我不是一直在压抑着自己，努力表演出听话的样子来赢得大家的一句“优秀”吗？现在人生进入三零阶段了，有时回忆起这二十几年的“优秀”，心中反而会有些许的遗憾和悲哀。

我真的不想让这种遗憾和悲哀在我的儿子身上继续延续下去，所以我纵容他，在人生最黄金的时期，适当地“造点反”，我相信，我们的社会会越来越多地创造让孩子们“造反”的机会和环境。

非常有意思的是，就在儿子激烈反抗就读美术班的同时，他在家里却疯狂地作着画，并且“才思泉涌，佳作多多”。我知道，他在用实际行动向我证明，他不是我想象中的坏孩子。在我把儿子喜欢的方式送还给他后，儿子捧着一幅在高浓度兴趣驱使下创作出的图画，眉飞色舞地向我宣告：“我就喜欢画车，将来长大了，我要造汽车，就造个嘟嘟牌4500吧！”

闻听此言，他娘我骄傲地选择——笑着晕倒！

2006年8月25日 星期五 嘟2岁9个月

2岁9个月，小嘟的老师队伍中出现了一个金发碧眼的另类人物——在嘟调到新班级4天后，这个叫做艾立克斯的外教走进了小嘟的世界。

最初，嘟妈担心的是这个老师是不是来自英语系国家，他会不会讲出一口带着浓重方言的不标准英语，他的教学方式能否让这些连母语都说不完整的小家伙们接受，一个月200元的英语班费用究竟能让小嘟收获到什么。

后来的事实证明，这些曾让嘟妈忧心忡忡的问题都没成其为问题，而一个让嘟妈做梦也没想到的问题却成了大问题：嘟被外教吓着了！

天哪！说来羞煞人呀！自打这个艾立克斯第一次走进他们的活动室，嘟就立即号啕大哭，如惊弓之鸟一样四处飞蹿，打死都不肯靠近外教半步，而且一定要班里的林老师分秒不离地陪侍左右。当对外教课充满期待的嘟妈听到老师的如上所述时，内心的冰凉可想而知。

晚上回家，嘟妈耐着性子引导，但嘟完全抗拒，他害怕这个外国老师，他不愿意像其他的孩子那样围着这个老师听他讲"鸟语"，他甚至连从前乐于在人前炫耀的几个外语单词都不喜欢说了。更让人头疼的是，在接下来的一星期时间里，外教课竟然成了小嘟的噩梦，他常常在梦中哭醒，问妈妈明天那个外国老师还来不来，而每一个有外教课的早上更无异于一场战争，结果都是两败俱伤。

这样的问题真是让嘟妈百思不得其解。不久之前，那个在肯德基里冲到老外面前，指着人家鼻子高叫着："你是外国人，我是中华人民共和国人"的胆大包天的小嘟哪里去了？终日在各种肤色留学生云集的吉林大学校园里玩耍，良好环境的熏陶难道就熏出这样的结果？可怜的嘟妈想破了头都想不出所以然来，但骨子里天生不服输的倔强却坚定地指引她毫不退缩地走下去。在和老师沟通研究之后，双方联手开始对付嘟的"恐外症"。

老师采取积极战术，以哄和引导为主，让他注意到外教课上有趣的吸引人的东西，进而激发他参与其中的欲望；家长采取消极战术，以回避和分散注意力为主，在家里不刻意谈起那些让他不愉快的事情。

又是两节课下来，林老师终于露出美丽的笑脸，大声地当着嘟的面表扬说：今天的外教课，小嘟表现非常棒！也开始兴高采烈地跟着小朋友一起围着外教老师做游戏了！嘟妈也如释重负地向老师汇报：这几天在家里，小家伙自娱自乐时，常能听到他嘀嘀咕咕地重复着外教老师教的英语儿歌，还配着完整的动作，甚至连那些只要求听懂的对话他都能英汉互译地说出来。

在大家的一致表扬之下，小嘟也飘飘然地就变成了“喜外一族”。他可以不费什么力气，游戏中就能记忆下那些不断更新的内容；他开始喜欢在日常生活中很合时宜地溜达出他掌握的那些短语和句子；他更是深深爱上了《智慧鸟幼儿英语》的碟，每晚都要反复播放个十遍八遍的，播放的同时他要学着碟中老师的夸张动作跟着一起又蹦又跳，一头一身的臭汗，乐此不疲。嘟妈和嘟爹常常为他的快乐所感染，忍不住在一旁呵呵傻笑到满脸皱纹。

有一天，嘟突然主动对我谈起他的外教老师：“妈妈，那个外教老师长的没有爸爸好看，爸爸高高大大，那个外教老师长的矮。”嘟妈心中暗惊：居然还有比嘟爸更难看的人，怪不得嘟害怕。此后数天的一个早晨，嘟妈第一次见到了这个外教老师，心中忍不住又是一惊：天哪，我儿的审美居然如此错乱，如此高大、阳光、帅气的外国小伙子也能叫难看？对此，嘟爹的解释是：宝儿子眼中出帅爹！嘟妈举手严重同意。

现在的外教课对小嘟来讲已经成为一种快乐的经历，小东西对外教老师的最新评论如下：“艾立克斯挺不错的，那天那个代课的女外教老师也相当不错！”

2007年10月8日　星期一　嘟3岁11个月

从2岁6个月起，嘟在幼儿园里开始正式学习英语。这是他第一次较为有计划地熟悉除母语外的一门新语言。

嘟班上的外语教学采用的是外教和内教相结合的方式。每周两节外教课，外教与他们做游戏，在这个过程中，他不能讲一句中文，给孩子一个语言的环境，让他意识到学这个东西是用来交流沟通的（这只限于我个人对设置外教的理解和对实际作用的分析）。然后内教在额外的课时里帮助辅导一些词汇。

实际上，我对嘟现阶段的英语学习并没报太大的期望值，我不要求他经过这样的学习就能把英语讲多好，毕竟这是外语。相比之下，我更希望他能先把中文讲好，用好，学好。理由很简单：这是母语。因此，我从来没刻意关心过他学会多少单词，能说什么，能讲什么。甚至连一段时间内他们频频换外教老师我都不知道。只是当一个比较有益的游戏让他参与。

但在这样的情况下，嘟的英语学习却不受影响地悄然进步着。第一是他知道了在这个世界上除了爸爸妈妈讲的语言外，还有一种语言存在，有人用这样的话来交流，而学习这种语言的目的是为了能跟这样的人沟通。加之我们家住在吉林大学附近，各国的留学生特别多，在附近的超市和肯德基里常能碰到各国人在讲着奇怪的语言。久而久之，他开始知道这个世界上有很多国家，每个国家的人讲的语言都是不一样的。这是一点进步，也是我要求的他对第二语言应有一个比较直观的认识。不要像我当年学英语一样，把它当作一门可以得高分的课程去学习，到现在学了这么多年，实际应用的能力却低得可怜。

我好像从来没把知识当成兴趣去学习，一直都是在强迫自己做一件非常不情愿，而且非常辛苦的事情。我不希望我的孩子再这样，无论学什么，我都希望他能首先对知识有一个正确的认识，有一个探索的兴趣，让学习变成一个有乐趣的事情。我是在30岁以后才认识到学习的乐趣的，可惜我已经错过最佳的学习年龄了。

第二是他会说好多英语单词了，这个是肯定的，学了嘛。会很清楚地把儿歌里的长句唱出来或说出来，尽管他并不知道自己说的是什么意思。完全是鹦鹉学舌似的说。这个其实就像母语学习最初阶段的模仿。

第三是他很喜欢学习这种新语言，对学习内容和学习这件事本身，有很浓厚的兴趣。这种兴趣，我分析，一是来源于外教课。外教通常比较活跃，思路跟我们也不太一样，孩子们非常喜欢不被管束地跟外教闹成一团，在这样的氛围里，他对这种新语言产生了好感。在这方面，我们也有同感，一门课程的老师要是很让人喜欢的话，我们也会很喜欢学习这门课。

二是来源于新知识的应用。嘟一次在超市里遇到一个外国女孩，坐在沃尔玛超市里那种专门为孩子准备的购物车里，前面是一个可以驾驶的座位，嘟非常喜欢这个车。但是数量有限，有时被人占上了。那次就是这样的情况，嘟跟在后面好半天才等到他们结账要走。但那个女孩迟迟不下车，我就鼓励嘟过去问她什么时候走，可以让给他玩一会吗。但我提示他这个孩子是外国人，讲汉语她听不懂。嘟迟疑了片刻，最终，想要小车的欲望给了他勇气。他走过去，先用英语打招呼，问好。接着就不会说什么了，看看我，又看看那个女孩，后来憋了半天竟然说出一句："you are very beautiful!"那个女孩一听这句话，立刻就笑开了，然后主动下车让给嘟。嘟乐得跟什么似的。就这件事情，我大大地鼓励了他，他很直观地感受到会一门语言能跟人交流有多重要。

现在嘟学习英语一年了，他的单词量增长很快，很多词我都不会。而且我发现他的词汇记忆就像最开始学习母语一样，非常牢固。因为有外教，他的发音也比单一内教教出来的孩子好些，有时还要纠正我的发音，嘟爸那破发音在他面前更是不敢张口了。

嘟今年的外教老师换了个黑人，没想到，居然受到孩子们特别的欢迎，大家都亲热地叫他uncle Leo。他一到教室，所有的孩子全扑上去，大叫他的名字，用英语问好。一次嘟在外面看到他，居然很绅士地走过去和这个黑老师握手，就像两个男人那样成熟老练，笑死我了！由此，嘟对所有的黑人都产生好感和亲切感。嘿嘿，将来不会是种族歧视主义者了。

最近这半年，嘟最让我惊喜的进步是，他会把学到的句子应用到语言表达中，语境还挺适合的。那天居然指着桃子第一次自己造了个句子，说"peach is sweet"（桃子很甜）。我夸奖他后，他接着造出来柠檬很酸。他没学过语法，这种表达完全是靠语感。所以，我到现在开始感觉到，这一年2400元的外教费还是不白交的。在这样的潜移默化中他还是有很大进步的。昨天他突然对我说：dad is my hero，mother is my favorite。这是好久以前我教过他的，当时怎么都不会说，现在突然溜出来了。看来他对这种语言的感觉是越来越好了。

2006年12月22日　星期五　嘟3岁1个月

今天，嘟幼儿园举行一年一度的“小百灵”歌唱比赛。看完小嘟纯原生态的“表演”，俺坐在嘉宾评委席上，红着一张大脸，满脑子蹦着的都是这句话：一条淘鱼腥了一锅好汤！

可怜他老娘我刚刚在医院护理了我娘一个昼夜，头也没梳好，脸也没洗净，裹着一件破羽绒服，像个农民工小媳妇似的满心欢喜地和他爹跑到幼儿园，看着俺那帅哥宝宝穿着嫩黄色的紧身连体服，形如稚嫩的鸡雏一样东蹿西跳，心里喜欢得不知怎样才好。

到底是孩子，无论怎么打扮，怎么表演，横看竖看都是好看，那份掩饰不住的天真更是时不时地逗得大家开怀大笑：大班的一个男孩上台就直奔话筒，翘着小脚抱着话筒不管不顾地独自摇滚着；中班一男孩，面无表情，直直地呆立在舞台中央，人家唱一句他吼一声，随着音乐节奏的变快，他很是配合地耸动着小肩膀吼成了驴叫声，笑得家长们东倒西歪！托一班的小娃娃们，齐刷刷地噘着通红的小嘴儿走上舞台，老师说自打涂了口红后，全班孩子就都成这样了，连话都不会说了。

在俺和他爹的热切期待中，小一班的毛巾操表演终于开始了。赵老师的节目编排在幼儿园那是有口皆碑的，孩子们清一色的嫩黄连体服，手中挥动着清爽的淡绿色毛巾，欢蹦乱跳地跑上场，立马给人出手不凡的感觉。俺也赶紧打开手中的相机等待着摄录下我儿平生第一次精彩的表演。

随着乐曲的开始，孩子们在赵老师的带领下有节奏地舞动起来，镜头里，我惊讶地发现只有俺那宝宝，拎着个毛巾直直地站着一动不动，满眼发亮地在家长席里搜索着，我知道他在找娘呢。为了让他跟上大家的动作，我挥手示意他快跳。这下小嘟可算是找到“组织”了，舞也跟着跳起来了。只是那节奏、那动作跟大家的完全不一样，基本属于“即兴原创”。

可能是想照顾俺拍摄方便，本在最后一排的小嘟腾地蹦到中间，一刻不停地上蹿下跳着。人家挥动毛巾，他就恣意地在空中一通狂甩；人家转圈儿，他就跟吃了摇头丸似的，连口水都跟着在空中飞舞出轨迹来。最要命的是舞到高兴处，人家还直着脖子一通尖叫。林老师在场外不时地小声“镇压”着近乎失控的小嘟，但根本无济于事。俺那汗珠呀，快比花生豆大了，哗哗地顺着脖子往下流，左右的家长都问："哪个是你儿子呀？"我尽可能地把大脸往小小的相机后面藏，一个同事替答曰："就是乱蹦那个！"俺那脸呀！都不知道丢到哪个星球上去了！

整台本应该是最为出色的演出就这样在小嘟的原生态蹦跳和吼叫声中全面砸锅！嘟爸在演出结束的第一时间给我打来电话，劈头就是一句："咱儿子是最无组织、无纪律、极端自由化的一个！他哪是来表演的呀！纯是搅局那伙儿的！"

想起赵老师、林老师辛苦编排了半个月的节目就这样毁在淘嘟的手里，俺心中有愧，中午时分，忍不住给赵老师打了个电话表达一下歉意，哪想到电话那边的赵老师竟哈哈笑着说："没有啊！难道你没看到小嘟跳得有多高兴吗！"我说高兴那倒是没有比他再高兴的了，只是……赵老师忙说："这就足够了！办这样的活动本身就是想让孩子们见见世面，除此以外，就是要让他们快乐！淘气天真本来就是孩子的天性，嘟嘟的表现已经比上一次的公开课进步很大了！"

放下电话，心里忽然轻松起来，想想又忍不住嘲笑起自己来：总是标榜要让孩子自由发展，当孩子坦荡地表现出他本真的一面时，又为不符世俗的标准而苦恼。用嘟现在最喜欢说的一句话来讲，"你是个什么妈妈呀！"

嘟倒是对自己的演出非常满意，并且非常享受的样子！看着他天真无邪地快乐着，我还能说什么呢，孩子本就该是这样的，当我们年纪还小时，难道不也陶醉在这自由的嬉戏中吗？所以，有淘鱼在锅里蹦跳两下，反倒会显出汤的特别鲜美呢！

2007年5月18日　星期五　嘟3岁6个月

今天是小嘟打乙肝疫苗第二针的日子。一早把他送到幼儿园等到他吃完早饭，我和嘟爸就带他去打针。在全班小朋友面前，不管是真英雄还是真狗熊，小嘟都装得人模狗样的，没有丝毫犹豫，大义凛然地就跟我走了。结果一到了更衣室，门一关，小嘟的"金豆子"就掉下来了，他先是说不想打针，吃糖丸吧；后来又表示要他们班上的吴策跟他一起去，他太喜欢吴策了。在两计均遭我否定的情况下，他只有可怜地要求我，打针时不要像上次那样数那么多数，只数一个"1"

就打完针好吗，我干脆地答应："太没问题了，就让你爸一直说1吧！"

真是今非昔比，去年这时带着他去打针，我还心头小鹿乱撞呢，现在拉着他边走边聊，莺歌燕舞，特自信地往医院走。尽管在更衣室里有点小情绪波动，但这丝毫没有影响到小嘟成熟起来的神勇。基本就没费什么力气，针打完了。如上次一样嘱咐着他小心别抻到、碰到打针处，别跟小朋友打闹，这样送他回了活动室。

让我感动的是进教室的那个情景。还在门外，小嘟就急不可耐地要脱下衣服，嘴里嚷着："快点，妈妈，他们都开始活动了，我着急了！"来不及跟我多说再见，直冲进教室。这时让我惊讶的一幕出现了：本来规规矩矩坐在椅子上的吴策小朋友和另一个男孩看到嘟进来了，一下子站起来，伸开双臂迎过去，两人给了小嘟一个大大的、估计有200℃的拥抱，然后拉着他的小手三人落座。吴策关心地询问嘟扎了哪里，嘟比划着告诉他，吴策居然轻轻地给他揉起来。那情那景看得我动容！

遥想去年5月，初入幼儿园的小嘟总是一个人孤独地玩着，没有小朋友关心他叫什么名字，他也没有加入操场上玩成一团的孩子们中间的勇气和冲动。后来他可以跟几个女孩子成天混着做饭过家家，这让我一度非常担心对他男孩子性格的形成造成不良影响。

在我的启发下，他知道伙伴的意义并开始向往，但没过多久，就从他的嘴里惊人地冒一句带着绝对"纯洁色彩"的国骂，我如遭雷击，忍不住扭头一通爆笑，然后转过头，强装出义正词严的样子告诉他这话有多脏，我有多伤心，我要考虑是不是还再爱他了。嘟害怕之下，告诉我是跟班上一个男孩子学的。经了解后，得知此男孩父母经商，且离异，无人管束，常对班上孩子有不友好的言辞和行为。于是，我正式告诫小嘟，不要跟这样的孩子一起玩，伙伴不是随便选择的。嘟很听话，以后再没从他的口里听到关于那孩子的什么消息了。

很快，发现他经常提及这个叫吴策的小男孩，那是一个非常爱读书、很活泼可爱的小家伙。有时他会把妈妈接他时带给他的小零食分给嘟吃，每逢此时，嘟就回家念着明天要给吴策也带点好吃的东西。我很高兴他明白友爱是相互的道理，也支持他的小小"交际活动"。在这样的交往下，两个小家伙的友谊日益加深，以至于如果哪个妈妈先来接了，两个小家伙都不会扔下好朋友先一步走掉，一定要很“够意思”地等到另一个妈妈也来了，两人方拉着小手一起跑出去玩。

除了这个关系很笃实的好朋友外，我惊喜地发现每天离园后到操场上的自由活动时间里，都会有越来越多的小朋友大呼着“嘟嘟”的名字，抢着拉他的小手和他一起玩，这里面男孩的数量基本占据了绝对优势。孩子们虽小，但那也是一个属于他们的小世界、小社会，很高兴我的宝贝能在他自己的小圈子里得到同龄伙伴们的认可和喜爱。这也充分说明，嘟在各方面的能力和表现还不算太差，否则，这些也会“势利”的小人精们可不会给予他这样慷慨的友爱。

2007年11月3日 星期六 嘟3岁12个月

现在看来，嘟是个非常爱画画的孩子。从一岁多起在纸上信笔涂画开始，他便对这种奇妙的表达方法产生了浓厚的兴趣。

起初，他只能用最简单最幼稚的线条勾勒出他最爱的汽车的基本轮廓，那时，家里所有的空白纸张上几乎全部是半缺不全的简易汽车。

后来，幼儿园里开了美术兴趣班，嘟在短暂地对新环境新老师的抗拒后，最终兴味盎然地投入到绘画的世界中去。在那几个月时间里，他学会了如何在一张纸上谐调地构图，学会了如何均匀地涂色。曾经在接他时，透过教室的窗子，看到他站在小桌子前，嘟着小嘴，歪着小脑袋，一手按纸，一手拿着油画棒专注而用力地使劲涂画着浓烈的色彩，甚至连整个小桌子都跟着他的节奏一起在晃动。

再后来，幼儿园又搞新花样，开了个什么叫思维绘画的兴趣班，收费比普通的美术班要高一倍还多。最开始搞了个公开课，我却因为那段时间嘟姥手术，在医院护理没能亲自观摩，所以，至今对这个加了思维二字的绘画班的教学理念还不甚了解，只模糊地知道，好像是事先给孩子几个点，让孩子随意发挥想象，将这些点连成图画。也正因此，我对这个改名换貌的绘画班在一段时间内是持怀疑态度的，但架不住嘟的强烈请求，他天天回家央求我，说人家都在思维绘画班画的可漂亮了，求你给我钱让我去吧。情词不仅恳切，都有点可怜了。所以，几个月前终于如愿给他也报了名。

因为很忙，也没有太多精力去关心他究竟画的什么样，有什么进步没有。那天偶然发现，贴在幼儿园一楼展示墙上的绘画作品中，嘟的画居然已经有模有样、大不同了。他的构图意识更强了，甚至可以把头脑中想象的故事情境很合适地在一张纸上表现出来，以至于我一度怀疑那些还挺像回事的轮廓是老师代劳的成果，后来得到老师的证实，确实是孩子自己勾勒的，自己涂的色。

在“学习”这个问题上，我作为家长还没到上心的程度。始终觉得，在幼儿园阶段，培养学习的兴趣、正确的态度、良好的习惯应该是最首要的问题，至于到底掌握多少量的知识，我倒不是太在意。所以，对他一切的学习情况，认字、英语、绘画，我都没给予任何附加的辅导。特别是绘画，作为家长，我的立场是绝不想培养他成什么专业人才，这只是一个业余爱好，培养良好的审美感觉、手脑相协调的表达能力。在我的意识里，画家、音乐家及其他门类的艺术家，天分是很重要的，真正的艺术家绝不是后天培养出来的，完全是与生俱来的与众不同的感觉造就了出类拔萃的艺术成就。这方面，我绝对遵从他的自然感觉，感觉到了，不会阻止他；感觉没到，也不会强求他。

至少，目前来看，对嘟来讲，画画是一件非常有趣的事。他每天晚上一半的时间都在画画，家里能用的不能用的纸张全部被他画得满满的。嘟的思维很快，画画基本就几笔，好似传说中的“神笔马良”那样，一幅图的轮廓就勾出来了。涂色完全是写意风格的，刷刷地，胖手一通飞舞，一幅线条生动、色彩浓烈丰富的图画就成了。然后像抱着“刚出锅的馒头”那样，捧着他的画作四处展示，如果谁“表现”好了，他就会很慷慨地把自己最得意的画作赠予那人作奖赏礼物。我常因此打趣他：儿子呀，你以为你是毕加索呢！除了你爹妈等几个至亲的人以外，谁会拿你的画作当宝呀！嘟却并不会因此受打击，仍旧乐此不疲地“埋头激情创作”。

快乐最好！不需限制，不需规范，更不需施压，任由他把思想和激情自如地抛洒在色彩和线条中！儿子，我想这应该是妈妈送给你的最好的童年礼物吧！

嘟妈心得

一般3岁的孩子都已开始幼儿园生活了。除了继续培养锻炼孩子在大动作、精细动作、适应能力、语言、社会交际、生活自理等各方面的能力外，大多数幼儿园提供了种类繁多的兴趣班和启蒙班，人家也确实没要求必须全学，而是把关键性问题抛给了家长：我们该如何选择。

按照孩子的平均发展状况看，到了3岁，该是适当适度进行知识、技能启发的时候了。学肯定是要学一些东西的。但重要的是学的内容和学的方式。

这方面，因为我不是育儿专家，也不是幼教工作者，只是一个普通的母亲，所以我就自己孩子的所学情况谈点个人的体会。

正像我日记中所写的那样，当这些兴趣班铺天盖地摆在我面前的时候，当家长们疯狂抢着挤着报名的时候，作为一个凡间俗人，我一度深受冲击和影响，曾在短暂的时间内，无视小嘟的主观意愿和兴趣点，跟风儿追潮地乱报一气。那时候，凡是小班开的课外兴趣班统统报上，好像不这么着就能亏点什么似的。嘟对此应该说是比较盲目地配合，除了绘画班因害怕老师小小抵制过两天外，他基本没有微辞。甚至连舞蹈课咱们都没落下，这还是嘟主动申请的，理由是：全班孩子都去了，就他一个人孤单地留在教室里，他不愿意成为脱离集体的异类，所以他请求我给他报名。但实际上课的情况却相当不乐观，我偷看过几次，嘟不是站在那儿发呆，就是摆弄手里的小东西玩，还有两次竟然因为不守纪律被罚站。

当我头脑里的那种冲动很快退却后，我开始冷静地调整自己的思路。我认为自己应该首先让嘟了解他所要选择的学习内容都是什么。如果只是上来就问“美术、合唱、思维、手工你喜欢哪一个”，这完全等于一种做秀式的民主，没有丝毫意义。因为对于一个只有3岁的孩子来讲，这其中的很多名词和概念，他甚至都没听说过，更不要提对此所代表的学习内容能有什么更多的了解了。连被选项都没搞明白是什么东西，如何能做出选择？所以，我先用他能理解的语言和方式向他介绍：美术是干什么的，思维又是具体讲什么的，甚至选择各个项目的实例来让他亲自尝试。在这样的基础上，征求他的意愿和选择。

嘟最终选择并深深喜爱上了绘画，我也及时取消了他“试之无味”的舞蹈班。到了中班时，嘟对文字产生兴趣，他喜欢认字和“画字”，在他的强烈要求下，我给他报了“思维书法班”，开始以一种游戏的方式学习写字。当然他也对跆拳道充满向往和崇拜，但不知从哪里得来的经验，他根本没把跆拳道当成是体育运动，而是看成一种学习“打架的本领”，无论我怎样解释，他始终无法抹掉潜意识中“学习跆拳道可以提高武功”的想法。在这样的情况下，我只能选择弃之。

现在小嘟每天在幼儿园里学习的内容涉及知识启蒙的有：英语、古诗、数字的概念、思维、美劳、合唱、思维绘画、思维书法。全部都是在白天的正常活动时间里，我把离园后大段的时间用来带他在室外自由玩耍，或是到球场去踢球，让他处于一种自由放松的状态下，自娱自乐。

除了知识性启蒙外，我也考虑过社会上比较流行的乐器学习。但看目前嘟还没有什么太明确的兴趣倾向，而且我只是把让他拥有一个比较高雅的业余爱好作为学习目的，所以，暂时看，没必要下手太早、耗费太多精力去学习太高难的乐器。先以欣赏为主，待他大些再做尝试和选择也不迟。

在英语学习上，之所以让他这么早接触，也是因为要遵循人在不同时期对不同事物具有特殊敏感性和优秀接受能力这一自然规律。根据专家研究显示，人在0～6岁时，是一生中学习语言的最佳时期。因此，在他已可以自如掌握母语的时候，我希望可以给他提供另一种语言环境，培养他良好的语言感觉，为将来系统的学习打下一个良好的基础。

在文里，我还把交友和淘气列入其中。主要目的是：相对于3岁前单一的家庭环境，幼儿园的集体生活教给孩子最多的实际是一种与人交往的能力，这将为他未来踏入更成熟的社交圈子打下良好的基础。淘气是针对我们传统教育中“使人驯服、守规矩”的特点而言的，我讨厌这种驯服，我抗拒所谓的千篇一律的乖顺，我认为这是对孩子天性好动、活泼的一种压抑和扭曲，在这样的驯化中，孩子的个性和创造力受到压制，甚至磨灭。当然不是不守纪律就好，在合理的规范下，尽可能地保护孩子本真的天性。

对于幼儿学习的方式，我赞同启发引导式的循循善诱，坚决反对一切以正规小学校模式进行的死板化教学，如若这样，情愿暂时不学。不想让孩子在这样枯燥的教化中，过早地耗掉自己对学习全部的热情和兴趣。

说了很多，但感觉在这个问题上，连自己都好像还没完全琢磨明白。只能说，随着孩子年龄的增长，我越来越感觉到“教”的任务远远重于“养”的职责。从前，我是边养边学，现在仍然在边教边学，未来也必将是这样一个跟着孩子一起学习长大的进程。

带孩子去旅行看世界

2007年6月15日　星期五　嘟3岁7个月

从半年前就开始期待这次休假，一来要实现小嘟自懂事以来最大的梦想——坐一次大火车，借这次远行来完成他的“处女乘”；二来盼着可以趁机探望多年未见的旧友，特别是曾经一度失去联络的童年最好的伙伴小张；三来全家携手出游，看什么山赏什么景不重要，重要的是这个过程中亲情的交融，正所谓“景不醉人人自醉”呀。

为了这次远行，我提前几个月开始投入热情，着手准备。因为要带着个人事半懂的小嘟，所以不得不反复地考察天气、衣着、饮食、交通、住宿，根据他的喜好和接受能力选择游玩的景点项目，安排日程，以及四处取经，考虑到旅途中所有可能发生的与小孩子有关的麻烦和不便，以早做防备。可以这么说，能让小嘟快乐尽兴、开眼界、长见识是我和他爹此行最大的目标和全部行动的宗旨。正因为此，延续几个月的思想行动准备工作没有将最初的热情消耗殆尽，反而随着出行日期的临近，这种热情在我们3个人的身上都发挥到近乎亢奋的状态。

6月15日，在头脚并用忙完出行前突然袭来的工作任务及安排好琐碎的家事，再把我们家唯一存活时间较长的植物交代给老爸老妈后，一大早6点钟就轻装上阵了（实践证明，这点真的很重要，带着孩子出行，给他的东西要尽量准备全了，大人的东西能少带则少带，遇到人多环境乱时，随时倒出手脚和力气抱着扛着孩子）。因为比平常早起了一个多小时，小嘟的状态那时还不太好，看到前来送行的姥姥姥爷似乎也没太大的喜悦之情，一路不语，偶尔找找茬儿，发泄几句。

进了火车站的大门，看着来来往往背着大包小裹、行色匆匆的旅客，小嘟的感觉一瞬间找到了。就像当初刘姥姥进大观园一样，小人儿眼里的一切都新鲜哪！脸上的睡意全无，聚光小眼滴溜溜四处乱转，忽而又回头关心他爹那个送到机器里检查的大包有没有拿出来，东西有没有丢下，十足一个操心的主儿！

在贵宾室等候的几分钟里，小嘟很是体恤他爹妈不善重力的身子骨，三下五除二迅速消灭掉两盒酸奶、一块面包。俺拎那袋子感觉一下就轻了不少，心下忍不住感慨，带着贪吃小猪出行的好处还真就立马体现出来了。

本次出行的第一站，我们定在海滨城市秦皇岛，不只因为那里是著名的旅游度假胜地，也不单挂念小嘟可以在那里平生第一次见识一下大海的魅力，最重要的是那里有至亲的好姐妹和她漂亮可爱的小女儿。所以，在选择火车车次上颇费了一些周折，要尽可能选择在白天的，长春始发的，必须要有空调，车况要好，车程还不能太长，如此一来符合条件的就只剩下新开通的动车组D24次了。

小嘟的亢奋一直保持到火车运行一个小时后，这个初乘大型交通工具的“刘姥姥”渐渐感觉到旅途的漫长和无聊。沿途透过玻璃看到的美丽风景不能再吸引他了，狭小的空间更让他为活动不自如带来的束缚感而烦躁起来。

作为母亲，我的耐性在这次旅途中真是发挥到了极致，我的胸怀简直比即将要见到的大海还要宽阔，我的“善解儿意”也几乎达到了前所未有的感人程度。为了安抚他，我拿出姥姥事先给我们准备好的袖珍故事书讲起故事，我和嘟爸轮流交替，足足讲了一个多小时，两张嘴都冒着烟儿了，小嘟才算安静地坐了一会儿。接着又吃了一通，嘟还很凑热闹地抢着上了一趟厕所，小人儿本意好像是要办件“大事儿”，进了厕所惊叹一句：“地方这么小呀！”然后撇着嘴对付着解了个小手儿，算是了事。

在即将到站前的40分钟里，小嘟的忍耐力达到极限了，故事也听不进去了，嘟妈我急中生智，抓起火车上的图文杂志，结合着小嘟的兴趣和我们此行的游览目标，瞎编乱造，上天入地地神侃一通。老天爷，正当我唾沫横飞、口若悬河之际，但听嘟爸一句惊呼：“不好，小嘟睡着了”，我整个人傻在那里，千盼万盼，盼了一路的事情居然在离下车还有20分钟时极不应该地发生了！ 时间不等人，停车只有一分钟呀，我接着又想尽办法，使坏招、做鬼脸、出尽洋相逗他醒来，最终用口袋里唯一一块巧克力糖把他哄地精精神神儿地下了车。

下了车、出了站起便开始受到好姐妹“萝卜”一家极其热情的招待——车马随行，酒菜款待，“领导”陪同，感动深深。特此记录午餐时分，小嘟的两句经典语录：一，“萝卜”夫妻向他们的朋友介绍我和嘟爸：这位是某某，那位叫什么什么，主客寒暄几句后，出现那么一秒钟的空场，此时端坐在位子上的小嘟向前微微晗首，言简意赅、颇具风度地说了3个字——郝健为，众人愣了一下，忽地哄堂大笑。“萝卜”她老公说怎么把这么重要的大人物给落下了，我说人家也没问你叫什么呀，“萝卜”说问没问我也叫郝健为，咋的！二，主人点菜，询问我们喜欢什么口味，小嘟认真地抢着说："你们别给我妈妈点太多肉菜，她减肥呢！"我爆红脸呀！瀑布汗呀！

太阳落山时，我们到幼儿园接回了娇俏可爱的沐沐妹妹，在一个很有情调的西餐厅，两娃娃开始在生活中延续他们母亲的友情。夜幕还没完全降临时，我们来到一处比较近的海滩，内陆出生长大的小嘟第一次在黑暗中看到了一个朦胧神秘的海，光着小脚踩在软软细细的沙滩上，听着天地间海的呼啸声，久久不语。相信那一夜小人儿的梦中，一定都是对海的期待和对沙滩的向往……

2007年6月16日　星期六　嘟初见大海

6月的北方，突然出现持续难耐的高温天气，但在海滨小城秦皇岛却能幸福地享受着早晚习习凉风和远远不同于大都市那般喧闹的宁静，独自惬意着。带着这份好心情，小嘟的海之旅正式开始了。

在试过几个简单的游乐项目热身以后，我们带着嘟毫无顾忌地奔向海边。当朗朗晴空之下，海以他磅礴的气势突然涌入小嘟的视野时，嘟如在梦幻里一样带着几分生怯和新奇的小样，下意识地向那片被晒得滚烫的沙滩深处走去。但当海浪第一次毫无防备地袭来时，"旱鸭子"小嘟吓的转头一通狂奔。后来，在我的带领下，小嘟才一点点地尝试着与海水的亲密接触，平生从未有过的新奇体验让他很快便燃起了内心全部的兴奋点。很快，他就被刺激的毫无畏惧地屡屡冲向大海，我和嘟爸则是半点马虎都不敢有，紧随其后，严防死守地看护着。

找一处静谧的海滩，涂上足够厚的防晒霜，让他在浪边沙里尽情地淘个够，这是我们此行为小嘟安排的最受他欢迎的游玩项目了。都市里长大的孩子，能与大自然亲密接触的机会不多。所以，我们宁愿放弃更多的人造景观，几乎把两天的时间全扔在了海滩上。虽然烈日当头暴晒，旅程如此单一，但看着宝贝乐此不疲地在沙滩上海水里发挥着他的想象力和创造力，满身泥水掩不住他发自心底的快乐。为人父母者，还有什么比这更能让人感到满足和幸福的呢？

出行前，考虑到了种种可能会由小嘟带来的麻烦，唯一没想到的却是，他会像小大人一样替我们分忧，帮我们操心，甚至可以不顾自己还沾满泥沙的小脚，弯下身子如此认真地清理干净妈妈的胖腿粗脚。其实旅行不只挑战孩子适应环境的能力，更是在考验着我们当家长的综合素质和耐力。在旅行中，我们一家人都在长大……

不得不说，嘟爸的勇气、体力和奉献精神，是我们能安然出游，并享受旅行之乐的重要前提！其实在决定带小嘟出行时，嘟爸就已经做好了绝对充分的思想准备，无论上山下海，还是过河钻洞，不管刮风下雨，还是烈日当头，只要小嘟需要，嘟爸定当义不容辞地随时充当儿子的“人力坐骑”。从今年起，我们力争每年出游一次，带着我们的“小尾巴”去寻访那些自然美景和人文奇观。尽管带儿的旅程肯定会有许多艰辛，但最重要的是，我们一家人始终在一起，苦难分担，快乐分享……

2007年6月17日 星期日 嘟游海洋馆

一觉睡到自然醒，太阳已微笑着透过窗子看向我们，海洋气候特有的凉风体贴地扑面而来，吹去爆热的感觉，让人整个身心都透着清爽的舒适感。今天沐沐不用去幼儿园，所以在吃完老杨同志亲自做的鸡蛋面后，两个女人便开始忙活着收拾“小王子、小公主”，准备出行了。沐沐欢天喜地地穿上了我送她的蓝色小裙，我这边给小嘟也配上了同样蓝色的小背心。两个“蓝精灵”就这样拎着挖沙的工具向海边进发了。

我们行程的第一站是秦皇岛海洋馆，很多年前和嘟爸一起去过，这次纯是带嘟来开眼界的。果然，小孩子对动物和鱼类的喜爱似乎是与生俱来的，小嘟算是尽了兴了，特别对那个百岁的大海龟和小企鹅格外地友好。为了提升他看鱼的兴趣，我即兴创作了一个不是游戏的小游戏——我告诉他每一个参观区里都有一条鱼也叫小嘟嘟，于是每到一处，我们都先问一句：“谁叫小嘟嘟？”第一时间游到他面前的那条鱼，我们就叫它嘟嘟鱼。如此一来，嘟嘟在与十几条形态各异的嘟嘟鱼的互动交流中获得了极大的乐趣。

离海豚海狮表演还有一个多小时的时间，那时太阳还不算太毒，我们便带着孩子们来到海洋馆外一处海滩边又玩起了沙子。一个小时的挖沙戏水，孩子们似乎还是无法尽兴，但表演时间已到，威逼利诱总算是把嘟拎进了海豚馆。表演一如既往的精彩，动物拟人化的灵性表现吸引得小嘟不时地鼓掌大笑，特别是驯兽员生气、海狮哄劝那段，小嘟是记忆深刻，返程中还不时讲起呢。更出彩的是与我们同行的亦宁哥哥竟非常幸运地得到了海豚亲手绘制的大作，嘟嘟和沐沐欣喜地围着看得乐呵呵。

从海豚馆出来已是日当正午了，那一天是父亲节，我们和“萝卜”姐姐两家一起共进午餐。席间出了一件非常搞笑的事情：我这边跟姐姐聊天，那边又照顾小嘟吃饭，正忙得不亦乐乎的当儿，一个转身，猛然发现小嘟双眼迷离地念叨着：“妈妈，你这饮料怎么这么辣呢！”再看向他手中的杯子，我晕倒！他偷喝了我杯中的白酒！看他嘴角还挂着的那滴39°陈酿，我更加确信无疑了。此后小嘟便再不进食了，然后开始像所有的“职业醉鬼”一样，嘴里说着我不晕呀，却一路曲线地走出饭店，逗得大家一通爆笑。有了这样的插曲，午睡是必不可免的了，两个小人儿在车上就东倒西歪地睡着了。

醒来时分，太阳的毒辣已减色不少了，黄昏的凉风伴着迷人的夕阳招得我们又控制不住地出发去海边挖螃蟹。尽管海风凉的有些到发冷的程度，但是对于内陆长大的孩子来讲，这样的游戏实在是太充满吸引力了。嘟嘟和沐沐再次穿着萝卜阿姨特意给买的正宗情侣装上演着充满童趣的海边故事。

2007年6月18日　星期一　嘟在旅途

两天半的秦皇岛海边游可是让小嘟过足了瘾。周一开始，我们又要奔赴本次旅程的第二站——北京。

一大早起来，着急忙慌地从被窝里拎出精神状态还不错的小嘟，抱着一大堆“萝卜”阿姨准备的食品，坐着杨叔叔的专车，一路冲向火车站。走时，小沐沐刚刚醒来，惺忪的睡眼看着我们离去的身影，不知是留恋还是难过，竟撇着小嘴哭起来了，看的人煞是心疼。

来不及过多的感慨，一路背着包拎着袋，领着孩子坐上火车。待喘着粗气，仔细看向那古老且熟悉的军绿色车厢，以及来来往往拥挤不堪的人群时，我打心底里佩服起嘟爸来了，太有才了！这年月，还能买着这么传统火车的车票。两个靠过道的座位让我清醒地意识到，这一路，有罪遭了，唯祈祷小嘟能开恩别闹呀！

开始一个小时，车上人不算多，虽然没有空调，但开窗吹进的自然风感觉还不错，嘟也还算配合，摆弄着他的冲锋枪玩一会，又抱着酸奶喝一通。后来人越上越多，过道里挤得水泄不通，因为风太大，窗子基本没怎么开，整个车厢像闷罐一样，混杂着各种气味和声响，让人窒息。我们开始后悔没有坐高速大巴，或者是坐下午的动车组。我和嘟爸只有轮流抱着小嘟，就跟抱着个小暖气一样热的汗透彼此的衣衫，我们又开始后悔当初考虑不周，早知这样的车况，不如给小嘟也买个座号。不管怎样，这样的旅途已经开始了，除了坚持到底，我们别无选择。

嘟开始觉得无聊，我和嘟爸便轮流讲故事给他听，希望他可以像邻座的孩子那样，能睡上一会。但嘟偏无法入睡，尽管好几次眼皮沉的都抬不起来了，最终他还是坐起来，又精神抖擞了。在我和嘟爸口干舌燥再也讲不下去时，我们不得不选择吃食来打发时间。这时方发现，“萝卜”阿姨早就把香瓜削掉皮、挖掉瓤，整整齐齐地摆放在我们的口袋里，如此细腻的情意，如甘霖滋润着我们一家的心田，无需语言，只有感动……

离到站还有一个小时的时候，车厢里“化学反应”产生的种种气味几乎要到了让人呕吐的地步了，小嘟的表现真的是大大值得赞扬！尽管他嘴里念着：“东西也吃了，枪也玩的差不多了，故事也讲完了，该干的都干了，怎么还不到站呀！”但在我们的安慰下，他一点都没有哭闹，就那样乖乖地忍着。我的耐性和好脾气也在这次旅行中发挥到了极致，连我自己都暗暗佩服我自己，怎么那么像慈母呢。其实，全家旅行在我心中的意义也便在于此，在不断克服旅途中种种困难的过程中，相互理解，相互支撑，亲情在这一历程中将得到最完美的升华。

中午十一点半，我们终于挨到了北京。出发前一周，看着天气预报，北京天天三十七八度的高温让我一度产生了取消此次北京行的念头。不过，下了火车，看到满天的阴沉，偶有阵阵凉风从站台上吹来，这让我的心一下子就“阴天乐”了起来。

在火车上，嘟问过我，北京是什么样子的，我想了想，一时竟不知该怎样对一个小儿概括祖国首都的样貌。后来我告诉他，北京有四多，人多，楼多，桥多，车多。结果下了火车，站在望不到头的人海中，嘟立刻便非常生动地感受到了“人多”的概念。嘟爸在这时发挥了他全部的神勇和父爱，他不忍让爱子在度过几个小时环境恶劣的旅途后，再在人们的屁股底下钻来钻去，于是，他身后背着硕大的旅行包，前面抱着个壮壮的大娃，还冲嘟妈丢下一句：“照顾好自己，跟上。”

出了站台便看到了他老明叔，就像找到救星一样，我们穿人海，过天桥，小小地蜿蜒曲折十几分钟，终于爬上了老明叔的小车。嘟更是在车行一分钟后，毫不费力地把自己放倒在后座上了，上午旅途全部的疲惫和困顿都在这时释放出来了，睡的那叫一个呼呼山响。

2007年6月21日　星期二　小嘟游京城

早起拉开窗帘，阴天，凉风，顿时心情大靓！忍不住感叹，两个属龙的人真是走到哪都少不了雨水呀！

从昨天傍晚第一次来到我们下榻的绿杨宾舍，就立刻喜欢上了这个古朴、幽静的小四合院，所以一大早，梳洗完毕，急不可耐地带着嘟先跑到院子里玩。嘟是两车不离手，在宽敞干净、无人干扰、绿荫环抱的小院里，大口呼吸着新鲜的空气，疯狂且自由地赛着车，我则抓紧时间各个角度追在小人儿的屁股后面。待嘟爸收拾好行李出来时，我们娘俩都不可遏止地爱上了这个小院，嘟甚至说：“咱哪也不去了，就在这里赛车吧！”嘟爸晕死，直叹儿子知道省钱，一个北京小院就足矣玩乐了。

但行程还是按计划如期开始了。老明叔放下手头所有的事情，这几天全程车人陪同。这也是我们此行能舒服顺利进行的很重要的一大保障。

第一站到了中国人民再熟悉不过的天安门广场。说实在的，来北京好多次了，真正认真去看的还就只有故宫，其他地方不是不想去看，而是看着人山人海，头先大了三圈了。这次借着小嘟的光，咱也到天安门广场逛一逛。

这天的天气真是太好了，天空厚厚的云层把太阳遮的不见踪影，我们可以在阔大的广场上随意闲逛。小嘟是自打进了广场就情绪失控了，先是趴在地上赛他那两可怜的小车，其中一个轱辘都跑没了；然后赛人，他和他爹两个傻小子在京城中轴线上挥汗如雨地赛跑；后来嘟又发明个新游戏，把饮料瓶子夹在两腿之间，双臂展开，做小飞机状在广场上大笑着翱翔开了，其疯狂的不正常状态，多次引起巡逻武警的注目。那时意识到自己的又一失误，出行前“功课”做的太不到位了，没能给小嘟讲出什么他可以接受、理解的关于景点的故事。所以他只有在不同的雄伟的建筑和环境中，自娱自乐了。

那一天是我们在外渡过的第二个节日——端午节。不过，对于旅行的人来说，好像每一天都是节日，所以真正的节日反倒不按常规去过了。中午吃过烤鸭后，我们计划着要去天坛。在北京众多的古迹中，我最向往的是故宫、天坛和长城。我想，几百年来，那么多朝的皇帝选择在此祭天，一定是一个非常神奇的地方。所以此行天坛为必看之处。只是途中隐隐担心，按常规又到了小嘟午睡的时间了。此前几天在秦皇岛他都按时午睡，所以方能保证充足的精力、体力和愉快的心态去玩耍。今天不知他能不能清醒且开心地跟我们游完天坛。为此，嘟爸已做好了随时充当“坐骑”的思想准备。

接下来的事实是：小嘟进了天坛的大门，看到宽敞的场地，再一次陷入莫名的疯狂和兴奋中，他带着那俩已开始残破的小车赛得汗流浃背。在这里，为了试图在他头脑中留下点有价值的信息和历史知识，嘟妈是现学现卖，边看着沿途的说明，边用嘟能接受的语言给他讲故事，时不时地混到有导游组织的队伍里，听人家讲故事。

嘟的知识积累真的是太有限了，刚给他讲皇帝，他就发问了，什么是皇帝，周围一群人随着这一稚嫩童声的响起，目光唰地就集中到我身上来了，我是红着脸，流着汗，硬着头皮告诉他：皇帝就是一国的大王，就像你听过的故事里，森林中小动物们的大王是老虎，而在古代的国家，全国人的大王就是皇帝。为了让他更直观地理解这一名词，我开始在大脑里搜索他以往故事中比较熟悉的有关皇帝的形象，哦，对了，花木兰里的老皇帝，还有西游记里到处是皇帝。嘟恍然大悟。接着又发问："那现在皇帝哪去了？"我晕死，没点知识真难应付这小人儿。我付出瞬间又死掉一堆脑细胞的代价，试着用他能理解的方式解释说："现在皇帝消失了，随着历史的进步，再没有这样的大王来管制我们了，我们自己当主人了。"嘟似懂非懂地点头。转眼两分钟后，在我们休息的时候，小嘟突然指着不远处购物点前穿着皇袍招揽生意的人大叫："妈妈，快看！皇帝消失后来这儿了！"小人儿如发现新大陆一样，很兴奋，很有成就感。好像有了一项重大考古发现一样。

过了回音壁，开始往天坛的标志性建筑祈年殿进发的时候，小嘟第一次发出了请爸爸抱抱的请求。虽然那时没有太阳，但天是闷热的，这么长的路，抱个来回，再走出去，嘟爸不晕，我都得看晕了。所以，嘟妈再次发挥"聪明才智"，开始即兴创作游戏吸引他走路。先是跳格子，然后石头剪子布争大家，然后开始瞎编故事。就这样一路哄着逗着，小嘟竟笑笑闹闹地坚持下来了。其中，我们母子无拘无束的笑声，引得路人无不侧目，很多人也被感染的跟着傻笑起来。瞧这闹的，我们都成一景了！

回来后看当时的照片，小嘟没有一张不是大笑的，没有一张不是特别开心的。直到他靠着自己的两条小粗腿完完整整地走完天坛后，我们方给予他最激情的赞扬和最实在的奖励—— 一支小嘟梦想中的冰淇淋和允许他随意地玩玩老明叔的真车，嘟那小脸笑的，花一样灿烂！

下午返程中，嘟又一次睡倒在老明叔的车上。有车带孩子在北京游玩，真的太方便了，上车便睡，途中养精蓄锐，下车便玩，啥事也不耽误。在嘟依然沉睡的时候，我和嘟爸抽空去探望了一个失去联系好多年的我少年的旧友。真正的友情就像沉酿，时间越久越淳厚。虽然这么多年没有一个电话，甚至没有一点对方的音讯，但梦里儿时嬉闹的情景却常在，再次见面的感觉一如十几年前那样亲切自然。只可惜时间太短，属于闺密的许多话来不及细说，十几年的家常来不及一一聊起，一切如在梦里，细品又让我们真实地感动着……

傍晚，又回到住处的院子里，散步玩耍直到天黑。

其间，老明叔与嘟之间有一段非常好玩的对话：

老明叔："北京好吗？"

嘟："北京好！"

老明叔："那你留在北京吧！"

嘟很坚决地说："不，我喜欢农村！"

黑暗中，嘟妈和嘟爸一通爆笑……

2007年6月20日　星期三　小嘟游长城

转眼出来已经有5天了，从秦皇岛来到北京，又从海边玩到古京城脚下，出发时还有点感冒后遗症（咳嗽）的小嘟是丝毫看不出有一点疲惫的迹象，甚至连小药都没再继续吃，这内火外火（嘟一久咳不好，中医就说他内火大呀，也不知道这么点个小屁孩，整天吃了睡，睡了玩的，哪来那么大的火）就基本撤的是了无踪影了。

这天的计划主要是游长城。都说"不到长城非好汉"，我来北京有几次了，连长城的边儿都还没沾过呢。借着这次机会，全家都成好汉得了！

早起时又是个阴天，出发没有多久，天空便随风吹来细细的可感觉却无法看见的雨丝，凉爽的让人痛快！对我来说，更是喜欢在这样的阴雨天游古迹，似乎那样，穿越时空历史的感觉才能更淋漓尽致地体现出来。出发前，在宾馆就边给小嘟洗漱，边给他讲着我依着老底儿自由发挥的"孟姜女哭长城"的故事，借此告诉他长城是干什么的，很久以前修建长城是个多么了不起的雄伟工程。嘟真的对孟姜女的故事产生了兴趣，让我反复地讲了好几遍，可惜他娘我肚里存货太匮乏，除了孟姜女再翻不出来跟长城有关的且他能听懂的了。

但这丝毫不影响小嘟的游兴，在奔赴长城的高速路上，小嘟坐在车后座上嘴不停地讲着或是他听来的或是他信口胡编的故事。更出彩的是，小人儿居然望着京城的都市风景诗兴大发，口占一绝，他老娘我摸遍全身没个纸笔，情急中忙用手机短信记下：

马路车多风景好，
草多树多有果果，
楼多房多有吊车，
花开树长标志多。

非旅游旺季的长城，人不算多，但外国人很多，基本快占到游客的一半儿了。于是，在长城脚下，趁着嘟爸买票的当儿，小嘟又用他仅会的那两句洋话哄弄起大家来了。他先是对着不远处的一个黄头发男人摆手，同时say hello，那男人立马携子女一干人等纷纷挥手，say hello 热烈呼应。然后小嘟便坏笑着非常连贯地对着人家发出一连串儿的“英语元音辅音的杂乱组合”，老外一家人听了半天，困惑至极，频频向我耸肩摇头，我只能用我蹩脚的口语告诉他们，我也糊涂了，嘟却在一边快乐翻了。这该打的屁孩子！

张罗了大半天，其实我们并没有爬多远的长城，只走了4个烽火台就匆匆撤下来了，主要是因为我们选择的那段长城虽然人少，但是坡度很陡，有两个地方简直就是快成90°角垂直了。在“如果自己走就奖励冰淇淋”的“政策”鼓舞下，小嘟自主攀爬的积极性相当的高。但是我们犯贱了，担心兴奋又掌握不好身体平衡的他一个不小心出什么差错。出发前双方父母家人的千叮咛万嘱咐，我和嘟爸是牢记在心，哪敢有半点闪失呀，所以嘟爸基本全程扛着、拎着、抱着、牵着小嘟游完了长城。特别是那段垂直角度的台阶，往上爬还行，下来可就晕了，肢体平衡感、灵活性都很差、并且严重恐高的嘟妈都快手脚并用了，出了一身的汗才算把自己弄下来。可人家嘟爸，本来个子高就容易发晃，这下抱着个小嘟，在整体高度又增加了10厘米的情况下，一手扶着栏杆，一手抱着孩子，左右脚灵活交替，没用一分钟，他老人家轻松就飞下去了，佩服的嘟妈是五体投地呀。所以，从长城下来，我觉得嘟爸都不只是好汉了，简直快成神汉了！

下午在蒙蒙细雨中回到市内，吃过午饭，看着小嘟一如昨日般精神的状态，我们毫不犹豫地向颐和园进发了。那时细雨丝又若有若无地飘起来，在这样的天气游走在颐和园的昆明湖畔，那真是相当地享受呀！当然除此以外，对于没有任何防护措施完全开放的昆明湖边，我们一行人又多了一层特别的戒备和防范之心，时刻提高警惕，严格监控再一次陷入莫名兴奋中的小嘟，防止这小子一个不小心误入“藕花深处”。为了让他没有任何“争渡”的机会，嘟妈干脆又用花言巧语把他稳定在靠墙一侧的古木碧草中，一路安全游戏着向前行进。

到了昆明湖上的十七孔桥，一个无辜的饮料瓶子让小嘟的兴奋点瞬间燃到最高。他又疯了一样地踢之、饮之且又夹之变成小飞机翱翔，上蹿下跳看的嘟妈眼睛都花了。不过，孩子的快乐是最纯粹、最具感染力的，见他如此忘形，我们所有随行的大人也都不管不顾地跟着他狂笑，整个一队“精神病组合”！哈哈哈！

迎着凉丝丝的小风，我们也乘着龙舟到了万寿山。至此，整个下午的行程亦是小嘟全凭自己脚力完成的。为了实现我们的诺言，特别奖励他一个巧克力花生仁冰淇淋，对于平素不常吃这种零食的嘟来讲，这也算是此行最大的快乐之一了。

我们是踩着人家颐和园下班的点儿出来的，跟着下班的工作人员一起浩浩荡荡地撤出古老的皇家园林。

是夜，举家酣睡如猪般香甜……

2007年6月21日　星期四　嘟游清华、北大和动物园

在我们行程的最后一天，太阳终于狞笑着在北京的上空挤出了它的大脸，将毒辣辣的射线和温度毫不手软地洒向大地。

整整7天不停歇的游走，直到这最后一天，从大人到孩子，我们终于感到由内而外透心儿的疲惫。加之天气干热，这一天的状态都不是很好。

早上计划到北大清华转转。这中国两所最高等的学府，我们当年没能耐考入其中，现在才来转转，说来多少让嘟妈有点自惭形秽的感觉。但是好在咱还有个“祖国的花朵”、“早上七八点钟的太阳”随行呢，希望不敢说，就只当是带他开开眼界吧。

可惜大概因为连日旅途劳顿，嘟的北大清华游基本是马马虎虎。行走在名校古木参天的林

荫大道上，小嘟满脑子想的却都是“能否开一会老明叔的车”呢，哎，孺子不可教也，朽木不可雕也！就这样，人家回来面对小姨“北大清华孰好”的提问，居然还敢一本正经地回答说：“北大好！”我诧异呀，忙追问这个在北大清华园里连眼皮儿都没怎么撩的小人儿：“何以得此高见呀？”嘟非常认真地回答：“北大有秋千呀！你都不知道，北大的秋千有多高，有多吓人！”言毕表情忽然兴奋并冲动地向往了一秒钟。可怜嘟妈我张着大嘴托着下巴足愣了那么长时间，一边的听客们却都已笑到昏厥状了，嘟妈突然间“悲”从心中起呀！呜呼！俺儿是否无望乎！

来无兴奋，去无留恋，就这样懒洋洋地靠在车里，迷迷糊糊地奔向此行的最后一站——传说中的北京动物园，我从3岁起就向往的地方。嘟的疲倦感也在这最后一天的最后一游中无遮无掩、愈演愈烈地释放出来了。进了门没走出两米远，就喊累，就要抱，嘟妈也没有什么劲儿和脑细胞去诱导他走路了，嘟爸伟岸的身影也软塌塌地缩下来了，抱着小嘟没精打采地晃荡着。

应该是社会进步了，各地都有相对来说比较不错的动物园，孩子们可以不用只到北京才能见到那些动物的原因，一路行去，除了对北京动物园的环境非常享受外，没有什么动物能让我为之一振，每个笼子里透出的眼神，都是那么的麻木、无聊。

到底是孩子，小嘟的兴致在见到猴子时被瞬间激起了，尽管在家乡的动物园里，那各色的猴子都快认识他了，他还是兴奋地看那几只老猴、狒狒、猩猩们的一举一动，蹦蹦跳跳着，把自己变成了一只笼子外的“小活猴”。

我告诉他，多看两眼吧，指不定哪一天，这笼子里的猴子就成了它们家族中的最后一只了。嘟惊恐地问为什么。我说被人类杀掉了，抢走了它们生存的空间。俺那永远怀有慈悲之心的儿呀，立马多愁善感地询问我：“如果我不伤害它，它是不是会和我成为好朋友呀！”是呀，如果我们不伤害他们，我们不仅会成为好朋友，更会构成一个和谐健康的自然世界。可惜无论是人类还是动物，太过强大时，自然会忘乎所以，得意忘形，整个地球已经被人类的强大“改造”的苟延残喘了。

阳光暴晒下，一行人懒懒地捡着动物园里参天古木投下的阴影走路。偶尔驻足看一下那花花绿绿的动物园游园地形图，头忍不住直发晕。索性选择直奔国宝熊猫馆，然后便赶紧结束本次游园算了。在熊猫同志的鼓励下，一路看着指示牌上200米、150米距离的缩短，大人孩子总算挨到地方了。可惜天热，若大的熊猫馆，游人比熊猫还多，仅有的几只国宝同志都躲在树荫里睡懒觉，连个正脸都不给我们看。一只精神点儿的小熊猫憨头憨脑地摇到我们面前，算是慰藉一下我们这些远行者的诚心，此行无憾了。

来到小吃街时已是华灯初上。在即将离开这座城市时，带小嘟尽兴地饱尝了一顿老北京的街边风味儿。大概八分饱时，我们领着孩子，背着行囊，终于到了跟北京说再见的时候了。

对于没坐过火车的小嘟来说，这一次的旅程基本就将中国最具代表性的3种火车都坐遍了：来时坐的目前中国比较快速的火车——动车组；从秦皇岛到北京选择了基本快撤出历史舞台的最古老的无空调式慢车；返程乘坐空调卧铺车。小嘟又一次像刘姥姥进大观园一样东看西瞧。时候不早，车开没多久，我便成功地哄睡了劳累的小嘟，体恤嘟爸身高体大，所以让他一人躺在一张下铺床上，我和小嘟头脚颠倒合躺在一张床上。那一夜觉睡的，我基本找到了春运期间农民工坐车回家的感觉，憋屈！但给我一点空间蜷着，我就能呼呼睡到平日里找不到的酣畅感觉。

早起到长春一出站台，便看到姥姥姥爷灿烂的笑脸，回家的感觉真好！

嘟妈心得

在我们国家旅行是新时代孩子才可以享受到的一种异常生动独特的学习过程。不用说父辈，单就我们这一代，从小学五年级起开地理课，直到高中毕业，8年的时间里，有几个孩子有机会亲眼见一下书上说的那些地形、地貌、风土人情都是什么模样吗？反正我当年地理科的高分儿，全是靠脑袋和毅力硬背出来的。直到大学毕业了，自己手里有多余银子可以支配时，才刘姥姥进大观园似的得以四处观光旅游，“老泪纵横”地亲手摸一下在书本中熟识了十几年的长江、黄河。

对于孩子来讲，旅行不只可以让他们直观地获得生动新鲜的地理、历史、风土人情等人文知识，整个出行的过程及旅途中困难的克服，都是对孩子自立能力和独立意志的一种最好的磨炼和考验。

所以，建议有经济条件的家长，尽量抽时间每年带孩子去旅行一次，这种眼界和见识是孩子们坐在死板的课堂里学多久都得不来的。

对于小嘟3岁时的这第一次出行，现在看来，虽然快乐，但并不十分如愿。原因是我当时被兴奋冲昏了头，缺乏全面理智的分析和思考。忽视了小嘟年纪太小，对人文历史常识的积累基本没有，导致北京古都游的稀里糊涂，没有发挥应有的作用。倒是在海边的嬉戏，让这个内陆出生长大的孩子充分体验到海洋的博大和魅力。

基于此，我计划在学龄前，尽可能带他先到周边地区走走看看，选择地形地貌、气候条件差异比较明显，带有独特地域特色的自然风光作为他旅行体验的重点。待他有一定的历史人文积累后，再找机会带他探访一座座古城遗迹，体味历史文明的沧桑魅力。

第五部分

孩子，让我找谁来照顾你

在我们的社会还不能提供3岁以内婴儿看护机构的情况下，在社会竞争如此激烈、稍有马虎就会被淘汰下马的情况下，在我们还没有条件催生大量全职主妇的情况下，找个合适的人在不短的时间内持续帮忙照看孩子，几乎是每一对新生代父母最头疼的大事……

娘，我挺不住了……

2003年12月13日 星期六 嘟1个月零2天

我说过，我是个幸运儿。孩子还在肚里呢，我那亲爹亲妈就火速把家从小城搬到我居住的城市，并且还特意选择了离我很近的小区，跃跃欲试就等着帮我照顾孩子，好让我放心大胆为党做贡献去。

但我逞能，拒绝一切善意的援助，我唾沫横飞地对全家人发表慷慨激昂的宣讲：此孩儿是我生，此孩儿该我养，要说找帮手，嘟爸你出来！然后便把满脸怀疑的老妈、婆婆等有援助表示的亲人统统推出门外。转身大义凛然地直面小床上那个又拉的一塌糊涂的小婴儿和屋中央手足无措的笨蛋老公。俺们奋斗的生活开始了。

第一天，我和老公基本一夜未眠，冲奶、哄睡、换尿布，就这三样事折腾一宿。早起老公血红着眼珠逃难似地跑走上班，我一个人手脚并用地对付这个麻烦不断的小不点儿。喂奶、哄睡、换尿布，外加洗大批的尿布，消毒成套的冲奶用具，清洁基本的室内卫生，中间夹杂着数不清的喂奶、哄睡、换尿布。晚上，午饭还没抽空吃的我可怜兮兮地抱着孩子站在阳台上望眼欲穿，盼着俺那再笨也算个帮手的老公快快回来，好解救我于水深火热之中。

第二天，早起的时间推后了，听见孩子哭后的反应也迟钝了，洗尿布的速度明显慢下来了，屋里屋外简直快成垃圾堆了，我连吃饭的食欲都基本累没了。就感觉眼皮铅灌似的沉，就感觉腰背折断了似的疼，就感觉整个人抽了筋似的直往下堆。对孩子的爱越来越淡，对自己越来越没有信心，对一天前的“独立宣言”越来越悔。

基本就在我快全面崩溃的前夕，我那亲妈不放心的身影终于出现在黄昏最后一抹美丽的余晖中，那一刻，我竟有了一种重生般的感觉……

还说什么呀！还装什么呀！赶紧火速收拾出大包小裹，趁自己还清醒前，拖家带口地搬到娘家，家妹正取笑说："怎么的，还打算长驻不走了呀！"那边我已钻到里屋和衣而眠，鼾声如雷，任老公在外面高叫着：奶瓶放哪个包里了！任孩子在一边儿痛哭着。

孩儿他奶奶，我也挺不住了……

2004年11月2日　星期二　嘟11个月

10月21日早，老妈突犯心脏病，整个人卧床不起，我不得不请假两天在家照顾生病的老妈和淘气的嘟。可两天过去，老妈依然没有明显好转，更不用说继续天天对付嘟这个超级淘气包了。而婆婆又因家里有事，一时半会儿过不来，无奈之下，我只得硬着头皮向单位申请休假一周，承担起以往老妈在家的全部活计：照顾孩子，做饭，收拾屋子，洗衣服，再加照顾老妈。两天下来就开始腰酸背痛腿抽筋，人也整个蔫儿了。曾经不以为然的家务活，真正做起来，却琐碎的没完没了，而在过去的大半年时间里，老妈的每一天就是在这陀螺一样不停歇的运转中度过的。

就在这时，10月27日晚，嘟又出现了感冒发热的症状，赶紧看病、吃药、喝水、物理降温、没日没夜地精心护理，如此折腾了三两天，总算基本好转。那边儿，老妈却因又急又火又心疼我，病情日渐加重。我这假也休到不可能再休下去了，眼看着嘟这边儿没人照顾，老妈那边儿无法静心养病。无奈之下，我们把求援信号发向婆婆。

当天晚上，婆婆卷着简单的行李就进驻我家了。作为照顾孩子最可靠的后备力量，这一革命老太的出现终于让我们大家乱糟糟快失去平衡的生活又四平八稳地落到了地上。

因为跟奶奶不太熟悉，怕嘟刚刚病愈又发作，所以轮到嘟爸休一周在家，陪伴奶奶过度一下。尽管如此，我却仍然无法心安理得地开始无牵无挂的幸福生活，因为我知道，这种安定平稳的局面背后，是我们的两个母亲在做出牺牲和奉献。

那一天，送走我的宝贝

2005年3月20日 星期日 嘟1岁4个月9天

把嘟送回奶奶家，直到明年五一他上幼儿园再接回来。——决定了！

下这个决定对于我来说实在是件再痛苦不过的事情。从嘟6个月时姥姥第一次扭伤手腕起，嘟爸就劝我把嘟送回奶奶家，我们每周末回家看他，反正离的也不远，交通也挺方便的。但我根本无法接受让那么小的嘟远离我，因此我不但一口回绝，还把嘟爸痛斥了一顿。

接下来姥姥11月份发现心脏病，身体很虚弱。在这种情况下，在我的坚持下，奶奶每周往返于长春和老家，照顾嘟整整一个冬天，直到年前才回自己的家。年后，嘟的奶奶腰病重了，还没退休的爷爷也需要人照顾，奶奶不能再来回跑了。姥姥这时虽然没有痊愈，但没有办法，我不忍心把嘟送走，所以只能强挺着上阵，嘟就这样又回到姥姥家了。

但是从初八到今天，一个月的时间了，姥姥身体一直不是很好，一直是在咬牙挺着跟嘟摸爬滚打，还要做很多家务事。我们一天天的上班在外，想帮忙也帮不了太多，还是要靠姥姥自己的。最近半个月，她的腿里又长了个东西，走路很疼。想要雇个保姆，姥姥却嫌有生人在家总是不方便，死活不同意。因为怕她累坏了，我和嘟爸一直处在很紧张的状态，只要没事就往家跑，尽力多做些事情。这使得我们除了工作以外，几乎全部的时间和精力都用在嘟的身上，加上家里家外一大堆事，我们自己还有一些事情，弄得简直是筋疲力尽。

从上周嘟生病开始，嘟爸再次劝我把嘟送回奶奶家，奶奶虽然腰不好，但他们跟大哥大嫂住一起，他们工作都比较宽松，压力也不大，都可以帮一把，爷爷也可以常常回家照看嘟，还有和嘟很要好的小哥陪着玩，嘟应该可以得到比在这里更好更细心的照顾。如果再这样下去，姥姥的身体会越来越坏，我们又脱不开身。

看着宝贝这几天病的可怜样子，再看看妈妈强打精神劳碌的身影，我不得不接受这个万不得已的办法。决心是这样下了，但是我不敢想象，也无法想象，真的把嘟送走了，我会怎样地想念他，更担心这么依恋父母的嘟在奶奶家会不会适应。

2005年3月26日　星期六　嘟1岁4个月15天

不管愿意不愿意，嘟还是被送回奶奶家了，一大早起来，大家忙成一团，为嘟收拾东西。表面看起来都很平静，但此时，内心真正如表面一样若无其事、快乐无边的恐怕只有嘟一个人了。

东西还没收拾完，姥爷单位的车就来了，我和嘟爸、姥爷抱着嘟匆匆地就上车走了。留下腿疼加剧的姥姥面对空荡荡的屋子……

40分钟的车程，嘟不哭不闹，都困得不行了，就是不愿睡，懒懒地靠在爸爸身上，直到奶奶家。

怕嘟闹，大娘特意接回了正在上幼儿园的小哥，见了小哥嘟彻底欢儿起来了，觉也不睡了，吃了午饭后，更有体力跟小哥疯了，连午觉都没睡。

到了晚上，嘟的老毛病犯了，而且犯的挺重，疯狂地黏在爸爸身上，这样还不够，赖叽叽地哼叽个没完，去这儿也不对，拿那也不是，最后索性大哭起来，怎么哄也不好，不知道他究竟什么意思，想要干什么，哪里不对心思了。一家人急的不行，小哥此时也失去威力了，最后实在没办法，我就让嘟爸藏起来，但嘟哭的越发厉害了。情急之下，嘟爸少有地发了脾气，问嘟究竟想干什么，嘟不说，只是哭。

嘟爸没办法只好穿上衣服狼狈地逃出家门，奶奶和大大哄了好一会儿，嘟才渐渐平息下来，专心开始跟小哥玩起手中的玩具。看着他哭红的有些肿胀的脸，我突然意识到：也许宝贝知道爸爸妈妈要留下他，所以特别怕爸爸走，才这样反常地黏着他。前几天我一问他：“送你回奶奶家跟小哥玩，好不好？”嘟总会在一愣之后，马上闭上小眼睛，嘟起小嘴，假哭几声，问他想不想爸爸妈妈，他总是会拍拍心口表示很想念。想到这里，再看看时不时还抽搭着的宝贝嘟，眼泪一瞬间涌上来。我强忍着，默默地穿上衣服跑出家门，呜咽之声顿时控制不住地冲门而出。我几乎是失声哭着找到呆在楼下冷风中的嘟爸，大骂他凭什么跟嘟喊叫，嘟爸也是哽咽着说他也是着急，怕我们走后孩子这样上火。

再打电话，楼上情况还好，嘟没再哭，跟小哥玩呢。我跟嘟爸一合计，反正也这样了，索性咱俩就躲出去，今晚让奶奶哄他睡觉，嘟主要是睡前和半夜时找人厉害，早晚得有这一关的。于是，我们两个就找了个网吧，边上网消磨时间边心神不宁地等待消息。直到10时30分时，大哥的电话才打来，说嘟刚刚睡着，睡前喊了两声“爸爸”，哼叽了几声，可能也是困急了，奶奶哄一哄也就不叫了，一会儿就睡着了，我们这时方敢回家。

夜静下来了，我的心却怎么也平静不下来。想想自己上小学的时候，一直寄读在姨妈家，每年都只有放寒暑假才可以回家看到父母。每次开学我都是坐着火车哭一路，上学的第一周基本都是在泪水中泡着。那时我最大的愿望就是：每天放学后可以回自己的家，看见自己的爸爸妈妈。没有过这种体验的小孩子，是绝对意识不到，天天唠叨的父母对我们来讲，有多么的重要。

如今我的儿子又要重复我当年的痛苦，而且他比我那时要小得多，正是需要有父母在身边撒娇，应该黏着爸妈的时候呀！哎，想来想去，主要还是客观条件所限，没有办法的办法呀。这样想着，就更加心疼起嘟来，小小年纪就不能在父母身边，还斥责他，叫他不要哭闹……此刻眼泪如决堤的江水，不可控制地喷涌而出，我把头藏在被子里压抑地低声呜咽着，老公紧紧地抱住我……

一夜无眠……

想念宝贝……

2005年3月27日　星期日　嘟1岁4个月16天

昨晚嘟第一次单独跟奶奶睡，我和老公在隔壁几乎一夜未眠，时时竖着耳朵关注着屋里的动静。还好，宝贝嘟的适应能力真的很强，只在凌晨两三点钟时哭叫两声，奶奶按照我事先的嘱咐赶紧把他抱上小车，同时说："奶奶带你去找爸爸，小哥在楼下开车等着呢，坐小汽车去喽……"嘟很快就再次睡着了，一直到天亮。早起睁开眼睛刚要咧嘴哭，一下看见也是刚刚起床的小哥，嘟立刻就甜甜地笑了，还马上伸出小手，嘴里"呜呜"地开起车来。

陪嘟玩了大半天，下午4点钟，嘟睡着后，我和嘟爸才狠心离开。一路上倒也没感觉特别难受，毕竟从这两天一夜的观察看，嘟在奶奶家还是挺适应的，跟小哥玩得好，吃的更不用说了，奶奶的厨艺绝对一流。有时虽然也念叨着找我们，但并没有没完没了的哭闹，这样就好，孩子少受罪，我们也多少放下心来。

到长春后直接到妈妈家。没想到爸爸居然病了，跟上一星期嘟的症状一样，上吐下泻，发低烧，浑身无力。妈妈偷偷对我说，嘟走的那天晚上，爸爸喝了好些酒，晚上抱着枕头放声痛哭，埋怨妈妈不争气，如果她身体好的话，也不会把孩子送走，他太想念他的大外孙了，妈妈也哭了。妈妈说结婚30年了，她第一次看见爸爸这个样子。

默默地听妈妈说完，我的眼睛已经湿的透透。我不敢再看一眼躺在客厅沙发上的爸爸，不敢看他红红的眼睛，更不敢看他眼角没有擦干的泪痕。我知道爸爸虽然外表很厉害的样子，但其实他是最爱孩子的，小时候对我们是这样，现在对嘟更是厉害。

我偷偷擦着眼泪到卧室，抬眼四处都是嘟没有拿走的衣物和玩具，嘟活动过的气息浓浓地缠绕在我身边。想想此时远方的嘟睡醒之后却发现爸爸妈妈不见了，他会不会哭，会不会伤心……我的眼泪终于不可扼制地喷涌而出。老公见状，本想安慰我几句，可话没出口，眼圈就红了，哽咽了半天才吐出一句话："不知道儿子半夜会不会找我们……"

匆匆吃几口饭，都不知道什么味儿，赶紧回自己的家。进了门，又是一阵难过，一直含着泪睡着的。我的宝贝，太想念你了，但愿没有我们在身边的日子里你一切都好……

周末喜相逢

2005年4月4日 星期一 嘟1岁4个月23天

星期五一大早，由姥爷姥姥嘟爸组成的第一批探望嘟的亲友团迎着朝阳无比激动地出发了。虽然未能与之同行，但从睁开眼起心情就抑制不住地雀跃起来，今天下班就可以看见我的宝贝嘟了，一周不见真是想死了！

一整天都无心工作，真不知道什么时候才能再找到独身时那种敬业之心了。下午3时跟处长请了个假，匆匆跑到超市给嘟买了一顶漂亮的红帽子，然后便乘上返家的汽车，一路狂奔……

到奶奶家时，嘟正在睡觉，胖乎乎的小脸挤的小嘴嘟起来，像个顽皮的小鸭子，爱死人了。我就那样坐在一边贪婪地欣赏着嘟的睡态，不时地亲亲他的胖脸、胖手、胖屁屁，真真是百亲不厌，怎么爱也爱不够似的……可气这"小白脸狼"睁开眼睛居然连看也没看我一眼，反而指着旁边的玩具箱子叫着"呜呜"，俺这心哪，凉透了！！！

晚上发现嘟较从前蔫了许多，不似往日那般活泼，心中免不了担心起来。下午姥爷姥姥走后，奶奶带嘟下楼玩了一小会儿，嘟前几天感冒有复发的迹象，这会儿不会又着凉了吧！留心观察一晚倒也没见特别的症状，药也一直吃着呢，应该问题不大。晚上当然是我来哄嘟睡觉了，又一个没想到，嘟居然躺在床上指着门外带着哭腔喊“奶奶”，我晕，这才几天呀，居然就忘了娘了！

好赖是哄睡着了，一夜睡的安稳。第二天早起睁开眼又是直叫“奶奶”，俺这心里不只是凉了，都有点寒彻底了，这就是我一直以来不肯把嘟送回来的原因，怕他和我们疏远。但现在，哎，没有办法的事呀……既然不找我玩，那我就只有心里郁闷着去为嘟热奶、准备早饭，结果我在厨房正默默地忙着，屋里突然传来嘟大哭的声音，伴着他一声一声地大叫“妈妈！妈妈！”转眼间，小嘟哭的梨花带泪地冲进厨房扑到我大腿上直叫“妈妈抱抱”，一刹那，我心里最脆弱的那一块忽地剧烈动了一下——我的宝贝终究还是想着妈赖着妈的，我顾不得腿疼，放下手中的东西一把抱起宝贝嘟，嘟紧紧地搂着我的脖子，小脸湿湿地贴在我的脸上，生怕我跑了似的……

一上午玩的很好，中午见外面天气实在很好，阳光也可爱，嘟爸参加婚礼也回来了，嘟好像也没有特别明显的感冒症状，就带着嘟和小哥哥一起出去玩。嘟高兴得不得了，此前出去几次，让他充分认识到外面世界的精彩，所以小心儿也越发地野起来了。这周惊讶地发现嘟可以说三个字的词了，最具代表性的就是他会歪着头抻着长声唱歌一样地喊着“大——哥哥”、“冰哥哥”（实际是“冰糕糕”），在我和嘟爸听来，世界上再没有比这更妙的音乐了！

兴尽回来，嘟已在车上睡着，嘟爸就这样把他抱上楼。结果到晚上嘟就开始打喷嚏、流鼻涕，偶尔咳两声，但药始终吃着，心想睡一觉也就没大碍了。晚上依然又黏上嘟爸，像胶皮糖一样黏在身上不下来。惊讶地发现嘟的霸道很是了得，他不许小哥哥玩他的玩具，嘟爸给他们两个讲故事时，他不许小哥在旁边听，如果嘟爸抱小哥在怀里，嘟更是赶紧冲过来，一把抓住小哥哥大叫着使劲地往外拽。但很奇怪的是大大和大娘抱小哥时他看都不看一眼，爷爷奶奶抱就不行。所以大家说小嘟的霸道还是讲一定道理的，他霸着他认为应该属于他的那份爱。不管怎样，心里感觉有点酸……

周日早起，事态严重，嘟咳得非常厉害，不知怎么突然就一声接一声剧烈咳起没完，以至于咳到发呕，呕出一大口黏痰，痰液清澈不浑浊。但嘟的咳嗽还是不止。楼下的西医赵大夫上来检查过说：打针，否则很快就会发展起来。我心里一阵发凉，心中暗骂自己昨天太心急，不该带嘟出去，哎……奶奶这时提意说不如到一个有名的儿科中医大夫那儿看看，他是祖传的药方，诊所开了三四十年了，在这个城市很是有名。这让我心里豁然开朗，嘟比较抗拒打针，但吃药却是丝毫不费劲的，这个方法也许很有效，而且我也很相信中医。

一行人又浩浩荡荡带嘟去看中医，开了一小包药，老大夫好像很有把握的样子，但前提是孩子得很顺利地把药服下不吐出来，因为他配的药巨苦无比，一般成年人都很难吃下，别说孩子了。不过，依以往的经验来看，这方面我对小嘟很有信心。回到家，赶紧把药冲了，好家伙，水刚兑到药粉里，一股难闻的气味儿就冲鼻而来，我忍不住皱起眉头来，又试着往里面加两勺糖，然后鼓起勇气用舌尖舔一下尝尝，哇呀！俺差点没冲口吐出来。此时对嘟顺利服下药的信心开始强烈动摇起来。真没想到小嘟竟然很乖巧地把嘴伸过来，一大口把药吞下去，面不改色，稳稳当当。俺蹲在那里，定定地看着我儿子，感觉好像都需要仰视这个坚强的小东西了！

吃过药后嘟很快睡去。中午醒来咳嗽明显减轻不少，真是灵丹妙药！但好像这个药让嘟很容易犯困，中午吃过药后，只玩了一会儿，就赖叽叽地闹觉，嘟爸把他哄睡后，我看情况挺稳定的，吃药也很顺利，咳嗽也明显见轻，加上长春那边还有点事，我们决定趁他睡着时回去。

这边我忙着收拾东西，那边嘟爸靠在床上看着熟睡的嘟忽然冒出一句："我儿子睡醒一觉，睁眼一看爸爸妈妈都走了，虽然他不会说，但他肯定会很想我们……"话音刚落，我们俩人的眼圈都红了，我忙背过身，抚摸着嘟的小脸小手，默默地掉了好一会儿泪。

不管有多不舍，总得狠下心离开，我和嘟爸谁也不说话。出了门，嘟爸脚步飞快地跑下去，我连喊了两声，他都没理我。我意识到了什么，紧追两步赶上去，发现嘟爸满脸都是湿湿的，泪水不停地从眼眶涌出，他捂着嘴强忍着不让自己哭出声来。一瞬间，我极力控制的泪水也如决堤的江水突地爆发出来。但我知道这种时候，彼此是不能劝一个字的，甚至不能说一句话，否则情绪不知道会爆发成什么样。我只是伸手拉住嘟爸的手，他马上便握紧我的手，我们一路默默啜泣着走上车，好久才平静下来……

晚上电话不停地往家打，问嘟有没有哭，有没有找爸爸妈妈，咳嗽好点没有，奶奶说一切放心吧，嘟吃的好，玩的好，咳嗽也轻多了，更没有哭闹找爹妈，他好像也适应这样的生活了。我和老公放下心来的同时，忍不住又心酸起来……

宝贝，愿你一切都好！爸爸妈妈好想你……

嘟妈心得

其实嘟只在奶奶家住了2个多月，我们就因过度的思念和对孩子发展的种种顾虑而把他接了回来。总的来说，我们一家已经是非常幸福的了。从嘟满月开始，姥姥就承担起了照顾他的任务；到嘟6个月时，姥姥手腕意外扭伤，肿的老高，奶奶得令立马前来支援，帮忙照顾了一个月；此后伤愈的姥姥继续上任，直到嘟周岁前，严重的心脏病发作，迫不得已下，又是奶奶，雪中送炭，老人家数九寒天中在两地间跑了整整一个冬天；到嘟1岁4个月时，种种原因迫使我们不得不把小嘟送回奶奶家，在经历了两个多月难耐的思念后，嘟最终还是回到我们身边。此后，姥姥咬牙坚持着，在全家人的齐心合力下，总算把嘟顺利地带到他2岁半上幼儿园的时候。

我是一个上班族，我没有条件辞去工作，当个全职主妇。所以，在嘟能上幼儿园前，找个合适的人帮我照顾孩子是个非常关键的问题。因为孩子没出生前，双方父母就都做出了欲积极担此重任的恳切之心，所以起初，我压根没考虑过雇保姆的事情。后来在两位妈妈身体都频频亮起红灯的情况下，我们真的动了请保姆的念头，但那时，两位老人家都对孩子产生了非常深厚的感情，加之周围很多家有保姆的人总是问题不断，她们是无论如何都不放心让我把孩子交给一个陌生人去照看。在这样的情况下，我被迫放弃这一想法，并被迫把孩子送回奶奶家。

但我无法心安理得地做个甩手掌柜，继续潇洒地享受没有孩子打扰的二人世界。我固执地认为，孩子是必须在父母身边长大的，祖辈的爱再深厚也替代不了父母的爱。最重要的是，在孩子的教育问题上，因为两地时空的阻隔，使我这个做母亲的不能及时发现他那些细小的问题，也就没有条件第一时间为他做出适当的引导，而祖辈的教育理念跟我们以及现代社会的需求肯定是有很大差距的。更实际的情况是，由于年龄和身体条件所限，往往对孩子日常生活的照料就已经让祖辈们疲惫不堪了，哪还有精力和体力去想那么多的事情。而等我们发现问题时，往往已经晚了。所以，我坚持孩子一定要在自己身边带大。

我非常幸福，我的坚持能变成现实。但这是在我们的两位母亲，特别是我的妈妈付出巨大牺牲和奉献的前提下实现的，是在我们深深的愧疚和无尽的感激中度过的。真的，无论何时忆起那艰难的两年半，我们心底涌起的永远是表达不尽的感激！

感激母亲们最无私伟大的爱！因为这份母爱，老妈可以在频频的体力不支状况下，每天挂着笑脸咬牙坚持着；宁肯自己偷偷吃药长达几个月之久，而不在我们面前流露出一点的迹象。如今翻看起那时的相册，看到妈妈苍老瘦削的脸，泪水都会于无声中瞬间溢满眼眶。因为这份母爱，婆婆可以在我们多次发出求助的时候，永远是立即扔下手头一切事情，风雨无阻地前来支援。正是因为这份母爱，小嘟的幼年才可以持久的阳光灿烂、风平浪静，这是两位母亲拼尽心血合力为他打造的健康成长之路呀！

更感激母亲们的开明大义！在小嘟的养育问题上，她们永远是高度尊重我的意见：老妈甚至在我的影响下，买书听广播，学习新时代的育儿思想，并不顾自己的劳累，发动一切积极的情绪每天不厌其烦地跟嘟聊天，给他讲故事，带他到外面的世界见世面开眼界。如果说今天的小嘟有出色的语言表达能力、有热情的人生态度、有良好的生活习惯，这与他幼年时姥姥不懈的引导绝对是密不可分的。

自古婆媳难相处，在我们家里，我和婆婆却是越处越亲近。从坐月子开始，到此后两次照顾小嘟的共同生活中，深深感受着婆婆的宽厚和大度。她永远不会对我们夫妻的家事多掺言半句，即使要说，受指责的那个人也永远是她的儿子。婆婆没有太多文化，在教育孩子的问题上，她从来都是听从我的意见，不管她是否能理解我的想法，都会照做不误。在那些共同相处的日子里，我们没有因为任何问题发生过哪怕一次的不愉快。

到嘟2周岁半时，我坚定地把他送到了幼儿园。尽管老人们还是心疼孩子年龄小点，能力差点，集体生活可能会苦点，我还是觉得，孩子总是要经受集体环境的磨炼，而嘟到了应该去面对这个挑战的时候了。

从嘟上幼儿园后，我们就搬回了自己的小家，过起了真正意义上的小日子。虽然离妈妈家很近，虽然父母都退休在家，一再要求我们下班去蹭现成的饭吃，我还是坚持5天工作日中，不去打扰任何人，自己做饭，自己照顾孩子起居学习。这样的生活让我们和孩子都拥有一个正常、独立、规律的生活环境。也非常有效地避免了孩子在祖辈面前自来娇、难教育的问题。而每逢周末，我们都要带孩子轮流回姥姥家或奶奶家，不是去“啃老”，而是去共享天伦之乐。对于双方老人来讲，嘟现在是他们生活中最大的盼头，也是最大的乐趣。他小人儿的一句话，能让老人们快乐地回味好久。偏这小东西特别地会体贴人，特别地知道疼爱人，常用小大人一样的行为和语言哄的老人们特别地感动。依他的年龄，目前能为祖辈们做的回报，也就是带给他们快乐和幸福！

再一次感谢辛苦的妈妈和婆婆！

第六部分

有娃的快乐没娃的你不知道

养个孩子不容易，苦的时候你真想一把把他塞回肚子里，假装一切都不曾发生。可是转过身，当他捧着你的脸，无比深情地用他独有的充满天真的甜言蜜语“毒害”着你的时候，你又恨不能快乐到立刻死去。于是，他好我们就好，他快乐我们就快乐，他健康成长了，我们就等于拥有了全世界……

最爱那淘气时分……

2004年7月26日　星期一　嘟8个月

今天奇热。将近下班时，我又有事情没处理完。待8点到家时，远远望见迷茫夜色中那一大一小两个期盼我回来的男人，心里煞时一阵温暖。

因为周末打预防针时护士嘱咐我小心一周之内不能让宝贝的针孔沾到水，但天热也不能不洗澡呀，所以我决定因势利导改变一下洗澡的方式——由老公把着宝贝的腋下站在水盆里，我负责清洗。

本来计划的很是明白，可小嘟似乎天生具有改变一切的神力：您不是让我站在水盆里吗？我才不会老老实实地站着凭您搓洗呢！我有自己的主张！这不，巡视了一圈，淘气的宝贝竟把双脚踩到了盆沿上，站高高喽！“啊——！”随着我本能的一声尖叫，眼前的景观那叫一个壮丽：大半盆的水被小嘟一脚踩翻，哗的一声扣在蹲着的嘟爸身上，老公当即惨叫“破孩子找打呀！”

看着下半身滴答水儿的老公，我强忍坏笑，佯装责备宝贝不该如此，心却说“棒儿子，真是壮举呀！”奶奶又给我们打了一盆水。可惜臭嘟站到里面还没到2分钟，趁嘟爸低头查看自己惨况时，又是一脚——故技重施！水漫卫生间！连地板都溢湿了，水里站着盛怒的嘟爸、笑背过气儿去的嘟妈我，还有一脸诧异的悬在半空的宝贝嘟！

这个夜晚被宝贝的淘气装点的甚是精彩！

三口之家的快乐夜晚

2005年1月25日　星期二　嘟1岁2个月

昨天晚上把新买的小水壶挂在了嘟的身上，嘟喜欢的不得了，抱着水壶边玩边喝，一会儿就见“成果”了——尿在地板上一大滩。

晚饭后，嘟爸不知扭了哪根筋，突发奇想，拿嘟用过了的那个长圆柱形的贝亲粉盒当手榴弹，还喊着口号无比形象地表演了一整套战场上英雄投掷手榴弹的动作，看得我跟嘟宝都张大嘴巴傻在那里了，半晌我才擦着流出的口水小心地问嘟爸：“亲爱的，今晚是不是没吃药呀？咋犯病这么严重呢？”嘟爸大叫：“只许你发飙，不许我天真吗？”

更要命的是：接下来嘟爸开始打起小嘟的主意，他把我新买的水壶斜背在嘟的身上，把假“手榴弹”别在嘟的后裤腰里，然后极其彪悍地大叫着：“为了革命的胜利，小胖嘟，冲啊！”我那傻儿在爹爹的大喊大叫、又追又赶之下，咧开大嘴、淌着口水里屋外屋“冲锋陷阵”，忙得满头大汗。我哭笑不得地看着他们这一大一小两顽童疯成一团。

一声“谢谢”让我感动

2005年8月23日　星期二　嘟1岁9个月

从上个星期五开始，晚上我带嘟睡觉，姥爷身体一直不好，还要早起晚归地去异地上班，嘟又特能“欺负”姥爷，总要在晚上睡觉时找姥爷，而且总要在每一个深夜里要姥爷无数次地起来抱着哄着，害姥爷整夜整夜地无法入睡。现在自己有了车，晚上回家也方便了很多，所以我决定要自己带嘟睡觉。

可叹这个“白脸狼”的小臭嘟，有了娘就忘了姥爷了，问他跟谁睡，他一字一句清晰地说“回妈妈家跟妈妈睡。”更奇怪的是他跟我睡居然不到两三分钟、连我自创的儿歌还没唱完一遍呢就入梦境了，晚上别说醒来闹人了，连吭都不吭一声，一夜睡个踏实觉。姥姥感叹说“要不怎么是母子连心呢，在妈身边睡觉最踏实最香了。”想想也是，我儿时在外寄读时，都十几岁了，心里最向往的还是能让妈妈搂着、闻着妈妈的体香入睡。现在有这样一个小人儿正如我当年的心情那样依恋着我，纵使整夜无眠，这种幸福也足以让我感动了。

现在每天晚上一吃完饭说要带他回家跟爸爸妈妈睡觉，他就高兴的近乎情绪失控！尖叫着里里外外地狂奔上几个来回，然后就自己张罗着穿衣服，他还知道晚上天凉要穿件大衣服呢。更让我感动的是昨晚给他洗完脚，他起身要离开时，突然回头很甜地笑着对我说：“谢谢妈妈！”我这个没出息的嘟妈呀，眼泪竟然瞬间盈满眼眶，那种幸福和感动简直无以言表……

我的宝贝，为你付出再多妈妈都愿意。

写在小嘟2岁生日时

2005年11月10日　星期四　嘟2岁

近来事多，出差、忙工作、忙着分房子，似乎有很多理由可以把小嘟的日记先放一放，但宝贝日益充满智慧的可爱却每一日都在我眼前鲜活地晃动着，时时提醒我，别忘了抽出哪怕一点的时间，把这些最闪光的瞬间留下点印迹。

于是哪怕忙死，今天也要挤出时间为宝贝写点什么，因为明天——2005年11月11日就是宝贝嘟2岁的阳历生日了。

说来真是做梦一样，就这样连滚带爬地走过了700多个日日夜夜！时常地，我总觉得他还是那个小毛毛虫一样轻轻软软地蠕动在襁褓中的小婴孩，忽然间就像个楞头青一样，从头到脚每个细胞都带着淘气的活力跳到我面前，大声地叫我："笨妈妈！好妈妈！"我慨叹岁月于无痕间雕刻神奇的功力。

2年了，我一直试图让自己这个小妈妈从容有序地面对生活中的一切琐碎，可以很优雅很艺术地享受带大儿子的日子。现在看来，那不过是只能偶尔闪现的一种奢望，大多数时候，我和我的家人都会张牙舞爪地、打仗一样围着这个小家伙转个没完。我终于知道，如果你想尽职尽责地照顾好你的小孩，做一个出色的好母亲，同时又要努力完成一份社会工作任务，那你就必须像陀螺一样一刻不停地高速运转着，再鲜有心情和精力来打理你的脸蛋和服饰，一个不小心，就会滑落"黄脸婆"的队伍。当我第N次疯狂地转了大半天，下午2点忙里偷闲站在镜子前忽然发现自己竟然脸没洗、牙没刷时，那种由心底涌上的悲哀让我感慨不已。

生活就这样改变了，从他降生的那一刻起改变了，变得忙乱，永无止息的忙乱；但是，生活也从此变得精彩了，永远超出你想象的精彩！这种精彩每时每刻都在刺激着你疲劳的神经，让你永远能这样任劳任怨、快乐幸福地忙碌下去！于是心存感激，感激上苍赐予你这份劳累的权利，更感激上苍赐予你这份超乎寻常的快乐！

现在，我要说，要带着骄傲、幸福、满足的笑容对我的宝贝说："孩子！谢谢你！"

谢谢你在这么大的世界中选择我作为你的母亲，把守护你生命的神圣使命交到这双有点纤弱的手上，你让这双小女孩的手变得坚强有力量起来；谢谢你把一个个天使一样美丽纯洁的笑脸送给我，让我在每一个不眠之夜感受着人间最美的慰藉；谢谢你用稚嫩的声带震动出的那个奶滴滴的声音"妈妈"，这是我这辈子听到的最美妙的音乐！

我的宝贝，发自内心地感谢你，感谢你带着我的骨、血这样奇妙地走进我的生命……

宝贝爱不够

2005年12月20日　星期二　嘟2岁1个月

不知道是不是所有2岁左右的孩子都像嘟这样可爱，几乎每时每刻他都让我们在惊喜中感受到无比幸福的滋味。所以有必要再一次虔诚地感激上苍，赐我这份快乐。

最近常常感叹：小嘟真是聪明呀！小脑袋简直就像一部录像机一样，所有看过念过的东西都能过目不忘。家里大大小小十几本书，不说全部，大概80%他都能准确地背诵下来。昨天晚饭时分，爱表现的小家伙又坐在桌前，双手拿着书，随意地翻到一页，然后看着字像模像样地“念”起来（实际是看图背诵的），每每都能只字不差，赢得掌声雷动，小嘟乐得合不拢嘴。那本汽车书早就已经不用看车标了，只看一眼车型就能认出是什么车。现在更进步到对路上跑过的车也能认得八九不离十了。最最出息的就是嘟已能用画笔画出相当像样的汽车来，往往还会画上前后车灯、车窗，甚至是车窗里开车的小人儿。看他撅着小嘴儿专注画画的样子，真想咬他一口！呵呵！

嘟现在很会根据环境来唱歌抒怀，每当我跟他玩得很开心时，他就会突然唱道：“世上只有妈妈好，有妈孩子像块宝，投进妈妈享不了，幸福哪里找。”（后两句记串词了）然后深情地看着我的眼睛说：“妈妈，我爱你”……如果不是母亲你绝对体会不到当我在那样的情境下听到我刚刚会说话的儿子说爱我是一种什么样的感觉，眼泪在这时是无论如何都控制不住的……

嘟很爱很爱我们，也很知道心疼人，但是在他小小的心里，受他关爱的人是有一定排序的，我和他爸爸想当然地是排第一位的。那日下班，我要帮姥姥做饭，嘟拉着我说：“妈妈不用你，姥姥做饭。” 我告诉他姥姥带他累一天了，妈妈应该多做些，让姥姥休息休息，嘟觉得我说的有道理，虽不太情愿，但还是松开了拉着我的手，在我转身的瞬间，他突然又拉住我，很认真地嘱咐我说：“妈妈，你小心点，别让火烧着。” 姥姥在一边感叹：妈做饭就怕火烧着，姥姥做饭难道就不怕火吗？小白眼狼，谁带都不如妈亲呀！

又一日，张季哥哥来家里做客，饭后爸爸刷碗，我陪嘟嘟玩，张季在客厅看电视。嘟正专心开着车突然瞄到了坐在沙发上的张季哥哥，小家伙立马走过去，拉张季哥哥起来，嘴里叫着：“张季哥哥起来，走吧。”张季哥哥以为嘟要跟他玩，挺受宠若惊地问嘟有何指示，嘟向厨房推着张季说：“张季哥哥刷碗去吧，快去吧。” 晕倒!!!

嘟也很会安慰人。我这人性子急，脾气有些坏，有时脸一红，刚要发作，嘟审时度势，马上过来小大人儿一样沉稳地拉着长声安慰我说：“妈妈，别着急，我来帮你。”面对这样懂事又可爱的小嘟，你就有天大的火也会瞬间熄灭的。嘟现在能听得懂很多事情，我和嘟爸说话调侃早成习惯了，但是我们发现这让嘟很紧张，每当我们声调高一些时，他就立刻拍着胸口说：“我怕了，我怕了，”后来我们说话的内容有分歧，互相争辩时，即使语调平和他也皱眉说怕，还会故意叫我们，然后假笑逗我们开心。嘟这样的举动让我们很惊讶，孩子虽小，但心里懂的远远超出我们大人的想象，我们决定改变这种说话的习惯，为嘟营造一个平和轻松的生长环境。

童言无忌笑死人

2岁6个月的小嘟说：

一日嘟听到嘟爸喊嘟妈“媳妇”，甚感奇怪，嘟爸虚心请教儿子“您说我得叫你妈什么呀？” 嘟一本正经地回答：“我觉得你应该叫妈妈‘好朋友’。”嘟爸直伸舌头：“得，他妈，咱俩的关系一下就纯洁回去了。”

嘟妈和嘟出门前，穿戴一新的嘟跑到镜子前欣赏自己，左看右看相当满意，忍不住脱口来一句：“漂亮！”

嘟妈毛三草四地穿上外衣问小嘟：“儿，妈这身衣服怎么样？”

嘟粗略看看，小手一扬：“不太难看！”

晕，到我这就不太难看了！

嘟妈痴迷在电视剧《幸福像花儿一样》中，嘟爸归来问嘟：“妈妈在干什么？”

嘟乖乖地说：“妈妈在看《花儿像福一样》呢！”

晚饭后，小姨将精心调制的营养面膜白糊糊地涂了一脸，然后静坐在餐桌前面无表情地等待它一点点地干掉。小嘟是在偶然回头间发现这一“奇观”的，立即惊讶地跑过来，探着头，张大嘴巴左打量、右打量，小姨强迫自己闭上眼不看小嘟让人发笑的表情。

嘟（打量了半天后，终于忍不住发问了）：“小姨，你怎么了？”

嘟妈：“小姨做面膜呢，快别打扰，一边玩去！”

嘟（越发地奇怪）：“小姨，你是不是傻了？”

小姨咬着嘴唇，强迫自己不笑出来，其他人都捂着嘴偷笑。

嘟妈：“你轻轻摸摸小姨的脸，看看什么感觉。”

嘟（马上摇头）：“我可不摸，她太傻了！”

一屋子人笑爆，小姨终于绷不住了，一脸面膜笑得直发皱。

姥爷喜欢逗嘟玩，经常开玩笑问他：“嘟，你咋这么坷碜（难看）呢？”每每听到这句话，嘟都跟受到表扬一样非常开心地大笑一番。

这日行车途中，嘟爸看着身边的宝贝儿子是越看越喜爱，忍不住叹道：“宝贝嘟，你可真漂亮呀！”

嘟闻听一愣，旋即红着脸低头喃喃道：“不，我坷碜！”

回家嘟妈正式向大家宣布：从此谁也不许说我们坷碜，玩笑也不行，太伤自尊了！

3岁的小嘟说：

周末嘟到姥姥家，进门就直奔窗边，拿起那本快翻烂了的故事书跑到姥爷面前，老生常谈：“姥爷，讲故事！”

姥爷扫了一眼书皮，强抑呕吐，皱眉曰：“嘟呀，饶了姥爷吧，这个故事都快讲了200遍了！”

嘟慢条斯理地说：“再讲200遍！”

姥爷晕倒！

下午去幼儿园接嘟，正见他抓着可欣的小手信誓旦旦地说着什么，凑近一听，原来如此。

嘟说：“可欣，等一会你妈妈来接你，咱们把你妈妈的车（马自达六）卖了，然后我好给你买一辆吉普车，我开着车带你出去玩，好吗？”

可欣红着小脸两眼放光地答道：“好啊好啊！

我再晕！这骗小姑娘的本事哪儿学的！

幼儿园午睡时间，屋子里静悄悄的，忽闻有小儿惊呼声起：“快来人呀！我出血了！救命呀！”语毕，小嘟探出被自己抓破的小脸，指着嘴角上米粒大小的血滴泪如雨下。

贴心“小间谍”

2006年11月9日 星期四 嘟2岁11个月

我一直羡慕家有乖女的父母们，眼馋人家抱着“贴心小棉袄”幸福度日。

不过，最近，我却惊喜地发现，我的生活里悄悄成长起来一个“贴心小间谍”，时刻围在我的左右，哄得我甚是舒坦。

此“谍”就是我那最疼爱的“大宝儿子”！

说来我心委屈呀！十月怀胎一朝挨刀，千辛万苦生下又肥又壮的儿子，在最初的2年中，竟置他亲娘我的感受于不顾，终日抱着他那得意的老爹啃不够。他会说的第一句话是“爸爸”，他难过时最想念的人是爸爸，他视线始终痴狂追随着的还是他那爸爸。我搞不明白我究竟哪里得罪他“小人家”了，只能终日忍着莫大的委屈，发挥着最伟大的母爱，极度郁闷地陪伴他的左右。

情况在他2岁生日前后有所转变，都是我那次长达半个月的出差，让十几天看不见娘的嘟娃突然意识到他娘亲我的重要性，从此，他的眼里有了我。

就在一个月前，嘟即将度过他的第三个生日时，这小娃又奇迹般地将对他娘亲我的爱毫不犹豫地升华到心中第一位。吃饭要我喂，睡觉必须要我搂着哄，好东西得先给妈妈吃，我说害怕了，他会立刻搂住我无比神勇地大喊着“别怕，我保护你！”每当我们互相捧着对方的大脸，四目相视、深情对望的时候，我就在内心由衷地感叹：有“情人儿”的感觉太幸福了！

随着我地位的全面提升，嘟爸遭遇了3年来最为难堪的处境——他，失宠了！

一直以来，对于“爸爸和妈妈，你最喜欢谁”的愚蠢问题，嘟总是聪明地回答：“喜欢爸和妈”。而今，当他以稚嫩的声音第一次表明立场“喜欢妈妈”时，可怜嘟爸的心哪，那是凉透了！嘟开始不再用爸爸喂饭，不再要爸爸哄睡觉，甚至也不用爸爸帮着穿衣服，从前必须由爸爸做的事现在统统换成妈妈。按说，嘟爸摆脱了小尾巴，应该轻松自在、安享逍遥时光，但是这厮偏偏就爱“犯贱”，偏偏就愿意受那份儿“折磨”，偏偏就以受这份儿“洋罪”为最大幸福。所以，他不气不馁、整日里追在儿子身后，期望着有朝一日可以再度得宠。看着他挺大个个子，失落郁闷的可怜相，我都有点于心不忍了！

嘟却是个狡猾的小家伙，一边信誓旦旦地对他爹说：“我当然也喜欢爸了，我是跟你开玩笑的”；一边却用“残酷”的行动无情地打击着他爹接近崩溃的小心脏。

近来越发了得了，每当嘟爸坐在马桶上一边办事一边看报时，嘟便会适时地出现，学着我的口气威严地“教训”他爹：“你怎么又上厕所看报纸，时间都浪费到这上面了！真是个坏习惯！”

嘟爸那边刚打开电视，嘟这边就像个小影子似的悄无声息地出现在他面前，一脸严厉地模拟着我的样子说：“你怎么又看球，这有什么意思？”嘟爸吓得立即调台，然后嘟得意地跑到我身边汇报：“妈妈，我成功了！爸爸不敢看球了！”

当我和嘟爸争论什么事情语调稍高些时，嘟便会一边倒地批评嘟爸：“爸爸，你听妈话！”

每日早起，嘟也会第一时间出现在嘟爸面前，拉着他的手喊：“快起床，怎么又懒了！”

嘟爸叫苦不迭，强烈痛斥嘟简直成了我暗设在他身边的“小间谍”了。

其实，小孩子的言行都是学自大人。公正地说，嘟是跟爸爸学会了如何宽厚地爱妈妈，所以我会在儿子开始懂事时，幸福地享有着他的“贴心”。客观地讲，是我一如既往的口无遮拦，无形中影响着他也“依葫芦画瓢”地教训着老爹，成为驻扎在嘟爸身边尽职尽责的“小间谍”。

我幸福！因为我拥有这个“贴心小间谍”。

我也警醒，因为我更应该言传身教给他爱与尊重。

幸福就是爱你

2007年3月27日　星期五　嘟3岁4个月

无意中跟小嘟有了下面一段关于“幸福”的对话：

一日饭后，我在厨房刷碗，小嘟见状从屋里跑出来，抓起扫帚很认真地帮着扫起地来。这似乎已经成了家里的惯例，每餐完毕，即便有很多大人在忙，根本无需他再帮忙，嘟也还是会积极地跑来，无比热情地参与劳动中，就算有时只抢到一个勺子，小人儿也感到万分地兴奋，很有一种付出之后的自豪。

这天只有我一个人在忙，嘟大概越发觉得是自己发挥重要性的时刻了，所以扫得格外地卖力，还知道在地上轻轻向前推动扫帚，防止扬起过多的灰尘。看着他不声不响嘟起小嘴的认真样子，我忍不住心里一阵感动，随即脱口感叹道：“儿子呀，妈妈这生最大的幸福就是有了你呀！”

小嘟一边继续埋头扫地，一边很肯定地说：“对！咱俩是最亲爱的嘛！”

我觉得他回答的有趣，便接着问：“那你最感到幸福的是什么呢？”

嘟脱口答道：“我最幸福的是你的吻！”

感动之余我略感惊讶，索性停下手中的活计，很严肃地问他：“嘟嘟，你觉得幸福是什么？”

嘟依然头不抬地轻轻推动着自己手中的扫帚，却一字一句清晰地回答我：“幸福就是——爱你！”

我完全被震到那里，愣了半晌，忍不住反复回味着：幸福就是爱你……

之后，我觉得我几乎是在用崇拜的眼神来仰视着我3岁4个月的儿子了。关于“幸福是什么”这个问题，我回答了30年，但无论在哪个时期，我都会热切地憧憬着，当我有了什么什么我就会感到幸福，在我的潜意识里，更多的拥有等于更大的幸福。我从没想过，幸福可以是爱你，付出真爱可以成为让一个人感到幸福的最大理由。

童言中折射出的哲理亮点让我震动，让我汗颜，让我站在不同的角度重新审视着这人世间。我发现，当你感到“幸福就是爱你”时，心地会自然地宽厚起来，生活也会更多地洒满阳光。

感谢你，聪明的宝贝！

结　束　语

作母亲4年多了。

厚厚的一摞日记，记载的是那1 000多个日夜的辛苦、辛酸、辛辣、心血，还有那无尽的幸运和幸福！

是的，不管怎样，我成功地把他从一个啥也不懂的婴儿养育成健康、聪明、有自己小思想的幼儿。但最让我有成就感的远不只这些，我惊喜地发现，自己也在这样的历程中悄悄地脱胎换骨成一个“全能妈妈”。

真的不是我不谦虚，实在是当妈的人不得不“全能”。

首先你必须是个超级保姆。脑要有计划，眼要有活计，手上要勤快。从吃到喝，从拉到尿，从头到脚，从早到晚，从春到秋，你永远要保持一种高度的劳动热情和高超的劳动技能，在小儿尚不具备人类之生存自理基本能力的时候，全天候做好周到细致的生活服务。

你还要做个营养师和保健师。深谙营养搭配之道，科学安排饮食起居。喂的太精不行，喂的太粗不行，喂的不合时宜也不行。没有这个本事，保证孩子健康成长的规律、科学的生活秩序肯定会是一团乱。

孩子的妈还得是“医生”。头疼脑热常见病，不能时时事事都跑医院，自己掌握个一招半式，有备无患。

合格的妈妈必须要是一个好“老师”。人生最重要的启蒙教育实际是来自于家庭的。而这一重要职责则基本是由养育他的母亲来完成的。不只是启蒙教育，母亲的教育和引导将贯穿一个人的一生。

除此以外，当妈的人还要是个厨师、艺术家、心理咨询师、社会交际家……只要孩子的成长需要，你必须瞬间长出三头六臂，随机应变成各种高手，久而久之，便千锤百炼成一个“全能妈妈”。

并且，母亲这个职业是永远不可以辞职的。

别以为孩子长大了，我们就可以慢慢放手。就在我整理书稿期间，嘟的老师便接二连三地找到我，先是向来礼貌的嘟公然顶撞老师，以至让没有经验的年轻老师险于众童面前掉泪痛哭；接着又质问老师为何分配不均，凭什么他辛苦作答却没有奖励；再接下来，我惊讶地发现他无形中学来的诸如打架、挑衅、说粗话等恶劣的小毛病；还有与父母管教激烈对抗的趋势。种种问题风起云涌，真是让我应接不暇。

孙中山说：“革命尚未成功，同志仍需努力！”套用一下：“小嘟尚未长成，爹娘仍需努力！”明天，对于每个人来说，都是一切皆有可能。小嘟和我们的未来一样如此，有很多可以预见的问题排着队一个一个地找上门儿来，还有更多未可知的内容随时准备充当我们半路上杀出的“程咬金”。在路上，我们不知道前方会发生什么，只做好接招的准备就可以了……